KB269175

박목월과 김현승 詩의 은유 미학

박선영

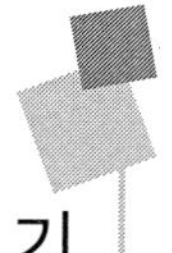

기독교적 초월성을 중심으로

지식과교양

처음으로 내 심장을 뛰게 했던 것도, 먹먹하게 했던 것도 시였다. 이십 대에 시를 창작하던 문학의 길은 삼십 대 이후로 시를 연구하는 학문의 길로 이어졌다. 그래서 지금은 시를 분석하는 작업을 통해 시와 대면한다. 나는 감성과 이성 사이를 넘나들면서 시의 몸에 툭툭 부딪친다. 여전히 가슴이 뛴다. 정말 시는 저버릴 수 없는 나의 삶인가 보다! 그런데 시의 행간을 읽어내는 일은 그리 만만치 않다. 이것은 마치 사막에서 길을 찾는 것과 같다. 사막 한복판에서 시인이 숨겨 둔 시어의 의미를 퍼 올릴 때 나는 자주 막막하고 답답해진다. 때로는 지독하게 괴롭고 외롭다. 모래 먼지 속에서 보이던 길이 사라지면 다시 길을 찾아야 한다. 어느 날은 무의식의 세계인 꿈에서도 길 찾기가 지속된다.

길이 잘 보이지 않을 때마다 나는 기도한다. 내가 '시인'이 되어 그의 깊은 심연에 가닿을 수 있기를 기도한다. 그리고 기다린다. 지독한 막힘 속에서 시어들이 입을 열고 말을 걸어오는 순간이 있다. 사막 속에서 헤매다가 만나는 오아시스! 일순간 시어들이 내 심장으로 몰려와 파고든다. 이내 혈관을 타고 흐른다. 그리고는 시어들이 물고 있던 의미의 덩어리를 풀어놓기 시작한다. 괴로움이 희열로 몸바꿈을 하는 경이로운 시간이다. 나는 이 풀림의 순간을 사랑한다. 이 사랑이 긴 막힘의 시간을 다시 끌어안게 만드는지도 모르겠다. 이렇게 시 텍스트를 붙들고 막힘과 풀림을 수없이 반복하면서 시에 대한 마음이 더 깊어간다.

학문의 길로 들어서서 시를 연구해오는 동안 내 안에 기독교 시문학에 대한 거룩한 부담감이 있었다. 기독교 시에 관한 연구는 하나님의 부르심이 있는 영역이었다. 또한 이것은 학업을 시작하면서 하나님께 서원했던 것이기도 했다. 그래서 박사학위를 받은 이후로 지금까지 계속 기독교 시인의 시를 붙잡고 연구에 몰입하였다. 처음으로 붙든 기독교 시인은 박목월이었고, 그 다음이 김현승이었다. 논문을 작업할 때마다 나는 깊은 집중의 시간으로 들어갔다. 박목월과 김현승의 시에 천착했던 시간 속에서 나는 그들의 깊은 심연을 만졌고 초월성의 역정을 밟을 수 있었다. 이는 무엇과도 바꿀 수 없는 소중한 시간이었으며 그 과정 속에서 몇 편의 논문을 완성하게 되었다.

박목월과 김현승 시의 핵심에는 초월성이 놓여 있다. 이것은 기독교 시인에게 있어 아주 보편적이면서도 본질적인 문제이다. 후기로 오면서 박목월과 김현승 시인은 절대자 '신'을 통하여 초월의 문제를 적극적으로 해결하게 된다. 그래서 이들의 후기시에는 기독교적 초월성이 본격화되기에 이른다. 필자가 주목한 것은 이러한 시의식이 정교한 은유적 의미망 속에서 전개되고 있다는 점이다. 이에 박목월과 김현승의 시세계 가운데서도 기독교적 초월성이 극명하게 나타나는 후기시를 대상으로 하여 은유 미학을 밝히는 데 주력하였다. 특히 본고에서는 이들의 시에 나타난 은유적 상상력을 총체화하기 위하여 언술의 차원에서 은유를 파악하는 흐루쇼브스키의 은유 이론을 시분석의 방법론으로 활용하였다.

이 책의 II부에 수록된 「『경상도의 가랑잎』의 사물화 양상」, 「『사력질』, 『무순』에 나타난 죽음과 초월의 은유체계」, 「'어머니' 시에 나타난 은유 양상」, 「『크고 부드러운 손』에 나타난 초월성의 은유 미학」은 박목월 후기시의 은유 양상을 분석한 것이고, III부에 수록된 「후기시의 사물화 양상 −광물에 토대 한 사물을 중심으로」, 「후기시에 나타난 '동물'의 은유화 양상」, 「『마지막 지상에서』에 나타난 은유 미학」은 김현승 후기시의 은유 양상을 분석한 것이다. 그리고 IV부는 이를 토대로 두 시인의 은유적 인식의 차이를 고찰한 것이다. 본고를 통하여 은유가 박목월과 김현승 후기시의 주된 미학적 원리임을 밝히고, 이들의 인식의 확장 및 갱신을 조명하였다. 본고는 언술의 차원에서 은유를 분석함으로써 두 시인에 관한 기존의 논의들과 변별성을 확보하였다. 이것은 박목월과 김현승의 후기시에 집중한 것으로, 이들의 초기시 및 중기시와 대비시켜서 은유 양상의 변모를 살피는 작업은 차후의 과제로 남아 있다.

꼭 2년 반 만에 다시 책을 묶어서 낸다. 이 책에 수록한 글은 박사학위를 받은 이후로 2년여 시간 동안 작업해서 발표한 논문들을 수정·보완한 것이다. 2년 반은 긴 침묵 속에서 주님과 독대한 시간이었다. 고독하고 힘들었지만 형언할 수 없는 기쁨과 감동이 있었다. 부족하지만 그동안 연구한 것들을 정리하고, 앞으로 더 깊고 넓은 지평으로 나가기를 바라면서 용기를 내어 출판을 결정하였다. 이제 두 손을 펴서 내 안에 갇혀 있는 언어들을 풀어놓는다. 유난히 긴 여름장마의 끝자락, 이 비움의 시간 끝에서 새로운 연구가 시작되기를 소망한다.

　박사연구실에서 논문을 쓰는 동안 깊은 임재를 경험하게 하시고 당신의 일하심을 목도하게 하신 성령님, 광야에 길을 내고 사막에 강을 내어 주신 그분께 나의 눈물을 ―김현승 시인이 신께 드린 그 눈물을 드린다. 제자의 학업을 말없이 응원해주신 권영진 교수님과 시 연구자로서 전범이 되어주신 엄경희 교수님, 성실한 학자의 모습을 보여주신 조규익 교수님께 감사를 드리고 싶다. 또 집필을 하는 동안 함께 애써 준 남편과 두 딸 하늘·나라, 그리고 사랑하는 가족들에게 고마움을 전한다. 출판을 허락해주신 〈지식과 교양〉과 편집자에게도 감사를 드린다.

2011년, 세미한 가을의 소리를 들으며
박사연구실에서　박선영

목차

저자 서문　3

Ⅰ. 서론　11

　1. 문제제기　13
　2. 언술의 차원에서의 은유 고찰　17

Ⅱ. 박목월 시의 은유 미학　25

『경상도의 가랑잎』의 사물화 양상
　1. 머리말　27
　2. 인간의 사물화　32
　3. 시간의 사물화　48
　4. 맺음말　64

『사력질』, 『무순』에 나타난 죽음과 초월의 은유체계

1. 머리말 66

2. 중심적 액체 은유 69

3. 응축적 광물 은유 83

4. 맺음말 99

'어머니' 시에 나타난 은유 양상

1. 머리말 101

2. '존재'에 의한 생명 은유 105

3. '편재'에 의한 변신 은유 113

4. '매개'에 의한 일체 은유 125

5. 맺음말 135

『크고 부드러운 손』에 나타난 초월성의 은유 미학

1. 머리말 137

2. 환상적 생명 은유 140

3. 역설적 개안 은유 151

4. 편재적 신성 은유 160

5. 맺음말 170

Ⅲ. 김현승 시의 은유 미학 173

후기시의 사물화 양상
 −광물에 토대 한 사물을 중심으로
 1. 머리말 175
 2. 도구·무기 은유 179
 3. 보석·보화 은유 195
 4. 맺음말 211

후기시에 나타난 '동물'의 은유화 양상
 1. 머리말 214
 2. 역동적 동물 은유 217
 3. 모성적 동물 은유 235
 4. 맺음말 249

『마지막 지상에서』에 나타난 은유 미학
 1. 머리말 252
 2. 초월적 식물 은유 254
 3. 영속적 자연 은유 266
 4. 신성적 모체 은유 276
 5. 맺음말 287

Ⅳ. 박목월과 김현승 시의 은유적 인식의 차이   291

1. 머리말   293
2. '어머니'에 관한 기억과 모성의 신성화   296
3. '어둠'에 관한 인식과 신성의 모체화   311
4. 맺음말   324

참고문헌   329
찾아보기   339

I

서론

| 박목월과 김현승 시의 은유 미학 |

1. 문제제기

박목월 시인(1916~1978)과 김현승 시인(1913~1975)은 동시대에 살았으며 우리 현대시사에서 간과할 수 없는 중요한 위치에 놓여 있다. 이들은 기독교 정신에 뿌리를 두고 있는 대표적인 기독교 시인이다. 그런데 박목월과 김현승 시인은 신앙적 삶에 있어서 다소 차이를 보인다. 박목월 시인의 경우에는 그의 기독교적 신앙의 근원에 육신의 어머니가 자리하고 있다. 그는 신앙이 독실했던 '어머니'를 통하여 기독교적 세계를 접하게 되고 후기에는 이를 매개로 하여 신을 만나는 체험을 하면서 깊은 교감의 세계를 펼쳐나가게 된다. 다소 순탄했던 박목월 시인의 신앙적 삶과 달리, 김현승 시인은 중도에 신을 부인하는 굴곡의 시간을 겪는다. 김현승 시인은 개신교 목사의 가정에서 모태 신앙인으로 태어나 기독교적 환경 속에서 성장하지만 신에 대한 회의와 갈등을 하게 되면서 인간중심의 깊은 고독의 세계에 몰입한다. 그러다 후에 고혈압으로 쓰러진 일을 계기로 하여 다시 기독교적 세계로 귀환하게 된다. 이와 같은 두 시인의 신앙적 삶의 역정은 이들의 시세계에 잘 반영되어 나타난다.

박목월의 시세계는 세 시기로 구분하는 것이 일반적이다. 환상적 자연의 세계에 몰입했던 『청록집』(1946, 을유문화사), 『산도화』(1955, 영웅출판사)는 초기시에 속하며, 가족과 일상에 관한 현실의 세계에 집중했던 『난·기타』(1959, 신구문화사), 『청담』(1964, 일조각)은 중기시에 속한다. 그리고 존재론적 세계와 기독교적 세계에 집중했던 『경상도의 가랑잎』(1968, 민중서관), 『어머니』(1968, 삼중당), 『무순』(1976, 삼중당)과 유고시집인 『크고 부드러운 손』(1979, 영산출판사), 『소금이 빛나는 아침에』(1987, 문학사상사)는 후기시의 범주에 속한다.[1]

그리고 김현승의 시세계도 크게 세 시기로 구분할 수 있다. 자연의 세계에 집중했던 그의 초기시는 1934년 데뷔 때부터 1963년까지로 『김현승시초』(1957, 문학사상사), 『옹호자의 노래』(1963, 선명문화사)와 『김현승시전집』(1974, 관동출판사)에 수록된 『새벽교실』이 해당되며, 고독의 문제에 매달렸던 중기시는 1964년경부터 1973년 고혈압으로 쓰러지기 이전까지로 『견고한 고독』(1968, 관동출판사)과 『절대고독』(1970, 성문각)이 해당된다. 그리고 초월의 문제에 집중했던 후기시는 1973년부터 1975년 임종 때까지로 『김현승시전집』에 수록된 『날개』 시편들과 사후에 발간된 유고시집 『마지막 지상에서』 (1975, 창작과비평사)가 해당된다.

그동안 박목월과 김현승의 시에 관한 논의는 상당한 연구 성과를 거두었다고 할 수 있다. 그러나 두 시인의 시세계 전반에 걸쳐서 연

---

1. 이희중, 「박목월 시의 변모과정」, 박현수 편, 『박목월』, 2002, 139~140쪽.

구가 활성화되지는 못하였다. 박목월 후기시의 경우, 김현승의 후기
시에 비하면 다소 활발하게 논의가 이루어진 편이지만 『어머니』에
수록된 시편들과 기독교의식이 짙게 깔린 그의 유고시집 『크고 부드
러운 손』[2]의 시편들은 거의 논의되지 못하였다. 이는 김현승 시인의
경우도 마찬가지이다. 김현승의 시는 주로 고독의 문제에 집중했던
그의 중기시를 중심으로 활발하게 논의되었기 때문에 상대적으로
초기시와 후기시에 대한 연구가 미진한 편이다. 특히 김현승의 후기
시에 관한 논의는 아주 미흡하다. 이와 같이 박목월과 김현승의 시
에 관한 선행연구에서는 초기시와 중기시에 비해 기독교의식이 극명
하게 나타나는 후기시에 관한 연구가 매우 부족한 실정이다.

그런데 박목월과 김현승의 후기시는 이들의 시적 역정을 마감하
는 시점으로서 여기에는 이들이 궁극적으로 지향했던 기독교적 초
월성이 수렴된다는 점에서 아주 중요하다. 특히 박목월의 유고시집
『크고 부드러운 손』과 김현승의 유고시집 『마지막 지상에서』에는 기
독교의식이 본격적으로 구현된다는 점에서 주시할 필요가 있다. 그
런데 유고시집에 수록된 시편들은 시적 형상화가 제대로 이루어지
지 않아 긴장성이 떨어진다는 이유로 도외시되었다. 하지만 이것은
박목월과 김현승 시의 핵심인 기독교의식을 파악하는 데 있어 간과
할 수 없는 시편들로서, 이 중에는 다의적인 의미를 산출하는 작품
성 있는 시들도 적잖게 발견된다. 이러한 점에서 볼 때 박목월과 김
현승의 후기시에 관한 논의가 불가피해진다.

박목월과 김현승의 시에는 기독교의식이 관류하고 있으며 후기시

---

2. 박목월의 유고시집은 『크고 부드러운 손』과 『소금이 빛나는 아침에』가 있다. 본고에
서는 『박목월시전집』에 수록되어 있는 『크고 부드러운 손』만을 후기시의 범주에 넣
어서 고찰하기로 한다.

로 접어들면서는 이것이 보다 본격화된다는 점에서 공통적이다. 이들의 후기시에는 '신'을 통한 초월성의 실현이 중요한 문제로 부각되고 있다. 유한한 인간에게 있어서 초월성 내지 영원성은 아주 보편적이면서도 본질적인 문제이다. '초월'은 하나의 존재 양식에서 다른 존재 양식으로 가는 존재론적 돌파를 뜻하며 제약된 생존에서 제약 없는 존재 양식, 즉 완전한 자유에로의 이행을 의미한다.[3] 박목월과 김현승 시인은 지상적 삶에서 천상적 삶으로의 초월을 희구하는데 이것은 인간의 유한성에 대한 인식에서 배태된 것이다. 일반적으로 시인들은 지상적 존재로서 한계를 인식하면 불변 내지 불멸의 대상이나 존재를 매개로 하여 초월을 시도한다. 기독교 시인들은 궁극적으로 절대자 '신'을 통하여 이를 실현하게 된다. 그리하여 이들의 시에는 정신적인 차원을 넘어 영적인 차원으로 이행되는 기독교적 초월성이 드러나게 된다.

본고에서 주목할 것은 기독교적 초월성의 중심에 은유의 원리가 작용하고 있다는 점이다. 박목월과 김현승은 격변기였던 근대적 시간을 살았던 시인들로서 동일성이 상실된 근대를 지나면서도 동일성의 시학을 고수하였다. 그래서 이들의 시에는 자아와 세계의 합일을 추구하는 은유적 세계관이 지배적으로 나타난다. 은유는 단순히 표현 기법의 문제가 아닌 인식의 문제에 관련된 것으로 창조적인 의미생성에 관여하는 시의 본질적인 요소이다. 이러한 은유는 박목월과 김현승의 시에서 핵심적인 시적 원리로 작용하고 있을 뿐만 아니라 이들의 전편의 시에 미학적 원리로 일관하고 있다. 그럼에도 불구하고 이에 관한 논의가 제대로 이루어지지 못했다는 점에서 본고의

---

3. Eliade, Mircea, 『성과 속』, 이동하 역, 학민사, 1997, 19-59쪽.

필요성을 제기할 수 있다. 한편, 금동철은 기독교 시에 관한 선행연구들이 기독교적 내용에 대한 일차원적 언급, 즉 내용 중심성에 집중되어 있음을 지적한 바 있다.[4] 이것은 기독교 시 연구에 있어 형식 미학의 차원이 아닌 내용 중심의 차원에서 논의되는 비중이 과도함을 시사한다. 필자 또한 이러한 문제의식 속에서 내용 중심의 논의를 벗어나 형식 미학을 고찰하는 데 주력할 것이다.

따라서 본고에서는 박목월과 김현승의 후기시에 극명하게 나타나는 기독교적 초월성이 어떠한 은유적 의미망 속에서 전개되는지 살펴봄으로써 기독교의식을 고찰한 기존의 논의들과 뚜렷한 변별성을 갖고자 한다. 그리고 주로 단어의 차원에서 논의되어왔던 기존의 은유 연구에서 벗어나 언술의 차원에서 이를 파악함으로써 이들 시의 은유적 상상력을 총체적으로 밝히고자 한다. 이를 통하여 두 시인의 인식이 어떠한 층위로 확장되는지, 또한 이들의 인식의 갱신이 어떠한 양태를 보이는지 조명할 것이다.

2. 언술의 차원에서의 은유 고찰[5]

은유(metaphor)는 '넘어로'라는 의미의 'meta'와 '가져가다'라는 의미의 'pherein'가 결합된 희랍어 'metaphora'에서 온 것으로, 한 사물의 양상이 다른 하나의 사물로 '넘겨 가져가'지거나 옮겨져서 두

---

4. 금동철, 「박목월 후기시의 기독교적 이미지 연구」, 『ACTS 신학과 선교』제7호, 아세아연합신학대학교, 2003, 357쪽.

5. 은유 이론에 관해서는 본인의 저서(『미당 시의 공간 은유 분석』, 인터북스, 2009, 42–66쪽)에서 개괄적으로 정리한 바 있으므로 본고에서는 간략하게 설명하고자 한다.

번째의 사물이 마치 첫 번째 사물처럼 서술되는 것을 가리킨다.[6] 이는 '전이'(transference)를 의미한다. 그런데 실제로 비유에 있어 중요한 것은 비유들의 구성단위인 원관념과 보조관념을 구분하는 일 자체가 아니라 두 사물의 결합에서 일어나는 의미론적 변용이다.[7] 이것은 은유가 단순히 장식적인 수사의 차원이나 문법적인 차원이 아닌 인식의 문제에 관여하는 시적 원리이기 때문이다. 은유는 자아와 세계의 합일이라는 동일성의 원리에 근거해 있다. 차이성 속에서 유사성을 발견하는 은유는 시인의 일원론적 세계관을 잘 보여준다. 특히 이것은 시인의 인식의 확장과 갱신을 보여주는 시의 본질적인 요소라는 점에서 매우 중요하다.

여러 학자들에 의해 전개되면서 발전해온 은유 이론은 크게 대치 은유와 상호작용론으로 양분된다. 대치 은유는 아리스토텔레스의 '전이'[8]의 개념에 바탕을 두고 있는 전통적인 은유 이론이다. 이는 은유를 한 단어의 의미를 다른 단어에 의해서 나타나게 하는 장치 내지 기법으로서, 단어 A의 의미를 B의 단어가 대신 나타내준다는 아주 단순하고 소박한 이론이다. 그런데 여기서는 은유가 함축적으로나 다의적으로 읽히지 못한다는 한계성을 동시에 가진다. 말하자면 대치 이론은 은유를 단순히 단어의 대치에 국한시킴으로써 그 작용 범위를 협소화하는 한계를 드러낸다. 이와 같은 대치 은유의

---

6. Hawkes, Terence(1970), 『隱喩』, 심명호 역, 서울대학교 출판부, 1986, 1쪽.
7. 김준오, 『시론』, 삼지원, 1982, 178쪽.
8. 아리스토텔레스는 "은유는 한 사물에 다른 것의 이름을 부여하는 것인데, 이때 그것은 유(類)에서 종(種)으로, 혹은 종(種)에서 유(類)로, 혹은 종(種)에서 종(種)으로, 혹은 유추에 의하여 어떤 사물에다 다른 사물에 속하는 이름을 전용하는 것이다" -Aristoteles, 『詩學』, 천병희 역, 문예출판사, 1988, 116쪽.

대안으로 제시된 상호작용론은 언술[9]의 차원에서 은유를 이해하는 것으로서 리챠즈, 비어즐리, 블랙, 리꾀르, 흐루쇼브스키 등에 의해서 전개되었다.

리챠즈는 취의 –매개물의 상호작용론을 제시했는데 그에 의하면 은유는 단순히 '취의'(tenor)의 의미를 '매개물'(vehicle)의 의미가 대신해서 표현되는 것이 아니라 맥락 속에서 상호작용을 통해 발생한다. 그는 취의와 매개물의 유사성이 은유를 발생시키는 필연적인 자질이 아님을 강조하면서 두 개의 단어나 사물이 환기하는 유사성의 거리가 멀수록 은유의 긴장이 더욱 커진다고 주장하였다. 하지만 그의 이론 역시 은유의 범위를 단어의 차원에 국한시키는 한계성을 드러낸다. 그리고 비어즐리는 리챠즈의 '취의' –'매개물'을 '주어' –'수식어'로 바꾸고, 은유를 두 단어 간의 의미적 귀속관계로 파악하였다. 그는 의미의 비틀림이 있는 복잡하고 심층적인 의미관계를 '은유적 꼬임(metaphorical twist)'[10]으로 설명했는데 이는 은유 자체의 내부에 있는 본연의 갈등 혹은 대립에 의해서 생겨난다고 말하였다. 막스 블랙에 의하면, 은유는 한 언술 내에서 은유 작용의 핵심이 되는 단어인 '초점'(focus)과 이를 둘러싼 일상적 진술인 '틀'(frame)의 상호작용에 의해 새로운 의미를 생성한다. 그는 은유의 작용 범위를 단어의 차원에서 문장의 차원으로 확대하였다. 리꾀르는 블랙이 문장의 차원에서 거론했던 은유를 해석학적 차원인 텍스트 전체

---

9. 언술(discours)은 문장의 차원을 뛰어 넘는, 즉 문장보다 상위에 있는 거시적인 단위를 의미하는 발화체라는 관점에서 본고의 논의를 전개하기로 한다. –Easthope, Antony, 『시와 담론』, 박인기 역, 지식산업사, 1994, 25–28쪽 참고.

10. Beardsley, M. C., 「The Metaphorical Twist」, 『Philosophical Perspectives on Metaphor』, Johnson, Mark(ed), Minnesota Press, 1981, p.106.

의 언술의 차원으로 그 지평을 확대하였다. 그는 은유란 현존하는 기존의 의미보다 새로운 의미를 생성하고 창조하는 '의미론적 혁신'(semantic innovation)이라고 설명하였다. 이는 닮음과 상상력 속에 있는 은유의 힘, 즉 기존의 틀을 깨고 새롭고 타당한 틀을 찾아내며, 새롭게 정립된 틀에 의해 의미를 재창출하는 힘을 뜻한다.[11] 즉 의미론적 차원에서 은유는 이질적 개념들의 상이성 속에서 유사성을 추구하는 상호작용이다.

본고에서는 블랙과 리꾀르의 이론을 보완하고 심화시킨 흐루쇼브스키의 상호작용론[12]을 시분석의 방법론으로 활용하고자 한다. 흐루쇼브스키는 언어가 지시하는 의미의 범주를 '지시틀'(frame of reference: frs.)[13]로 세워서 은유의 단위로 삼고 있으며 이들 지시틀 간의 상호작용이 은유라고 설명한다. 그의 은유 이론은 특히 밴베니스트의 의미론에 그 토대를 두고 있다. 밴베니스트는 의미론적 의미 작용방식에서 의미가 실현되는 과정을 '지시'의 개념으로 설명한다. "문장의 '의미'가 그 문장이 표현하는 '생각'이라면, 문장의 '지시'는 그 문장을 유발하는 사태, 다시 말해 그 문장이 관계하는, 우리가 결코 예견하거나 짐작할 수 없는 담화 상황이나 사실의 상황이다. 그러므로 문장은 매번 다른 사건이다."[14] 그는 문장의 의미를 결정짓는 것

---

11. 정기철, 『상징, 은유 그리고 이야기』, 문예출판사, 2004, 115쪽.

12. Hrushovski, Benjamin, 「Poetic Metaphor and Frames of Reference with Examples from Eliot, Rilke, Mayakovsky, Mandelshtam, Pound, Creeley, Amichai, and the New York Times」, 『Poetics Today』, vol. 5, 1984. pp.5—43 참조.

13. 비유적 관계에서 설정되는 지시틀은 fr_1, fr_2, fr_3…으로 표시한다.

14. Benveniste, Emile(1966), 『일반언어학의 제문제』 I, 황경자 역, 민음사, 1992, 278—279쪽.

은 지시이며, 이에 따라 문장의 의미가 다양하게 해석될 수 있다고 본다. 이와 같은 밴베니스트의 '지시' 개념은 흐루쇼브스키의 '지시틀' 이론으로 더욱 심화된다.

'지시틀'은 텍스트 내의 단어들을 연결시킨다는 점에서 문장과 유사하다. 하지만 문장이 텍스트의 연속선상에 있는 직선의 단위라면 지시틀은 텍스트 내에 있는 불연속적인 요소들에 근거하여 구성된다. 즉 지시틀은 유동적인 단위로서 텍스트 구성에 자유롭게 관여하지만 반드시 의미론적 구문과 연결된다. 지시틀의 연결망은 텍스트가 무엇을 말하는 지를 나타낸다. 이를테면 지시틀은 하나의 텍스트 안에 있는 비연속적 요소들을 기초로 이를 단일한 의미론적 통사론에 의해 구조화시킨 '의미론적으로 통합된 텍스트의 실제적인 단위'이다. 하나의 지시틀은 직접 언급을 하든지 아니면 암시하든지 간에 두 개 이상의 지시물의 연속체로서 텍스트의 일부와 관련된다.[15] 지시틀의 세부 사항들과 형태의 설정은 주어진 텍스트의 외부로부터 지시틀로 가져올 수 있는 독자의 지식 수준, 텍스트에서 제시되는 발화 양상이나 관점, 독자의 독서와 해석이 현실적 문맥과 어떤 관련을 맺는가 하는 문제 등에 크게 의존한다. 이는 지시틀의 설정이 기본적으로는 텍스트의 맥락에 근거하되 독자의 주관적 개입을 최대한 허용하고 있음을 의미한다. 실제로 지시틀 안에는 텍스트 상에 구체화되지 않은 불확정성이 반드시 존재하는데 이 '틈'(gaps)은 독자의 '간격-채우기'(gap-filling)에 의해 채워져야

---

15. 지시틀은 '현존하는 지시틀'과 담화의 상황에서 직접적으로 존재하지 않는 '부재의 지시틀'로 구분할 수도 있고, '알고 있는 지시틀'과 청자가 그에 대한 사전 지식을 전혀 가지고 있지 않는 '알려지지 않은 지시틀'로 구분할 수도 있다. 또한 이는 '존재하는 지시틀'과 화자가 만들어낸 '허구의(상상의) 지시틀'로 구분할 수도 있다.

한다는 것이다.

중요한 것은 지시틀에 대한 텍스트의 중재 역할이다. 지시틀은 불확정한 미정 상태에 있는데 여기에 하부 패턴들(음성, 단어, 문장 등)이 지시틀 형성에 기여하며, 지시틀 간의 상호작용은 또 하나의 새로운 지시틀 형성에 기여한다. 이러한 역동적 관계 속에서 하나의 지시틀로부터 다른 지시틀로 은유적 전이가 진행된다. 이때 전이가 이루어지는 지시틀은 '기본적인 지시틀' 또는 '1차적 지시틀'(fr_1)이라 하고, 이에 대응되는 다른 하나는 '2차적 지시틀'(fr_2)이라고 한다. 이들은 지시틀 간의 상호충돌을 통해 의미가 생성된다. 은유는 그 자체의 이면에 어떤 것을 제시하는 심미적인 요소를 나타내고 있다는 점에서 '구체적인 개념'이다. 이것은 극단적으로 생략되어 제시된다. 그런데 fr_2에 있는 어떤 '간격–채우기'를 활성화하는 것은 바로 기본적인 지시틀(fr_1)이다. fr_1은 다른 것들을 제외시키거나 억압한다. 장면의 암시를 위해 활성화된 간격–채우기는 fr_1의 비–언어적 은유가 되고 다양한 해석에서 그 의미가 분명해진다. 이것은 두–방향의 상호작용 방식이다.

은유의 원칙은 결코 서로 접하지 않는 평행선과 같이 연결된 두 개의 지시틀을 요구한다. 그 두 개의 '현실'은 시의 허구 세계에서 서로 연속되지 않는다. 시에서 이 평행선은 '비상식적'으로 서로 만나면서 두 개의 지시틀은 결국 붕괴되어 하나가 된다. 즉 '현실'과 '상상' 사이의 경계를 무너뜨린다. 이는 현실화된 은유, 현실화된 직유, 현실화된 관용구 또는 '비유적 사건'(figurative events)과 '비유적 상황'(figurative situations)의 형태로 일어날 수 있다. 그런데 은유의 연결 사슬들이 텍스트 전체를 통해 반복될 때 은유적 기능(m 표시)은 괄호 밖으로 나올 수 있다. 이렇게 해서 me1+ me2+ me3

‒‒‒‒‒‒ m(e1+e2+e3)과 같은 공식('e' : 하나의 사건, 'me' : 은유적 사건)이 성립한다.

이와 같이 흐루쇼브스키에 있어서 은유는 단순한 언어장치가 아닌 시적 허구의 일부이며 담화의 허구이다. 이는 정적이고 분리된 단위가 아니라 텍스트의 전개에 의해 변하고 문맥에 따라 바뀔 수 있으며 허구이든 사실이든 구체적인 지시틀과 연관되어 해석에 개입하는 역동적인 의미체이다. 특히 이것은 단어와 단어의 대응과 교차가 아닌 문장과 문장이 겹쳐지고 이어지면서 진행되는 술부 작용을 통한 은유이다. 언술의 차원에서 은유를 파악하는 흐루쇼브스키의 은유 이론은 텍스트의 내적 관계는 물론 외부세계, 독자의 능동적 독서 행위와 함께 역동적인 관계 속에서 고찰되어야 한다. 이러한 점에서 그의 이론은 로만 인가르텐의 '층위 개념'과 볼프강 이저의 '능동적 독서이론[16]'에 접목되어 있다.

본고에서 흐루쇼브스키의 지시틀 이론을 방법론으로 채택한 것은 박목월과 김현승 시인의 시를 분석하는 틀로서의 적합성과 효용성 때문이다. 그의 은유 이론에서는 은유의 범주를 낱말이나 문장

---

16. 로만 인가르텐(Roman Ingarden)에 의하면 문학작품은 다층적인 구조물, 순수 지향적인 구조물, 도식화된 구조물이며 작품의 층, 즉 작품 속에는 아직 확실히 표현되지 않고 앞으로 그 의미가 채워져야 할 〈불확정적인 부분〉이 있다. 이러한 불확정적 부분은 작품의 구체화 속에서 그것들이 채워져 나감으로써 차츰 제거된다. 그의 층이론에 의하면 모든 불확정적인 부분은 작품의 의미층과 일치됨으로써 여러 가지 다른 양식으로 채워질 수 있다. 이는 도식화된 작품 구조에 들어 있는 〈빈 틈〉이나 〈미결정적인 부분〉을 의미로 채우는 것으로 능동적인 독서 과정에서 일어난다. ‒차봉희 편저, 『수용미학』, 문학과지성사, 1995, 69‒70쪽.
"텍스트의 언어는 주어진given 것이며 그 언어의 해석은 확정이고, 주어진 요소들 간의 공백이나 해석은 모두 미정이다." ‒Wolfgang, Iser(1981), 「Talk Like Whales」, 『Dicacrutics』, vol.II, no.3, p.83. : 김현자, 『한국시의 감각과 미적거리』, 문학과지성사, 1997, 233쪽 재인용.

의 차원을 넘어 언술의 차원으로 확대함으로써 은유적 의미맥락을 총체적으로 파악할 수 있을 뿐만 아니라 비유적 관계에 있는 의미항을 지시틀로 설정하여 구조화해냄으로써 구체적인 의미를 파악할 수 있다. 뿐만 아니라 시의 문면에 드러나지 않은 불확정적인 '틈' 또는 '간격'은 독자/ 비평가의 주관적이고 능동적인 상상력에 의해 채워짐으로써 보다 독창적이고 풍부한 의미 해석이 가능해진다. 이와 같은 흐루쇼브스키의 지시틀 이론은 박목월과 김현승 후기시에 직조된 은유적 상상력의 체계를 총체적으로 밝히는 데 있어 아주 유용한 미학적 틀이 될 수 있다. 특히 그의 이론은 박목월과 김현승의 다중적이고 다층적인 시의식을 구체화함으로써 여러 겹으로 직조된 사유체계의 복잡성을 밝혀낼 수 있다는 점에서 효용성이 매우 크다.

II

박목월 시의 은유 미학

『경상도의 가랑잎』의 사물화 양상

『사력질』, 『무순』에 나타난 죽음과 초월의 은유체계

'어머니' 시에 나타난 은유 양상

『크고 부드러운 손』에 나타난 초월성의 은유 미학

『경상도의 가랑잎』의 사물화 양상

1. 머리말

고향은 인간의 근원적 공간으로서 많은 시인들의 중요한 시적 화두가 되어왔다. 이는 박목월 시인에게 있어서도 마찬가지이다. 지천명의 나이에 접어들면서 박목월의 의식세계의 중심에 고향이 자리한다. 이 시기의 시작품이 수록된 그의 후기시집 『경상도의 가랑잎』에서 '경상도'는 시인이 태어나서 자란 육체적·정신적 고향이며 '가랑잎'은 시인 자신의 존재감을 표상하는 대상이다. 이것은 가랑잎과 같은 존재감을 지닌 시인이 본원적 세계인 고향을 지향하는 시의식을 대변해준다. 실제로 그는 고향을 방문하여 자신의 정체성을 회복하며 불화한 상태에 놓여 있는 현실과 조우하고자 하는데 이런 의미에서 '경상도'는 화해의 표상 공간이다. 특히 이러한 시의식이 자아와 세계의 동일성을 추구하는 은유적 세계관에 바탕을 두고 있다는 것은 주목할 만한 특성이다. 본고에서는 세 시기로 구분하는 박목월의 시세계[1] 가운데서 그의 후기시집 『경상도의 가랑잎』을 대상으로 은유 양상을 논의하고자 한다.

박목월의 시에 관한 은유 연구로는 금동철, 유성호, 최승호 등에 의해 전개된 서정시가 지닌 수사학적 차원의 논의와 김현자에 의해 시도된 은유 분석을 들 수 있다.[2] 먼저 금동철은 「박목월 시에 나타난 근원의식」에서 박목월 시의 근원의식의 양상을 살피기 위해 서정시의 본질적인 수사학인 은유 미학과 서정적 근원에의 지향을 고찰했는데 그의 시에서는 이것이 향수의 미학으로 나타난다고 지적하였다. 그는 중기에 고향에 대한 향수로 드러나던 근원의식이 후기로 오면서 고향회귀를 통하여 달관의 경지를 보여준다고 파악하고, 이때 '절대자'라는 서정적 근원으로의 비약이 은유를 통하여 실현되고 있음을 강조하였다. 또한 그는 「박목월 시의 '어머니' 이미지와 근원의식」에서 '어머니' 이미지가 고향회귀의식과 맞물려 영원한 모성으로의 회귀를 의미화하고 '어머니'에의 강한 지향이 수직적 관계성의 미학을 드러낸다고 밝혔으며, 이는 그로 하여금 서정적 동일시를 가

---

1. 박목월의 시집 『청록집』(1946)과 『산도화』(1955)는 초기시에 속하고 『난·기타』(1959)와 『청담』(1964)은 중기시에 속하며, 『경상도의 가랑잎』(1968), 『어머니』(1968), 『무순』(1976)과 유고시집 『크고 부드러운 손』(1979)은 후기시에 속한다.

2. 금동철, 「박목월 시에 나타난 근원의식」, 『한국 현대시의 수사학』, 국학자료원, 2001.
_____, 「박목월 시의 '어머니' 이미지와 근원의식」, 박현수 편, 『박목월』, 새미, 2002.
_____, 「박목월 후기시의 기독교적 이미지 연구」, 『ACTS 신학과 선교』제7호, 아세아연합신학대학교, 2003.
유성호, 「지상적 사랑과 궁극적 근원을 향한 의지」, 박현수 편, 『박목월』, 새미, 2002.
최승호, 「근원에의 향수와 반근대의식」, 박현수 편, 『박목월』, 새미, 2002.
_____, 「박목월 시의 나그네 의식」, 『한국언어문학』제58집, 한국언어문학회, 2006.9.
김현자, 「한국 자연시에 나타난 은유 연구 ―박목월·박용래 시를 중심으로」, 『한국시학연구』제20호, 한국시학회, 2007.12.

능하게 하는 근원이 된다는 점에서 중요성을 지닌다고 설명하였다. 금동철의 다른 논문 「박목월 후기시의 기독교적 이미지 연구」에서는 박목월의 후기시에 나타난 기독교적 세계관을 이미지 분석을 통하여 고찰하면서 기독교적인 세계관에 은유적 수사학이 자리 잡고 있음을 지적하였다.

유성호는 박목월의 시세계는 신성의 상상적 모형으로서의 자연, 생활적 구체와 지상적 사랑, 근원으로서의 '큰 타자'에 대한 긍정으로 변모되면서 기독교적 상상력이 일관되게 나타나는데 이때 은유를 통해 신성의 편재성이 드러난다고 설명하였다. 그리고 최승호는 「근원에의 향수와 반근대의식」에서 박목월 시의 시적 근원인 서정의 근원으로서의 자연, 사랑의 근원으로서의 가족, 존재의 근원으로서의 절대자가 동일성의 시학에 바탕을 둔 그의 향수의 미학과 연관되어 있는데 이는 자본주의에 대한 반성과 비판이라는 반근대의식을 보여준다고 하였다. 그의 다른 논문 「박목월 시의 나그네 의식」에서는 박목월 시에 근대 이후 사라진 선험적 고향, 즉 동일성의 고향을 찾아다니는 근대인 나그네의 지향성이 '자연'에 대한 동경, 낙토 경상도 땅에 대한 그리움, 본향 천국에 대한 사모함으로 나타나며, 이러한 그의 시세계는 은유적 세계에 대한 지향으로 드러난다고 밝혔다.

이들의 논의는 박목월의 시세계가 근본적으로 은유의 시학에 바탕을 둔 근원 지향의 세계임을 밝히고 있다. 이는 면밀한 시분석을 통하여 박목월 시의 은유적 세계관을 조명함으로써 질적인 성과를 거두었다. 또한 이들의 논의는 기존 연구가 지닌 내용 중심성, 즉 기독교적 내용에 대한 일차원적 언급에 그치고 있다는 한계성을 상당히 극복하였다.[3] 하지만 이들이 논의한 은유는 다양한 수사학의 한 종류로서의 은유가 아니라 근원적인 세계관과 관련된 수사학으로서 이것은 은유의 형식 미학을 밝히는 데 중점을 둔 것으로 보기 어렵다. 이에 비해, 김현자는 흐루쇼브시키의 지시틀 이론을 활용하여 박목월 시의 형식 미학으로서의 은유를 분석하였다. 그는 박목월과 박용래의 시에 나타난 자연의식을 은유의 틀에 의해 정밀하게 분석함으로써 각각의 특성을 밝히고 있다. 그의 논의에서는 언술의 차원에서 두 시인의 은유적 상상력의 체계를 분석하여 시적 미감을 잘 드러냈지만 박목월의 극히 일부 시편만을 논의의 대상으로 삼았다는 점에서는 아쉬움이 남는다.

이처럼 박목월 시의 은유 연구는 몇 편의 소논문에 불과하며 언술의 차원에서 고찰한 것으로는 김현자의 논의뿐이다. 이것은 은유 연구가 박목월 시의 본질을 규명하는 중요한 작업임에도 불구하고 많은 연구자들이 간과해왔음을 잘 보여준다. 박목월의 후기시집 『경상도의 가랑잎』에서도 은유가 중요한 미학적 원리로 작용하면서 창조적인 의미를 생성하고 있다. 그럼에도 이에 관한 연구가 시도되지 못했다는 점에서 본고의 필요성을 제기할 수 있다.

박목월의 시집 『경상도의 가랑잎』은 중기시와 후기시를 구획하는 경계에 위치한다. 그의 중기시집 『난·기타』, 『청담』에는 가족이나 일상이 중심이 되며 결핍된 현실에서 갈등하고 고뇌하는 시의식이 주조를 이룬다. 이러한 시의식은 주로 자아의 사물화 내지는 식물화 양상으로 드러나면서 부정적 의미망을 형성한다. 이것은 후기시의 출발점이 되는 『경상도의 가랑잎』의 시기로 오면서 긍정적 인식으로 전환되는데 이는 시인의 고향회귀에 의해 가능해진다. 하이데거는

---

3. 금동철(2003), 위의 논문, 357쪽.

"근대는 고향상실의 시대이며, 근대인은 뿌리가 뽑힌 자이다"[4]라고 말한 바 있다. 도회지 서울에서 '뿌리가 뽑힌' 채 나그네로 살던 박목월 시인은 자신의 고향, 즉 존재의 근원지인 '경상도'로 회귀하여 자아를 비롯한 존재 일반의 본질을 사유하고 성찰하면서 불화의 관계에 놓여 있던 현실과 화해를 시도하게 된다.

본고에서 주목할 것은 이러한 시의식이 대립과 통합의 은유적 의미작용 속에서 전개되고 있다는 점이다. 박목월의 후기시집 『경상도의 가랑잎』에는 크게 식물화, 자연화, 사물화라는 은유 양상이 나타나며 이 가운데서도 사물화 양상이 지배적이다. 특히 사물화 양상은 박목월의 중기시에서 후기시로 이행되는 데 있어 인식의 변화를 가장 잘 반영해준다는 점에서 아주 중요하다. 이에 본고는 『경상도의 가랑잎』에서 주류를 이루는 사물화 양상에 천착하여 이것이 어떠한 은유 양상을 보이는지 살펴보고자 한다. 특히 언술의 차원에서 박목월 시의 은유를 분석함으로써 그의 시세계를 조명한 기존의 논의들과 변별성을 확보하고자 한다. 이 작업은 중기시에 나타난 사물화 양상과의 차이성을 밝힐 수 있다는 점에서도 의의를 지닌다.

그러므로 본고에서는 흐루쇼브스키의 지시틀 이론을 활용하여 박목월의 후기시집 『경상도의 가랑잎』에 극명하게 나타나는 사물화 양상[5]이 어떠한 은유적 의미맥락 속에서 시적 의미와 긴장을 생성

---

4. 박찬국, 「현대에 있어서 고향상실의 극복과 하이데거의 존재물음」, 『하이데거의 존재사유』, 철학과 현실사, 1995, 83쪽.

5. 박목월의 시집 『경상도의 가랑잎』에는 인간의 사물화, 시간의 사물화, 공간의 사물화로 은유 양상이 전개되고 있다. 본고에서는 인간의 사물화와 시간의 사물화에 대하여 논의하고, 공간의 사물화에 관해서는 다음 지면을 통해 논의하기로 한다.

하는지 밝히고, 이를 통하여 드러나는 그의 인식의 확장과 미학적 갱신을 조명하고자 한다. 본론에서는 은유 양상을 도표화하여 구체적으로 살펴볼 것이다.

2. 인간의 사물화

현실세계에 집중하여 생활인으로 살아온 박목월은 『경상도의 가랑잎』의 시기로 오면서 본원적 공간인 고향으로 회귀하여 자신의 삶을 성찰하고 지상적 존재의 본질을 모색하게 된다. 이것은 하늘의 뜻을 아는, 지천명의 나이에 접어든 시인에게 있어서는 아주 자연스러운 것이기도 하다. 여기서 주목할 것은 이러한 시의식이 은유적 의미망 속에서 시적 의미를 산출한다는 점이다. 우선 그의 시 〈고향에서〉에서 시인의 귀향의식과 그곳에서의 일상이 어떻게 드러나는지 살펴보자.

> 팔목시계를 풀어놓듯
> 며칠 고향에서 지냈다.
> 옛친구며
> 친구의 친구들과 어울려
> 술자리도 함께 하고
> 先山에도 가보고
> 나의 묏자리를 생각하며
> 山도 둘러보았다.
> 진정 인생이란 무엇일까.
> (중략)

고향에 돌아와서

비로소 나의 인생을 뉘우쳐 보았다.

〈고향에서〉 부분

위 시에는 '나의 마음'(fr₁)을 '내려놓'는 행위와 '팔목시계'(fr₂)를 '풀어놓'는 행위가 동일시되면서 인간 내면의 사물화가 성립한다. 이때 '팔목시계를 풀어놓'는 것은 지상적 시간의 속박으로부터 벗어나고자 하는 화자의 의지적 행위이다. 그래서 이 시에 나타난 인간 내면의 사물화 양상은 무거운 현실을 벗어나 가벼움을 획득하려는 화자의 지향성을 표면화한 것으로 볼 수 있다. 이런 행위는 "근대적인 시간, 직선적인 시간으로부터 해방"됨을 의미하며, 때문에 그에게 있어 고향이란 "무시간의 세계로 들어갈 수 있는 세계"가 된다.[6] 고향에서 화자는 '인생이 무엇일까'에 대하여 진지하게 사유한다. 그는 '옛 친구'를 만나고 '선산'에도 가고, 자신의 '묏자리'도 둘러보며 죽음에 대해서도 생각한다. 또한 '꿈과 야심과 사랑'으로 대변되는 젊은 날의 '부질 없는 허망'을 깨닫기도 하고, 산머리에 놓인 '묘석'을 바라보며 자신의 삶을 뉘우치기도 한다. 이렇듯 그에게 고향은 육체적·정신적으로 쉼을 누리는 안식처일 뿐만 아니라 유한한 생을 성찰하는 존재론적 공간이다.

특히 이 시에는 시적 화자의 내면세계가 사물화됨으로써 귀향의식이 편안함, 자유로움, 여유로움 등으로 구체화되는데 이는 시인의 가벼움에의 지향성을 잘 보여준다. 바슐라르에 의하면, 가벼움의 본능

---

6. 최승호, 「박목월 시의 나그네 의식」, 『한국언어문학』제58집, 한국언어문학회, 2006.9, 268쪽.

은 삶의 가장 깊은 본능들 중의 하나이다.[7] 인간은 본능적으로 현실의 무거움을 가벼움으로, 경직됨을 유연함으로 바꾸려는 초월의지를 지닌다. 그의 시 〈만년의 꿈〉에서도 존재의 가벼움이 구체화되는데 이 시에 나타난 은유체계를 도표화하면 다음과 같다.

마른 잠자리의
날개.
혹은 나비의 標本.
섬세하게 乾燥한
어제의 꿈.
마른 잠자리의
날개의 그림자.
혹은
핀세트로 집은 나비의
觸角.
오블라아토로 포장된
어제의 草原.
지난 것은
모두 過誤의 連續.
혹은
실수의 연발.
마른 잠자리의
날개에 아른거리는
뉘우침의 아라베스크.

7. Bachelard, Gaston, 『공기와 꿈』, 정영란 역, 민음사, 1993, 68쪽.

혹은

마른 나비의 觸角이 지시하는

운명의 方向.

다만

오늘은 마른 잠자리의

삭막한 寢床.

혹은

날개에 아른거리는

섬세하게 乾燥된

晚年의 꿈.

〈만년의 꿈〉 전문

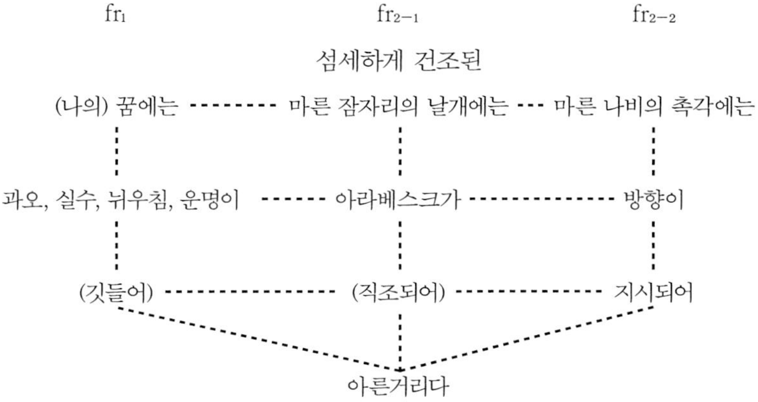

이 시에는 함축적 화자의 존재론적 성찰이 은유적으로 형상화되어 있다. 여기서는 '나의 꿈'(fr₁)이라는 인간의 내면세계를 기본적 지시틀로 삼을 수 있는데 이는 과거를 환유하는 '어제'라는 시간을 전제로 한다. 이것은 '마른 잠자리의 날개'(fr₂₋₁)와 '마른 나비의 촉각'

(fr_{2-2})과 은유적 관계를 형성하면서 시적 의미를 생성한다. 어제의 '나의 꿈'이 지닌 건조함이나 삭막함은 '마른 잠자리의 날개'와 '마른 나비의 촉각'의 존재 상태와 동일시된다. 또한 '나의 꿈'에 '깃들'어 있는 '과오, 실수, 뉘우침, 운명'은 '날개'에 '직조되'어 있는 '아라베스크'와 '촉각'에 '지시되'어 있는 '방향'과 의미론적 대응을 이룬다. 이것은 시적 주체들이 남긴 지상적 삶의 자취이자 흔적이다. '아라베스크'는 기하학적인 직선 무늬나 넝쿨무늬 등을 배열해 놓은 장식으로서 복잡하고 섬세하게 뒤얽힌 화자의 내면 상태를 암시한다. 그리고 나비의 가늘고 긴 '촉각'이 지시하는 방향은 존재의 생존의 노정을 암시하고 있다. 세 지시틀은 '아른거리다'라는 술어를 공유하여 상호작용함으로써 융화되는데 이는 '희미하게 보이다 말다'하는 상태로서 소멸 내지 적멸의 징후를 함유하고 있다.

　여기서 주시할 것은 '나의 꿈'을 비유하는 '마른 잠자리의 날개'와 '마른 나비의 촉각'이 생명력이 거세된 채 박제화되어 있다는 점이다. 표본으로 존재하는 '잠자리', '나비'는 생물이라기보다는 오히려 무생물로서 사물에 가깝다고 할 수 있다. 위 지시틀의 '깃들어' '직조되어' '지시되어'라는 술어군은 정태화된 시적 주체의 존재 상태를 잘 보여준다. 한편, 이 시의 "오블라아토로 포장된/ 어제의 草原"에서는 생동감 있는 '어제의 초원'이 '오블라아토'로 '포장'됨으로써 갇힘 또는 묶임을 의미화하고 있다. 이는 메마르고 삭막한 존재 양태를 보여줄 뿐만 아니라 나아가 죽음을 함축하고 있다는 점에서 부정적인 의미를 띠기도 한다. 그럼에도 이것은 지상의 세속적인 욕망이 잦아드는, 탈속의 상태에 닿아 있다는 점에서 긍정적인 의미를 확보하고 있다. 특히 시 마지막의 "다만/ 오늘은 마른 잠자리의/ 삭막한 寢床./ 혹은/ 날개에 아른거리는/ 섬세하게 乾燥된/ 晚年의 꿈"이라는 시구에

서 화자는 '삭막한' 자신의 현재적 실존, 즉 가벼운 존재감을 담담하
게 진술하고 있는데 이러한 인식은 존재의 한계를 수긍하는 시인의
의식세계에서 배태된 것이다.

이처럼 이 시에서는 시적 화자의 내면 상태가 사물화되어 나타나는
데 이는 섬세하게 '건조되'는 행위에 의해서 가벼움이 형상화되고 있
다. 이는 존재의 소멸 내지 죽음을 내포함으로써 허무감을 촉발시키
기도 하지만 이것이 고뇌와 갈등으로 연결되지는 않는다. 이러한 양상
은 그의 시 〈낙서〉에도 유사하게 나타난다. 이 시의 "썩은 板子의/ 팍
팍한 感觸을/ (중략)/ 모래의/ 물로써 엉키지 않는/ 목마른 건조성을/
어릴 때부터 나는 알고 있다./ 무엇이나/ 頹落되는 것은/ 팍팍해진다./
무릎 아래는 마비되고/ 나의 詩는/ 모래가 된다"라는 시구에는 '나의
시'(fr₁), '나의 무릎'(fr₂), '모래'(fr₃), '썩은 판자'(fr₄)라는 네 층위의 지시틀
이 비유적 관계로 결합하고 있다. 여기서 '엉키지 않'는 메마른 상태가
존재의 가벼움을 의미한다면 '썩은 판자'의 '팍팍함'은 죽음을 환기시킨
다. 이 시에서도 시인은 유한자의 실존을 자각할 뿐만 아니라 수긍하
고 있다. 특히 그는 '신'을 매개로 하여 초월을 시도하는데 이것은 '시
간'(fr₅)의 층위와 연계되므로 다음 장에서 보다 상세히 다루기로 한다.
위의 시편에서 사물의 '건조되'는 행위에 의해 가벼움이 생성된다면 아
래의 시 〈운석〉에서는 '타'는 행위에 의해 가벼움이 생성된다.

> 잠이나 자자.
> 돌아 누우면 언제나 황홀한
> 그 망각.
> 그럴 테지,
> 숭굴숭굴한

운석.
타고 남은 것은
무엇이나 가벼워진다.
나의 시도
그게 시냐.
海綿石보다 가벼운.
하지만
씁쓸한 대로
불평 없는 나의 주야.
대범한
나의 偏足.
잠이나 자자,
돌아 누우면 언제나
황홀한 雲霧.
나의 머리 위로 부는
허허로운 바람.
그럴 테지.
타버린 것의
자기정리.
타버리고 남은 것은
무엇이나 정결하다.
타고 남은
운석.
가벼운 돌.
씁쓸한 대로 대범한
내일의

나의 시,

나의 노년.

* 씀씀하다: 無味하다는 뜻.

〈隕石〉 전문

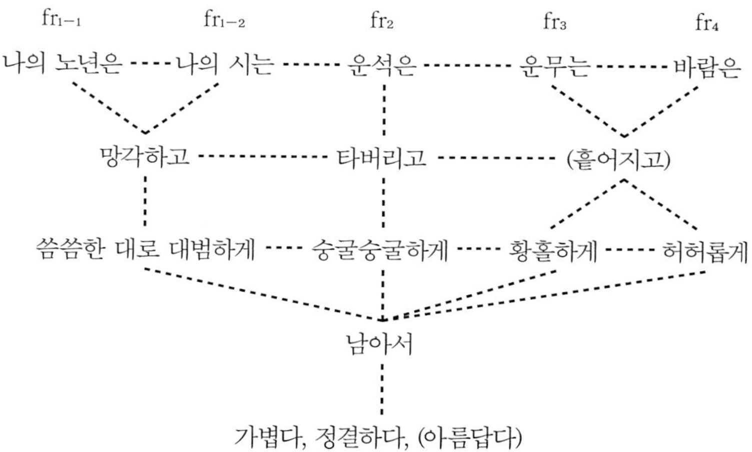

여기서는 '내일'이라는 시간을 전제한 '나의 노년'(fr₁₋₁), '나의 시'(fr₁₋₂)라는 존재론적 층위를 기본 지시틀로 설정할 수 있다. 이것은 이 시의 중심 대상인 '운석'(fr₂)과 등가의 자리에 놓임으로써 존재의 사물화가 성립한다. '운석'은 대기 중에 돌입한 유성이 다 타버리지 않고 땅에 떨어진 별똥으로서, 단단한 돌이 아닌 '타다 남'은 가벼운 돌이다. '숭굴숭굴하'게 큼직한 구멍을 지님으로써 가벼움을 표상하는 '운석'은 '나의 노년'이라는 저물어가는 생, '나의 시'라는 실존적 행위에 의해 산출된 시작품과 동일시된다. 이들은 단단하고 무거운 이미지가 아니라 헐겁고 가벼운 존재 양태를 의미화하고 있다. 한편,

'구멍'을 통해 조성되는 가벼움의 양상은 그의 다른 시 〈백국〉에도 나타난다. 이 시의 "인생은/ 날무처럼 밑둥에 바람이 들고/ 무릎이 춥다"에서는 화자의 '인생'(fr₁)이 '날무'(fr₂)에 비유되는데 바람이 들어 '숭숭하'게 구멍이 난 '날무'의 존재 상태는 '운무'의 그것과 아주 흡사하다. 다만 위 시의 '운석'은 '타'는 연소의 행위를 통해 정화된 상태를 부여받으며, 때문에 '타버린' 것에서 비롯된 소멸은 정결함으로서 부정적인 의미가 아닌 긍정적인 의미를 지닌다.

이 시 마지막의 "쓸쓸한 대로 대범한/ 내일의/ 나의 시,/ 나의 노년"이라는 시구에는 '나의 시'와 '나의 노년'이 등가를 이루는데 이것은 시와 삶이 합치된 상태를 보여준다. 여기서 '나의 시'와 '나의 노년'은 '잠'이라는 '망각' 행위를 통하여 가벼워지고 정결해진다. 이 俗적인 것이 聖적인 것으로 化하는 순간은 가벼움의 성취이자 정결함이며 자기정리의 상태이다.[8] 이러한 자기정리는 근원으로의 회귀를 함축하고 있다. 이렇듯 '망각'의 행위는 '타'는 행위와 마찬가지로 가벼움을 생성한다는 점에서 동질적이다. 한편, 사물화된 '나의 노년'과 '나의 시'는 다시 '운무'(fr₃), '바람'(fr₄)이라는 유동적 자연[9]과 병치되어 은유적 고리를 이룬다. 구름과 안개를 아우르는 '운무'는 세례적인 속성을 지니며[10] 나아가 '흩어지'는 확산적 운동성을 통해 소멸을 의미화한다. 특히 '황홀한' 분위기를 조성하는 이 '운무'는 '아름답다'라는 존재 양태를 파생시킨다. 그리고 '나의 머리 위로 불어와'서

---

8. 김혜니, 「박목월 시 공간의 기호론적 연구」, 이화여대 대학원 박사학위논문, 1990, 169쪽.

9. '운무'와 '바람'은 유동적 자연이라는 점에서 같은 층위로 묶을 수도 있으나 질료의 차원에서 확연한 차이를 보이므로 독립적인 지시틀로 세웠다.

10. 유혜숙, 「박목월 시에 나타난 신성과 신비의 베일로서의 어스름」, 『한국문학이론과 비평』제17집, 한국문학이론과 비평학회, 2002.12, 119쪽.

무거운 삶의 역정들을 무화시키는 '바람'도 가벼움을 표상하는데 이는 '허허롭다'는 상태로 표면화된다.

다층적인 이들 지시틀은 상호침투하면서 복합적인 의미맥락을 형성한다. 위 지시틀의 '망각하고'－'타버리고'－'흩어지고'라는 술부군은 유동적 내지는 역동적 행위로서 생성이 아닌 쇠함을 주도한다는 점에서 유사성을 지닌다. 이러한 양상은 '남아서'라는 시어로 수렴되고, 다시 '가볍다, 정결하다, 아름답다'라는 존재 상태로 연계되면서 긍정적인 의미를 산출한다. 이것은 '비유적 상황'[11]으로서 이질적인 지시틀을 동질성의 자리로 융합시킨다. 이때 '씁쓸한 대로 대범하게'－'승굴승굴하게'－'황홀하게'－'허허롭게'라는 부사군은 이것을 부연하는데 특히 유한자적 인식에서 촉발되는 허허로움은 황홀감과 교차하면서 긍정적 인식으로 흡수된다. 위 시에는 화자가 사물화됨으로써 존재의 가벼움이 생성되는데 이는 무욕과 탈속이라는 그의 초월적 욕망을 함유하고 있다는 점에서 긍정성을 확보한다. 이렇듯 박목월의 후기시에는 유한성에 대한 자각이 갈등과 고뇌로 연결되는 대신에 이를 수용하고 긍정하는 화해의 양상을 보여준다는 점에서 특징적이다.

한편, 위의 시편에서 인간의 사물화 양상이 존재의 가벼움, 즉 '경화'(輕化) 상태를 보여주고 있다면, 아래의 시편에서는 이것이 '경화'

---

11. 비유적 사건(figurative event) 혹은 비유적 상황(figurative situation)은 실제(또는 현실)와 상상의 경계가 깨어지는 순간을 의미한다. 이는 텍스트 안에서 만들어진 시적 허구의 세계 안에서는 실제로 일어난다고 여겨지지만 현실적으로는 비유적인 것이다. －Hrushovski, Benjamin, 「Poetic Metaphor and Frames of Reference with Examples from Eliot, Rilke, Mayakovsky, Mandelshtam, Pound, Creeley, Amichai, and the New York Times」, 『Poetics Today』, vol. 5, 1984, 26－27쪽.

를 넘어 존재의 죽음, 즉 '무화'(無化) 상태를 보여주고 있다. 그의 시 〈이별가〉에는 이승과 저승의 갈림길에 놓인 존재의 '죽음'이 두 사람 사이의 '이별'로 그려지고 있다.

이승 아니믄 저승으로 떠나는 뱃머리에서
나의 목소리도 바람에 날려서

뭐락카노 뭐락카노
썩어서 동아밧줄은 삭아내리는데

하직을 말자 하직 말자
인연은 갈밭을 건너는 바람

뭐락카노 뭐락카노 뭐락카노
(중략)

뭐락카노, 저 편 강기슭에서
니 음성은 바람에 불려서

오냐. 오냐. 오냐.
나의 목소리도 바람에 날려서.

〈이별가〉 부분

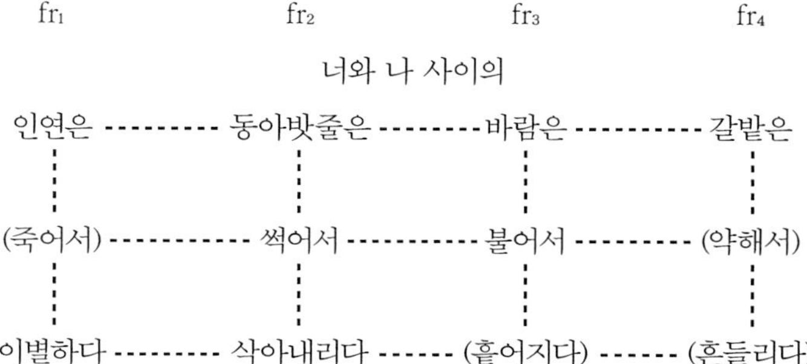

  위 시의 중심 공간은 '이편'과 '저편'을 구획하는 '강'으로서 삶/ 죽음, 이승/ 저승을 경계하는 표상 공간이다. 시적 화자 '나'는 강 이편 '뱃머리'에 서서 '저 편 강기슭'으로 떠나는 '너'를 애타게 부르는데 이것은 단순한 이별이 아닌 '죽음'이라는 인간의 한계상황을 의미한다. 언술의 차원에서 볼 때, 이 시의 '인연'(fr₁)은 '동아밧줄'(fr₂)과 등가를 이루면서 사물화된다. 굵고 튼튼하게 꼰 '동아밧줄'이 썩어서 삭아내린다는 것은 '너와 나' 사이의 관계 단절을 암시한다. '동아밧줄'은 사람과 사람, 존재와 존재를 연결해주는 단단한 끈 혹은 인연을 상징하지만 이 역시 시간 속에서 '삭아내리'는 허무한 것에 불과하다.[12] 이를테면 이 시에서 '동아밧줄'이라는 사물은 소멸에서 파생되는 허무의 표상물인 셈이다. 그리고 4연의 "인연은 갈밭을 건너는 바람"이라는 시구에서는 둘 사이에 맺어진 '인연'이 갈대밭을 건너는 '바람'(fr₃)에 비유되어 해체에 의한 죽음의식이 형상화된다. 이때 공간적 인접성에 의해 '바람'과 환유로 결합한 '갈밭'(fr₄)은 '약하'여 이리저리 '흔들리'는 행위로써 그 존재성을 드러낸다.[13] 말하자면 '갈밭'이라는

---

12. 김재홍, 『한국현대시인연구』, 일지사, 1987, 372쪽.

식물적 공간은 '갈대'의 존재 양태에 의해 그 속성이 규정되는데 이는 단단하고 속이 비어 이리저리 흔들리는 '갈대'에 의해서 유약하고 불완전한 존재성을 함유하는 공간이 된다.

이들 지시틀의 상호작용 속에서 죽음에 의한 인간의 '이별'은 '동아줄'이라는 사물의 '삭아내림'과 동일화되며, 이것은 다시 '바람'의 '흩어짐'과 '갈대밭'의 '흔들림'과 동일화된다. 즉 이별, 삭아내림, 흩어짐, 흔들림은 생성이 아닌 쇠함의 존재 상태를 구체화한다는 점에서 동일한 의미맥락을 형성한다. 이때 인간의 층위→ 사물의 층위→ 자연의 층위→ 식물의 층위로 전이되는 은유 양상은 시인의 인식의 확대와 갱신을 잘 보여준다. 이는 인간의 '죽음'이라는 관념적인 개념을 구상화함으로써 구체성을 확보하고 있다. 결국 이들 지시틀은 존재의 사라짐, 즉 소멸이라는 동질성을 확보하면서 부정적 의미망을 형성한다.

그런데 '바람'은 긍정과 부정의 이중적 의미를 함유하고 있다. 즉 이 시의 "니 음성은 바람에 불려서", "나의 목소리도 바람에 날려서"라는 시구에서 '바람'은 해체와 소멸을 주도할 뿐만 아니라 지상적 인연의 끝자락을 매개하는 데 핵심적인 역할을 한다. 후자는 이별을 완강히 거부하는 지상적 존재의 애절한 몸짓을 의미한다. 이러한 극복의지에도 불구하고 바람 속에서 '목소리' 내지 '음성'은 무정형의 상태로 대기 중에 떠다닐 뿐 두 존재에게 결속감을 부여하지는 못한다. 그래서 '하직을 말자 하직 말자'라고 하는 그의 간절한 바람은 무력화되어 버리고 만다. 여기서 주목할 것은 시적 화자가 "오냐, 오

---

13. 박선영, 「박목월의 후기시에 나타난 죽음의식의 은유체계」, 『한국문학논총』제52집, 한국문학회, 2009.8, 295쪽.

냐. 오냐."라고 되뇌면서 지상적 존재의 유한성을 수긍하며 죽음과 조우하고 있다는 점이다. 이것은 "영원한 이별로서 죽음과의 화해 또는 죽음 길들이기"[14]로서 긍정적 의미를 지닌다.

이러한 양상은 시 〈도포 한 자락〉의 "임자, 나는 도포자라기/ 펄렁펄렁 바람에 날려/ 하늘가로 떠도는./ 누가 꿈인 줄 알았을락꼬.// 임자는 포란 물감./ 내 도포자라기의 포란 물감./ 바람은 불고/ 정처 없이 떠도는 도포자라기.// 우얄꼬. 물감은 바래지는데/ 우얄꼬. 도포자라기는 헐어지는데/ 바람은 불고/ 지향 없는 인연의 사람 세상"이라는 구절에도 잘 나타난다. 시적 화자 '나'는 '도포자라기'로 직물화되고, 그의 아내인 '임자'는 '포란 물감'으로 질료화되는데 이때 '도포자라기'와 '포란 물감'은 '은환유'[15]의 관계에 놓여 있다. 그런데 '도포자라기'의 헐어짐과 '물감'의 바래짐은 단순히 '나'와 '임자'의 삭아지는 목숨을 비유하는 차원을 넘어 지상에서 맺은 '인연'의 소멸을 은유화한 것으로 볼 수 있다. 즉 지향없이 떠돌면서 '사라지'는 '인연'(fr_1)은 '헐어지'는 '도포자라기'(fr_2)와 '바래지'는 '포란 물감'(fr_3)으로 사물화되면서 존재의 유한함을 구체화하며 이는 다시 '바람'(fr_4)과 환유적 관계로 결합하여 정처 없이 불면서 '흩어지'는 존재의 해체를 의미화한다.[16] 이들 지시틀은 상호침투하면서 소멸과 해체에 토

---

14. 김재홍, 「목월시의 성격과 시사적 의미」, 박현수 편 『박목월』, 새미, 2002, 80쪽.

15. 움베르토 에코에 따르면, 심층적인 면에서 은유와 환유는 깊이 연관되어 있다. 모든 은유는 그 뿌리를 거슬러 올라가면 부호체계를 구성하고 부분적이건 전체적이건 모든 의미장의 구조가 기초하는 일련의 환유적 연관성과 만난다는 것이다. 또 리처즈와 막스 블랙의 상호작용이론에서 보더라도 축어적 관념과 비유적 관념 사이에 상호작용이 일어난다는 것은 이미 이 둘이 환유적 관계를 맺고 있음을 말해 주는 것이다. 실제로 어떤 비유는 은유로 봐야 할지, 환유로 봐야할지 경계선이 모호하고 애매하며 분류하기가 쉽지 않다. 이때는 '은환유'라는 용어로 부른다. ―김욱동, 『은유와 환유』, 민음사, 2004, 189-199쪽.

대 한 죽음의식을 가시화하는데 이는 생의 허무감을 촉발시킨다. 이런 사물화 양상은 지상에서의 인간의 죽음, 특히 인연의 단절로서 죽음을 형상화함으로써 부정적 의미망을 형성한다. 그런데 이 시의 "임자, 나는 도포자라기/ 펄렁펄렁 바람에 날려/ 하늘가로 떠도는"이라는 시구에는 '도포자라기'로 변주된 화자의 초월적 몸짓이 상징적으로 드러나 있다. 이것은 유한한 실존을 수긍한 화자의 초월의지의 발현이라는 점에서 긍정적인 의미를 띤다.)

이와 같은 존재의 무화 양상은 그의 시 〈청파동〉에도 나타난다. 이 시의 "어느 막다른 골목은/ 비어 있었다./ 그 골목은/ 강소천의 가랑잎처럼 밭은/ 음성이 깔렸는데/ 소천은 어디로 갔느냐./ 죽었다는 것이 무슨 뜻이냐"에서는 작가 '강소천'의 '밭은 음성'(fr_1)이 '가랑잎'(fr_2)에 비유되고 있다. 나무와 분리되면서 생명이 사라진 '가랑잎'은 식물이 아닌 사물로 볼 수 있는데 지상적 존재가 '가랑잎'이라는 아주 작은 사물로 인식됨으로써 생의 허무감이 촉발된다. 이에 반해, 그의 다른 시 〈이·삼일〉에서는 사물화 양상이 허무의 차원을 넘어서고 있다. 이 시의 "어느 날 우리에게도 이런 날이/ 불의에 닥쳐와/ 차례차례로 신발을 벗어 놓듯/ 떠나게 될 것이다"라는 시구에는 지상을 떠나는 '우리'(fr_1)의 죽음이 '신발'(fr_2)을 '벗어 놓'는 행위에 비유된다. 여기서 사물화된 인간의 '죽음'이 허무감을 촉발시킴에도 불구하고 이를 수용하고 긍정하는 화자의 시의식이 감지된다.

이밖에 그의 시 〈달빛〉에는 인간과 신발이 비유적 관계로 결합하여 불멸에의 지향성을 형상화하고 있다. 이 시의 "달빛을 걸어가는 흰 고무신,/ 오냐 오냐 옥색 고무신/ 님을 만너라 가지러?/ 아닙니다,

---

16. 박선영(2009), 위의 논문, 293-294쪽.

애./ 낭군을 마중 가나?/ 아닙니다, 애./ 돌개울을 디딤돌도/ 안꼴짜기로 기어 오르는/ 달밤이지러 애"에는 시적 주체의 '걸어가'는 행위에 의해 '인간'(fr_1)이 이를 환유하는 '흰 고무신, 옥색 고무신'(fr_2)으로 사물화된다. 그는 '달빛'이 비치는 밤에 죽은 자를 기리기 위해 제사를 드리러 가는데 이런 행위에는 영원성에의 희구가 내재해 있다. '합문'을 하고 나면 '마당'은 '달빛'을 받아 허옇게 되고, '도포자락'도 그 달빛이 묻어서 초월적 기운이 감돈다. 이것의 밑바닥에는 인간의 유한한 실존을 자각하고 이를 초극하려는 시인의 불멸의 욕망이 깔려 있다. 이처럼 박목월의 『경상도의 가랑잎』에는 인간의 극한 상황인 '죽음'이 중요한 시적 화두로 부각되고 있다. 이것은 죽음이 인간의 본질적인 문제이기 때문이다. 그의 시집 제목 '경상도의 가랑잎'에서 그는 '고향'과 '죽음'의 이미지를 상징적으로 연결함으로써 죽음과 화해하고자 하는데 이것은 결국 근원으로의 회귀 또는 자유로의 귀환을 지향하는 것으로 풀이될 수 있다.[17]

이와 같이 박목월의 후기시집 『경상도의 가랑잎』에는 인간의 사물화 양상이 나타나는데 이는 존재의 가벼움이라는 '경화'의 상태와 존재의 죽음이라는 '무화'의 상태를 구체화하고 있다. '경화'의 상태는 허무감이라는 부정적 의미를 나타내지만 무욕과 탈속에 근거한 초월적 욕망을 함의함으로써 긍정적인 의미를 확보한다. 또한 '무화' 상태에서도 유한자의 허무감이 촉발되고 있지만 시인이 이를 수긍함으로써 화해의 양상을 보여준다. 박목월의 후기시에는 유한성에의 자각이 갈등과 고뇌로 연결되지 않고 화해의 양상을 보여주는데 이는 부정적 의미망을 형성하는 중기시의 사물화 양상과 뚜렷한 차이를 보

---

17. 김재홍(1987), 앞의 책, 377쪽.

이는 특성이다. 여기서는 추상→ 구상, 구상→ 구상, 구상→ 추상으로 변주되는 양상을 통해 구체성을 확보하고 있다.

3. 시간의 사물화

박목월 시인의 존재론적 자각과 성찰은 지상적 '존재'에 대한 인식 뿐만 아니라 '시간'에 대한 인식을 통해서도 이루어지고 있다. 전자와 마찬가지로, 후자 역시 대립과 통합이라는 은유적 의미작용에 기반해 있음을 볼 수 있다. 우선 그의 시 〈일일〉에서 '시간'이 어떠한 은유 양상을 보이는지 살펴보기로 한다.

銅錢도
돈이지만
또한 돈일 수 없지만
元曉橋 欄干 위로
해는 떨어지고
江 건너
비행장에
불을 켠 채 着陸하는 밤비행기.
나의
하루의
空虛한
歸還을,
(중략)
발길에 채여

어둠 속으로
땡그르르 굴러가는
一九六六年 十二月 一日
내 생애의 동전 한닢.

〈一日〉 부분

위 시의 시간적 배경은 한해의 마지막 달 첫날이다. 시적 화자는 해가 떨어지고 어둠이 찾아오는 시간에 자신의 자리로 귀환한다. 그는 자신에게 주어진 '一日', 즉 그의 '생애'를 환유하는 '하루'에 대하여 사유한다. 이때 '나의 하루'(fr_1)라는 지상적 존재의 시간이 '동전 한닢'(fr_2)에 비유되는 시간의 사물화 양상이 나타난다. 이 시의 "銅錢도/ 돈이지만/ 또한 돈일 수 없지만"이라는 시구에는 '동전'의 가치가 가벼움으로 진술되고 있으며, 이것이 "발길에 채여/ 어둠 속으로/ 땡그르르 굴러가"는 움직임 역시 가벼움으로 묘사되고 있다. 그는 이러한 '동전'의 움직임이 '나의 하루'라는 시간의 흐름과 다르지 않음을 인식한다. '나의 하루'가 순식간에 '흘러가버리'는 행위는 '동전 한닢'이 어둠 속으로 땡그르르 '굴러가'는 행위와 맞물린다. 따라서 그에게 주어진 지상적 시간은 가벼움의 양태를 보이면서 '공허'한 내면 상태를 촉발시킨다. 이처럼 이 시에는 화자에게 부여된 '하루'라는 지상적 시간이 '동전 한닢'으로 사물화됨으로써 소멸에 의한 허무감을 자아내고 있다. 이에 반해, 그의 다른 시 〈모일〉에는 허무감뿐만 아니라 이를 수긍하는 시의식도 함께 나타난다.

사과가 괴어 있다.
쇼우 윈도우에

아슬아슬하게 아름다운

한 幅의 그림.

이내 무너지게 되면

그것을

누가 기억할 것인가.

누가 기억할 것인가.

흐린 하늘 아래

그림자도 없이 오고 간

오늘 하루의

나의 허덕임

나의 괴로움

그리고 나의 성의와 「있음」을

누가 기억할 것인가.

사라지는 담배 연기.

사라졌음 졌지,

그것이

새로운 담배가치에

불을 붙이게 한다.

〈모일〉 부분

위 시에서는 '오늘 하루'(fr₁)를 기본적 지시틀로 삼을 수 있다. 시적 화자는 '시계'를 잊고 나와서 허전함을 느낀다. 그는 쇼우 윈도우 안에 차곡차곡 괴어 있는 '사과'를 보게 되는데 이것은 아름다운 '한 폭의 그림'(fr₂)을 이룬다. 사물화된 이 풍경은 '아슬아슬하게'라는 부사어에 의해 위태로움을 전달할 뿐만 아니라 '무너지'는 행위와 연결되면서 소멸과 붕괴를 암시하고 있다. 이러한 양상은 "흐린 하늘 아

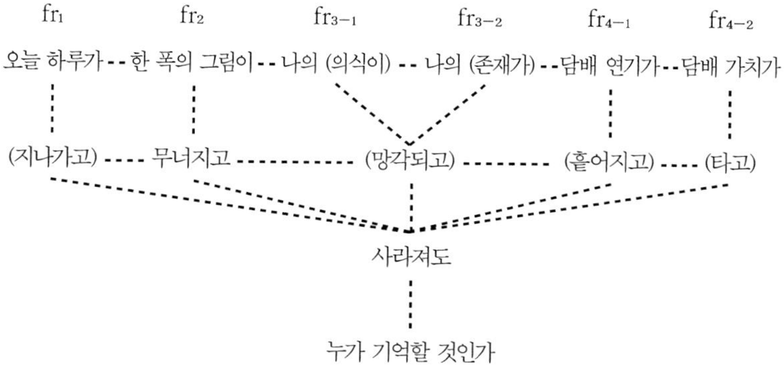

래/ 그림자도 없이 오고 간/ 오늘 하루"라는 시구와 병치되어 적멸해가는 '오늘 하루'와 은유적 관계를 이룬다. 이때 사물화된 '오늘 하루'는 '그림자도 없'이 무화되는 시간으로 드러난다. 이것은 다시 "나의 허덕임,/ 나의 괴로움,/ 그리고 나의 성의와 「있음」"이라는 시구와 병치되어 비유적 관계를 형성한다. 여기서 화자 '나'의 '허덕임', '괴로움', '성의'가 '나의 의식'(fr_{3-1})이라는 내면상태를 의미한다면 「있음」은 '나의 존재'(fr_{3-2})를 의미한다고 볼 수 있다. 이것은 다시 "사라지는 담배 연기./ 사라졌음 졌지,/ 그것이/ 새로운 담배가치에/ 불을 붙이게 한다"라는 시구와 병치되어 '담배 연기'(fr_{4-1})와 '담배 가치'(fr_{4-2})라는 지시틀을 파생시킨다. 담배는 담뱃잎을 말려서 가공한 기호품, 즉 사물이며 이것을 태울 때 나오는 '담배 연기'는 존재의 가벼움을 표상하는 기체적 질료이다. 이들 지시틀은 '사라져도'라는 시구를 공통항으로 가지면서 소멸의 의미를 수렴해낸다. 그래서 '오늘 하루'가 '지나가'는 것은 '한 폭의 그림'이 '무너지'는 행위, '나의 의식'과 '나의 존재'가 '망각되'는 행위, '담배 연기'가 '흩어지'는 행위, '담배 가치'가 '타'는 행위와 동일한 의미망을 형성한다.

이와 같은 해체와 붕궤의 양상은 다시 "누가 기억할 것인가"라는 시구와 연결되는데 이것의 반복에는 존재론적 회의와 허무가 묻어 있다. 하지만 화자는 "사라지는 담배 연기./ 사라졌음 졌지"라고 말하면서 '담배 연기'의 소멸에 대해 체념하고 수긍하며 또 다시 새로운 '담배가치'에 '불'을 붙이는 행위로써 반응한다. 이때 '사라지는 담배 연기'라는 시구에 허무감이 스며있다면 '사라졌음 졌지'에는 소멸하는 것에 대한 체념과 수긍의 태도가 배어 있다. 이렇게 이 시에는 네 층위의 이질적인 지시틀이 병치되어 비유적 관계를 이루면서 지상적 존재와 그의 시간의 소멸을 형상화하고 있다. 여기에는 인간의 사물화와 시간의 사물화 양상이 겹쳐 있다. 인간의 사물화가 유한자적 실존을 구체화한다면 시간의 사물화는 그에게 주어진 지상적 시간의 소멸을 구체화한다. 특히 이 시에는 소멸하는 지상적 시간이 '붕괴'와 '해체'의 상태로 드러나고 있다는 점에서 특징적이다. 그의 다른 시 〈노안〉에서도 소멸하는 시간이 사물화되어 나타나는데 여기서는 허무감의 차원을 넘어서고 있다.

가까운 것은
몽롱하고
먼 것이 선명해진다.
신문을
펴면
흔들리는 세상.
노안이어.
그
안개 속으로

바다에는

소나기처럼

떨어져 쏟아지는 갈매기.

시간은 수축되고

지상에는

바스러지는 바윗돌.

이

붕궤는

차라리 황홀하다,

시간은 수축되고

꽃이 피고 열매가 여무는 것이

순간의 일이다.

〈노안〉 전문

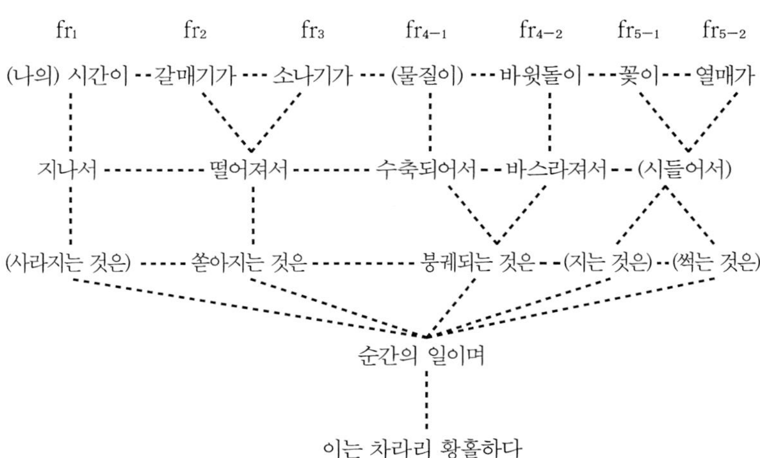

이 시의 화자는 '노안'이라는 신체 상태를 통해 지상에서 얼마 남지 않은 '나의 시간'(fr₁)을 인식하게 된다. 여기서는 '노안'으로 인해 '가까운 것'은 몽롱하고 '먼 것'은 선명하게 보이는 도치된 세상이 펼쳐지고 있다. 그의 눈에 비친 이 '세상'은 흔들림으로 드러나는데 이는 시각적인 차원뿐만 아니라 심리적인 차원으로도 이해할 수 있다. 이 시의 "노안이어./ 그/ 안개 속으로"라는 시구에서 '노안'은 '안개 속'이라는 흐릿한 풍경과 서로 맞물린다. 그 안개 속으로 '바다'에는 '갈매기'(fr₂)가 '떨어'져 '쏟아지'는데 이는 직유적 언술에 의해 '소나기' (fr₃)가 '세차'게 '퍼붓'는 행위와 동일시된다. 이들은 '나의 시간'과 병치되어 은유적 관계를 이룸으로써 '나의 시간'이 '흘러'서 '사라지'는 것은 '갈매기'와 '소나기'가 '떨어져'서 '쏟아지'는 상태와 동일한 의미 맥락을 형성한다. 그런데 "시간은 수축되고"라는 시구에서는 '수축되다'는 동사에 의해 '물질'(fr₄₋₁)이라는 지시틀이 새롭게 파생된다. 여기서 시간이 '수축'된다는 표현은 추상적 시간 개념을 양감이 있는 사물의 형태로 전환시키고 있는 경우라 할 수 있는데 이러한 시간의 사물화는 시적 화자가 죽음을 관념적으로 생각하는 것이 아니라 대단히 구체적으로 느끼고 있음을 암시한다.[18]

그리고 이 시의 "시간은 수축되고/ 지상에는/ 바스러지는 바윗돌./ 이/ 붕궤는"이라는 언술에서 '나의 시간'이 '지나'서 '사라지'는 것은 '바윗돌'(fr₄₋₂)이 '바스러져'서 '붕궤되'는 존재 상태와 등가를 이루면서 사물화된다. 또한 시 마지막의 "시간은 수축되고/ 꽃이 피고 열매가 여무는 것이/ 순간의 일이다"라는 시구에는 '시간'이 다시 '꽃' (fr₅₋₁)과 '열매'(fr₅₋₂)라는 식물의 층위와 은유로 결합한다. 이는 '꽃'

---

18. 엄경희, 『미당과 목월의 시적 상상력』, 보고사, 2003, 290쪽.

이 피고 '열매'가 여무는 것이 '순간의 일'인 것처럼 '꽃'이 '지'고 '열매'가 '썩'는 행위 역시 순간적임을 함유하고 있다. 그래서 식물의 소멸 내지 적멸의 상태로써 지시틀의 빈칸을 채울 수 있다. 위 지시틀에서 '지나서' –'떨어져서' –'수축되어서' –'바스러져서' –'시들어서'라는 일련의 술부군이 소멸의 동인이 되는 행위라면, '사라지는' –'쏟아지는' –'붕궤되는' –'지는' –'썩는'이라는 술부군은 소멸을 의미하는 행위라고 할 수 있다. 이들은 공통적으로 존재의 생성이 아닌 소멸, 즉 죽음에 접해 있다는 점에서 부정적인 의미망을 형성한다.

이들 지시틀은 상호작용함으로써 '순간의 일이며'라는 시구를 공유하여 융합을 이룬다. 이는 지상적 존재와 더불어 그의 시간이 아주 순식간에 소멸되는 것임을 시사한다. 이러한 시간의식은 허무감으로 귀결되는 것이 자연스러운 현상이지만 그가 '차라리 황홀하다'라고 술회함으로써 소멸의 시간이 부정적인 의미를 넘어서고 있다. 이를테면 여기서는 소멸하는 지상적 시간이 '붕궤'의 상태를 보여주는데 이는 허무의 차원을 넘어 '황홀'함으로 인식된다. 또한 지상적 존재의 한계 상황으로서 죽음 역시 '차라리 황홀하다'라는 긍정적인 언술에 연결됨으로써 화해의 양상을 보여준다. 이러한 '비유적 상황'은 자아와 외부세계가 합치하는, 이른바 '주체와 객체의 간격이 부재하는'[19] 순간이다. 이 시에는 '시간'이라는 관념적인 개념이 동물의 층위→ 자연의 층위→ 사물의 층위→ 식물의 층위로 구상화되어 구체적인 의미를 창출하는데 이는 시인의 인식의 확장과 미학적 갱신을 잘 보여준다. 그런데 그의 시 〈모일〉에서는 사물화된 시간이 '해체'의 의미를 함축하는 상태로 제시되고 있다.

---

19. Steiger, Emil(1946), 『시학의 근본개념』, 이유영·오현일 공역, 삼중당, 1978, 96쪽.

八月 十日
午後 일곱 시에서 여덟 시 사이
이 저무는 시간은
너의 것이다.
사람아.
어둠 속에서
살아나는 稜線의
그 날카로운 비명은
너의 것이다.
갓 눈 뜬 네온사인의
불빛은
너의 것이다.
사람아.
나는 이승에서
몇줄의 詩를 쓰는
측은한 人間이지만
살다가
세상이 이처럼 충만한 줄은 미처 몰랐다.
사람아.
빈 것은
빈 대로 그득하고
삭아진 것은
삭아진 대로 향기로운
이 저무는 시간은
송두리째 너의 것이다.
하루의 業苦를 치루고

집으로 돌아가는
버스 창너머로
오늘의
저무는
능선과
먼 불빛은
너의 것이다.
무엇이라 이름 부를 수 없는
살아나는 사람아.

〈모일〉 전문

여기서는 하루의 일과를 끝내고 귀가하는 화자의 시야에 펼쳐진 저녁 풍경이 비유적 고리를 이룬다. 우선 이 시에는 '오후 일곱 시에서 여덟시 사이'(fr₁)라는 시간의 층위가 '능선'(fr₂)이라는 자연의 층위, '네온사인'(fr₄)이라는 사물의 층위와 비유적 관계를 형성한다. 그런데 이 시의 "사람아./ 어둠 속에서/ 살아나는 稜線의/ 그 날카로운 비명은"이라는 시구에서 '능선'의 날카로운 '소리'는 '사람'(fr₃)의 '비명'으로 의인화된다. 그래서 하루의 '저무는 시간'은 죽음을 암시하는 능선의 '날카로운 비명'과 사람의 '비명', 명멸하는 네온사인의 '먼 불빛'과 등가를 이룬다. 이들 지시틀은 '너의 것이다'라는 시구를 공유함으로써 병치에 의한 은유적 관계를 형성한다. 여기서 산등성이를 따라 쭉 이어진 '능선'의 날카로운 '소리'가 자연에 의해 생성된 소리라면 '네온사인'의 먼 '불빛'은 문명에 의해 생성된 빛이다. 이들은 소멸 내지 죽음을 함의하면서 부정적인 의미망을 형성한다.

세 지시틀은 '어둠 속에서 살아나는'이라는 존재 상태를 전제하고 있으며, 지시들 간의 상호작용 속에서 '너의 것이다'라는 시구를 공유하여 융합을 이룬다. 이는 다시 '충만하다, 그득하다, 향기롭다'라는 상태로 연결되면서 긍정적 인식으로의 전환을 극명하게 보여준다. 이렇듯 이 시에 묘사된 대상은 단순히 외부 풍경이 나열된 환유적 대상이 아니라 시적 화자의 내면의식이 투영된 은유적 대상으로 이해할 수 있다. 이 시에는 시간의 층위→ 자연의 층위→ 인간의 층위→ 사물의 층위로 변주되면서 지상적 시간의 소멸이 가시화되고 있다. 특히 '시간'의 변이체로서 '소리'와 '비명'과 '불빛'은 확산성에 의해 '해체'의 상태를 함축하고 있다고 볼 수 있다. 그런데 화자는 '빈 것'은 빈 대로 '삭아진 것'은 삭아진 대로 '향기롭다'고 진술함으로써 소멸에 함유된 충만감을 드러내며 이는 "무엇이라 이름 부를 수 없"는 상태로 표현된다.

그런데 소멸의 시간을 충만함, 그득함, 향기로움으로 인식하는 데에는 유한한 시간과의 화해가 함축되어 있다. 이것은 박목월의 중기시의 사물화 양상과 분명한 차이를 보이는 특성이다. 이 시에는 지상적 시간이 자연화 내지 사물화 양상을 나타내면서 소멸을 의미화하는데 이는 '해체'의 상태를 함축하고 있다. 특히 이러한 소멸은 '충만함'으로 표현됨으로써 긍정적 인식으로의 전환을 보여준다. 그의 다른 시 〈낙서〉에도 시간의 사물화가 나타나는데 여기서는 존재의 소멸이 영원성을 촉발시키는 계기로 작용하고 있다.

> 썩은 板子의
> 팍팍한 感觸을
> 어릴 때부터 나는 알고 있다.
> 무심한 손가락으로 글그적거려 보았다.

모래의

물로써 엉키지 않는

목마른 건조성을

어릴 때부터 나는 알고 있다.

무엇이나

頹落되는 것은

팍팍해진다.

무릎 아래는 마비되고

나의 詩는

모래가 된다.

엉켜지지 않는 本質的 乾燥性.

다만 아직도 내게 남아 있는

어린 날의 天眞性.

외진 구석 썩은 板子나

반반한 모래톱을 보면

그냥 지나칠 수 없다.

문득 그려 보게 되는 落書.

문득 새겨보는 神의 이름.

그 天眞한 손가락이

오늘은 썩은 板子에

영원을 아로새기고

모래로써 사람을 빚으려고

熱中한다.

이 천진한 落書

이 목마름.

썩은 板子에 새겨보는 神의 이름.

〈낙서〉 전문

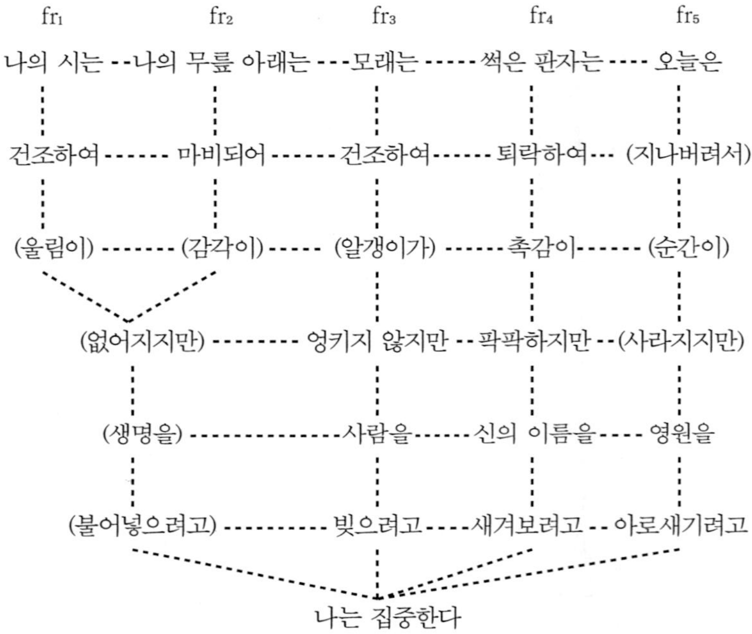

우선 이 시의 "무릎 아래는 마비되고/ 나의 詩는/ 모래가 된다"라는 언술에서는 '나의 시'(fr₁), '나의 무릎 아래'(fr₂), '모래'(fr₃)라는 세지시틀이 설정된다. 화자의 내면세계를 환유하는 '나의 시'는 '건조하여' '울림'이 '없어지'는데 이것은 '모래'에서 감지되는 '팍팍'함의 존재 상태와 마찬가지로 '엉켜지지 않'는 해체성을 함유한다. 또한 그의 '신체'를 환유하는 '나의 무릎 아래'도 '마비되'어 '감각'이 '없어지'는데 이는 불구의 상태로서 퇴락을 의미한다. 이와 같은 존재 상태는 죽음의 의미를 함유하고 있다. 한편, '모래'는 '썩은 판자'(fr₄)와 병치되어 은유적 관계를 이룸으로써 '모래'가 '건조하'여 '알갱이'가 '엉켜지지 않'는 상태는 '썩은 판자'가 '퇴락'하여 '촉감'이 팍팍한 상태와

동일시된다. 이 시의 "무엇이나/ 頹落되는 것은/ 팍팍해진다"라는 시구에서 '퇴락되'는 것은 낡아서 무너지는 붕괴의 상태를 의미한다. 이것은 물기나 끈기가 없는 메마름의 상태로서 '팍팍'함을 촉발시키는 동인으로 작용한다.

여기서 주시할 것은 '엉켜지지 않'는 건조함의 속성이 '본질적'인 것으로 규정된다는 점이다. 이것은 사물화된 인간의 건조성과 소멸성이 그의 본질임을 뜻한다. 이러한 부정적인 의미망은 "다만 아직도 내게 남아 있는/ 어린 날의 天眞性" 이후의 시구에서 전환점을 마련하게 된다. 그의 '천진성'은 '썩은 판자'나 '반반한 모래톱'에 '낙서'를 하는 행위로 나타나는데 그는 내면에 존재하는 신성으로 인해 '신의 이름'을 새기고, '썩은 판자'에 '영원'을 아로새기며, '모래'로써 '사람'을 빚으려 한다. 이러한 행위에는 화자의 초월의지가 내포되어 있으며 생명력에 바탕을 둔 긍정적 의미망을 형성한다. 주목할 것은 이러한 인간의 사물화 양상이 시간의 개념과 연계된다는 점이다. 시 하반부의 "오늘은 썩은 板子에/ 영원을 아로새기고/ 모래로써 사람을 빚으려고/ 熱中한다"라는 시구에서 시적 화자와 환유적 관계에 놓인 '오늘'(fr₅)이라는 시간적 지시틀을 다시 설정할 수 있다. 지상적 존재의 현재적 시간으로서 '오늘'은 '지나버려'서 '순간'이 '사라지'는 소멸의 양상을 드러내지만 이는 '영원'을 '아로새기려'는 그의 의지에 의해 초월지향성으로 전환된다.

이들 지시틀은 상호작용하는 가운데 '나는 집중하다'라는 비유적 사건으로 그 의미가 수렴되며 이때 자아와 세계가 합일한다. 여기서 화자가 '집중'하는 것은 '건조'한 지상적 존재의 '퇴락'을 극복하려는 초월적 의지에 다름 아니다. 따라서 그가 '생명'을 '불어넣으려'는 행위는 '사람'을 '빚으려'는 행위, '신의 이름'을 '새겨보려'는 행위, '영원'을

'아로새기려'는 행위와 동일한 의미망을 구축한다. 이때 그의 '천진한 낙서'는 '불어넣으려고' –'빚으려고' –'새겨보려고' –'아로새기려고' 하는 창조적인 생명의 행위로 전개되며, 이것은 '없어지지만' –'엉키지 않지만' –'팍팍하지만' –'사라지지만'이라는 부정적 의미항을 흡수하면서 긍정적인 의미맥락을 형성하게 된다. 이들의 행위는 지상적 존재와 그의 한계적 시간을 극복하려는 초월적 욕망을 표면화한 것으로 볼 수 있다. 이렇듯 박목월 시인은 유한한 지상적 시간 아래 놓인 자신의 실존성을 인식하고 수긍하면서 '신'을 매개로 이를 극복하고자 한다. 이 시에서 건조하여 '퇴락'하는 지상적 존재의 시간은 사물화되어 '붕괴'와 '해체'의 양상을 드러내지만 시인은 이를 수긍하면서 불멸, 즉 영원성에의 지향으로 나아간다.

이 외에 그의 시 〈노래〉에도 시간의 사물화를 통한 초월지향성이 드러나고 있다. 이 시의 "玉洋木 같은 달밤이다./ 玉色 대님을 두르고/ 달놀이를 갔다./ 탑 위의/ 보름달/ 중천에 오를수록/ 청과일 같았다"라는 시구에는 직유적 언술에 의해 '달밤'(fr₁)이라는 시간의 층위가 '옥양목'(fr₂)이라는 직물의 층위로 사물화된다. '옥양목'은 생목보다 발이 고운 무명으로서 빛이 희고 곱다. 달빛이 하얀 가배절, '밤'은 어둠을 표상하는 시간이지만 달빛으로 인해 '옥양목'처럼 빛이 희고 고운 풍경을 조성한다. 이러한 밤은 신비한 분위기를 자아내면서 초월적 시간으로의 진입을 이끈다. 이 시간에 하늘에 떠 있는 '보름달'(fr₁)은 '청과일'(fr₂)로 식물화되며 과일이 지닌 푸른색에는 신비한 생명력이 감돈다. 2연에서 화자는 "나뭇가지를 꺾어/ 밤이슬을 쓸며/ 달빛을 걸었다"라고 진술하는데 '달빛' 속을 걷는 그의 행위에도 초월적 욕망이 내포되어 있다. 이러한 시의식은 앞서 언급한 그의 시 〈달빛〉에서 "달빛을 걸어가는 옥색 고무신"이 함유하고 있는 영원성에의 희구와 일맥상통한다.

박목월의 후기시집 『경상도의 가랑잎』에는 시간의 사물화 양상이 나타나고 있다. 이는 주로 지상적 존재의 시간의 소멸 내지 적멸을 구체화하고 있는데 여기서는 '해체'와 '붕괴'의 상태로 드러난다는 점에서 특징적이다. 이때 화자의 허무함이 표출되기도 하고, 허무의 차원을 넘어 황홀함 내지 충만함으로 인식이 전환되기도 한다. 지상적 존재의 시간은 유한성을 지님으로써 부정적 의미망을 형성하지만 결국에는 불멸의 상태, 즉 영원성에의 지향으로 이행되면서 긍정적인 의미망을 확보한다. 이러한 양상은 지상적 시간의 소멸이 허무의식에 근거해 있는 박목월 중기시의 사물화 양상과 차이를 보여준다. 이 장에서도 추상→ 구상, 구상→ 구상, 구상→ 추상으로 변전하는 은유 양상을 통하여 구체적인 의미를 확보하고 있다.

4. 맺음말

본 연구는 박목월의 후기시집 『경상도의 가랑잎』에 직조되어 있는 사물화 양상이 어떠한 은유적 의미망 속에서 시적 의미와 긴장을 생성하는지 조명하고, 이를 통해 드러나는 시인의 인식의 확장과 미학적 갱신을 살펴보았다.

본고의 2장에서는 인간의 사물화 양상에 대해 살펴보았다. 그의 시 〈만년의 꿈〉, 〈운석〉에서 인간의 사물화 양상이 존재의 가벼움이라는 '경화'의 상태를 구체화한다면, 그의 시 〈이별가〉, 〈도포한자락〉 등에서는 존재의 죽음이라는 '무화'의 상태를 구체화한다. 그런데 '경화'의 상태는 소멸성을 내포함으로써 허무감이라는 부정적 의미망을 형성하지만 '무화'의 상태는 무욕과 탈속에 근거한 초월적 욕망을 함의함으로써 긍정적인 의미를 확보하고 있다. 또한 '죽음'을 형상화한 '무화'의 상태에서도 허무감이 촉발되지만 시인이 이를 수긍함으로써 화해의 양상을 보여준다. 박목월의 후기시는 유한성에의 자각이 갈등과 고뇌로 연결되지 않고 이를 수용하고 긍정하는 화해의 양상을 보여준다는 점에서 특징적이다. 이는 현실의 갈등과 고뇌 속에서 부정적 의미망을 형성하는 그의 중기시의 사물화 양상과 분명한 차이를 보인다. 여기서는 추상→ 구상, 구상→ 구상, 구상→ 추상으로 변주됨으로써 구체적인 의미를 확보하고 있다.

그리고 3장에서는 시간의 사물화 양상에 대해 살펴보았다. 여기서는 지상적 존재의 시간이 소멸의 양상을 드러내는데 이것은 '해체'와 '붕괴'의 상태로 의미화된다는 점에서 특징적이다. 그의 시 〈일일〉, 〈모일〉에서는 이것이 '허무함'으로 표출되고 있으며, 〈노안〉, 〈모일〉에서는 '황홀함' 내지 '충만함'으로 전환되고 있다. 2장에서와 마찬가지로, 지상적 존재의 시간은 유한성을 지님으로써 부정적 의미망을 형성하지만 결국 불멸의 상태, 즉 영원성에의 지향으로 나아감으로써 긍정성을 확보하고 있다. 시 〈낙서〉에도 이러한 지향성이 잘 드러나는데 이는 박목월 시인의 기독교적 세계관에 닿아 있다. 이것은 지상적 시간의 소멸이 허무의식에 바탕을 두고 있는 그의 중기시의 사물화 양상과 분명한 차이를 보여준다. 2장에서와 마찬가지로, 여기서도 추상→ 구상, 구상→ 구상, 구상→ 추상으로 변전하면서 구체성을 획득하고 있다.

이와 같이 박목월의 『경상도의 가랑잎』에는 인간의 사물화, 시간의 사물화라는 두 양상을 통해 소멸에 토대 한 지상적 존재와 시간이 구상화되고 있다. 고향으로 회귀하여 존재론적 성찰을 하는 이 시기에는 유한자적 인식과 이를 수긍하는 시의식이 두드러지는데 이는 대립과 통합의 은유적 의미작용 속에서 전개되고 있다. 본고는 박목월의 중기시에 나타난 사물화 양상과의 차이를 밝혔다는 점에서 의의를 갖는다.

『사력질』, 『무순』에 나타난 죽음과 초월의 은유체계

1. 머리말

박목월은 한국 현대시사에서 전통 서정의 맥을 이어온 은유의 시인이다. 그의 시가 은유에 바탕을 두고 있다는 것은 자아와 세계의 균열을 넘어 부단히 동질성을 추구해온 그의 의식세계를 대변해준다. 그의 시세계는 자연의 세계, 현실의 세계, 존재론적 세계, 기독교적 세계로 변모하면서 의식의 변화를 드러내지만 이들은 모두 은유적 사유에 의해 뒷받침되고 있음을 볼 수 있다. 이것은 은유가 박목월 시의 주된 시적 장치이자 미적 원리로 작용하고 있음을 의미한다. 그런데 이러한 은유적 기법은 중기 이후 산문화되는 그의 시적 경향 속에서 보다 더 두드러지게 나타난다. 이렇게 볼 때 박목월 시의 은유에 대한 논의는 그의 시의 본질을 규명하는 중요한 작업이라고 할 수 있다.

박목월 시인은 후기의 시기로 접어들면서 죽음과 초월이라는 인간의 본질적인 문제에 천착하게 된다. 그의 후기시집 『사력질』, 『무순』에는 이러한 시의식이 아주 집약적으로 나타나고 있다. 『사력질』은 1970년 『현대시학』에 연재된 것으로 단행본으로 출간되지는 않았지만 시집 간행 순서에 따라 편성된 『박목월시전집』(서문당, 1984)에서는 이를 제6시집 『어머니』와 제8시집 『무순』 사이에 배치하고 있다. 이렇게 볼 때 『사력질』은 제7시집에 해당한다. 그런데 두 권의 시집에는 인간의 유한성과 더불어 이를 극복하려는 초월의식이 아주 정교한 은유체계를 구축하고 있음을 볼 수 있다. 이에 본고에서는 후기시집 가운데서도 죽음과 초월의 시의식이 극명하게 나타나는 『사력질』, 『무순』의 시편들을 연구 대상으로 삼아서 은유 분석을 시도하고자 한다.

박목월의 시에 대한 논의가 상당한 연구 성과를 거두었음에도 불구하고 그의 시의 은유 연구는 아주 미진한 상태에 있다. 앞에서 언급한 것처럼, 박목월 시의 은유에 관한 논의는 금동철, 유성호, 최승호 등에 의해 전개된 서정시가 지닌 수사학적 차원의 연구[1]와 김현자에 의해 시도된 은유 분석[2]으로서 몇 편의 소논문에 불과하다.

---

1. 이들의 논의에 관해서는 앞의 논문 〈머리말〉에서 검토하였으므로 여기서는 논문 제목만 제시하기로 한다.
   금동철, 「박목월 시에 나타난 근원의식」, 『한국 현대시의 수사학』, 국학자료원, 2001.
   ____, 「박목월 시의 '어머니' 이미지와 근원의식」, 박현수 편, 『박목월』, 새미, 2002.
   ______, 「박목월 후기시의 기독교적 이미지 연구」, 『ACTS 신학과 선교』 제7호, 아세아연합신학대학교, 2003.
   유성호, 「지상적 사랑과 궁극적 근원을 향한 의지」, 박현수 편, 『박목월』, 새미, 2002.
   최승호, 「근원에의 향수와 반근대의식」, 박현수 편, 『박목월』, 새미, 2002.
   ____, 「박목월 시의 나그네 의식」, 『한국언어문학』 제58집, 한국언어문학회, 2006.9.
2. 김현자, 「한국 자연시에 나타난 은유 연구 ―박목월·박용래 시를 중심으로」, 『한국시학연구』 제20호, 한국시학회, 2007.12.

시의 창조적인 의미생성에 관여하는 은유가 박목월 시의 핵심적인 미학적 원리로 작용하고 있음에도 불구하고 이에 대한 연구가 본격적으로 전개되지 못하였다는 점에서 본고의 필요성을 제기할 수 있다.

박목월의 후기시에 나타난 '죽음'과 '초월'의 시의식은 박목월 시인 개인의 문제일 뿐만 아니라 모든 인간의 근원적이고 본질적인 문제라는 점에서 이에 대한 논의의 중요성을 지적할 수 있다. 물론 이에 관해서는 박목월의 시의식의 변모과정을 고찰한 선행연구[3]에서 지속적으로 논의되어 온 바 있다. 하지만 이들의 논의는 주로 이것의 상징적인 의미를 밝히는 데 집중되어 있으며 이것이 어떠한 은유적 의미맥락 속에서 시적 의미가 생성되고 있는지에 대해서는 간과하고 있다. 따라서 본고는 박목월 후기시의 죽음과 초월의 시의식에 직조된 은유 양상을 분석하되 언술의 차원에서 고찰함으로써 그의 은유적 상상력의 체계를 총체적으로 밝히고자 한다. 이를 통하여 그의 인식이 어떠한 층위로 확장되는지, 또한 그의 인식의 미학적 갱신이 어떠한 양상을 드러내는지를 살펴볼 것이다.

본 연구는 박목월의 후기시에 나타난 죽음과 초월의 시의식의 은유체계를 총체적으로 분석함으로써 다의적인 의미와 시적 긴장을 파악할 수 있다는 점에서 상징의 차원에서 이를 고찰한 기존의 논의들과 변별성을 갖는다. 또한 이는 박목월 시의 형식적인 은유 미

---

3. 박목월 시의 변모과정에 관해 고찰한 대표적인 선행연구는 다음과 같다.
   이희중, 「박목월시연구」, 고려대 대학원 석사학위논문, 1985.
   김재홍, 『한국현대시인연구』, 일지사, 1987.
   김형필, 「박목월시연구」, 한양대 대학원 박사학위논문, 1988.
   이숭원, 「환상의 지도에서 존재의 탐색까지」, 박현수 편, 『박목월』, 새미, 2002.
   서경온, 「박목월 시 연구」, 성신여대 대학원 박사학위논문, 2002.

학을 밝히는 작업으로서 앞서 언급한 박목월 시의 수사학적 차원의 연구와도 차이를 지닌다.

2. 중심적 액체 은유

지천명의 나이에 접어든 박목월 시인은 죽음과 초월이라는 인간의 존재론적인 문제에 천착한다. 그래서 그의 후기시에는 인간의 죽음에 대한 인식과 더불어 이를 극복하려는 초월의 지향성이 극명하게 나타난다. 주목할 것은 이러한 시의식이 그의 은유적 사유에 토대를 두고 있다는 점이다. 박목월의 후기시집 『사력질』, 『무순』에는 '한 방울의 물'과 그것의 변용에 의해 소멸과 더불어 초월에의 지향성이 구체화되고 있다. 이러한 양상은 중심, 즉 근원을 지향하는 시의식에 근거해 있으며, 이는 인간의 초월적 세계를 발견하는 데 핵심적인 역할을 한다. 우선 그의 시 〈한 방울의 물〉에 나타난 은유 양상을 살펴보기로 한다.

無色砂質과 분화구
숨이 말려드는 「고요의 바다」
죽음의 재 위에
우주인은 연착
하고
그
눈동자에 월평선
너머로 붉게 떠오르는 것은
또 하나의 달.

> 그 지구에서
> 나의 탄생과 在存.
> 그리고
> 나의 죽음과
> 접시에 한 방울의 물

<한 방울의 물> 전문

이 시에는 인간의 죽음에 대한 인식과 더불어 이를 초월하고자 하는 지향성이 이중적인 은유체계를 형성하고 있다. 시의 전반부에는 죽음에 대한 인식이 지배적으로 나타난다. 이 시의 "無色砂質과 분화구/ 숨이 말려드는 「고요의 바다」"에는 '분화구'(fr₁)가 '고요의 바다'(fr₂)에 비유되고 있다. 여기서 '사질'은 모래 성분으로 된 토질로서 식물이 자라기 어렵다는 이유 때문에 불모의 이미지를 지닌다. 그리고 화산체의 일부에 열려 있는 용암과 화산 가스의 분출구인 '분화구' 역시 죽음을 환기시킨다. 움푹 패인 이 '분화구'는 달 표면에 많이 분포되어 있는데 이는 하나의 거대한 바다를 떠올리게 한다. 그런데 생명의 공간을 상징하는 일반적인 의미의 바다와 달리, 이 시의 바다는 '숨이 말려드는' 죽음의 공간으로서 불모지를 표상하고 있다. 한편, '분화구'를 환유하는 '죽음의 재' 위에 우주인이 연착한다. 우주인의 등장으로 인하여 이 시에 드리운 죽음의식 위로 초월의 움직임이 인다. 즉 이 시의 "그/ 눈동자에 월평선/ 너머로 붉게 떠오르는 것은/ 또 하나의 달"에서 보면 '우주인'의 눈동자에 '또 하나의 달'이 붉게 떠오른다. 달과 하늘이 맞닿아 경계를 이룬 '월평선' 너머로 떠오르는 '달'은 한줄기 '빛'으로서, 죽음의 공간 위로 솟아오르는 초월적 생명을 암시한다.

이 시에서 죽음을 극복하려는 '우주인'은 시적 화자 '나'와 등가를 이룬다. 이런 화자의 실존은 은유적 관계에 놓인 지시틀과 상호작용함으로써 새로운 시적 의미를 생성한다. 즉 월평선 너머로 떠오른 '달'(fr_1)은 지구에 탄생한 '나'(fr_2), 접시 위에 맺힌 '한 방울의 물'(fr_3)과 병치되어 비유적 관계를 형성한다. 지시틀 간의 상호작용 속에서 소멸과 생성을 반복하는 '달'은 죽음과 초월의 경계에 위치한 '나', 소멸 앞에 놓인 마지막 생명체로서 '한 방울 물'과 동일화된다. 중요한 것은 접시에 남은 '한 방울의 물'이 순식간에 사라져버릴 수 있는 운명임에도 자기 존재를 포기할 수 없는 강한 의지를 함축하고 있다는 점이다. 이런 '한 방울의 물'은 소멸과 불멸 사이에 놓인 위태로운 실존이다.

이와 같이 죽음의 공간에서 생명을 갈구하는 시적 화자의 절박한 초월의지는 은유적 의미망 속에서 구체적으로 형상화되고 있다. 이는 죽음을 초극하려는 박목월 시인의 은유적 의지의 발현이다. 그런데 이 시에서 죽음과 초월의 시의식을 형상화하는 '한 방울의 물'은 그의 다른 시 〈오늘〉에서 '피 한 방울'로 변주되어 나타난다. 이 시의 은유 양상을 도표화하면 다음과 같다.

> 결국 地球도
> 하나의 돌덩이,
> 絶對空間의 점 하나.
> 그것을
> 샨데리아로 불밝힌
> 구름이 에워싸고 있다.
> 消滅의 치마폭으로 싸안은 구슬.

다만
오늘이
바람의 신을 신게 하고
바람의 회오리바람의 휘파람의
채찍이 울리는
지상에서
나는
진한 피 한 방울이 된다.

〈오늘〉 부분

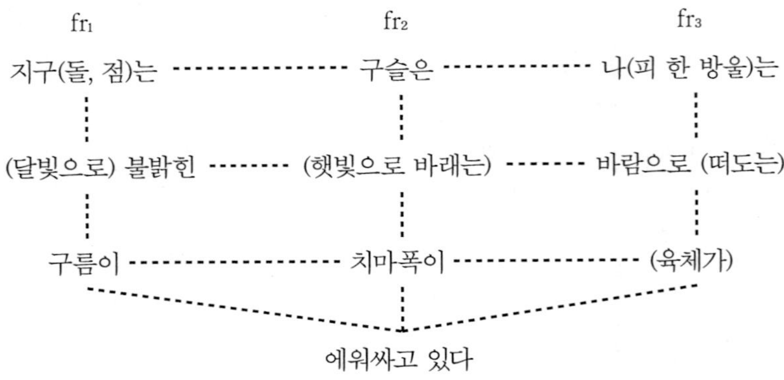

위 시에는 '빛', '바람'에 의한 소멸과 이를 초극하려는 은유적 지향성이 '돌'이라는 광물을 통해 형상화되고 있다. 우선 이 시에는 '지구(돌덩이, 점)'(fr₁), '구슬'(fr₂), '나(피 한 방울)'(fr₃)의 세 지시틀이 병치되어 은유적 관계를 형성한다. 이들 지시틀은 '에워싸고 있다'라는 술어를 공유하여 상호작용함으로써 소멸하는 지상적 삶 속에서 존재의 본질 내지 중심을 지향하는 시의식을 구체화한다. 한편, 이 시의 "결국 地球도/ 하나의 돌덩이,/ 絶對空間의 점 하나"에서 거대한

'지구'는 작고 단단한 하나의 '돌덩이', 최소의 도형인 하나의 '점'으로 변주되고 있다. 거대한 세계가 극소한 대상으로 축소되는 이러한 양상에는 소멸의 의미가 함유되어 있다. 이러한 지구를 '구름'이 에워싸고 있는데 이 '구름'은 '샨데리아로 불밝힌' 것으로 형상화되어 나타난다. '샨데리아'는 천장에 매달아 드리우는 장식 조명기구이다. 그런데 이 시에서 '샨데리아'는 하늘에서 비추는 빛으로서 소멸성을 지닌 으스름의 '달빛'을 의미한다고 유추할 수 있다. 따라서 '달빛으로 불밝힌'이라는 시어로 지시틀의 빈칸을 채울 수 있다. 그의 다른 시 〈회색의 새〉의 "지구의/ 저편 경사면으로 떠가는/ 달빛 샨데리아/ 밤구름의 그림자"에서는 자연적인 '달빛'과 인공조명인 '샨데리아'를 결합시켜서 소멸을 형상화하기도 한다.

위 시의 "消滅의 치마폭으로 싸안은 구슬"이라는 언술에서는 부차적 지시틀이 형성되는데 여기서는 '소멸의 치마폭'에 의해 파생되는 '햇빛으로 바래는'으로 괄호 속을 채울 수 있다. 그리고 이 시의 "바람의 신을 신게 하고"라는 시구는 '바람으로 떠도는' 지상적 삶을 표상하며 이로써 마지막 지시틀의 빈칸이 채워진다. 그런데 이 시의 "나는/ 진한 피 한 방울이 된다"에서 진한 '피 한 방울'은 '한 방울의 물'이 변주된 것이다. 이것은 시적 화자 '나'를 환유하는 변신체로서 생명의 본질 내지 중심을 표상하고 있다. 이렇게 해서 이 시에는 '달빛'으로 불밝힌 '구름', '햇빛'으로 바래는 '치마폭', '바람'으로 떠도는 '육체'가 동일한 의미망을 형성하여 소멸을 의미화한다. 반면, 이 시에서 '구름'이 에워싸고 있는 '지구(돌덩이, 점)'는 '치마폭'이 싸안은 '구슬', '육체'가 둘러싼 '나(피 한 방울)'와 서로 등가를 이루면서 불멸에의 지향성을 구체화하고 있다. 이는 죽음을 초극하여 영원한 삶을 성취하려는 유한자의 초월적 욕망이 표출된 것이다. 그리하여 '지구'와 '구슬'과 '나'라는 이질적 주체가 동일시되며 이때 시적 화자 '나'는 우주의 중심에 위치하게 된다.

중요한 것은 죽음을 초극하려는 시적 화자의 은유적 의지이다. 그는 인류가 존재하는 천체인 '지구'를 단단한 사물의 층위인 '구슬', 인간의 층위인 '나'와 동일화함으로써 초월적 욕망을 구체화한다. 여기서 '구슬'은 보석이나 진주 등으로 둥글게 만든 물건으로서 아름답고 귀중한 물건을 비유하는데 이것은 '지구(돌, 점)'뿐만 아니라 '나(피한 방울)'이라는 대상에 미학적인 가치를 부여한다. 특히 이 시는 '피한 방울'이라는 아주 극소한 액체적 질료를 통하여 중심지향성에 바탕 한 초월적 욕망을 형상화하고 있다는 점에서 주목할 만하다. 한편, 그의 시 〈가부좌 –돌의 시⑥〉의 "지금/ 나의 뜰에 있는 것은/ 한 방울의 먹물/ 가을 속에서/ 한 치쯤 중심에서 벗어난/ 자리에 떨어진"에서는 '중심'에 놓인 '한 방울의 먹물'에 의해서 초월적 욕망이 형상화되고 있다. 여기서는 '뜰'에 있는 화자 '나'(fr₁)와 '화폭'에 떨어진 '한 방울의 먹물'(fr₂)이 동일시된다. '중심'에서 벗어나 있는 화자는 '한 치쯤' 되는 거리를 극복하고 '중심', 즉 본질의 세계에 닿고자 하는 내적 욕망을 표출한다. 이것은 결국 '중심'이 표상하는 초월적 세계와 일체가 되고자 하는 시인의 은유적 의지에 다름 아니다.

이렇듯 박목월의 후기시에는 죽음과 초월의 시의식이 겹을 이룬 이중적인 의미맥락이 형성되고 있음을 볼 수 있다. 이는 죽음의 이면에 초월적 의지가 내재하기 때문이다. 그런데 위에 인용한 시편에서는 죽음의식과 초월의식의 대립이 심화되어 나타나는 데 반해, 아래의 시편에서는 초월의식이 우세하게 드러난다. 그의 시 〈그냥〉의 은유 양상을 통해 이를 살펴보기로 한다.

연필을 깎는다.

날카롭게 끝이 빛나는

나의 집중

우주는 그 한 점에서

숨을 죽이고

물방울이 듣는다.

면도날에 서리는 성좌.

〈그냥〉 부분

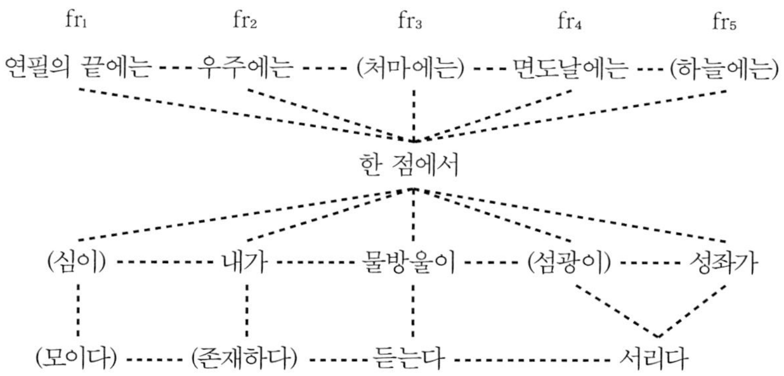

언술의 차원에서 볼 때, 이 시에는 '연필의 끝'(fr_1), '우주'(fr_2), '처마'(fr_3), '면도날'(fr_4), '하늘'(fr_5)이라는 이질적인 공간 지시틀이 비유적 고리로 연결되어 시적 의미를 생성하고 있다. 우선 '연필의 끝'이라는 한 점은 '우주'의 중심과 병치되어 등가를 이룬다. 이는 다시 "물방울이 듣는다"라는 시구에 의해 파생된 '처마'와 병치되어 은유적 관계를 이룬다. 또 '연필의 끝'의 날카로움은 '면도날'(fr_4)의 그것과 병치되어 은유적 관계를 이룬다. 그리고 이 시의 "면도날에 서리는 성좌"라는 시구에서는 '면도날'과 실제로 '성좌'가 서리는 부재의 지시틀 '하

늘'(fr₅)이 파생되어 은유적 관계를 형성한다. 이러한 이질적인 지시틀들은 '한 점에서'라는 중심점을 공유하여 상호침투함으로써 의미론적 통합을 이룬다. 여기서 시적 자아와 세계가 동일화되는 '한 점'은 '주체와 객체의 간격이 부재하는'[4] 중심점이다.

이렇게 해서 이 시에는 '심'이 모이는 '연필의 끝', '내'가 존재하는 '우주', '물방울'이 듣는 '처마', '섬광'이 비치는 '면도날', '성좌'가 서리는 '하늘'이 동일한 의미망을 형성한다. 세계의 '중심'을 지향하는 이러한 시의식에는 죽음을 극복하려는 화자의 초월의식이 함축되어 있다. 이에 따라 연필의 '심', 시적 화자인 '나', 하나의 '물방울', 날카로운 '섬광', 눈부신 '성좌'라는 시적 주체들 역시 '한 점'으로 중심화 되면서 등가를 이룬다. 또한 이들 지시틀의 '모이다' –'존재하다' –'듣다' – '서리다'라는 일련의 술부군은 정태성 혹은 유동성을 지님으로써 대립적이지만 '한 점'으로 수렴되는 중심지향성으로 인하여 동일한 의미망을 구축하게 된다. 이들 지시틀의 중심인 '한 점'에서는 밝음을 넘어 예리하고 날카로운 '빛'이 생성된다. 이 '빛'은 화자의 '숨을 죽이'게 만드는 집중감을 불러일으키면서 시적 긴장성을 파생시킨다. 이렇듯 이 시는 구상에서 구상으로의 은유적 변전을 통해 구체성을 확보하고 있다.

이 시에서 주목할 것은 '면도날'에 어리는 날카로운 '섬광'이 '하늘'에 비치는 눈부신 '성좌'와 동일시되어 초월성을 획득하고 있다는 점이다. '면도날'은 '성좌'가 비치는 우주적 거울로 변전하는데 이때 '성좌'가 자리 잡은 '하늘'이 초월적 세계를 표상한다는 점에서 성좌가 어리는 '면도날'과 여기에 서린 '섬광'이 초월성을 부여받게 된다. 이

---

4. Steiger, Emil(1946), 『시학의 근본개념』, 이유영·오현일 공역, 삼중당, 1978, 96쪽.

처럼 박목월 시인은 사물 내지 공간의 '중심'에 집중함으로써 초월적인 '빛'을 발견하게 되며 이로써 존재론적인 초월성을 획득하게 된다. 이러한 '연필 끝'에 의한 중심지향성은 그의 다른 시 〈목탄화〉(『경상도의 가랑잎』)에도 나타난다. 이 시의 "날카롭게 연필 끝을 다듬는/ 이 감정의 통일/ 정신의 집중/ 비로소 나의 연필 끝에서/ 살아나는 생명의 선율./ 그 창조의 긴장과 황홀"이라는 시구에서 화자는 '연필 끝'이라는 날카로운 중심의 '한 점'에 집중함으로써 창조적 생명력을 창조하고 있다.

특히, 위 시편에서는 '물방울'에 의한 중심지향성이 드러나는데 '처마' 끝의 한 점에서 맺혔다가 떨어지는 '한 방울의 물'에는 소멸과 더불어 이를 초월하려는 시적 화자의 강렬한 의지가 함유되어 있다. 이러한 초월성은 그의 시 〈雲上에서〉로 오면서 시적 화자 '나'와 절대자인 '신'이 밀착되는 기독교적 초월성을 보여준다.

> 일만피이트 상공에서
> 나는
> 신의 손가락 끝에 맺히는
> 한 방울의 물이 된다.
> 기체는 흔들리고
> 날개 밑으로
> 지상에는
> 작은 그림자 하나.
> 눈으로 얼룩진 산줄기를
> 재빠르게 타고 넘는다.
> 그 안에

내가 있었다.

〈雲上에서〉 전문

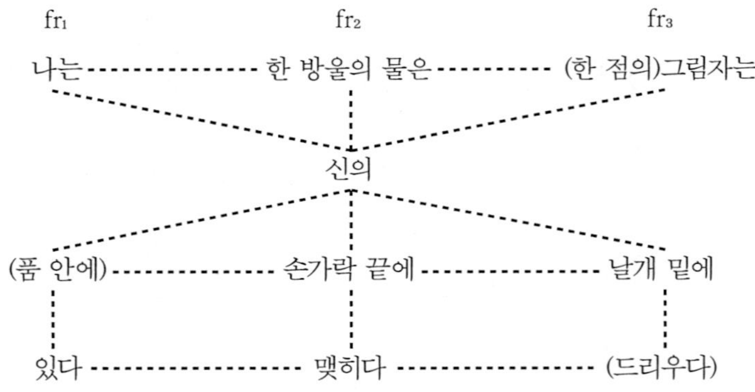

이 시의 화자는 상공에서 아래로 내려다보며 인식한 자신의 존재감을 은유적으로 형상화하고 있다. 우선 이 시의 "나는/ 신의 손가락 끝에 맺히는/ 한 방울의 물이 된다"라는 언술에서 시적 화자 '나'(fr₁)는 '한 방울의 물'(fr₂)로 변신한다. 그런데 이 '한 방울의 물'은 '신'의 '손가락 끝'에 맺히는 것으로서 앞서 살펴보았던 '한 방울의 물'과는 차이를 지닌다. 이 시에 나타난 '물'은 신의 '손가락 끝'에 닿아 있음으로써 초월적 생명력을 획득하게 된 물로서, 이른바 생명수이다. 한편, 비행기는 '날개 밑'으로 지상에 '작은 그림자 하나'를 드리운다. 그런데 이 시의 "작은 그림자 하나./ (중략)/ 그 안에/ 내가 있었다"의 시구에서 보면 화자는 '작은 그림자 하나' 안에 속해 있는 더 작은 '한 점의 그림자'(fr₃)에 불과하다. 지상에 이런 그림자를 만드는 '날개'는 실제로 '비행기'의 날개를 지칭하지만 '신의 날개'를 암시한다고 볼 수도 있다. 이때 신의 '날개'는 인간을 향한 신의 절대적인 '보호'

를 상징한다.

이질적인 이들 지시틀은 '신'의 영역에 속해 있다는 점에서 유사성을 확보하며, 지시틀 간의 상호작용 속에서 융화된다. 따라서 신의 '품 안에' 있는 시적 화자 '나'는 신의 '손가락 끝'에 맺힌 '한 방울의 물', 신의 '날개 밑'에 드리운 '한 점의 그림자'와 동일화된다. 그런데 위 지시틀의 '있다' –'맺히다' –'드리우다'라는 일련의 술어군은 수동적이고 정태적인 행위로서 신 앞에 선 인간의 존재감을 잘 드러내준다. 앞서 살펴보았던 그의 시편들과 달리, 이 시에서는 우주의 중심에 위치했던 주체로서의 '나'가 '신'에게 속한, 비주체적 존재로 전환되어 나타난다. 말하자면 우주의 중심에 '나' 대신 '신'이 자리하게 된다. 하지만 시적 주체로서 '나', '한 방울의 물', '한 점의 그림자'는 아주 작은 존재임에도 불구하고 '신'과 밀착됨으로써 존재 가치가 극대화된다는 역설성을 내포하고 있다. 이와 같은 시의식은 박목월 시인의 기독교적 초월성에 바탕을 둔 것이다. 그는 '신'을 통해 존재의 본질을 인식하게 되고 서정적인 근원으로 비약할 수 있는 힘을 얻게 된다. 박목월은 이러한 존재론적 비약을 은유를 통해 이루어낸다.[5]

이 시의 시적 화자는 신의 영역에 거하는 존재로 변신하여 '신'과 밀착됨으로써 초월을 실현하고 있다. 즉 신의 '품 안'에 있는 시적 화자 '나'는 '손가락 끝'에 맺힌 '한 방울의 물'로 변전하고, 신의 '날개 밑'에 드리운 '한 점의 그림자'로 변전하면서 초월성을 확보한다. 한편, 그의 시 〈가부좌〉의 "속리산이 스며드는/ 하나의 가랑잎과 함께/ 흔들리게 하는 것은/ 반석./ 천심에서/ 한 방울의 물이/ 맺히듯/ 눈을 감게 한 것은"이라는 시구에는 '한 방울의 물'이 '천심'에서 맺히는

---

5. 금동철(2001), 앞의 글, 238쪽.

것으로 형상화되고 있다. 또한 그의 다른 시 〈지금〉의 "지금/ 숙연한 나의 손/ 빚어지려는 창조의 풀잎새.// 지금/ 구심점에서 울리는 나선형의 계시.// 핵우하의 원시림의 적막./ 한 방울의 이슬"에서는 세계의 중심, 즉 '구심점'에서 '계시'가 나선형으로 확대되면서 울려나오고 있다. 여기서 '원시림'에 맺힌 '한 방울의 이슬'은 초월적 생명을 표상한다고 볼 수 있다. 이러한 양상은 시 〈비유의 물〉(『경상도의 가랑잎』)에서도 나타난다. 이 시의 "나도, 내가 노래할 詩도 물이 된다"라는 시구에서 화자 '나'(fr_1)는 '물'(fr_2)로 변신하여 순회를 꿈꾼다. 그런데 이 시의 "이튿날 아침에는 꽃잎에 現身하는 이슬 방울./ 나의 詩./ 나의 죽음"에는 꽃잎에 맺힌 하나의 '이슬 방울'과 '시'와 '죽음'이 등가를 이루고 있다. 이에 소멸, 즉 죽음의 한계상황에 처한 화자는 '하늘로 피어 오르'는 초월적 비상을 시도하게 된다.

위의 시 〈雲上에서〉에서와 마찬가지로, 아래의 시 〈빈 컵〉에서도 '중심'을 통한 초월성이 형상화되어 나타난다. 그런데 박목월의 후기 시에서 소멸의 위기에 처해 있던 '한 방울의 물'은 신의 영역인 초월적 세계로 오면서 '샘물'로 전환된다.

> 빈 것은
> 빈 것으로 정결한 컵.
> (중략)
> 하지만 세상에서
> 빈 것이 있을 수 없다.
> 당신이
> 서늘한 체념으로
> 채우지 않으면

신앙의 샘물로 채운다.
그리고
오늘 아침에는
나의 창조의 손이
장미를 꽂는다.
로오즈 리스트에서
가장 매혹적인 죠세피느·불르느스를.
투명한 유리컵의
중심에.

〈빈 컵〉 부분

이 시는 단순한 은유체계를 형성하지만 자기 존재의 한계성에 대한 인식과 '신'에 의한 초월이 분명하게 드러난다는 점에서 중요성을 지닌다. 이 시의 "세상에서/ 빈 것이 있을 수 없다"에서 비어있는 세계는 무화된 세계이며 이 자체는 존재로서 의미를 가질 수 없는 세계이다.[6] 그런데 여기서 "비어 있다는 것(결핍)은 가득 채워짐(충일)을 열망하는 신앙적 자아의 은유적 정황"[7]이라고 할 수 있다. 이 시의 "당신이/ 서늘한 체념으로/ 채우지 않으면/ 신앙의 샘물로 채운다"라는 구절에는 '서늘한 체념'과 '신앙의 샘물'이 대립을 이루고 있다. 이에 시적 화자는 '서늘한 체념'의 상태를 넘어 '신앙의 샘물'로 자신의 내면을 채움으로써 초월을 성취하게 된다. 이 시에는 '유리컵의 중심'(fr_1)이라는 사물의 공간적 층위와 '마음의 중심'(fr_2)이라는 인간의 내면적 층위가 은유적 관계를 이룬다. 이들 지시틀은 '빈' 상태를

---

6. 한광구, 『목월시의 시간과 공간』, 시와시학사, 1993, 283–284쪽.
7. 유성호(2002), 위의 책, 217쪽.

공유하여 상호작용함으로써 융화된다. 그리하여 시적 화자가 '유리컵'에 '물'을 채우는 행위는 '당신'이라는 절대자가 '나의 마음'에 '신앙의 샘물'로 채우는 행위와 동일화되며, 화자가 '장미'를 꽂는 창조적인 행위는 신이 '사랑'을 넣어주는 행위와 동일화된다. 이때 '장미'를 꽂는 행위는 초월적 자아의 창조적인 삶의 대응 양상을 보여준다. 특히 이 시의 "장미를 꽂는다./ 로오즈 리스트에서/ 가장 매혹적인 죠세피느·불르느스를"의 시구는 '장미'라는 일반적인 명칭에서 구체적 명명이며, 이는 장미 중에서 최고로 매혹적인 장미를 지칭하므로 창조 행위 자체가 지고의 아름다움이라는 인식을 보여준다.[8] 이와 은유적 대응을 이룬 '사랑'을 '넣어 주'는 신의 행위 역시 최상의 미적 가치를 지닌다.

이 시에서 특기할만한 점은 지상의 '한 방울의 물'이 '샘물'로 변주되고 있다는 것이다. 일반적으로 '샘'은 땅에서 물이 솟아 나오는 곳이지만 힘이나 기운이 솟아나게 하는 원천에 비유되기도 한다. 이러한 샘에서 끊임없이 솟아나는 물은 일종의 천수(天水), 즉 초월적인 물을 상징한다. 앞에서 살펴보았던 시편들에서 결핍과 위태로움의 실존을 표상하던 '한 방울의 물'은 이제 넘치도록 퍼 올릴 수 있는 충만한 '샘물'로 변주되기에 이른다. 하지만 여기서도 중심지향성을 통해 초월이 실현되고 있다.

이와 같이 박목월의 후기시집 『사력질』, 『무순』에는 중심적 액체 은유가 형성되어 죽음과 초월의 시의식이 구체화되고 있다. 이들 시집에 나타난 '한 방울의 물은 '한 방울의 피', '한 방울의 먹물'로 변주되면서 죽음과 더불어 이를 극복하려는 초월지향성을 드러내고

---

8. 한광구(1993), 위의 책, 288쪽.

있다. 소멸성을 내포한 이런 액체는 결국 '신'에 의해 채워지는 초월적인 '샘물'로 변주되면서 존재론적 초월이 완성된다. 이러한 양상은 '중심' 지향성에 바탕을 두고 있으며 이를 통해 궁극적으로는 인간의 본원적 세계, 즉 '신'에 의해 완성되는 초월적 세계를 발견하게 된다. 이 장에 나타난 은유는 주로 구상에서 구상으로 전이되면서 구체성을 획득하고 있다.

3. 응축적 광물 은유

이 장에서는 박목월의 『사력질』, 『무순』에 나타나는 죽음과 초월의 시의식에 구축된 은유의 다른 한 양상에 대하여 살펴볼 것이다. 여기서 박목월 시인은 액체에 비해 훨씬 더 응집력이 강한 광물, 즉 '돌' 내지는 그것의 변이체인 '비석'에 집중한다. 견고성과 내구성이 특징인 '돌'은 존재이거나 응집, 혹은 자아와의 조화로운 화해를 표상하며, 전체로서의 통일성과 강한 힘을 상징하기도 한다.[9] '돌'의 세계는 여러 선행연구자들에 의해 논의된 바 있으나 주로 상징적 의미를 추적하는 데 집중되어 있다. 그래서 본고는 불멸의 욕망에서 촉발된 '돌'의 세계가 어떠한 은유 양상을 보이는지를 밝히고자 한다. 먼저 그의 시 〈간밤의 페가사스〉에 형성된 은유 양상을 살펴보기로 한다.

---

9. 남금희, 「박목월 시의 신앙의식 연구」, 『한국문학이론과 비평』제40집, 한국문학이론과 비평학회, 2008.9, 211쪽.

가을비에
碑石. 젖는
돌의 묵묵한 그것은
우리들 본연의 모습이다.
제자신의
내면으로 침잠하여
안으로 물드는 단풍.
인간의 心性은
섬유질이다
가늘게 올이 뻗쳐
죽음을 자각하는 자만이
참된 삶을 깨닫는다.
아침에 일어나
자신의 잠자리를 살피고
순간마다
새롭게 창조되는
빛을 본다.
어둠 속에서 살아나는
아름다운 세계여.
숨을 죽이고
오늘의 연보라빛 국화송이.
그리고
숟가락에 어리는
간밤의 페가사스
찬란한 星座.

〈간밤의 페가사스〉 전문

가)

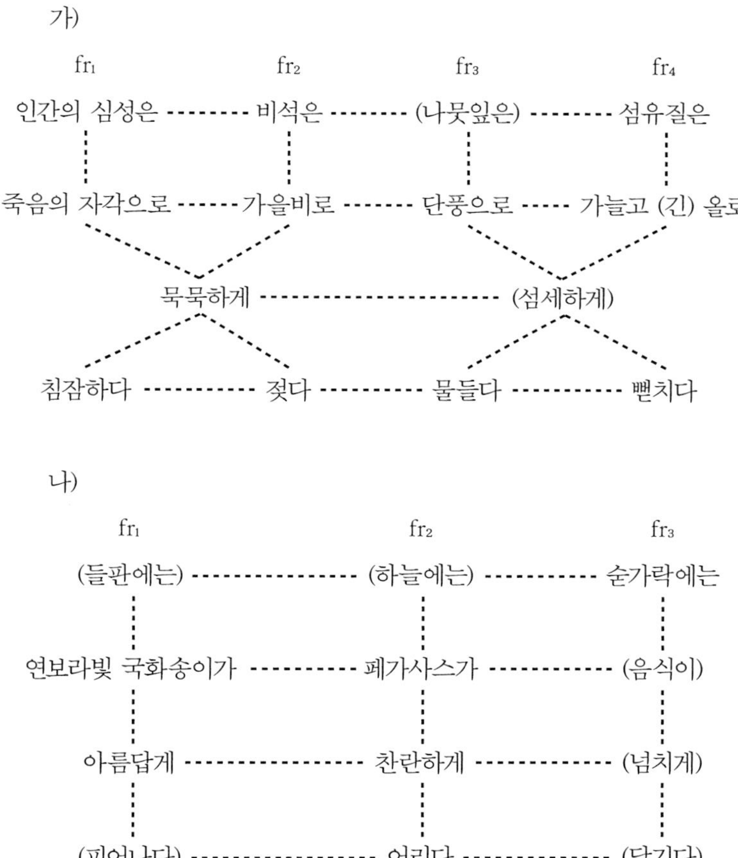

나)

위 시편에는 인간의 죽음에 대한 인식과 더불어 이를 통해 획득되는 초월적인 빛, 즉 신의 은총이 이중적 은유 구조를 형성하고 있다. 가)의 지시틀은 인간의 죽음에 대한 인식에 의해 형성된 비유체계이며 나)의 지시틀은 이러한 자각을 통해 발견되는 초월성에 의해 형성된 비유체계이다.

먼저 가)에서 살펴보면, '죽음의 자각'으로 침잠하고 있는 '인간의 심성'(fr_1)은 '가을비'로 젖어 드는 '비석'(fr_2), 즉 묵묵한 부동성의 돌에 비유된다. '가을비'는 만물을 소생시키는 봄비와 달리, 각종 식물들의 성장을 정지시키며 조락을 재촉하는 부정적인 의미를 지닌다. 이러한 가을비는 차가움과 축축함으로 드러나는데 추락하는 이것은 거역할 수 없는 숙명적인 인간의 조건이고 그것의 상징물로 비석이 놓여 있다.[10] 이는 다시 가을 햇살에 '단풍'으로 물드는 섬세한 '나뭇잎'(fr_3)과 '가늘고 긴 올로 뻗치는 '섬유질'(fr_4)에 비유된다. 이 시의 "인간의 心性은/ 섬유질이다"라는 시구에서 '인간의 심성'과 은유적 관계로 결합하는 '섬유질'은 '나뭇잎'과는 환유적 관계로 결합하여 의미 생성에 관여한다. 이는 인간의 내면세계가 섬세하게 죽음에 대해 자각하도록 이끄는 역할을 한다.

그런데 '단풍'은 기후의 변화에 의해 식물의 잎이 붉은빛 내지는 누런빛으로 변하는 것으로, 잎이 뿌리에서 충분히 물을 공급받지 못해 수분을 상실하는 데다 잎 내 산도가 증가하여 엽록소가 파괴되는, 조락의 상태를 보여준다. 그래서 광물질의 단단한 '돌'은 섬세하고 유연한 결을 갖고 있는 식물질의 '나뭇잎'으로 전이되지만 이는 '단풍'이 드는 과정을 통하여 생명력이 소거된 죽음의 상태를 의미화한다. 이렇게 해서 '인간'이 죽음의 자각으로 '침잠하'는 행위는 '비석'이 가을비로 '젖'는 행위, '나뭇잎'이 단풍으로 '물드'는 행위, '섬유질'이 가늘고 긴 올로 '뻗치'는 행위와 동일한 의미망을 형성한다. 그런데 여기서 주목할 것은 '비석'이라는 작은 돌이 복잡하고 무한한 '인간의 심성'과 동질화되어 응축성을 드러낸다는 점이다. 이처럼 죽음에 대한 존재론적인 사유는 인간의 층위→ 광물의 층위→ 식물의

---

10. 김용옥, 「박목월 후기시 연구」, 동국대 대학원 박사학위논문, 2008, 60쪽.

층위로 이동하면서 그 의미가 확대되는데 이는 시인의 인식의 확대와 미학적 갱신을 보여준다. 특히 이 시의 은유는 추상에서 구상으로 변전함으로써 시적 의미를 구체화하고 있다.

나)에서는 죽음에 대한 반성적 자각 이후에 발견되는 빛이 은유적 맥락을 형성하고 있다. 이 시의 하반부에서는 '연보라빛 국화송이'와 '페가사스'가 병치됨으로써 은유적 관계에 있는 '들판'(fr₁), '하늘'(fr₂)이라는 공간 지시틀이 파생된다. 이 '하늘'은 "숟가락에 어리는/ 간밤의 페가사스/ 찬란한 星座"라는 시구에 의해 다시 '숟가락'(fr₃)과 은유로 결합한다. 이질적인 이들 지시틀은 상호작용함으로써 의미론적 통합을 이룬다. 그래서 '국화송이'가 아름답게 '피어나'는 개화의 행위는 '페가사스'가 찬란하게 '어리'는 행위, '음식'이 넘치게 '담기'는 행위와 동일시된다. 여기서 '음식'을 환유하는 '숟가락'[11]은 '음식' 대신에 '페가사스'라는 성좌가 어리는 거울의 공간이 된다. 그런데 '페가사스'가 '천상적 세계에 대한 표상'[12]이라는 점에서 이것은 지상과 천상 간의 조화와 화해를 함축한다. 따라서 이 시는 '들판'이라는 식물적 공간과 '하늘'이라는 우주적 공간, '숟가락'이라는 일상적 공간이 융화되면서 초월이 실현된다.

한편, 죽음에 대한 자각을 통해 발견하는 역설적인 빛은 하나의 '아름다운 세계'를 이룬다. 이것은 아름다운 '연보라빛 국화송이'가 피어난 '들판', 찬란한 성좌 '페가사스'가 어리는 '하늘', 일용할 양식으로서 '음식'이 넘치게 담기는 '숟가락'으로 표상된다. 그런데 '국화'는 강렬한 빛깔의 화려함이 아닌 '연보라빛'의 은은한 빛깔의 꽃으로서 강한 생명력을 지니며, '페가사스' 역시 햇빛처럼 밝지는 않으나 편만

---

11. 금동철(2003), 앞의 논문, 362쪽.

하게 비추는 발광체로서 어두울수록 더 밝은 빛을 발한다. 이들은 지상의 삶을 극복하며 살아갈 수 있는 내적인 빛이자 초월적인 빛이다. 이러한 '아름다움'과 '찬란함'은 일용할 양식이 지닌 '넘침'과 등가를 이룬다.

이처럼 이 시에는 지상/ 천상, 죽음/ 초월 등의 대립에 의해서 이중적인 은유 구조가 구축되고 있다. 이와 같은 대비적인 은유적 의미망 속에서 시적 화자는 지상적 삶이 지닌 유한성과 천상적 삶이 지닌 무한성을 동시에 인식하게 된다. 결국 박목월 시인은 죽음에 대한 자각을 통하여 초월을 경험하기에 이른다. 그런데 위의 시편에서 죽음을 형상화하고 있는 '비석'이 그의 시 〈돌〉에서는 죽음의 차원을 넘어 초월을 지향하는 중요한 매개체 역할을 하고 있다.

> 돌이 놓였다.
> 바람과 햇빛의 허허로운 풀밭에
> 결을 갈아낸 반평쯤에 대리석
> 그 돌에
> 한정된 의미를 베풀지 말자.
> 자연의 모든 존재는
> 부르기에 따라 그것이 된다.

---

12. 금동철(2003), 위의 논문, 362쪽. : 박목월 시인의 시 속에서 '별'은 '성신(성좌)', '성운', '유성', '별자리', '별무리', '북극성', '페가사스' 등으로 변용되어 나타난다. 그 변용의 끝은 곧 빛이요, 신성이다. —남금희(2008), 위의 논문, 212쪽. : 그리스 로마 신화에서 페가사스는 하늘을 오를 수 있는 말로 인식된다. 그래서 페가사스는 지상적 존재를 천상으로 인도하는 매개라는 상징성을 지닌다. 여기서도 숟가락에 어리는 페가사스는 이런 신화적 의미에 의해 지상적 삶의 한계를 극복하고 천상의 세계, 진리로 가고자 하는 화자의 의지를 드러낸 것이다. —김용옥(2008), 위의 논문, 61쪽.

때로는 구름이 어리는 거울.
때로는 바람이 쓰담아주는 비석.
오늘은 내가 쉬고
내일은 비가 씻어준다.

〈돌〉 부분

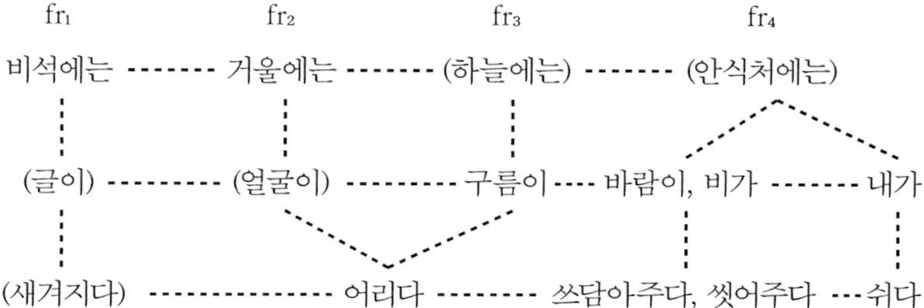

이 시에는 인간의 유한성에 대한 인식과 영원한 삶에 대한 지향성이 함축적으로 형상화되어 있다. 돌의 변형으로 등장하는 묘석은 삶의 허무의식을 반영하며 인간의 숙명을 표상하는 이미지를 동반하여 삶을 허무한 것, 덧없는 것에 지나지 않는다고 하는 존재 본연의 모습을 담아낸다.[13] 하지만 이것은 여기에 그치지 않고 '돌'이 지닌 응축적 공간성을 통하여 죽음을 초월하려는 지향성을 의미화해 낸다. 이 시에는 광물의 공간인 '비석'(fr_1)을 기본 지시틀로 하여 물리적 공간인 '거울'(fr_2), 우주적 공간인 '하늘'(fr_3), 초월적 공간을 표상하는 '안식처'(fr_4)가 은유적 관계로 결합하면서 초월을 구체화하고 있다. 이 시는 "자연의 모든 존재는/ 부르기에 따라 그것이 된다"

---

13. 김용옥(2008), 위의 논문, 19쪽.

라는 시구에 제시된 명명 행위에 의해 존재론적 전환이 이루어진다는 점에서 특징적이다. 먼저 '비석'은 "때로는 구름이 어리는 거울"로 명명됨으로써 거울화되는데 이로써 '거울'이라는 부차적 지시틀이 세워진다. 그런데 이것은 '구름'이 어리는 것으로서 '하늘'이라는 부재의 지시틀을 파생시킨다. 이는 다시 "때로는 바람이 쓰담아주는 비석./ 오늘은 내가 쉬고/ 내일은 비가 씻어준다"의 언술에 의해 '안식처'라는 또 다른 부재의 지시틀을 파생한다. '안식처'에 머무는 '바람'과 '비'가 화자 '나'와 환유적 관계에 놓임으로써 '바람'과 '비'에 의한 시원함과 깨끗함을 통하여 '나'는 쉼을 얻는다. 이질적인 이들 지시틀은 상호작용하는 가운데 통합적 의미를 수렴해낸다.

이 시의 중심 대상인 '비석'은 '글'이 새겨짐으로써 공간성을 확보한다. '비석'은 인간의 이름이나 생애가 기록되는 존재론적 공간일 뿐만 아니라 그의 영원성에의 욕망이 내재하는 초월적 공간이기도 하다. 이러한 '비석'은 인간 존재의 환유인 '얼굴'이 비치는 '거울'의 공간으로 변전하는데 이것은 사물이나 존재를 있는 그대로 보여줌으로써 실존성을 확보한다. 이는 다시 '구름'이 어리는 우주적 '하늘'과 동일시됨으로써 무한한 공간성을 획득하게 된다. 그리고 마침내는 '바람'이 쓰담아주고 '비'가 씻어줄 뿐만 아니라 '내'가 쉴 수 있는 영혼의 '안식처'로 변주되면서 초월성을 부여받는다. 시적 화자는 지상에서의 인간의 죽음을 파멸이 아닌 안식으로 인식하는데 이것의 근저에는 시인의 기독교적 세계관이 깔려 있다. 주목할 것은 '글'이 새겨진 '비석'이 '얼굴'이 비치는 '거울', '구름'이 어리는 '하늘', '바람'이 쓰담아주고 '비'가 씻어주며 '내'가 쉬는 '안식처'와 동일시됨으로써 초월을 의미화하고 있다는 점이다. 또한 '비석'이라는 작은 공간이 '거울', '하늘', '안식처'라는 무한한 공간과 동일시됨으로써 응축성을 갖게 된다는 것도 중요하다. 이때 광물적 공간, 물리적 공간, 우주적 공간, 초월적 공간이라는 다양한 층위의 대립과 통합에 의해서 시적 긴장이 발생한다. 이러한 공간의 은유적 변전 속에는 초월을 염원하는 시인의 간절함이 내재하고 있다.

이 시에는 '비석'→ '거울'→ '하늘'→ '안식처'의 공간 지시틀의 변주를 통해 죽음을 초극하고 영원성에 도달하려는 시의식이 구체화된다. 이는 구상에서 추상으로 변전함으로써 시적 공간이 다소 관념성을 띤다. 죽음을 표상하는 '비석'은 다양하게 의미론적 변용을 일으키면서 죽음의 이면에 존재하는 영원성에의 지향을 구체화한다. 여기서 볼 수 있듯이, 묘석은 죽음을 표상하는 공간임에도 불구하고 박목월의 시에서는 죽음을 초극하려는 영원성에의 지향 공간으로 은유화된다는 점에서 특징적이다. 그의 다른 시 「平日詩抄」의 "결국 우리는 돌 안에 잠든다./ 그 정결한 청산과 망각./ 저녁놀에 물든 비석을/ 바람이 어루만진다"에서도 '돌'은 인간이 마지막으로 잠들 영원한 안식처로 형상화되고 있다. 이 시의 '돌' 역시 죽음을 표상하는 것이지만 이면에는 이를 극복하려는 초월의지가 내재한다. 여기서는 인간이 잠들 '땅 속'(fr_1)이라는 대지적 공간과 '돌 안'(fr_2)이라는 부동의 광물적 공간이 동일시된다. 시인은 '흙'으로 돌아가면서 소멸할 인간의 존재 방식을 불멸성을 지닌 '돌 안'에 응축시킴으로써 영원성을 실현하려고 한다. 그의 다른 시 〈순색영원〉에도 '인간의 삶'과 '돌'을 동일화하는 은유 양상이 나타난다.

　　雜文 같은 행간에서
　　구두끈이 풀린다.
　　잡문 같을 수 없는

삶의 물길이

철철 샘물 솟는

하늘 아래서

어느 것은

구름이 되고

어느 것은

돌이 되는데

어떻게 살아도 충만할 수 없는

시월상달의 순색영원 속에서

구두끈이 풀린다.

〈순색영원〉 부분

이 시의 제목 '순색영원'에는 다른 색이 섞이지 않은, 순수한 영원을 지향하는 시적 화자의 갈망이 함축되어 있다. 일반적으로 '신발'은 그것을 소유한 사람을 의미한다는 점에서 실제의 사람을 지칭하는 대유적 기능을 한다. 또한 이것은 인간의 실제적이고 구체적인 삶과 연결되어 생활의 한복판에서 살아가는 인간의 힘겨운 삶을 상징하기도 한다. 이 시의 '구두' 역시 이러한 대유적 기능과 함께 인간의 고달픈 지상적 삶을 표상하는 소재가 된다.[14] 그런데 이 시에서 '구두끈이 풀린다'는 것은 자아의 실존적인 긴장이 풀린다는 것을 의미한다. 이러한 실존 양식의 긴장성이 '잡문같은 행간에서' 풀어진다는 것은 일상성으로 긴장감이 풀어진다는 뜻이다.[15] 그런데 이 시의 "잡문 같을 수 없는/ 삶의 물길이"라는 시구에서 볼 수 있듯

---

14. 홍희균, 「박목월 시의 연구」, 인하대 대학원 박사학위논문, 1991, 111~112쪽.

15. 한광구(1993), 위의 책, 269쪽.

이 '인간의 삶'은 일정한 체계나 형식에 구애받지 않고 되는대로 쓰는 '잡문'과 같을 수 없다. 그래서 이것은 '구름' 내지 '돌'로 존재론적 변신을 시도하게 된다. 여기서 '구름'이 가벼움에 의해 초월을 의미화한다면, '돌'은 불변의 단단함에 의해 초월을 의미화한다. 결국 시적 화자의 '구두끈'은 '시월상달의 순색영원 속에'서 풀어진다. 이는 그가 단순한 일상성이 아닌 순색의 영원성을 지향하게 됨을 계시한다. 그런데 이러한 지향성은 "어떻게 살아도 충만할 수 없"는 지상적 삶의 근원적인 결핍에 토대를 두고 있다.

이 시에서 주목할 것은 시적 화자의 초월지향성이 은유적 의미망 속에서 전개된다는 점이다. 순색의 영원을 지향하는 '인간의 삶'(fr_1)은 '물길'(fr_2)과 비유적 관계를 형성하며 이는 다시 '구름'(fr_3), '돌(비석)'(fr_4)으로 변전하면서 초월성을 구체화한다. 이질적인 이들 지시틀은 '영원히'라는 무한한 시간을 공유하여 상호작용으로써 융합된다. 따라서 '인간의 삶'이 초월을 지향하는 것은 '물길'이 철철 솟아나는 행위, '구름'이 가볍게 떠가는 행위, '돌(비석)'이 단단하게 뭉쳐지는 행위와 동일한 의미망을 형성한다. 즉 영원성을 지향하는 '인간의 삶'은 샘에서 솟아나는 '물길', 하늘에서 떠다니는 '구름', 땅에서 뭉쳐지는 '돌(비석)'으로 변주되면서 다의적인 초월성을 형상화한다. 여기서 '인간의 삶'이라는 관념적인 인간의 층위와 '물길', '구름'이라는 유동적인 자연의 층위와 '비석(돌)'이라는 정태적인 광물의 층위가 동일성을 확보하는데 이는 시인의 은유적 사유에 의해 가능해진다. 이때 '돌(비석)'이라는 작은 공간은 복잡한 '인간의 삶'과 무한한 '물길'과 '구름'과 등가를 이루면서 응축성을 확보한다. 이렇듯 이 시의 은유는 추상에서 구상으로 전이됨으로써 구상화되고 있다.

박목월의 후기시에서 죽음을 표상하는 '비석'이 이를 초극하려는 영원성의 공간으로 은유화되고 있다는 점은 주목할 만한 특징이다. 종교적 경험의 눈으로 볼 때, 돌의 특수한 존재양식은 시간을 넘어서 있고 생성에 의해 침해되지 않는 절대적 존재의 본질을 인간에게 계시하고 있다.[16] 이와 같은 '돌'에 의한 초월지향성은 그의 시 〈자수정 환상 —돌의 시④〉에도 나타난다. 환상에 바탕을 둔 이 시에는 정교한 은유적 의미망이 형성되어 초월성이 완성되고 있다.

> 돌안에 바다가 있다.
> 라고 말하지 않는다.
> 혹은
> 자주빛 치맛자락이
> 나부낀다.
> 라고 말하지 않는다.
> 눈을 감는 자는 감고
> 뜬 자는 뜨고 있다.
> 돌 안에 구름이 핀다.
> 라고 말하지 않는다.
> 혹은
> 原始의 불길이 타고 있다.
> 라고 말하지 않는다.
> 치렁치렁한
> 星座 아래서
> 따끝으로 사라져가는 새떼
> 海面에 흩어지는 울음소리

---

16. Eliade, Mircea, 『종교형태론』, 이은봉 역, 한길사, 1996, 139쪽.

눈을 감는 자는 감고

뜨는 자는 뜨면

돌조차 투명해지는

돌 안에 바다가 넘실거린다.

라고 말하지 않는다.

原始의 불길이

활활 타오른다.

라고 말하지 않는다.

사운거리는 자주빛 치맛자락이

영원에서 살아난다.

〈자수정 환상 −돌의 시④〉전문

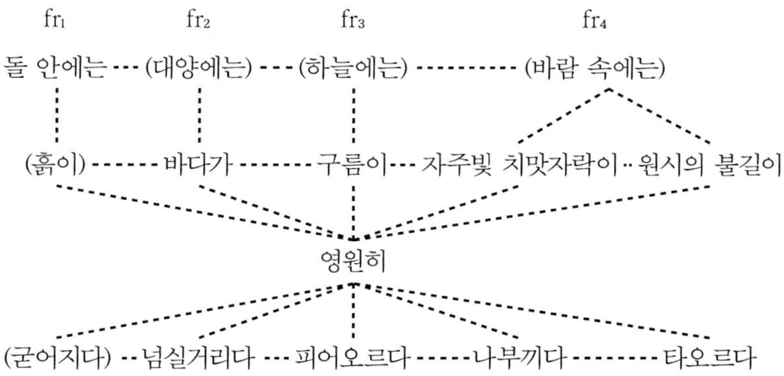

　　위 시에는 인간의 유한성을 넘어 영원성을 획득하려는 화자의 지
향성이 은유적 관계를 이룬다. 이 시에서 '돌'의 변이체인 '자수정'은
자줏빛을 지닌 돌 자체의 아름다움뿐만 아니라 불변의 항구성 내지
는 불멸의 영원성을 표상한다. 그런데 여기서는 '돌'이 '돌 안'이라는
공간성을 확보하면서 비유체계를 형성하여 다의적인 시적 의미와 긴

장을 창출하게 된다. 우선 이 시의 "돌 안에 바다가 넘실거린다"에서는 '돌 안'(fr₁)과 은유적 대응을 이루는 '대양'(fr₂)이라는 공간이 부차적인 지시틀로 설정될 수 있으며, "돌 안에 구름이 핀다"에서는 '돌 안'과 대응을 이루는 '하늘'(fr₃)이라는 부재의 지시틀이 설정될 수 있다. 그리고 이 시의 "자주빛 치맛자락이 나부낀다", "원시의 불길이 활활 타오른다"의 시구에서는 '바람 속'(fr₄)이라는 또 다른 부재의 지시틀이 파생된다. 이처럼 네 개의 이질적인 지시틀이 은유적 연쇄를 이루면서 시적 의미 형성에 관여한다.

이렇게 해서 이 시에는 '돌 안'의 광물적 공간, '대양'의 자연적 공간, '하늘'의 우주적 공간, '바람 속'의 대기적 공간이라는 다층적인 지시틀에 의해 은유적 고리가 형성되는데 이들은 '영원히'라는 부사어를 공유하여 상호작용함으로써 융합된다. 그리하여 '돌 안'은 '바다'가 넘실거리는 '대양', '구름'이 피는 '하늘', '자줏빛 치맛자락'이 나부끼고 '원시의 불길'이 타오르는 '바람 속'으로 의미론적 변용을 일으키면서 무한으로 확대되는 생명력을 창출한다. 이를테면 '흙'의 굳어짐은 '바다'의 넘실거림, '구름'의 피어오름, '자주빛 치맛자락'의 나부낌, '원시의 불길'의 타오름과 동일시되면서 영원성을 가시화한다. 위의 지시틀에서 '굳어지다'라는 술어는 정태성 내지 고착성을 지니고 '넘실거리다' –'피어오르다' –'나부끼다' –'타오르다'라는 술부군은 유동성 내지 역동성을 지닌다는 점에서 서로 이질적이지만 영원성을 갈구하는 시인의 은유적 의지에 의해 융화된다.

이 시에서 특기할만한 점은 '자수정' 즉, '돌 안'이라는 작은 공간에 거대한 사물이나 공간을 응축시킴으로써 무한히 확대되는 공간성을 창조한다는 것이다. 이러한 '돌'의 응축성은 앞서 살펴본 시들보다 더 집약적으로 나타난다. 즉 '돌 안'이라는 극소한 공간에 넘실거리는 '바다', 피어오르는 '구름', 나부끼는 '자주빛 치맛자락', 타오르는 '원시의 불길'을 응축시킴으로써 '돌 안'이라는 작은 공간은 '태양', '하늘', '바람 속'이라는 무한한 공간과 등가를 이룬다. 아주 작은 것에 거대한 것을 응축시킴으로써 무한한 공간성을 창출해내는 이러한 상상력은 시인의 탁월한 은유적 능력에서 기인한다. 특히, '돌'이라는 광물질에 거대한 사물이나 공간을 응축시킴으로써 영원성을 빚어내는 이러한 은유 양상은 다른 시인들과 변별되는 박목월의 시적 특징이라고 할 수 있다. 한편, 서정주의 시에 형상화된 영원성도 이와 유사한 은유 양상으로 드러나는데 그의 시에서는 아주 극소한 '구멍'의 공간에 거대한 사물과 공간을 응축시키는 것으로 나타난다는 점에서 다소 차이를 지닌다.[17] 이렇게 해서 이 시의 화자는 불멸을 표상하는 '돌'에 의해 형성된 은유적 의미망 속에서 소멸, 즉 죽음을 극복하고 영원성을 확보하게 된다.

한편, 그의 시 〈가부좌 −돌의 시⑥〉에도 '돌'을 통해 인간의 한계성을 초월하려는 은유적 지향이 나타난다. 이 시의 "돌이 있는 것이 아니라/ 있는 것은 나다// 타석이/ 가져다 준 것은/ 돌이 아니라,// 그가/ 가져다 준 것은/ 우리들 교분의 상징물"에서는 시적 화자 '나'(fr_1)와 '돌'(fr_2)이 동일시되는데 이때의 '돌'은 단순한 '돌'이 아닌 '교분의 상징물'로 형상화되고 있다. 그의 다른 시 〈중심에서 −돌의 시①〉

---

17. 서정주의 중기시에 나타나는 주된 특성 가운데 하나는 '금가락지 구멍'(〈벽인 금가락지 구멍〉), '순금의 반지 구멍', '벼갯모의 금실 테두리'(〈님은 주무시고〉), '피리구멍'(〈내 아내〉) 등 비어있는 원형 공간에 천착하여 영원성을 형상화하는 것을 들 수 있다. 이 시편들에는 아주 작은 '구멍'의 공간에 거대한 사물과 공간을 조여 넣음으로써 연속적 공간을 확보하는데 이를 통하여 무한으로 확대되는 공간성을 창조하고 있다. −박선영, 「서정주 시의 구심적 공간 메타포 연구」『어문론총』48호, 한국문학언어학회, 2008.6, 212−220쪽.

의 "구름이 날개를 적시는/ 따끝에서/ 바다가 얼어붙는/ 불모지의/ 이 편 따끝까지/ 그 중심에서/ 나의 발길에 채이는/ 한 덩이의 돌"에서는 삶과 죽음의 경계에 놓인 시적 화자가 '돌'과 자신을 동일화함으로써 초월을 욕망하고 있다.

이밖에도 그의 시에서 "앉으면/ 그것이 그의 座向이다./ 널려 있는 星座를 이고/ 뿌리를 내리는 돌의 깊이"(〈좌향 –돌의 시②〉), "황량한 들판에 내팽개쳐진/ 한 덩의 돌을/ 생각한다./ (중략)/ 그물로 던져진 별자리 아래 내팽개쳐진/ 강 건너/ 한 덩이 돌"(〈강 건너 돌 –돌의 시③〉) 등의 시구에는 시적 화자의 초월지향성이 '돌'에 의해 구상화되고 있다. 박목월의 시세계를 지배하는 이런 정서는 신 앞에 선 고독한 단독자로서 실존적 유한성을 경험하며, 세계와의 초월적 동일성을 갈구하는 형태로 나타난다.[18] 이 시편들은 뚜렷한 은유형태를 나타내지는 않지만 자아와 세계의 동일시, 이를테면 죽음을 초극하려는 화자 '나'와 영원성을 표상하는 '돌'을 동일화하는 은유적 사유에 기반을 두고 있다.

박목월의 후기시집 『사력질』, 무순』에는 응축적 광물 은유가 형성되어 죽음과 초월의 시의식이 구체적으로 형상화되고 있다. 특히 그의 시에는 '돌' 내지 그것의 변이체인 '비석'에 의해 은유적 고리가 형성되어 죽음과 더불어 이를 초월하려는 시의식이 구체화되고 있다. 박목월의 후기시에서 '돌'은 아주 작은 사물임에도 불구하고 무한한 사물이나 공간과 동일시됨으로써 응축성을 확보하고 있으며, 이를 통해 초월성이 실현되고 있음을 볼 수 있다. 이 장에 나타난 은유는 구상→ 추상, 추상→ 구상으로 넘나드는 가운데 구체성을 확보하고

---

18. 남금희(2008), 위의 논문, 209쪽.

있다는 점에서 특징적이다.

4. 맺음말

본 연구에서는 박목월의 후기시집 『사력질』, 『무순』에 나타난 죽음과 초월의 시의식이 어떠한 은유체계를 형성하면서 시적 의미와 긴장을 창출하고 있는지 살펴보았다.

2장에서는 박목월의 시에 나타난 중심적 액체 은유에 관하여 논의하였다. 그의 시 〈한 방울의 물〉, 〈오늘〉, 〈그냥〉, 〈雲上에서〉 등에는 '한 방울의 물'이라는 액체가 '한 방울의 피', '한 방울의 먹물'로 변주되면서 죽음과 더불어 이를 초월하려는 은유적 지향성이 드러나고 있다. 소멸의 물질성을 내포한 이런 액체는 결국 그의 시 〈빈 컵〉에서 '신'에 의해 채워지는 초월적인 '샘물'로 변주되면서 초월이 완성된다. 이러한 양상은 '중심' 지향성에 바탕을 두고 있으며 이를 통하여 궁극적으로 '신'에 의해 완성되는 초월적 세계를 발견하게 된다. 그런데 중심적 액체 은유에서는 '물'이 내포하는 소멸성으로 인하여 죽음의 양상이 지배적으로 나타나고 있음을 볼 수 있다. 여기서는 다층적인 은유에 의해 시적 의미와 긴장이 창조되고 있는데 이는 주로 구상에서 구상으로 전이되는 양상을 보이면서 구체성을 획득하고 있다는 점에서 특징적이다.

그리고 3장에서는 응축적 광물 은유에 관해 논의하였다. 박목월의 시 〈간밤의 페가사스〉, 〈순색영원〉, 〈자수정 환상 –돌의 시④〉 등에는 '돌' 내지 그것의 변이체인 '비석'에 의해 은유적 의미망이 형성되어 죽음과 더불어 이를 초월하려는 지향성이 나타나고 있다. 그의 시에서는 아주 작은 사물에 불과한 '돌'이 무한한 사물이나 공간과 동일시되는 응축성을 드러내면서 초월이 실현되고 있는데 이는 다른 시인들의 초월성과 변별되는 중요한 시적 특성이다. 여기서는 '돌'이 표상하는 불멸성으로 인하여 초월의 양상이 보다 우세하게 나타나고 있다. 특히 이는 구상에서 추상으로, 추상에서 구상으로 넘나드는 가운데 구체성을 확보한다는 점에서 특징적이다. 한편, 박목월의 후기시에서 불멸을 표상하는 '돌'의 상징을 통해 인간의 한계성을 극복하고 있다는 점에 대해서는 이미 많은 연구자들에 의해 밝혀진 바 있다. 따라서 본고에서는 '돌'의 세계에 직조된 복잡한 은유체계를 분석하는 데 집중함으로써 기존의 논의와 변별성을 확보하였다.

박목월의 『사력질』, 『무순』에는 중심적 액체 은유와 응축적 광물 은유를 형성되어 인간의 유한성과 더불어 이를 극복하려는 초월적 지향성이 구체화되고 있음을 볼 수 있다. 그의 후기시에는 대체로 다층적인 은유가 형성되어 시적 의미와 긴장성이 창조되고 있는데 이를 통해 시인의 인식의 확장과 미학적 갱신을 파악할 수 있다. 본고는 박목월 후기시의 초월과 죽음의 시의식에 여러 겹으로 직조된 은유체계를 밝혀냄으로써 그의 존재론적 시세계를 조명한 기존의 논의와 뚜렷한 차별성을 확보하였다.

'어머니' 시에 나타난 은유 양상

1. 머리말

박목월 시인은 40여 년 간의 시력을 통해 부단히 동일성의 시학을 추구했던 서정 시인으로서, 우리 시문학사에서 아주 중요한 위치에 놓여 있다. 그는 자아와 세계가 균열된 근대라는 시대 속에서도 동일성의 시학에 바탕을 둔 은유의 미학을 고수하였다. 박목월의 시세계는 기독교적 의식으로 일관하고 있는데 이는 그의 은유적 세계관과 깊은 관련성을 갖고 있다. 시에 나타나는 "은유적 세계관은 물질적 기호나 이미지가 정신적이고 초월적인 세계까지 표현할 수 있다는 관점으로, 시가 물질성 너머에 존재하는 존재의 본질이나 신적인 세계까지 표현할 수 있다는 세계관과 관련되어 있다"[1]는 점에서 그

---

1. 금동철, 「현대시에 나타난 수사학적 세계관 연구」, 『국제언어문학』제10호, 국제언어문학회, 2004.12, 349쪽.

러하다.

지금까지 박목월의 시에 대한 논의는 다방면으로 전개되어 왔으며 기독교의식에 관한 논의도 큰 성과를 거두었다. 단순히 기독교적 내용을 다루는 데 그쳤던 기존의 기독교시 연구는 최근에 오면서 심층적인 논의로 전개되고 있다. 특히, 서정시가 지닌 수사학적 차원의 연구가 시작되면서부터는 박목월 시가 지닌 서정적 근원으로서의 '신'에 대한 논의[2]가 상당한 성과를 거두었다. 그리고 오세영, 김인섭, 손진은, 김종태, 남금희 등의 논의[3]도 주목할 만하다. 기독교적인 관점에서 시 텍스트를 면밀하게 분석함으로써 질적인 성과를 거둔 이들의 논의는 "박목월 시의 기독교적 특성에 대한 기존 연

---

2. 최승호, 「박목월 서정시의 이데올로기와 '어머니'」, 『서정시의 이데올로기와 수사학』, 국학자료원, 2002, 53쪽.
　　　　, 「1960년대 박목월 서정시에 나타난 구원의 시학」, 『어문학』제76호, 한국어문학회, 2002.6.
　　　　, 「근원에의 향수와 반근대의식」, 박현수 편, 『박목월』, 새미, 2002.
　　　, 「박목월 시의 나그네 의식」, 『한국언어문학』제58집, 한국언어문학회, 2006.9.
금동철, 「박목월 시에 나타난 근원의식」, 『관악어문연구』제24집, 서울대 국어국문학과, 1999.12.
　　　, 「박목월 시의 '어머니' 이미지와 근원의식」, 박현수 편, 『박목월』, 새미, 2002.
　　　　, 「박목월 후기시의 기독교적 이미지 연구」, 『ACTS 신학과 선교』제7호, 아세아연합신학대학교, 2003.
유성호, 「지상적 사랑과 궁극적 근원을 향한 의지」, 『작가연구』, 2002, 하반기.
3. 김인섭, 「정지용·박목월 신앙시의 대비적 고찰」, 『국어국문학』, 124, 국어국문학회, 1999.
손진은, 「박목월 시의 향토성과 세계성」, 『우리말글』제28집, 우리말글학회, 2003.8.
오세영, 「'영원(永遠)' 탐구의 시학」, 『한국언어문화』제23집, 한국언어문화학회, 2003.6.
　　　, 「박목월시의 기독교의식」, 『한민족어문학』제44집, 한민족어문학회, 2004.6.
김종태, 「박목월 시의 가족 이미지와 내면 의식 연구」, 『우리말글』제30집, 우리말글학회, 2004.4.
남금희, 「박목월 시의 신앙의식 연구」, 『한국문학이론과 비평』제40집, 한국문학이론과 비평학회, 2008.9.

구가 지닌 내용 중심성이라는 약점을 상당히 극복하고 있[4]음을 볼 수 있다.

박목월 시의 기독교의식을 조명한 논의들은 거의 대부분 '어머니' 시편을 분석 대상으로 삼고 있다. 그의 '어머니' 시편들이 갖는 중요성에 대해서는 김재홍[5], 김형필[6] 등에 의해 이미 언급된 바 있으나 이들의 논의에서는 '어머니' 시가 부분적으로만 언급되었을 뿐 본격적으로 논의되지는 못했다. 박목월의 '어머니' 시를 연구 대상으로 한 논의는 금동철에 의해 시작되어 최승호, 한광구, 허영자 등[7]으로 이어졌다. 이들의 논의는 '어머니' 시가 박목월의 기독교의식을 파악하는 데 중요한 단초가 됨을 보여주고 있다. 박목월의 기독교의식의 모태가 되는 '어머니'를 거론하지 않고서는 그의 시의식을 제대로 파악할 수 없다는 점에서 이에 대한 논의는 매우 중요하다. 하지만 이들의 논의는 '어머니' 시의 이미지 분석을 통하여 시적 의미를 파악함으로써 심층적인 의미를 도출하는 데 있어서는 한계를 보인다. '어

---

4. 금동철(2003), 위의 논문, 357쪽.
5. 김재홍은 박목월의 후기시에 나타나는 고향회귀의식을 모성회귀와 연관시켜서 파악하고 있다. 즉 그에게 있어 '고향'은 태어나서 자란 '경상도'가 있으며 그보다 더 근원적으로는 육신과 영혼의 고향인 '어머니'가 있다고 설명하였다. ―김재홍, 『한국현대시인연구』, 일지사, 1987, 374-378쪽.
6. 김형필은 박목월 시의 상징체계 가운데 하나로 '모성지향'을 들고 있는데 이때 '어머니'는 삶의 좌표로, 종교적인 부활의지, 즉 부활에 이르는 모성으로 드러난다고 보았다. ―김형필, 『박목월 시 연구』, 이우출판사, 1988, 106-115쪽.
7. 금동철(2002), 앞의 논문.
   최승호, 「박목월 서정시의 이데올로기와 '어머니'」, 『우리말글』21, 우리말글학회, 2001.8.
   한광구, 「박목월 시에 나타난 '어머니'의 이미지 연구 ―'어머니'에 나타난 시간성과 공간성을 중심으로」, 『한국시학연구』, 한국시학회, 2002.
   허영자, 「박목월의 시에 나타난 가족의 의미 ―'어머니' 시를 중심으로」, 『새국어교육』 통권65호, 한국국어교육학회, 2003.3.

머니' 시편들의 일부분을 분석 대상으로 삼은 연구들도 이와 비슷한 관점에서 논의됨에 따라 기존의 연구와 변별성을 드러내지 못하였다는 점에서 문제를 제기할 수 있다.

박목월의 시는 중기시 이후로 산문화되는 경향이 지배적임에도 불구하고 동일성의 시학인 은유적 사유에 바탕을 두고 있다. 수사학적인 차원에서 박목월의 시를 논의한 선행연구에 의해 그의 시에 나타난 은유 미학이 어느 정도 밝혀졌다고 할 수 있다. 하지만 이들의 논의는 언술의 차원이 아닌 단어의 차원에 집중됨으로써 시 텍스트에 형성된 은유적 의미체계를 총체적으로 밝히지는 못하고 있다. 따라서 본고에서는 언술의 차원에서 은유를 분석함으로써 박목월 시의 은유 미학을 총체적으로 살피고자 한다. 기존의 논의가 여전히 내용 중심의 차원을 벗어나지 못하고 있다는 점에서 '어머니' 시의 은유를 분석하는 형식적인 차원의 연구는 나름대로 의미 있는 작업이 될 수 있을 것이다.

본고에서 분석할 『어머니』와 『크고 부드러운 손』은 박목월의 후기시 가운데서도 기독교적 초월성이 본격적으로 실현되고 있는 시집들이다. 그런데도 이 시집의 시편들은 시적 형상화가 제대로 이루어지지 않아 긴장성의 약화를 초래하였다는 점 때문에 도외시되었다. 하지만 이것은 박목월 시의 핵심인 기독교의식을 이해하는 데 있어 간과할 수 없는 시집으로서 여기에 수록된 '어머니' 시 중에는 다층적인 의미를 생성하는 작품성 있는 시편들도 다수 발견된다. 그러므로 본고에서는 『어머니』, 『크고 부드러운 손』에 수록된 '어머니' 시를 텍스트로 삼되 은유적 형상화에 의해 긴장성을 획득하고 있는 작품들을 위주로 살펴볼 것이다.

2. '존재'에 의한 생명 은유

박목월의 후기시에 나타난 '어머니' 시편들은 과거의 '기억'에 바탕을 두고 있다. 그의 은유적 사유의 토대 위에서 기억은 아주 중요한 요소로 작용한다. 기억은 단순히 상상력의 보조자가 아니라 상상력의 어머니, 즉 상상력의 근본이며, 기억에 의하여 자아의 동일성이 회복되고 자아의 재구성이 가능해지기 때문이다.[8] 한편, 박목월의 '어머니' 시에는 '집'이 중요한 공간으로 등장하는데 이는 어머니의 존재/ 부재의 상황과 결부되어 은유적 의미맥락을 형성한다. 우선 그의 시 〈가정〉에서 어머니의 존재 상황이 어떠한 은유적 의미체계를 형성하는지 언술의 차원[9]에서 살펴보기로 한다.

다정하게 포개진 접시들.

윤나는 남비.

방마다 불이 켜지고

제자리에 놓인

포근한 의자.

---

8. 김준오, 『詩論』, 삼지원, 1982, 380-388쪽.
9. 리꾀르도 은유는 일차적 의미보다 숨겨진 의미를 발견하려는 의미론의 차원에서 취급되어야 한다고 보았다. 은유의 의미는 낱말의 차원에서 전이된 은유의 의미보다 텍스트 전체의 언술에서 생성되는 의미론의 차원에서 보다 더 새롭고 명료하게 드러난다는 것이다. —Ricoeur, Paul, 「은유와 상징」, 『신학이해』제14집, 정기철 역, 1996.10, 367쪽.

안락한 의자.

어머니가 계시는 집안에는

빛나는 유리창과

차옥차옥 챙겨진 내의.

새하얀 베갯잇에

네잎 크로우버.

아늑하고.

그득했다.

〈가정〉 전문

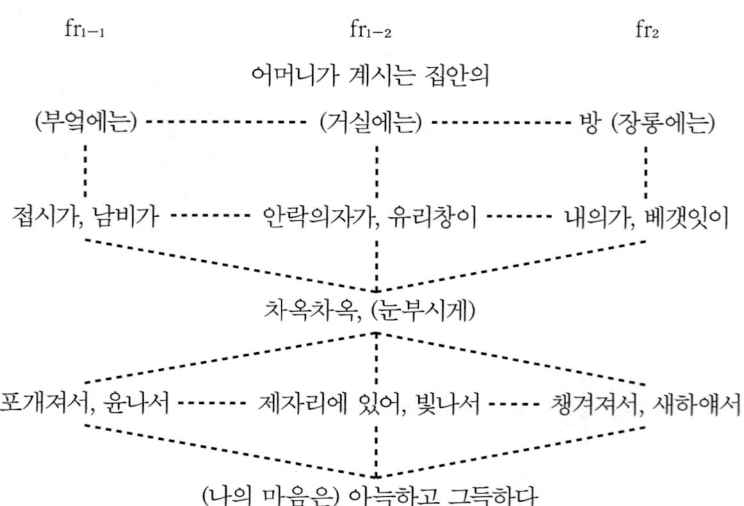

이 시에는 어머니가 존재하는 '집' 공간과 모든 사물들이 비유적 고리를 이룬다. 언술의 차원에서 볼 때, 이 시에는 '부엌'(fr_{1-1}), '거실'(fr_{1-2})이라는 '집'의 내부공간과 '방 장롱'(fr_2)이라는 사물적 공간이 비유적 관계를 이루고 있다.[10] 위 지시틀에서 괄호로 처리된 부분은 문면에 나타나지 않은 불확정적인 '틈'으로서 텍스트에 근거하여 연구자의 상상력에 의해 채워진 것(gap-filling)이다. 병치되어 있는 이들 지시틀은 '어머니가 계시는 집안의'라고 하는 상황을 공유하여 상호작용함으로써 통합적 의미를 수렴해낸다. 이러한 양상은 단순히 구체적인 묘사, 즉 이미지의 나열로 볼 수도 있다. 그래서 이러한 사물들의 이미지화는 어떤 의미에서 환유적 구조로 인식되기도 한다. 하지만 이 시에서 묘사하고 있는 사물들은 "그냥 환유적 인접성에 따라 나열되는 것이 아니라, 자아와 세계를 결합하는 구체적인 이미지로 작용한다"[11]는 점에서 은유적 관계로 볼 수 있다. 말하자면 이 시는 어머니를 중심으로 하여 만물들이 총체적 동일성을 이루고 있는데 여기서의 총체적 동일성은 은유적인 것이다.[12]

위 시에서 보면 세 지시틀의 주체인 '접시, 남비', '안락의자, 유리창', '내의, 베갯잇'은 대응관계를 이룬다. 이들은 '차옥차옥, 눈부시게'

---

10. 이 시에서 세 줄로 된 가로축의 선형구조는 비유적 결합에 의해 세워진 지시틀이다. 각각의 낱말들은 대립적인 의미를 지니지만 형태상으로는 완벽한 대응관계를 이룬다. 또한 세로축의 선형 구조에서는 fr_{1-1}, fr_{1-2}, fr_2의 세 지시틀이 각각 완전한 문장을 이룬다. 이들의 의미는 대립적이거나 이질적이지만 지시틀 간의 상호작용 속에서 통합을 이루어간다.

11. 금동철, 「현대시에 나타난 수사학적 세계관 연구」, 『국제언어문학』제10호, 국제언어문학회, 2004.12, 341쪽 : "환유의 수사학은 동일성이 아니라 인접성을 기초로 하여 형성되는 수사학인 바, 서정시가 추구하는 의미의 통합이나 중심 이미지의 존재는 부정된다."-금동철(2004), 위의 논문, 347쪽.

12. 최승호(2006), 앞의 논문.

라는 정돈과 청결의 의미를 지닌 부사어를 공통항으로 가짐으로써 의미론적 유사성을 확보한다. 또한 '포개져서, 윤나서' ―'제자리에 있어, 빛나서' ―'챙겨져서, 새하얘서'라는 일련의 서술어들도 유사성을 획득하고 있다. 이들이 지닌 질서, 밝음, 청결은 등가의 개념으로 의미화된다. 이는 밝고 안온한 생명력을 환기시킴으로써 '집' 공간에 모성적 생기를 부여한다. '부엌', '거실', '방 장롱'은 단순히 '집'을 구성하는 공간 또는 사물의 일부분에 불과하지만 시인의 은유적 사유 속에서 유기적으로 조화를 이룬 생명의 공간으로 전환된다. 결국 현실적 공간으로서 '집'은 어머니가 존재함으로써 질서와 청결과 밝음이 존재하는 안온한 이상적인 공간으로 전이된다.

이들 지시틀은 상호작용하는 가운데 '나의 마음은 아늑하고 그득하다'라는 '비유적 사건'[13]에 의해 의미론적 통합을 이룬다. 이로써 시 전반부에서 일정한 거리를 유지하고 있던 시적 화자와 외부세계 사이의 거리가 무화되면서 동일시가 발생한다. 이때 새롭게 파생되는 생명력은 모성에 바탕을 둔 안온함과 충만함이다. 이것은 투명함, 가벼움, 밝음, 포근함 등의 긍정적인 시의식에 맞닿아 있다. 이 때문에 시에 빛 이미지 내지 흰색 이미지가 지배적으로 나타나는 것이다. 한편, 그의 시 〈어두워 드는 뜰〉에는 이와 상반된 의미맥락이 형성되고 있다. 이 시에 나타난 은유적 의미망을 도표화하면 다음과 같다.

---

13. Hrushovski, Benjamin, 「Poetic Metaphor and Frames of Reference with Examples from Eliot, Rilke, Mayakovsky, Mandelshtam, Pound, Creeley, Amichai, and the New York Times」, 「Poetics Today」, vol. 5, 1984, 26―27쪽.

아버지도 어머니도 돌아오시지 않는

텅 빈 집에

보랏빛으로 물들이는 해질무렵 장지문.

어두워 드는 뜰.

어린 누이의 포도빛 불안한 눈.

컴컴한 부엌

끄스름이 오른 두터운 처마.

不在라는 말의 뜻은 그후에 알았지만

잿빛으로 잠기는 장지문

눈물로 흐려지는 문살.

〈어두워 드는 뜰〉 전문

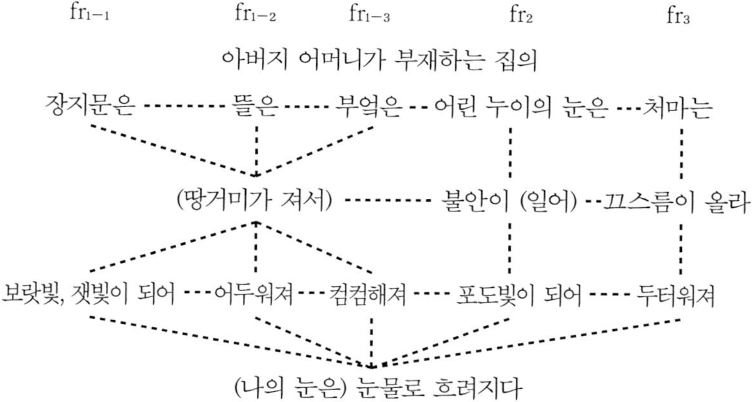

　위 시에는 어둠이 짙어오는 시간에 아버지와 어머니가 '부재'하는 정황이 비유적으로 형상화되고 있다. 이 시에서는 '장지문'(fr₁₋₁)이라는 경계공간, '뜰'(fr₁₋₂)이라는 외부공간, '부엌'(fr₁₋₃)이라는 내부공간이 '어린 누이의 눈'(fr₂)이라는 신체의 층위, '처마'(fr₃)라는 사물적 공

간의 층위와 병치되어 비유적 관계를 형성한다. 이들은 '아버지 어머니가 부재하는 집'이라는 부재의 상황을 공유한다. 이들 지시틀은 공간적 인접성 내지는 인과성에 의한 환유적 결합으로 인식되기도 하지만 언술의 차원에서 살펴볼 때 은유적 의미맥락을 형성하고 있다. 이는 이른바 '은환유'[14]이다.

이들은 지시틀 간의 상호작용 속에서 의미론적 통합을 이룬다. '땅거미가 져서 어두움이 엄습해오는 자연적 상황은 '불안이 일'어 두려움과 공포가 몰려오는 심리적 상태, '끄스름이 올'라 무겁고 답답한 물리적인 상황과 의미론적 대응을 이루는데 이들은 상호충돌함으로써 생명력의 소멸 내지 상실을 의미화한다. 그리하여 '어두운'이라는 자연적 상황은 '불안한' 심리적 상태, '두터운' 물리적 상태와 동일한 차원으로 의미화되어 시적 의미를 확장시키고 있다. 이들 지시틀의 '보랏빛, 잿빛이 되어' –'어두워져' –'컴컴해져' –'포도빛이 되어' –'두터워져'라는 일련의 술부군도 어두움, 불안함, 무거움에서 파생되는 정신적인 혼돈 상태를 구체화하고 있다. 이러한 이질적인 지시틀 간의 상호작용, 즉 대립과 통합의 의미작용에 의해 통합적 의미가 수렴될 때 시적 긴장이 발생한다.

그런데 마지막 행의 "눈물로 흐려지는 문살"이라는 시구에서 보면 함축적 화자의 '눈물'로 인해 '문살'이 흐려지고 있다. 이때 이질적인 지시틀이 '나의 눈은 눈물로 흐려지다'라고 하는 언술에 의해 융합됨으로써 일정한 거리를 유지하던 함축적 화자와 외부세계 사이의 간격이 없어진다. 여기서 볼 수 있듯이 모성의 부재 상황은 차가움과

---

14. 실제로 어떤 비유는 은유로 봐야 할지, 환유로 봐야할지 경계선이 모호하고 애매하며 분류하기가 쉽지 않다. 이때는 '은환유'라는 용어로 부른다. –김욱동, 『은유와 환유』, 민음사, 2004, 189–199쪽.

결핍감으로 드러난다. 이러한 양상은 앞서 살펴본 시 〈가정〉과는 아주 대조적이다. 그의 시 〈가정〉에 생명력의 충만이라는 긍정의식이 지배적이라면 그의 시 〈어두워드는 뜰〉에는 생명력의 결핍이라는 부정의식이 주를 이룬다. 그의 다른 시 〈집에는〉에서는 어머니의 존재로 인한 모성적 생명의식이 형상화되고 있다.

집에는
어머니와
어머니의 옥색 고무신.
훈훈한
안방에
은은한 미닫이.
찬장에는
가분한
찻잔과
빼닫이에 가득한 숟갈.
곱게 그을린
남비는 부엌에
푸푸 소리 부는
뜸 지는 밥솥.
내 방에는
내 의자
초록빛 의자.
책꽂이에 단정한
책들.
뜰에는

장미가지에 장미꽃.

〈집에는〉 부분

이 시에는 '안방'(fr₁₋₁), '부엌'(fr₁₋₂), '내 방'(fr₁₋₃)이라는 내부공간과 '뜰'(fr₁₋₄)이라는 외부공간, '찬장'(fr₂)이라는 사물 내지 사물적 공간이 병치되어 비유적 고리를 형성한다. 이들 지시틀은 '어머니가 계신 집'이라는 시구를 공유하여 상호침투하는 가운데 생명력을 수렴해낸다. 그리하여 '훈훈한 공기', '은은한 미닫이', '빼닫이에 가득한 숟갈', '곱게 그을린 남비', '뜸 지는 밥솥', '책꽂이에 단정한 책들', '장미가지에 장미꽃' 등의 사물이 지닌 질서, 청결, 온기가 유사한 의미망을 형성한다. 위 지시틀의 '훈훈하다'–'넉넉하다'–'단정하다'–'화사하다'–'가득하다'라는 일련의 술부군은 긍정적인 생명력을 창출한다. 이를테면 어머니의 존재로 말미암아 공간 속의 사물들은 정돈됨, 깨끗함, 따뜻함이라는 밝고 건강한 생명력을 확보하게 된다. 결국 이들은 '나의 마음은 아늑하고 그득하다'라는 언술에 의해 안온함과 충만함으로 그 의미가 융합되기에 이른다.

이밖에 그의 시 〈어머니의 음성〉에서도 어머니의 음성이 가득한 '집'이 삶의 고단함과 추위를 다 잊어버릴 수 있는 생명의 공간으로 형상화되어 나타난다. 이 시의 "집에만 돌아오면/ 더운물에/ 발을 담그듯/ 머리를 감듯/ 우리를 싸안아 주는/ 어머니의 음성"에서 '발을 담그'는 행위가 춥고 고단한 육체적인 피로를 풀어주는 것이라면, '머리를 감'는 행위는 정신적인 피로를 잊게 만드는 것이다. '어머니의 음성'은 곧 어머니의 사랑으로서, 시적 화자에게 쉼과 힘을 주는 육체적·정신적 생명력으로 작용한다. 그런데 '집에만 돌아오면'이라는 구절에서 짐작할 수 있듯이 '집'은 이러한 생명력의 근원지이다. 김종길은 목월에게 있어서 '향수'는 "평생 그의 정신의 바탕이요 지주가 되는 것"[15]이라고 말한 바 있다. 박목월 시인의 '어머니' 시에 나타나는 향수는 결국 어머니의 존재에서 생성되는 모성적 생명력에 대한 향수라고 할 수 있다.

이상에서 박목월의 '어머니' 시편에는 어머니의 존재와 부재에 의해 은유적 연쇄가 형성되어 생명력의 유무를 구상화하고 있음을 볼 수 있다. '집'은 어머니가 존재함으로써 긍정적인 생명력이 지배하는 이상적인 공간이 된다. 생명과 죽음 사이의 간격은 '어머니'의 존재로 채워지는데 이것은 단순히 어머니의 존재 자체라기보다는 모성적 생명력을 뜻한다. 이와 같은 모성적 생명력은 시인의 '기억'에 의해 현재화되고 있다. 그런데 이 장에 나타난 은유는 그리 낯설지 않은 것들의 대립 속에서 통합이 이루어지고 있음을 볼 수 있다.

3. '편재'에 의한 변신 은유

앞 장에서는 박목월의 후기시에서 '어머니'의 존재/ 부재에 의해 은유적 의미체계가 형성되어 모성적 생명력이 가시화되고 있음을 살펴보았다. '어머니' 시에 나타나는 은유의 또 다른 양상으로서 어머니의 편재성을 들 수 있는데 이것은 어머니가 신적 존재로 변신할 수 있는 중요한 근거가 된다. 이 장에서는 어머니의 편재성이 어떠한 은유적 의미망을 형성하면서 신성을 획득하는지 구체적으로 밝히고자 한다. 우선 그의 시 〈어머니의 香氣〉에서 '어머니의 향기'에 의해 형성된 은유 양상을 도표화하여 고찰하기로 한다.

---

15. 김종길, 「향수의 미학 ―목월시의 전개」, 『문학과 지성』, 1971.9, 590−591쪽.

어머니에게서는
어린날 코에 스민 아른한 비누냄새가 난다.

보리대궁이로 비눗 방울을 불어 올리던 저녁노을 냄새가 난다.

여름 아침 나절에
햇빛 끓는 향기가 풍긴다.
겨울밤 풍성하게 내리는
눈발 냄새가 난다.

그런 밤에
처마 끝에 조는 종이초롱의
그 서러운 석유 냄새

구수하고도 찌릿한
백지 냄새

그리고
그 향긋한 어린날의 젖내가 풍긴다.

〈어머니의 香氣〉 전문

이 시에는 '어머니의 몸'에서 나는 여러 향기들이 비유적 관계로 결합되어 제시된다. 이를 통하여 '어머니의 몸'(fr_1)이라는 신체의 층위, '대지'(fr_2)라는 자연적 공간의 층위, '처마 끝 종이초롱'(fr_3)이라는 인공의 층위의 지시틀을 설정할 수 있다. 여기서 '비누냄새', '어린날의 젖내'라는 어머니의 몸에서 나는 냄새는 '저녁노을 냄새', '아침 햇빛

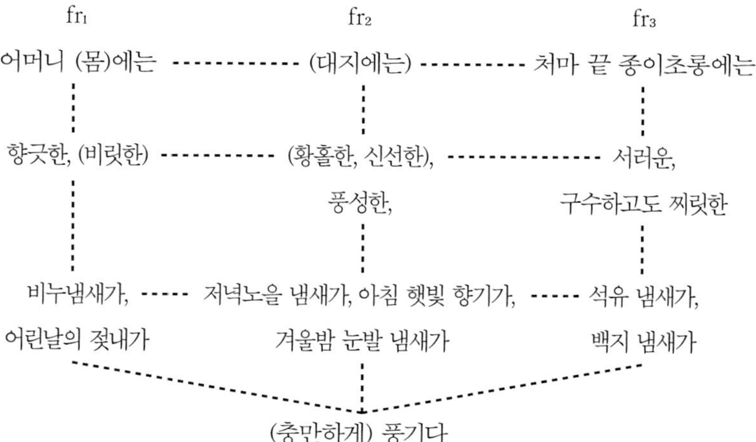

향기', '눈발냄새'라는 자연의 냄새, '석유 냄새', '백지 냄새'라는 문명의 냄새가 의미론적 대응관계를 형성한다. 이질적인 이들 지시틀은 '충만하게 풍기다'라는 발산의 행위를 공유하여 상호작용함으로써 의미론적 통합을 이룬다. 따라서 '어머니의 몸'은 '대지'와 동일시되면서 신적 존재로 변신하며, '처마 끝 종이초롱'과 동일시되면서 빛을 생성하는 존재로 변전한다. 그리고 어머니의 몸에서 나는 '향긋하고, 비릿한' 체취는 '황혼한, 신선한, 풍성한' 자연의 냄새뿐만 아니라 '서러운, 구수하고도 찌릿한' 인공의 냄새와 동일시되어 총체적인 삶의 냄새로 융화되기에 이른다.

한편, 이 시에서 '처마 끝 종이초롱'에서 풍기는 서러운 '석유 냄새', 구수하고도 찌릿한 '백지 냄새'는 인공 내지는 문명의 냄새인 동시에 생활의 냄새라고 할 수 있다. 이것은 어머니의 몸이나 대지적 자연에서 풍기는 밝고 가벼운 냄새와는 대비적이다. 그럼에도 불구하고 이는 시인의 은유적 사유 속에서 그리움의 냄새로 융화되어 동질성을 확보한다. 즉 인간의 최초의 냄새인 비릿한 '젖냄새'로부터 성장하면서 경험하게 되는 서러운 '석유냄새'에 이르기까지 모든 삶의 냄새가 그리움이라는 감정으로 수렴된다. 가스통 바슐라르에 의하면, 과거에서건 현재에서건 좋은 냄새는 내면성의 중심이 되며 이 내면성에 충실한 기억들은 옛날의 냄새에 충실하다.[16] 시적 화자는 '냄새'에 관한 과거의 충실한 기억을 통하여 동일성의 욕망을 표출하고 있다. 그의 시 〈눈 오는 밤〉의 "기름 가게에 들어 서면/ 코에 확 풍기는 석유 냄새.// 어머니가 시키는 대로/ 은전을 주고 거스름돈은/ 헤어서 받았다"라는 시구에서 보면 '석유 냄새'는 눈 오는 밤에 '기름'을 사러 갔던 시적 화자의 기억 속에 박혀 있는 것임을 알 수 있다. 이 시에서도 '석유 냄새'는 과거의 기억에 충실하여 화자가 어머니를 환기시키는 데 결정적인 역할을 한다.

그런데 이 시에서 주목할 것은 어머니의 냄새가 편재성을 지님으로써 어머니의 존재가 신성을 획득하게 된다는 점이다. 말하자면 어머니의 몸에서 나는 '비누냄새', '어린날의 젖내'는 대지적 자연의 냄새인 '저녁노을 냄새', '아침 햇빛 향기', '겨울밤 눈발 냄새'로 변주되고 인공적인 문명의 냄새인 '석유 냄새', '백지 냄새'로 변주되어 편재함으로써 어머니는 신성을 확보하게 된다. 이와 같은 지시틀의 대립과 통합 속에서 시적 긴장이 발생한다. 결국 비유는 인식의 문제로서[17] 이 시에 나타나는 신체의 층위→ 자연의 층위→ 인공의 층위로의 전이 양상은 시인의 인식의 확대와 갱신을 보여준다.

그의 다른 시 〈어머니에의 기도1〉의 "눈 위로 불어오는 바람결에

---

16. Bachelard, Gaston, 『몽상의 시학』, 김현 역, 홍성사, 1986, 155−162쪽.
17. 김준오(1982), 위의 책, 178쪽.

서/ 향기로운 당신의 숨결을/ 제 코가 느낍니다./ 어머니,/ 한밤중에 수근거리는/ 아가리나뭇잎새에서/ 다가오시는 당신의/ 발자국을 제 귀가 느낍니다./ 어머니,/ 深山 비알로 벋어 가는 덩굴에서/ 제 눈이/ 당신을 압니다./ 그리고 어머니,/ 밥상 앞에서 수저를 들 때마다/ 안으로 굽어 오는/ 제 손에서/ 당신의 사랑을 느낍니다"라는 시구에서도 어머니의 편재성에 의해 은유가 형성되고 있다. 이 시의 화자는 '바람결'(fr₁)에서 향기로운 '당신의 숨결'을 맡고, '아가리나뭇잎새'(fr₂₋₁)에서 정다운 '당신의 발자국 소리'를 들으며 나무의 '덩굴'(fr₂₋₂)에서 세심한 '당신의 손길'을 본다. 또한 '밥상 앞'(fr₃)에서 사랑스런 '당신의 마음'을 느낀다. 공기의 층위, 식물의 층위, 생활의 층위가 은유적 관계로 결합된 이 시는 '당신'을 공유하여 상호작용함으로써 동일성을 획득한다. 그래서 '숨결'을 '맡다'라고 하는 후각적 행위는 '발자국 소리'를 '듣다'라는 청각적 행위, '손길'을 '보다'라는 시각적 행위, '마음'을 '느끼다'라는 지각적 행위와 동일한 차원으로 의미화된다. 이러한 공감각적 상상력의 융합에는 어머니의 편재성이 놓여 있으며, 이로 인해 '당신'은 신적 존재로 변신을 한다. 그런데 그의 다른 시 〈무지개를 빚으려는〉에는 어머니의 편재성이 아주 다양한 지시들을 형성하며 복잡하게 드러나고 있다. 이 시에 나타나는 은유체계를 도표화하면 다음과 같다.

나는
어디서나
어머니를 뵈옵게 되고
어머니의 응답을
느낀다.

거울 앞에서
면도를 하다 말고
문득 얼굴 바탕에서
살아나는 어머니의 모습.
길을 가다 말고
안으로 속삭이는
독백 속에 문득 울리는
어머니의 음성.
어머니를
어디서나 발견한다.
꽃가지에 머금는 그늘에서
어머니의 은근한 사랑은
아른거리고
바람결에도
주름 짓는 물살에도
어머니는 표정을 지으셨다.
오늘은 피어오르는 물김에
무지개로 빚어지려는
어머니를 뵈옵고
표백된 구름에서
비가 되시려는
어머니를
깨닫는다.

〈무지개를 빚으려는〉 전문

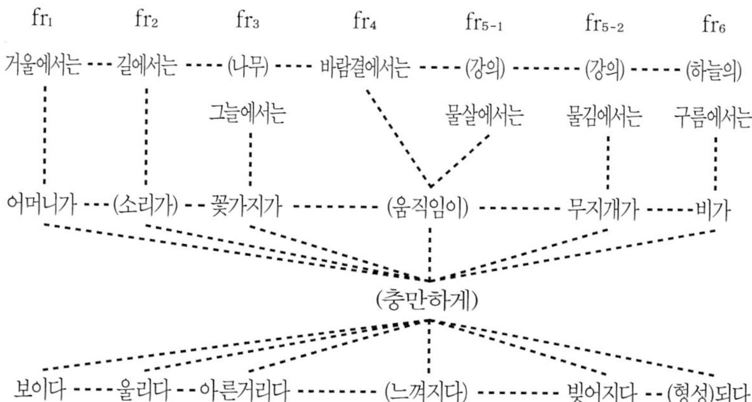

언술의 차원에서 살펴보면 이 시에는 '거울'(fr_1)이라는 인공적 공간의 층위, '길'(fr_2)이라는 자연적 공간의 층위, '나무 그늘'(fr_3)이라는 식물적 공간의 층위, '바람결'(fr_4)이라는 대기적 공간의 층위, '강의 물살'(fr_{5-1}), '강의 물김'(fr_{5-2}), '하늘의 구름'(fr_6)이라는 자연적 공간의 층위가 비유적 관계로 결합하고 있다. 다층적인 이들 지시틀은 '충만하게'라는 부사어를 공유하여 지시틀 간의 상호작용 속에서 융합을 이룬다. 따라서 어머니의 현현으로 인하여 '어머니'의 모습이 보이는 '거울'은 '소리'가 울리는 '길', '꽃가지'가 아른거리는 '나무그늘', '움직임'이 느껴지는 '바람결'과 '강의 물살', '무지개'가 빚어지는 '강의 물김', '비'가 형성되는 '하늘의 구름'과 동일화된다. 또한 위 지시틀의 '보이다' –'울리다' –'아른거리다' –'느껴지다' –'빚어지다' –'형성되다'라고 하는 공감각에 바탕 한 술어들도 동일한 의미맥락을 형성한다.

이 시에서 '거울'에 문득 살아난 '어머니'는 '길'에서 울리는 미세한 '소리', '나무그늘'에서 아른거리는 생기 있는 '꽃가지', '바람결'이나 '강의 물살'에서 느껴지는 크고 작은 '움직임', '강의 물김'에서 피어오르며 빚어지는 아름다운 '무지개', '하늘의 구름'에서 형성되는 '비'로 다양하게 변주되면서 편재성을 드러낸다. 다시 말해, '어머니'는 '소음'→'꽃가지'→'미세한 움직임'→'무지개'→'비'로 몸바꿈을 하는데 이러한 어머니의 변신은 그의 편재적 속성에서 기인한 것이다. 어머니의 편재성은 신의 편재성과 등가를 이룸으로써 어머니는 신적 존재로 초월적인 변신을 하게 된다. 즉 이 시에서 '어디서나' 어머니의 모습을 보고 음성을 듣는다는 것은 어머니가 무소부재하는 절대자의 모습에 비유되어 동일화되는 것이다. 결국 절대자인 '하나님'의 존재와 사랑과 섭리가 '어머니'라는 형상을 통해 만물 속에 비치고 있는 것이다.[18] 이러한 어머니의 편재 양상은 부단히 외부세계와의 동일성을 회복하고자 하는 시적 자아의 은유적 의지에 바탕을 두고 있다.

이 시는 어머니의 편재성에 의해 다양한 지시틀의 은유적 연쇄가 형성되어 시적 의미가 창조되며, 이들 지시틀의 대립과 통합이라는 상호작용 속에서 시적 긴장이 발생한다는 점에서 주목할 만하다. 그런데 이 시에는 지시틀의 세부항이 숨겨져 있지 않고 문면에 드러남으로써 독자의 주관적인 상상력의 개입을 축소시키고 있다. 이러한 양상은 어머니의 편재성에 의해 다층적인 은유체계를 형성하는 그의 다른 시편들에서도 어렵지 않게 발견된다. 다음의 인용시에서도 어머니의 편재성에 의해서 변신 은유가 발생하고 있다.

---

18. 최승호(2002), 앞의 논문, 75쪽.

당신은
봄날 황혼의 들길. 그처럼 부드러운.

깃으로 돌아오는 새들의 보금자리. 그처럼 포근한.

당신은
봄밤에 느지막하게 뜨는 달무리.

아른한 꿈 속에서도 꿈을 꾸게 하는
넉넉하게 테두른 영혼의 달무리.

당신은
밤하늘의 엄숙한 눈동자. 그처럼 深奧한.

한밤중에 내리는 꽃밭의 실비. 그처럼 은근한.

그리고 오늘은
향수에 젖은 나의
눈동자에 빛나는

대낮의 호수. 진실한 물결.

〈찬가〉 부분

어머니의 미소는
익는 햇살 향기로
풍겨온다.
그것은 움트는 다알리아 뿌리의

軟紫紅色
빛깔로
살아난다.
오월 하늘의
구름으로
풀린다.
그리고
잔잔한 詩心에
물살짓는 영혼의
표정으로 감돈다.
혹은
겨우 이 收支均衡 합치려는
생활의 계산 속에서
살며시 번진다.
어머니의 微笑는
餘裕롭고 다정하고
은근하고 均衡이 잡히는
모든 것에서
늘 發見되고
내일은
동트는 새벽의
그 신비스러운 빛살로
마련된다.

<어머니의 미소> 부분

시적 화자의 어머니를 노래하는 그의 시 〈찬가〉에는 인간의 층위인 '당신'(fr_1), 식물적 공간의 층위인 '들길'(fr_2), 동물적 공간의 층위인 '새들의 보금자리'(fr_3), 우주적 층위인 '하늘의 달무리'(fr_{4-1})와 별빛(fr_{4-2}), 자연적 층위인 '꽃밭의 실비'(fr_{5-1})와 '호수의 물결'(fr_{5-2})의 다양한 층위의 지시틀이 병치되어 은유적 연쇄를 이루고 있다. '당신'은 봄날 황혼의 '들길'의 부드러움, 저녁에 찾아드는 '새들의 보금자리'의 포근함, 밤에 드리운 '하늘의 달무리'의 넉넉함, '별빛'의 엄숙함과 심오함, 한밤중에 내리는 '꽃밭의 실비'의 은근함, 대낮에 펼쳐지는 '호수 물결'의 진실함으로 다양하게 변주되면서 편재성을 드러낸다. 이를테면 '어머니'는 부드럽고 포근하게 품어주고 넉넉한 꿈을 꾸게 하며, 그러면서도 엄숙함과 심오함이 있고 은근함이 있으며, 한결같은 진실함이 있는 완전한 신적 존재이다. 이런 '어머니'는 인간의 층위→ 식물적 공간의 층위→ 동물적 공간의 층위→ 우주적 층위→ 자연적 층위로 이동하면서 편재성을 드러낸다.

그의 시 〈어머니의 미소〉에서 '어머니의 미소'(fr_1)는 '익는 햇살'에서 풍기는 따사로운 '향기'(fr_2), '다알리아 뿌리'에서 움트는 '연자홍색 빛깔'(fr_3), '오월 하늘'의 깨끗한 '구름'(fr_4)으로 변전한다. 그뿐 아니라 이 시의 "잔잔한 詩心에/ 물살짓는 영혼의/ 표정으로 감돈다"라는 시구에서는 '시심'에 감도는 '영혼의 표정'(fr_5)과 여기서 파생된 지시틀 '잔잔한 바다'의 '물살'(fr_6), 수지균형 합치려는 '생활의 계산'(fr_7), '새벽 하늘'의 신비스러운 '빛살'(fr_8)로 변전한다. 이들은 공감각적으로 형상화됨에 따라 어머니의 편재성이 구체화되기에 이른다. 위 지시틀의 '드러나다' –'풍겨오다' –'움트다' –'풀리다' –'감돌다' –'퍼지다' –'번지다' –'솟아나다'라는 일련의 술어들은 어머니의 미소가 지닌 역동적 생명력을 부각시키는데 이들은 '충만하게'라는 존재 상태에 의해 융합을 이룬다. 여기서 어머니의 미소가 자연의 범주뿐만 아니라 생활의 범주에서도 발견되고 있다는 점은 주목할 만하다. 이처럼 다양하게 변주되는 '어머니의 미소'는 신성의 편재성을 환기시키면서 '신의 미소'와 등가를 이룬다.

이밖에 그의 시 〈신춘음〉의 "얼음 밑에서도 살아나는/ 미나리./ 오냐, 오냐, 오냐./ 어머니의 목소리로/ 환하게 동이 트는/ 새날의 새벽./ 믿음과 긍정의/ 누리 안에서/ 훈훈하게 열리는/ 남쪽의 꽃봉오리"라는 구절에는 '어머니의 목소리'에 의한 편재성이 드러난다. 이 시에는 '얼음밑'(fr_1), '동쪽 하늘'(fr_2), '남쪽 땅'(fr_3)이라는 대립적 공간들이 은유로 결합하는데 이들은 생명력의 원천인 '어머니의 목소리'를 공유하여 상호작용함으로써 융화된다. 따라서 '미나리'가 파릇하게 살아나는 '얼음밑', '동이' 환하게 트는 '동쪽 하늘', '꽃봉우리'가 훈훈하게 열리는 '남쪽 땅'이 동질성을 확보한다. 특히, '목소리'는 공간의 경계를 넘나듦으로써 지하/ 지상/ 천상 공간의 이질성을 통합하는 데 주된 역할을 한다. 이렇듯 '어머니의 목소리'가 '사방에서' 들리는 편재성을 지님으로써 어머니는 신성을 지닌 존재로 변신하게 된다.

이상에서 박목월 후기시의 '어머니'는 편재성을 지님으로써 모든 만물을 아우르는 초월적인 신으로 변신하고 있음을 볼 수 있다. 즉 어머니의 편재성은 무소부재하는 신의 속성과 동일시됨으로써 초월성을 확보하고 있다. 이 장에서는 다층적인 지시틀에 의해 복잡한 은유적 의미망이 형성되어 시적 의미가 생성되며 이들의 대립과 통합에 의해 긴장성이 발생한다는 점에서 주목할 만하다. 하지만 박목월의 후기시에는 지시틀의 세부항이 숨겨져 있지 않고 주로 시 텍스트에 제시됨으로써 독자/ 비평가의 상상력의 폭을 제한할 수 있으며 시적 긴장성을 다소 약화시키는 요소로 작용할 수 있다.

4. '매개'에 의한 일체 은유

앞에서 어머니의 편재성에 의해 어머니가 신적 존재로 변신함으로써 초월이 실현된다면 이 장에서는 신적 존재인 어머니를 매개로 초월적 일체화가 실현된다. 박목월의 후기시에서 '어머니'는 시적 화자와 절대자를 매개하는 초월적 존재라는 점, 어머니와 절대자가 '오버랩'됨으로써 초월이 실현된다는 점 등은 선행연구자들에 의해 밝혀진 바 있다. 따라서 본고는 '어머니'의 매개에 의한 초월이 어떠한 은유적 의미체계를 형성하는지에 집중함으로써 기존의 논의와 변별성을 갖고자 한다. 먼저 그의 시 〈어머니에의 기도8〉에서는 어머니의 기도를 매개로 하여 초월적 일체화가 이루어지고 있다.

어린 날,
잠결에 들은
당신의 속삭임이
봄날에 돋아 나는 연한 물뿌리의
파릇한 생기로
살아나고,
그리고 폭풍우가 몰아치는 이 밤에는
어둠을 노려 보는
아들의 눈동자에
곧게 촛불도 타오릅니다.

〈어머니에의 기도8〉 전문

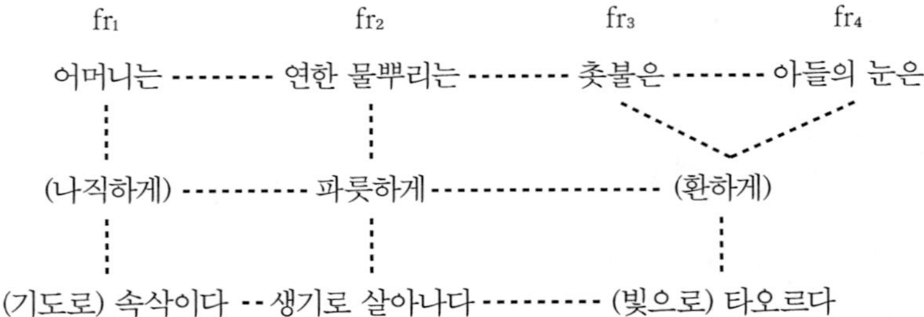

이 시에는 우선 세 개의 지시틀이 병치되어 은유적 의미망을 형성
한다. 잠결에 나직한 기도로 속삭인 '어머니'(fr₁)는 봄날에 돋아나서
'파룻한 생기'를 주는 '연한 물뿌리'(fr₂)로 살아나고, 폭풍우가 몰아치
는 밤에는 '어둠'을 몰아내고 주위를 밝히는 '촛불'(fr₃)로 타오른다. 지
시틀의 상호작용 속에서 '어머니'라는 인간의 층위는 '연한 물뿌리'의
식물의 층위, '촛불'의 화학적 질료의 층위로 변전하면서 생명의 기운
을 불러일으키고 있다. 이 시에서 '물뿌리'가 생장하면서 타자에게 생
기를 준다면, '촛불'은 자신을 태우고 소진하면서 타자에게 활기를 부
여한다. '물뿌리'의 생기와 '촛불'의 활기는 타자에게 생명력을 부여한
다는 점에서 유사성을 지닌다. 그리고 어린 날 잠결에 들은 어머니의
기도는 조용한 '속삭임'에 불과하지만 이는 식물의 생기, 촛불의 활기
와 동일한 차원으로 의미화된다. 또한 세 지시틀의 술부군인 '기도로
속삭이다' −'생기로 살아나다' −'빛으로 타오르다'는 능동적인 행위라
는 유사성을 갖는다.

그런데 시 마지막 부분의 "어둠을 노려 보는/ 아들의 눈동자에/ 곧
게 촛불도 타오릅니다"라는 언술에서는 '촛불'과 환유적 관계에 놓여
있는 '아들의 눈'(fr₄)이라는 또 다른 지시틀이 형성되어 의미생성에
관여한다. 타오르는 '촛불'과 마찬가지로, 그것에 비친 '아들의 눈'에

도 환한 '빛'의 생명력이 타오른다. 그 순간 '어머니의 기도' 속에 '아들'의 눈빛이 포개지면서 함축적 화자와 어머니는 일체가 된다. 기도가 어머니와 절대자의 호흡이라면, 이런 기도를 통한 시적 화자와 어머니의 결합은 결국 '어머니' = '아들' = '절대자'의 일체화를 이끈다. 이렇게 해서 어머니의 기도를 매개로 초월적 일체감이 완성된다. 여기서 주목할 것은 이질성을 통합해내는 지시틀 간의 상호작용이다. '나직하게' 속삭이는 '어머니'의 기도가 내향적이고 소극적인 속성을 보여준다면, '파릇하게' 살아나는 '연한 풀뿌리'의 생기와 환하게 타오르는 '촛불'의 빛, '아들의 눈빛'은 외향적이고 적극적인 속성을 보여준다. 그런데 지시틀의 상호충돌 속에서 '어머니의 기도'라는 정적인 속성은 역동적인 가치를 확보하면서 서로 융화되어 식물적 '생기', 화학적 '빛'과 동질성을 갖게 된다. 이러한 대립과 통합의 상호작용을 통하여 시적 긴장이 창조된다.

그의 다른 시 〈어머니의 언더라인〉에서도 어머니의 기도를 매개로 일체화가 실현되고 있다. 이 시의 "모서리마다 헐어버린/ 말씀의 책/ (중략)/ 더듬거리며 읽는/ 어머니의 붉은 언더라인/ 당신의 신앙이/ 지팡이가 되어 더듬거리며/ 따라 가는 길에/ 내 안에 울리는 어머니의 기도소리"라는 시구에서는 '어머니의 붉은 언더라인'과 '지팡이'가 은유적 대응을 이룸으로써 '나'(fr_1)와 '절름발이'(fr_2)라는 지시틀이 설정된다. '나'라는 화자가 '붉은 언더라인'을 따라 '더듬거리'며 '읽'는 행위는 '절름발이'가 '지팡이'를 짚고 '절뚝거리'며 '가'는 행위와 의미론적 대응을 이룬다. 여기서 어머니의 '붉은 언더라인'은 '당신의 신앙'의 환유로서 생전에 어머니의 믿음의 흔적, 즉 초월적 삶의 궤적을 보여주는 것이다. 이런 '붉은 언더라인'이 '나'의 영혼을 지탱해준다면 '지팡이'는 '절름발이'의 육체를 지탱해준다. 그리고 '말씀'과 대응을 이루는 '길'은 물리적인 것이지만 인간의 삶의 길이라는 상징적인 의미도 내포하고 있다.

그런데 마지막 연의 "내 안에 울리는 어머니의 기도소리"라는 구절을 통하여 시적 화자는 '어머니'와 동일화된다. 단지 과거의 기억 속에 존재하던 '어머니의 기도소리'는 지금 '내 안에 울리는' 것으로 현재화를 경험함으로써 동일성을 확보한다. 이는 '어머니'를 매개한 초월의 순간, 즉 시적 화자 '나'와 '어머니'와 어머니의 기도의 대상인 '하나님'이 동일화되는 '회감'을 경험하는 순간이다. 에밀 슈타이거에 의하면, 시인은 과거 기억의 공간으로 들어가서 지나간 일을 현재화 하는데 그는 당시의 감흥에 동화됨으로써 회감(回感)을 경험한다. 따라서 기억은 서정적 순간으로 이끄는 중요한 계기를 마련해주며 시인의 동일성 회복에 대한 염원을 내포한다.[19]

어떻게 살아 났을까,
나도 모른다.
그날 밤 나를 지켜보던
어머님의 눈.
앓는 아기를 지켜보는
어머님의
너무나 신비스러운 사랑의 하늘.
—엄마아!
지금도 가만히 부르짖으면

---

19. Steiger, Emil(1946), 『시학의 근본개념』, 이유영, 오현일 공역, 삼중당, 1978, 88–98쪽.

−오냐, 오냐, 내 새끼야.
가슴에 파고드는 어머니의 음성

〈앓는 밤〉 부분

그것을 무엇이라
命名할 것인가.
다만
어린 것의 손을 잡고
앞으로, 보다 높은 세계로.
盲目的으로 달리는
안으로.
타오르는
이 꺼질 날 없는 불덩이를……
(중략)
그 빛나는 모성의 하늘.
이마에 얹은 것은
사과가 아니다.
하늘이 베푸는 스스로의 총명.

〈모성〉 부분

　그의 시 〈앓는 밤〉에는 '빛과 어둠이 얼룩진' 지상에서 앓고 있는
시적 화자의 모습이 나타나는데 그는 '이승과 저승의 갈림길'이라는
인간의 한계적 상황에 처해 있다. 3연의 "어머니는/ 나를 꼭 품어
주셨다./ 영원히 자기 품안에서/ 날아 가 버릴 새를 움켜 안듯이"라
는 시구에서 화자는 병약한 한 마리의 '새'에 비유된다. 어머니는 이
런 화자를 애절한 맘으로 품고 있다. 1−3연에서 '어머니'와 '나'의 관

계에 의해 전개되던 것이 마지막 4연에 와서는 '어머니' = '나' = '하늘(신)'의 일체감으로 귀결된다. 이 시의 "앓는 아기를 지켜보는/ 어머님의/ 너무나 신비스러운 사랑의 하늘"에서 애절한 맘으로 앓는 아기를 지켜본 것은 '어머님'(fr_1)뿐만 아니라 '어머님의 하늘'(fr_2)도 있었음을 알 수 있다. 이 '하늘'은 절대자를 상징하는데 어머님의 '눈'은 하늘의 '눈'과 의미론적 대응을 이룬다. 결국 시적 화자는 소생의 순간에 '하늘'이 '어머니'와 동일시되어 있는 것을 깨닫는다. 이 순간은 세 존재의 간절함이 겹쳐진 초월의 시간으로서 일체화가 실현되는 시점이다.

그리고 그의 시 〈모성〉에서는 '모성'(fr_1)이 '불덩이'(fr_2)에 비유된다. 두 지시틀은 '안으로 집중하여', '줄달음질치다'라는 시구를 공유함으로써 유사성을 획득한다. 여기서는 '가라앉지 않'는 '모성'과 '꺼지지 않'는 '불덩이'의 줄달음질이 동일화된다. 그런데 이 시의 "그 빛나는 모성의 하늘", "하늘이 베푸는 스스로의 총명"이라는 시구에 의해 모성은 어머니의 근원인 절대자의 은총, 즉 신성과 동일시된다. 또한 그의 다른 시 〈어머니에의 기도2〉의 "높이 빛나는/ 당신이 제 마음에/ 별이옵듯/ 저는/ 당신이 주무시는 창문틈으로 기웃거리는/ 별이고자 합니다"에서는 '당신'이 하늘의 '별'에 비유되면서 신적 존재로 드러난다. 화자는 이런 '당신'과 일체가 되고 싶은 마음을 표출함으로써 초월적 욕망을 드러내고 있다.

그런데 위에 인용된 시에서도 볼 수 있듯이, 박목월의 '어머니' 시편들은 주로 어린아이의 시선을 차용하고 있다. 이것은 그의 시에서 시인이 주로 아래쪽에 위치함으로써 올려다보는 위치, 즉 전적으로 상대방에게 의존하는 위치에 서는 "수직적 관계성의 미학"에 기반하고 있음을 보여준다.[20] 결국 박목월의 후기시에서 '어머니'는 절대자 '예수님'과 '천사'의 모습과 겹쳐지면서 일체화된다. 이러한 양상은 그의 시 〈갈릴리 바다의 물빛을〉에 아주 잘 형상화되고 있다.

갈릴리 바다의 물빛을
나는 본 일이 없지만
어머니 눈동자에
넘치는 바다.
땅에 글씨를 쓰시는
예수님의 모습을
나는 본 일이 없지만
믿음으로써
하얗게 마르신 어머니.
圓光은
천사가 쓰는 것이지만
어머니 뒷모습에
서리는 광채.
아들의 눈에만 선연하게 보이는.

〈갈릴리 바다의 물빛을〉 전문

이 시에는 네 개의 지시틀에 병치되어 은유적 의미망을 형성한다. 먼저 이 시의 "갈릴리 바다의 물빛을/ 나는 본 일이 없지만/ 어머니 눈동자에/ 넘치는 바다"라는 시구에서 어머니의 '눈빛'과 갈릴리 바다의 '물빛'이 동일화되어 '어머니'(fr_1), '갈릴리 바다'(fr_2)라는 두 개의

---

20. 금동철(2002), 앞의 논문, 176–177쪽.

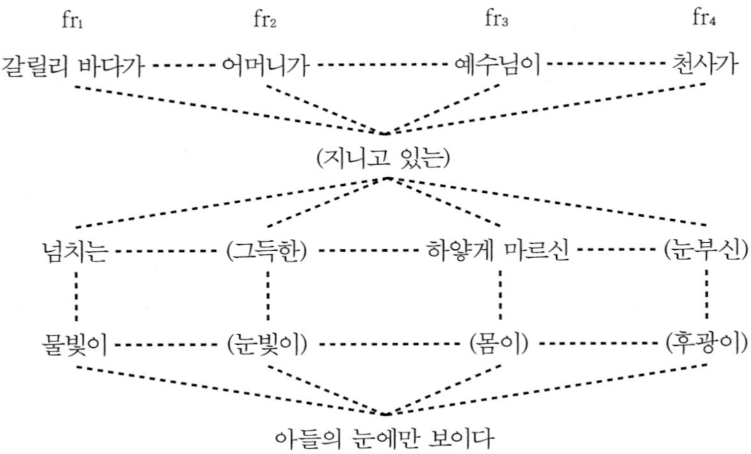

지시틀이 설정된다. '어머니'라는 인간의 층위와 '바다'라는 자연적 공간의 층위가 동일화됨으로써 어머니는 바다의 넓이와 깊이가 지닌 무한한 생명력을 소유한 존재로 자리매김 한다. 그리고 믿음으로써 하얗게 마르신 '어머니'의 몸은 "땅에 글씨를 쓰시"는 절대자 '예수님'(fr₃)의 형상과 동일시되며 광채가 서리는 '어머니'의 뒷모습은 천상의 존재인 '천사'(fr₄)의 형상과 동일시되면서 두 개의 지시틀이 다시 세워진다.

이질적인 네 지시틀은 상호작용을 통하여 융합을 이룬다. 그런데 위 지시틀에서 '넘치는', '그득한', '눈부신'이 풍부함을 드러내는 데 비해 '하얗게 마르신'은 외소함 내지 빈약함을 드러낸다. 이것은 표면적으로는 대립적이지만 이면적으로는 동질적이다. 왜냐하면 '하얗게 마르신'이라는 표현이 육체적으로는 외소함으로 나타나지만 영적으로는 충만함을 함축한다고 볼 수 있기 때문이다. 따라서 '넘치는 물빛' –'그득한 눈빛' –'하얗게 마르신 몸' –'눈부신 후광'이라는 빛의 연쇄는 동일한 차원으로 의미화된다. 다시 말해, '어머니'의 그득한 사랑의 '눈빛'은 '갈릴리 바다'의 넘치도록 충만하고 아름다운 '물빛', 하얗게 마른 '예수님'의 순결한 '몸빛', '천사'의 영광스러운 '후광'과 등가를 이룬다.

이러한 빛을 지닌 '어머니'는 마지막 행의 "아들의 눈에만 선연하게 보이는"이라는 언술을 통하여 시적 화자와 일체화를 이룬다. 화자인 '아들'의 눈과 '어머니'의 눈빛이 마주치는 순간, '바다'의 물빛과 '예수님'의 순결한 모습과 '천사'의 영광스러운 광채가 함께 겹쳐지면서 영원성을 체험하게 된다. 이러한 동일시는 단순히 화자와 어머니의 두 존재 사이의 결합이 아닌 '시적 화자' = '어머니' = '절대자'의 일체화를 의미한다. 이렇듯 이 시에서 서정적 동일성은 절대자, '예수 그리스도'를 중심으로 어머니와 서정적 자아간의 삼각구도 가운데서 일어난다.[21]

그의 다른 시 〈하늘에 영광 · 지상에는 평화〉의 "아아/ 어머니 등 뒤에/ 서러운 後光./ 크리스마스 카아드에/ 빛나는 天使여,/ 촛불에 떠오르는/ 어머니의 주름살"이라는 시구에서는 '어머니'의 등 뒤에 드리운 후광에 의해 '어머니'(fr_1)와 '천사'(fr_2)가 영광스러운 존재로 일체화되고 있다. 이 시에 형상화된 '서러운 후광'은 어머니의 지난한 삶을 암시하며, 어머니의 일생을 환유하는 '어머니의 주름살'과 등가를 이룬다. 그런데 여기서 주목할 것은 대립적인 의미를 지닌 어머니의 '서러운 후광'과 천사의 '찬란한 후광'이 시인의 은유적 사유 속에서 동일화된다는 점이다. 이것은 어머니의 서러운 삶이 영광스러운 삶일 수 있다는 박목월 시인의 가치관을 잘 보여준다.

---

21. 최승호(2002), 앞의 논문, 70쪽.

한편, 그의 시 〈아침마다 눈을〉에서는 생명력의 근원인 '하나님'이 '어머니'에 비유되고 있다. 이 시의 "하나님은 날마다/ 금빛 수실로/ 찬란한 새벽을 수 놓으시고/ 어둠에서 밝아오는/ 빛의 대문을 열어 젖혀/ 우리의 하루를 마련해 주시는데"라는 시구에서 시적 주체인 '하나님'(fr_1)은 부재의 지시를 '어머니'(fr_{2-1}), '집주인'(fr_{2-2})과 은유적 대응관계를 이룬다. 여기서 '하나님'이 '말씀'으로 '빛'을 창조하는 것은 '금빛 수실'로 아름답게 '새벽'을 수놓는 '어머니'의 행위, '자물쇠'로 닫혀 있는 '빛의 대문'을 여는 '집주인'의 행위와 동일화된다. 이와 같이 박목월의 후기시에서는 "모성적 가치와 초월적 가치가 동일한 의미망을 형성하"[22]고 있음을 볼 수 있다.

이상에서 박목월 후기시의 어머니는 시적 화자와 절대자를 매개하는 존재로서 초월성을 완성하는 주체가 됨을 알 수 있다. 여기서 매개는 단순한 연결고리의 차원이 아니라 세 존재가 동일화되어 합일하는 차원으로 나타난다. 즉 어머니와 절대자는 초월적 존재라는 유사성을 획득하면서 '시적 화자' = '어머니' = '절대자'의 존재론적 일체화를 주도하고 있다. 이 장에서는 초월성이 실현되는 은유적 의미체계를 밝히는 데 초점을 둠으로써 기존의 논의와 변별성을 확보하였다.

5. 맺음말

본 연구에서는 박목월의 후기시집 『어머니』, 『크고 부드러운 손』에 나타난 '어머니' 시의 은유 양상을 분석함으로써 새롭게 생성되는 시

---

[22]. 김종태(2004), 위의 논문, 246쪽.

적 의미와 긴장을 파악하였다.

본고의 2장에서는 어머니의 '존재'에 의해 형성되는 생명 은유에 대하여 고찰하였다. 박목월의 '어머니' 시에는 '집'이 중요한 공간으로 등장하는데 이는 어머니의 존재/ 부재의 상황과 결부되어 은유적 의미맥락을 형성하고 있다. 어머니가 존재하는 '집'을 형상화한 그의 시 〈가정〉에서는 사물들 사이에 유기성이 구체화됨으로써 안온함과 충만함이라는 모성적 생명력이 생성되고 있는 반면, 어머니의 부재 상황을 형상화한 그의 시 〈어두워드는 뜰〉에서는 차가움과 결핍감이라는 생명의 상실 내지는 소멸이 드러나고 있다. 그의 시에는 어머니의 존재로 인해 만물들이 총체적 동일성을 드러내는데, 기억 속에 존재하는 이러한 모성적 생명력은 현재화되어 나타난다. 그런데 이 장에 나타나는 은유는 그리 낯설지 않은 것들의 대립 속에서 통합이 이루어진다는 점에서 특징적이다.

그리고 3장에서는 어머니의 '편재'에 의해 형성되는 변신 은유에 대하여 살펴보았다. 그의 시 〈어머니의 향기〉에서는 '어머니의 몸' 냄새라는 신체의 층위가 자연의 층위, 인공의 층위의 냄새로 변주되어 편재함으로써 어머니는 신성을 확보하고 있다. 이 시에 나타난 의미론적 변용은 시인의 인식의 확대와 갱신을 보여주는 것이다. 그의 시 〈무지개를 빚으려는〉에서 '어머니'는 다양한 층위로 아주 복잡하게 몸바꿈을 하면서 편재성을 드러낸다. 그런데 어머니의 편재성은 신의 무소부재하는 속성과 동일시됨으로써 어머니는 신적 존재로 변신하고 있다. 이러한 편재의 양상은 부단히 외부세계와의 동일성을 회복하고자 하는 시적 자아의 은유적 의지에 바탕을 두고 있다. 이 장에서는 다층적인 지시틀에 의해 복잡한 은유적 연쇄를 이루면서 시적 의미와 긴장이 창조된다는 점에서 주목할 만하다. 그런데 이들 시에는 지시틀의 세부항들이 숨겨져 있지 않고 주로 시 텍스트의 문면에 드러남으로써 독자/ 비평가의 상상력의 개입을 축소시키고 있다.

마지막 4장에서는 어머니의 '매개'에 의해 형성되는 일체 은유에 대하여 고찰하였다. 그의 시 〈어머니에의 기도8〉에는 어머니의 기도를 매개로 초월적 일체감이 형성되는데, 기도를 통한 시적 화자와 어머니의 동일화는 결국 '어머니' = '아들' = '절대자'의 일체화를 실현하고 있다. 그의 시 〈갈릴리 바다의 물빛을〉에는 시적 화자가 신적 존재를 표상하는 어머니와 초월적 일체화를 이루고 있다. 박목월의 후기시에서 '어머니'는 시적 화자와 절대자를 매개하는 초월적 존재라는 점, 어머니와 절대자가 '오버랩'됨으로써 초월이 실현된다는 점 등은 선행연구자들에 의해 밝혀져 왔다. 따라서 이 장에서는 '어머니'의 매개에 의한 초월이 어떠한 은유적 의미체계를 형성하는지에 천착함으로써 기존의 논의와 변별성을 확보하였다.

박목월 후기시의 '어머니' 시편에는 다양한 층위의 지시틀이 은유적 관계로 결합하여 시적 의미와 긴장을 창조하고 있으며 이를 통하여 인식의 확장과 갱신이 드러나고 있다는 점은 주목할 만하다. 본고에서는 '어머니' 시의 은유 양상을 밝힘으로써 기존의 '어머니' 시에 관한 논의들과 뚜렷한 변별성을 확보하였다고 할 수 있다.

『크고 부드러운 손』에 나타난 초월성의 은유 미학

1. 머리말

박목월은 우리 시문학사에서 서정시의 계보를 이어온 중요한 시인이다. 그는 자아와 세계가 균열된 근대라는 시대 속에서도 동일성의 시학에 바탕을 둔 은유적 세계관을 고수하였다. 그의 시는 일상적 현실 세계에 천착하는 중기시 이후로 산문화되는 경향이 지배적임에도 불구하고 은유적 사유의 궤도를 벗어나지 않는다. 박목월의 시에 나타나는 은유적 세계관은 그의 시 전체를 관류하는 기독교적 세계관과도 밀접한 연관성을 지닌다.

앞서 언급한 것처럼, 박목월의 시는 자연적 세계, 현실적 세계, 존재론적 세계, 기독교적 세계로 전개되면서 다양한 시적 편력을 나타내고 있지만 전 시편에는 일관되게 기독교 정신이 흐르고 있다. 이제까지 박목월 시의 기독교의식에 대한 연구는 적잖은 성과를 거두었다고 할 수 있다. 박목월의 초기시는 물론 그의 시세계 전반에 걸쳐서 기독교적 의식이 일관하고 있다[1]는 오세영의 논의 이후로 여러 연구자들에 의해 기독교의식에 대한 연구[2]가 지속적으로 전개되었는데 이들의 견해는 박목월의 시 전체에 기독교적 세계관이 관류하고 있다는 점에서 일치를 보인다. 이러한 논의는 질적인 면에서 주목할 만한 성과를 거두었다고 할 수 있다. 특히, 서정시가 지닌 수사학적 차원의 연구가 전개되면서 박목월 시가 지닌 서정적 근원으로서의 '신'에 대한 연구[3]가 진척되었으며 이들의 논의는 기독교적 내용에 대한 일차원적 언급에 그치고 있다는 한계성을 상당히 극복하였다.[4]

이들의 논의는 공통적으로 박목월 시의 구조가 근본적으로 은유의 시학에 바탕을 둔 근원 지향의 세계임을 밝히고 있다. 이는 수사학적인 차원에서 박목월의 시를 분석하여 그의 시에 나타나는 은유적 세계관을 면밀하게 조명하였다는 점에서 의의를 지닌다. 하지만 이것은 박목월 시의 형식 미학으로서 은유 구조를 밝히는 데 집중한 것으로 보기는 어렵다. 따라서 본고에서는 언술의 차원에서 은

---

1. 오세영, 「박목월론」, 『현대시와 실천비평』, 이우출판사, 1983, 88-111쪽.
2. 기독교의식에 관해서는 최승호, 금동철, 유성호, 김인섭, 손진은, 오세영, 김종태, 남금희 등에 의해 논의되었는데 이는 앞의 논문 「박목월 후기시의 은유 분석 -'어머니' 시를 중심으로」에서 제시하였으므로 생략한다.
3. 수사학적 차원에서 박목월 시의 서정적 근원으로서 '신'에 관한 연구는 금동철, 유성호, 최승호 등에 의해 전개되었다. 이에 관해서는 앞의 글 「박목월 후기시의 은유 분석 -'어머니' 시를 중심으로」에서 제시하였다.
4. "최근 서정시가 지닌 수사학적 차원에 대한 연구가 본격적으로 진행되면서, 서정시의 근원을 연구하는 과정에서 기독교성은 매우 중요한 의미를 지니기 시작했다. 서정시가 본질적으로 동일성에 바탕을 둔 은유적 체계를 지닌 것이라면, 이러한 은유적 근원으로서의 절대적 존재 혹은 절대적 진리의 근거에 대한 탐색은 필연적으로 신에 대한 탐색으로 나타날 수밖에 없기 때문이다. 그러므로 기독교 세계관에 대한 연구 또한 현대시학 연구의 중요한 축이 된다." -금동철, 「박목월 후기시의 기독교적 이미지 연구」, 『ACTS 신학과 선교』제7호, 아세아연합신학대학교, 2003, 357쪽.

유를 분석하여 박목월 시에 직조된 다층적인 상상력의 의미체계를 파악하는 데 주력하고자 한다. 본고는 기존의 논의가 주로 치중해 있는 내용 중심의 연구에서 벗어나 형식적인 차원에서 시의 미학을 밝힌다는 데에 의의를 둘 것이다.

한편, 박목월의 시에 일관되게 나타나는 기독교적 초월성은 후기시로 오면서 보다 극명하게 표출되고 있다. 금동철은 박목월의 후기시에 기독교적 초월의 미학이 자리잡고 있음을 지적했는데 자아의 시선이 자연 너머에 있는 신을 바라봄으로써 획득되는 '기독교적 초월'은 세속으로부터 벗어나서 자연 자체의 이법에 귀의함으로써 얻게 되는 전통적인 '동양적 달관'과 차이를 지닌다고 밝힌 바 있다.[5] 박목월의 후기시에 실현되는 이러한 기독교적 초월성은 크게 두 양상으로 나타나고 있다. '어머니'를 매개로 한 간접적인 초월성과 '신'과 직접 대면하는 직접적인 초월성이 그것이다. '어머니'를 매개로 실현되는 간접적인 초월성의 은유 미학에 관해서는 앞에서 고찰한 바 있으므로[6] 본고에서는 직접적인 초월성을 실현하는 그의 시편들을 중심으로 논의를 전개할 것이다.

본 연구에서는 박목월의 후기시 가운데서도 유고시집 『크고 부드러운 손』을 주된 연구 대상으로 삼고자 한다. 그의 『크고 부드러운 손』에 수록된 많은 시편들은 시적 형상화가 제대로 이루어지지 않아 긴장성을 획득하지 못하고 있는 것이 사실이다. 그럼에도 불구하고 이것은 박목월 시의 핵심인 기독교의식을 파악하는 데 있어 간과

---

5. 금동철, 「박목월 시에 나타난 기독교적 자연관 연구」, 『우리말글』제32집, 우리말글학회, 2004.12, 232–237쪽.

6. 그의 '어머니'를 매개 한 간접적인 초월성의 실현에 관해서는 앞의 논문 「박목월 후기시의 은유 분석 ―'어머니' 시를 중심으로」에서 고찰하였다.

할 수 없는 중요한 시집으로서 여기에는 다의적인 의미를 생성하는 시편들도 적잖게 있다. 이 시집에는 총 60편의 시가 수록되어 있는데 이 가운데서도 은유적 형상화가 이루어진 시편들을 본고의 분석 대상으로 삼을 것이다.

그러므로 본고에서는 언술의 차원에서 은유를 파악하는 흐루쇼브스키의 지시틀 이론을 활용하여 박목월의 『크고 부드러운 손』에 나타나는 기독교적인 초월성이 어떠한 은유적 맥락 속에서 의미와 긴장을 생성하는지 밝힘으로써 기존의 논의들과 차별성을 갖고자 한다.

2. 환상적 생명 은유

박목월에게 있어서 '향수'는 "평생 그의 정신의 바탕이요 지주가 되는 것"[7]으로서 그의 후기시에서는 존재의 근원인 절대자에 대한 향수로 나타난다. 이것은 초월성에 대한 희구로서 그의 후기시로 오면서는 보다 구체적이고 직접적으로 표출되기에 이른다. 그런데 이러한 초월성은 은유적 사유 속에서 구체적으로 형상화되고 있다. 박목월의 후기시에는 신비한 환상 체험을 통해 초월성이 실현되고 있음을 볼 수 있는데 여기서는 '신'의 계시를 통한 직접적인 초월이 이루어진다. 환상 체험에 바탕을 둔 그의 시에는 다소 복잡한 은유 체계 속에서 시적 의미와 긴장이 생성되고 있다. 먼저 그의 시 〈크고 부드러운 손〉의 은유 양상을 도표화하여 살펴보기로 한다.

---

7. 김종길, 「향수의 미학 ―목월시의 전개」, 『문학과 지성』, 1971.9, 590―591쪽.

크고도 부드러운 손이
내게로 뻗쳐온다.
다섯 손가락을
활짝 펴고
그득한 바다가
내게로 밀려온다
인생의 종말이
이처럼 충만한 것임을
나는 미처 몰랐다.
허무의 저편에서
살아나는 팔.
치렁치렁한
星座가 빛난다.
멀끔한
목 언저리쯤
가슴 언저리쯤
손가락 마디마디마다
그것은 翡翠
그것은
눈짓의 信號
그것은 부활의 조짐
하얗게 삭은
뼈들이 살아나서
바람과 빛 속에서
풀빛처럼 수런거린다.
다섯 손가락마다

하얗게 떼를 지어서
맴도는 새.
날개와 울음
치렁치렁한 星座의
둘레 안에서.

〈크고 부드러운 손〉 전문

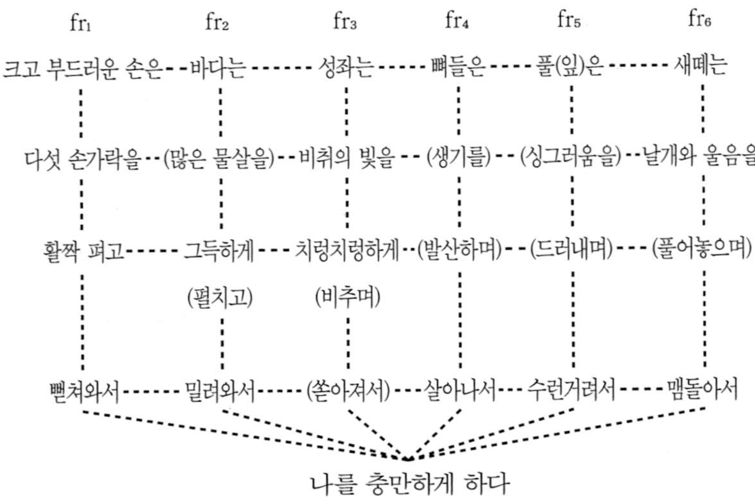

이 시는 경이로운 환상 체험을 바탕으로 하여 충만한 '인간의 종말'을 형상화한 것으로서 다분히 계시적이다. 이것은 구약성서의 '마른 뼈들이 살아나는 환상[8]'을 환기시킨다는 점에서 기독교적 상상력에 근거해 있음을 알 수 있다. 이 시에는 위로부터 베풀어지는 절대

---

8. "너는 이 모든 뼈에게 대언하여 이르기를 너희 마른 뼈들아 여호와의 말씀을 들을 찌어다 주 여호와께서 이 뼈들에게 말씀하시기를 내가 생기로 너희에게 들어가게 하리니 너희가 살리라"(에스겔37장4–5절)

자의 구원이 다층적인 비유체계를 형성하면서 시적 의미를 생성하고 있다. 이 시의 중심 대상인 '크고 부드러운 손'은 절대자의 손으로서 '신'을 환유한다. 이것은 그의 다른 시 〈감람나무〉의 "그들의/ 뒤통수에/ 머물러 있는/ 주의/ 크고 따뜻한 손"에서 신을 환유하는 '크고 따뜻한 손'과 등가를 이룬다.

먼저 이 시에서는 '크고 부드러운 손'(fr_1)을 기본 지시틀로 세울 수 있는데 이는 '바다'(fr_2), '성좌'(fr_3)와 비유적 관계로 결합한다. 여기서 치렁치렁한 '성좌'는 활짝 펴진 '크고 부드러운 손', 그득한 '바다'와 병치를 이룬 은유적 결합으로 볼 수도 있고, 시적 전개상 두 지시틀과 인과 관계에 의한 환유적 결합으로도 볼 수도 있다. 이것은 다시 비유적 언술에 의해 세 개의 지시틀을 형성하게 된다. 이 시의 "그것은/ 부활의 조짐/ 하얗게 삭은/ 뼈들이 살아나서/ 바람과 빛 속에서/ 풀잎처럼 수런거린다"라는 시구에서 신체를 환유하는 '뼈들'(fr_4)이 살아나는 부활의 조짐은 '풀잎'(fr_5)의 수런거림에 비유되면서 식물적 생명력을 창출한다. 또한 이 시의 "그것은 부활의 조짐/ (중략)/ 다섯 손가락마다/ 하얗게 떼를 지어서/ 맴도는 새./ 날개와 울음"이라는 언술에서는 이것이 떼를 지어 맴도는 새떼(fr_6)의 비상에 비유되어 조류의 역동적 생명력을 획득하고 있다.

이질적인 이들 지시틀은 '나를 충만하게 하다'라는 '비유적 사건'[9]을 공유하여 상호작용하는 가운데 의미론적 통합을 이룬다. 이는 시적 화자와 절대자가 일체화되는, 즉 주체와 객체의 간격이 부재하는 '회감'(回感)[10]을 경험하는 순간이다. 신이 베푸는 충만한 생명력

---

9. Hrushovski, Benjamin, 「Poetic Metaphor and Frames of Reference with Examples from Eliot, Rilke, Mayakovsky, Mandelshtam, Pound, Creeley, Amichai, and the New York Times」, 『Poetics Today』, vol. 5, 1984, 26–27쪽.

으로 인하여 인간의 종말은 충만함 그 자체가 된다. 그런데 신에 의한 '채워짐'은 무한대로 확장됨으로써 생명력이 극대화되고 있다. 이 시에서 활짝 펴고 뻗쳐오는 '크고 부드러운 손', 치렁치렁하게 비추며 쏟아지는 '성좌'가 수직적인 하향성을 드러낸다면 그득하게 펼치고 밀려오는 '바다'는 수평적인 확대를 드러낸다. 또한 생기를 발산하며 살아나는 '뼈들', 싱그러움을 드러내며 수런거리는 '풀잎', 날개와 울음을 풀어놓으며 맴도는 '새떼'는 생물의 역동성에 바탕을 둔 수직적인 상향성을 보여준다. 결국 이 시는 수평적 확대와 수직적 운동을 아우르면서 무한대로 확산되는 초월성을 보여준다. 여기서 주목할 것은 '뻗쳐와서' –'밀려와서' –'쏟아져서' –'살아나서' –'수런거려서' –'맴돌아서'라는 일련의 술부군이 무한한 생명력을 파생하면서 동일화된다는 점이다. 이러한 초월적 생명력은 결국 "자연 너머에 존재하는 신으로부터 오는 은총"[11]으로 획득되는 것이다.

이렇듯 이 시는 신의 층위, 자연의 층위, 우주의 층위, 신체의 층위, 식물의 층위, 동물의 층위에 의한 다층적인 비유체계에 의하여 다의적 의미를 창조한다. 이것은 단어와 단어의 대응과 교차가 아닌 문장과 문장이 겹쳐지고 이어지면서 진행하는 술부작용을 통하여 이루어진다. 이때 이질적인 지시틀들이 융합되면서 시적 긴장이 생성된다. 이 시의 복잡한 비유체계는 초월성을 지향하는 시인의 미학적 인식의 확장과 갱신을 보여준다고 할 수 있다. 한편, 그의 시 〈자수정 환상 –돌의 시④〉(『무순』)도 이와 유사한 환상 체험에 근거해 있다. 이 시에는 "돌 안에 바다가 넘실거린다", "자주빛 치맛

---

10. Steiger, Emil(1946), 『시학의 근본개념』, 이유영, 오현일 공역, 삼중당, 1978, 96쪽.
11. 금동철(2004), 위의 논문, 237쪽.

자락이/ 나부낀다", "돌 안에 구름이 핀다", "원시의 불길이/ 활활 타오른다"라는 시구가 병치되어 은유적 연쇄를 이룬다. '돌'의 변이체인 '자수정'은 자줏빛을 지닌 돌 자체의 아름다움뿐만 아니라 신성 내지는 영원성을 표상한다. 시적 화자의 영원성에의 욕망이 함축되어 있는 '돌'(fr_1)은 '바다'가 넘실거리는 '대양'(fr_2), '구름'이 피는 '하늘'(fr_3), '자주빛 치맛자락'이 나부끼고 '원시의 불길'이 타오르는 '바람 속'(fr_4)으로 변주되면서 무한으로 확대되는 충만한 생명력을 창출하고 있다. 그의 다른 시 〈희고 눈부신 천 한 자락이〉에서도 환상에 의한 초월의 체험이 형상화되고 있는데 이를 도표화하면 다음과 같다.

희고도 눈부신
천 한 자락을 하늘나라에서
내게로 드리워주셨다.
(중략)
희고도 눈부시는 천 자락이
눈 앞에 펄럭일 뿐
그러한
희고 눈부시는
천자락이
북소리처럼
가슴에 울리는 음성으로
변했다.
꽹과리처럼
자즈러지게 울리는

음성으로 변했다.

하늘이 내게 베푸시는 은총

주의 사람임을 증거하는 표적을 보자.

나는 그 자리에서 타올라

재가 되었다.

(중략)

새로 빚은

포도주 같은 피가 돌고 있었다.

할렐루야

나는 꿈 속에서 새 사람이 되었다.

〈희고 눈부신 천 한 자락이 −사도행전 十장 十절〉 부분

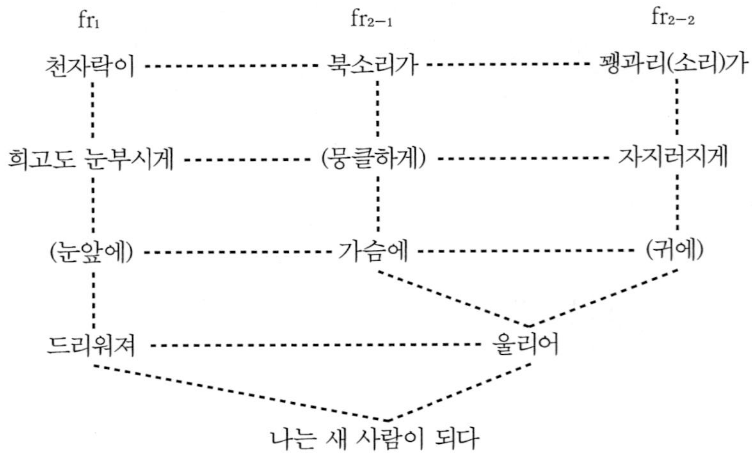

이 시는 베드로의 환상 체험에 바탕을 둔 것으로 '하늘'로부터 임하는 초월적 생명이 형상화되어 있다. 시의 부제로 제시된 '사도행전 10장10절'의 전후 맥락을 살펴보면, 베드로는 유대적 사고에 젖어 부

정한 음식을 먹지 않는 낡은 관습을 주의 음성으로 깨뜨리게 되는데 이를 통하여 이방인에게도 하나님의 구원의 말씀이 전해지게 된다. 이것은 하늘의 은총이 소수의 사람만을 위한 것이 아니라 온 인류를 위한 보편적인 은총임을 시사한다. 따라서 이 시는 '이방인'의 한 사람으로서도 '주의 사람'이 되었다는 환희를 내포하고 있는 것으로 볼 수 있다.[12]

이 시의 중심 대상은 하늘로부터 드리워진, 희고 눈부신 '천자락'이다. 그런데 이것은 "북소리처럼/ 가슴에 울리는 음성으로", "꽹과리처럼/ 자지러지게 울리는"이라는 직유적 언술에 의해 비유적 관계를 형성한다. 이에 '천자락'(fr_1)이라는 직물의 층위는 '북소리'(fr_{2-1}), '꽹과리소리'(fr_{2-2})라는 악기의 층위로 변주되면서 은유적 의미망을 형성한다. '북', '꽹과리'는 사물놀이에 사용되는 타악기로서 이들이 지닌 소리의 특성은 아주 이질적이다. 울림막의 진동에 의해 퍼져나가는 '북'의 소리는 힘이 있고 우렁차며, 시원스러움을 전달하면서도 묵중한 울림이 있다. 반면에 놋쇠를 두들겨 만든 '꽹과리'의 소리는 사물놀이를 보다 구성지고 정교하게 이끌어가는 역할을 하는데 이것은 가볍고 흥겨운 소리를 만들어낸다. 하지만 이러한 소리들은 외부로 확대되는 원심적인 지향성을 나타낸다는 점에서 유사성을 지닌다. 세 지시틀은 '나는 새 사람이 되다'라는 '비유적 사건'을 공유하여 상호작용함으로써 의미론적 통합을 이룬다. 그리하여 '천자락'이 '희고도 눈부시'게 드리워진 것은 '북소리'가 가슴이 '뭉클하'게 울리는 행위, '꽹과리소리'가 귀에 '자지러지'게 울리는 행위와 동일화되면서 불멸의 생명을 구체화한다.

---

12. 김인섭, 「박목월시의 기독교의식」, 『한민족어문학』, 한민족어문학회, 2004.6, 17쪽.

그런데 위에서 아래로 넓게 드리워진 '희고도 눈부신 천자락', 즉 '옷자락'은 신의 환유로서[13] 순결함, 온화함, 거룩함, 무한함 등을 환기시킨다. 이러한 '천자락'은 천상(위)에서 지상(하)으로 하강함으로써 인간의 초월을 매개하고 있다. 천자락이 변주된 이 타악기들의 소리는 내부에서 외부로 확대되면서 인간의 영혼을 일깨우는 역할을 하며, 그 소리가 울려나가는 곳마다 신의 은총이 퍼져간다. 유형의 매개체는 무형의 매개체로 변신하여 가시적인 경계를 무화시키면서 신의 은총을 무한대로 확대시킨다. '천자락'이 신의 은총을 가시적으로 펼쳐놓는다면, '북'과 '꽹과리'의 '소리'는 비가시적인 영역 속에서 이를 풀어 놓는다. 또한 '천자락'이 하향성을 통해 하늘의 충만한 생명력을 펼친다면, 이것이 변전된 '북소리', '꽹과리'의 악기 소리는 공명에 의해 이것을 '무한대'로 확대시킨다.

이처럼 위 시에는 주체의 몸바꿈을 통하여 초월적인 생명력이 구상화된다. 즉 하늘에서 지상으로 드리워진 '천자락'의 아늑함 또는 안온함은 '뭉클하'게 가슴을 울리는 '북'소리의 낮고 묵중한 울림과 '자지러지'게 높고 경쾌한 '꽹과리'의 울림으로 변전하면서 하늘의 신비를 무한의 영역으로 확대시킨다. 이런 이질적인 층위가 상호작용 속에서 통합됨으로써 시적 긴장이 발생하게 된다. 한편, 이 시의 "나는 재가 되었다", "새로 빚은 포도주 같은 피가 돌고 있었다"라는 시구에는 시적 화자의 존재론적 전환이 구체화되어 있다. '재'가 표상하는 죽음 내지 소멸의 존재였던 '나'는 '새 포도주'가 표상하는 생명 내지 불멸의 존재가 된 것이다. 이때 '재'가 된 육적인 자아는 '새 포

---

13. "내가 본즉 주께서 높이 들린 보좌에 앉으셨는데 그 옷자락은 성전에 가득하였고" (이사야6장1절). 여기서 '옷자락'은 보호를 상징하는 히브리어로 '카납'(knp)으로서 '날개'와도 같은 의미를 지닌다.

도주'가 된 초월적 자아와 등가를 이룬다.

그의 다른 시 〈노래〉의 "나의/ 머리 위에 얹혀지는/ 손이/ 나를 태운다/ (중략)/ 불의 손이/ 나를 태운다/ 나의 / 머리 위에 얹혀지는/ 손이/ 나를 충만하게 한다/ (중략)/ 바다의 손이/ 나를 깨끗하게 한다/ 못박힌 자국으로 말미암아/ 이제 나는/ 당신을 벗어날 수 없다"에서는 '예수의 못박힌 손'(fr₁)이 '불'(fr₂), '바다의 물'(fr₃)과 병치되어 은유적 관계로 결합하고 있다. '나의 머리 위에'를 공통항으로 가진 세 지시틀은 상호작용하는 가운데 '나를 충만하게 하다'라는 상태를 공유하면서 융합을 이룬다. 그래서 '예수'의 못박힌 '손'이 나의 머리 위에 '얹혀지'는 접촉의 행위는 '불'로 태우는 소화의 행위, '바다의 물'로 씻는 정화의 행위와 동일화된다. 여기서 '못박힌 손'이 머리 위에 '얹혀지'는 행위는 단순한 접촉 이상의 의미를 함축하고 있다. 이 '손'은 예수의 죽음을 환유하는 '피 묻은 손'으로서 인간의 죄를 사하는 능력을 갖고 있다. 따라서 예수의 손이 머리 위에 '얹혀지'는 것은 인간에게 구원이 베풀어지는, 즉 충만한 생명이 새롭게 부여되는 것을 뜻한다. 이는 '크고 부드러운 손'이 활짝 펴지는 행위(〈크고 부드러운 손〉), '희고 눈부신 천자락'이 드리우는 행위(〈희고 눈부신 천 한 자락이〉)와 마찬가지로 위에서 아래로 베풀어지는 신의 은총을 의미한다. 한편, '불'로 '태우다', '물'로 '씻다'라는 행위는 물질을 휘발시키고 무화시킨다는 점에서 무한대로 확대되는 방향성을 함유하고 있다.

이런 환상에 의한 초월성은 『무순』에 수록된 그의 시 〈복도 끝에서〉에서도 볼 수 있다. 이 시의 "그/ 중심부에서/ 쩔렁쩔렁 울리는/ 지팡이 소리가 들렸다./ 순은의 고리를 단,/ 세례 요한의, 사도 바울의./ 성에가 녹아내리는/ 유리창 밖으로 세상은/ 고기비늘처럼 찬란했다./ 눈에 덮힌 기왓골에서/ 만세를 부르는/ 묵시록의 아침 햇빛"이라는 시구에는 '지팡이 소리'를 듣는 시적 화자의 환상 체험이 나타난다. '지팡이'는 성경에서 예수의 죽음과 부활을 표상하는 '십자가'를 상징하는데 이는 절대자의 은총과 구원을 의미한다. 이 시에는 '쩔렁쩔렁' 울리는 '지팡이 소리'(fr_1), '눈부시'게 하얀 '눈'(fr_2), '찬란하'게 반짝거리는 '고기비늘'(fr_3), '환하'게 비치는 '아침 햇빛'(fr_4), '크'게 들리는 '만세 소리'(fr_5)가 '은환유'[14]로 결합하여 충만한 생명력을 감각적으로 형상화하고 있다. 여기서 '지팡이 소리'가 천상에서 지상으로 하향한다면 이것이 변주된 지시틀들은 '빛'과 '소리'로써 무한한 확대를 이끌며 초월을 구체화한다.

이상에서 박목월 후기시의 초월성은 환상적 체험에 바탕을 두고 있으며 신의 직접적인 계시에 의해 실현되고 있음을 볼 수 있다. 그의 『크고 부드러운 손』에서는 환상성을 이끄는 주체가 '신'이라는 점에서 그것의 주체가 시인인 『청록집』과 『경상도의 가랑잎』과는 차이를 보인다. 즉 박목월의 초기시집 『청록집』에 나타나는 환상적 자연은 일제 때 시인이 직접 만들어낸 것으로서 그의 '마음의 지도'[15] 속에 존재하는 것이며, 그의 후기시집 『경상도의 가랑잎』에 나타나는 환상적 고향 '경주'[16] 역시 그가 만들어낸 것이다. 박목월 시에 나타난 환상적 초월성은 복잡한 은유적 의미망을 형성하여 충만한 생명력을 창조하면서 긴장을 획득하고 있다. 특히 이 장에서 살펴본 환상적 생명 은유는 수직과 수평의 역동적인 운동성을 통하여 무한대로

---

14. 실제로 어떤 비유는 은유로 봐야 할지, 환유로 봐야할지 경계선이 모호하고 애매하며 분류하기가 쉽지 않다. 이때는 '은환유'라는 용어로 부른다. ―김욱동, 『은유와 환유』, 민음사, 2004, 189―199쪽.

15. 박목월, 『보라빛 소묘』, 신흥출판사, 1958, 83쪽.

확대되는 생명력을 생성한다는 점에서 특징적이다.[16]

3. 역설적 개안 은유

박목월의 유고시집 『크고 부드러운 손』에 나타나는 은유의 또 다른 양상으로 역설적 초월성을 들 수 있다. 박목월의 후기시에는 죽음/ 생명, 소멸/ 불멸, 쇠퇴/ 생장 등의 대립적인 의미망이 형성되고 있는데 이러한 대립은 시인의 은유적 사유 속에서 통합되면서 초월을 의미화한다. 특히, 그의 후기시에는 죽음과 생명이 비유적 관계를 형성하면서 개안(開眼)을 구체화하고 있음을 볼 수 있다. 이것은 다른 시인들의 시에 나타나는 초월성과 변별되는 중요한 특성이라 할 수 있다. 우선 그의 시 〈믿음의 흙〉에 나타나는 은유 양상을 도표화해서 살펴보기로 한다.

제비는
진흙을 이겨
집을 짓는다.
진흙이 무엇을
뜻하는 것임을 모르고

---

16. 금동철은 박목월 시에 나타나는 고향 '경주'는 현실적이고 실제적인 공간이 아니라 환상성을 통해 만들어진 것으로, 그가 도달하기를 소망하는 환상적 유토피아의 공간임을 지적하고 있다. ―금동철, 「박목월 시에 나타난 근원의식」, 『한국 현대시의 수사학』, 국학자료원, 2001, 217-227쪽. : 손진은도 경주로 표상되는 고향은 현실공간의 막막함에서 살고 있는 자아가 원초적으로 쉴 수 있는 유토피아적 공간이라고 설명한다. ―손진은, 「박목월 시의 향토성과 세계성」, 『우리말글』제28집, 우리말글학회, 2003.8. 238쪽.

알을 까기 위하여
그것을 이겨
집을 짓는
맹목적인 슬기
진흙이 무엇을
뜻하는 것인지
누가 아랴,
그것을 이겨
눈에 바르고
보냄을 받은
실로암의 연못에서
씻으므로 장님은
눈을 뜬다.
심령의
눈 먼 자여
영혼의 장님이여
안다는 그것으로
눈이 멀고
보인다는 그것으로
보지 못하는
오만과 아집 속에서
진흙을 이겨
눈에 바르게 하라.
진흙이 무엇을
뜻하는 것인지도 모르고
제비는 둥우리를 마련하여

알을 까는 믿음.

진흙을 이겨

눈에 바르고

보냄을 받은 실로암의

연못에서

눈을 씻자.

〈믿음의 흙 −요한복음 9장 1−11절〉 전문

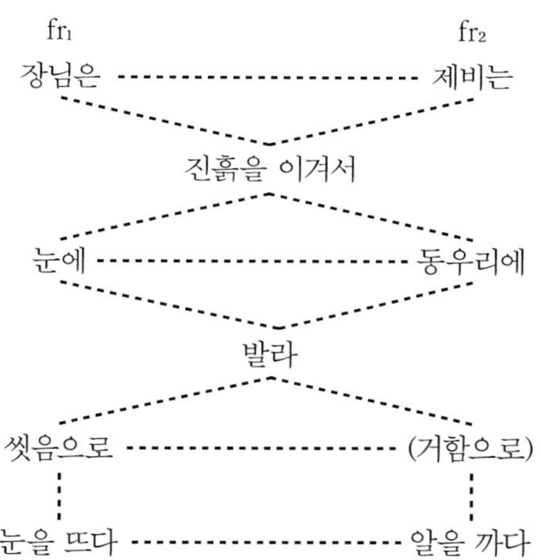

이 시는 신약성서에서 장님이 눈을 뜨게 되는 일화[17]를 원용한 것으로, 심령이 눈 먼 '장님'의 행위가 '제비'의 행위에 비유되고 있다. 이 시에는 '장님'(fr₁)과 '제비'(fr₂)가 은유적 관계로 결합하여 '진흙을

---

17. "내가 세상에 있는 동안에는 세상의 빛이로라 이 말씀을 하시고 땅에 침을 뱉아 진흙을 이겨 그의 눈에 바르시고 이르시되 실로암 못에 가서 씻으라 하시니(실로암은 번역하면 보냄을 받았다는 뜻이라) 이에 가서 씻고 밝은 눈으로 왔더라"(요한복음9장 5−7절)

이겨서'의 행위를 공유하면서 통합된다. 진흙을 이겨서 '눈'에 바르는 행위는 '자아'의 죽음을 의미하는 동시에 새로운 창조를 의미하는데 이는 진흙으로 '둥우리'에 바르는, 즉 알을 낳거나 깃들기 위한 생존의 행위와 동일화된다. 그런데 이 시의 "진흙이 무엇을/ 뜻하는 것인지/ 누가 아랴"에서 볼 수 있듯이 '진흙'을 눈에 바르는 행위는 맹목적인 슬기처럼 보이지만 그 이면에는 믿음에 근거한 인식이 내재해 있다. 즉 인간은 단지 피조물로서 '진흙'에 불과하며 조물주인 절대자가 '토기장이'[18]라는 기독교적 세계관이 깔려 있는 것이다. 한편, '씻음으로'와 '거함으로'의 대응은 이질적이지만 은유적 의미작용을 통하여 장님이 '눈'을 깨끗하게 '씻'는 동적인 행위는 새가 '둥우리'에 안전하게 '거'하며 쉼을 누리는 정적인 행위와 동일한 의미망을 형성하게 된다.

그리고 이 시에서 '씻음'으로 '눈을 뜨'는 개안의 행위는 '알을 까고 열린 세상을 나와 새 생명을 얻는 것과 동일시된다. 여기서 주목할 것은 장님이 '눈을 씻'는 행위에 내포된 역설적 의미이다. 이것은 단순히 눈을 씻는 행위가 아니라 마음의 죄를 씻는 행위로서, '오만과 아집'에 갇힌 자기중심적인 삶으로부터 벗어나는 자아의 죽음을 의미하는 동시에 영원한 생명의 성취를 의미한다. 이를테면 죽음과 생명이 교차하는 것이다. 그런데 이것은 말씀하심으로 따르는 '맹목적인 슬기'로서 순종에 바탕을 두고 있다. 이러한 순종의 행위는 "신의 섭리를 긍정할 수밖에 없는 인간 이성의 불구성"[19]을 표현하고 있다.

---

18. "여호와여 주는 우리 아버지시니이다 우리는 진흙이요 주는 토기장이시니 우리는 다 주의 손으로 지으신 것이라"(이사야64장 8절)
19. 유성호, 「지상적 사랑과 궁극적 근원을 향한 의지」, 박현수 편, 『박목월』, 새미, 2002, 219쪽.

이렇듯 이 시에는 자아의 죽음에 의한 '비워짐'과 신의 생명에 의한 '채워짐'이 상호충돌하는 가운데 초월성이 실현되고 있다. 이러한 씻김의 행위에 의한 개안은 그의 시 〈우슬초〉의 "우슬초로/ 나를 정결케 하옵소서./ 정한 마음을/ 당신이 창조해 주심으로/ 나는 새롭게 눈을 뜨고/ 내 안에 돋아나는/ 기름진 잎새"라는 구절에도 나타난다. 여기서 '우슬초'로 정결하게 하는 행위는 '새롭게 눈을 뜨'는 행위와 환유적 관계로 결합하며, 이는 다시 '기름진 잎새'가 돋아나는 행위와 은유적 관계로 결합하여 개안이 지닌 역설적 생명력을 구체화한다. 일반적으로 '보'는 시각적 행위는 인간의 지각작용 가운데서 가장 핵심적인 것이다. 그런데 박목월의 후기시에서는 이것이 단순한 시각적 차원이 아닌 영적인 차원을 표상한다는 점에서 특징적이다.

그의 다른 시 〈자리를 들고〉에서도 시적 화자의 개안이 '새'의 부화에 비유되고 있다. 이 시의 "알 속에 갇혀 있는 생명이/ 부화되기를 갈망하듯/ 나의 안에서/ 새로운 눈동자가 마련되고/ 날개가 돋아나/ 열린 세계 안에서 거듭나기를 갈망한다"에서는 인간의 층위인 '나'(fr_1)와 조류의 층위인 '새'(fr_2)가 은유로 결합하고 있다. 이들은 '열린 세계 안'이라는 지향세계와 '갈망하다'의 간절한 욕망을 공유함으로써 융합을 이룬다. 그리하여 '자아 속'에 집중해 있다가 '열린 세계 안'에서 '거듭나기를' 원하는 '나'의 욕망은 '알 속'에 갇혀 있다가 '열린 세계 안'에서 '부화되기를' 기다리는 '새'의 그것과 동일화된다. 시적 화자가 '거듭난다'는 것은 새가 알 속에서 껍질을 깨고 밖으로 나오는 것처럼 자아가 깨짐으로서 새로운 생명을 얻는 것을 뜻한다. 이 시에서 '새로운 눈동자', '날개'는 '새 생명'을 환유하며 '새로운 눈동자가 마련되'는 것은 개안을 의미한다. 그는 '교수로서 시인으로서 미지근하게 더운 자리'와 '세속적인 권위와 명성과 타성으로 얽힌 자리'를 걷어들고 걸어가기를 욕망한다. 이것은 '걸어 가라 말씀하심으로 걸을 수 있'는 절대적인 믿음과 순종의 경지로서, 삶의 주권이 '나'에게서 '신'에게로 전이된 삶을 말한다. 이처럼 이 시는 자아의 죽음과 자아의 새로운 생명이 동일화되는 역설성을 드러낸다. 자아가 완전히 '깨어지'는 죽음, 즉 자기부인을 통하여 개안이 실현되기에 이른다. 그의 다른 시 〈부활절 아침의 기도〉에서는 자아의 완고함이 '돌문'에 비유되면서 개안에 대한 욕망이 구체화되고 있다.

주여
태어나기 전의
이 혼돈과 어둠의 세계에서
새로운 탄생의
빛을 보게 하시고
진실로 혼매한 심령에
눈동자를 베풀어 주십시오.
「나」라는
이 완고한 돌문을
열리게 하옵시고
당신의
음성이
불길이 되어
저를 태워 주십시오.
그리하여
바람과 동굴의

저의 입에

신앙의 신선한

열매를 물리게 하옵시고

당신의

부르심을 입어

저도

무엇이 되고 싶습니다.

〈부활절 아침의 기도〉 부분

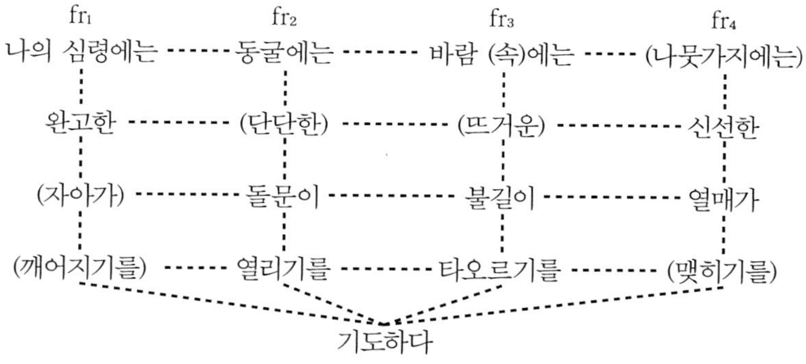

위 시에는 부활절 아침에 드리는 기도를 통하여 개안의 욕망이 표출되고 있다. 이 시의 "「나」라는/ 이 완고한 돌문을/ 열리게 하옵시고"의 시구에서 '나의 심령'(fr₁)이라는 인간의 내면적 공간과 '동굴'(fr₂)이라는 자연적 공간이 은유로 결합하여 개안이 구체화된다. 이때 '나의 심령'에 '완고한' 자아가 '깨어지'는 것은 동굴에 단단한 '돌문'이 '열리'는 행위와 동일화된다. 앞서 살펴본 그의 시 〈믿음의 흙〉, 〈자리를 들고〉에서와 마찬가지로, 이 시에서 완고한 자아가 '깨어지'는 것은 자아의 죽음을 뜻하며, 세계의 닫힘이 아닌 열림을 의미한다. 또한

이 시의 "당신의 음성이/ 불길이 되어/ 저를 태워 주십시오./ 그리하여/ 바람과 동굴의/ 저의 입에/ 신앙의 신선한/ 열매를 물리게 하옵시고"에서는 두 지시틀(fr_1, fr_2)과 병치를 이루는 '바람'(fr_3)이 은유적 관계로 결합하고, 인과성으로 연결된 '나뭇가지'(fr_4)가 환유로 결합하여 의미 생성에 관여한다.

이질적인 네 지시틀은 화자의 초월적 욕망이 내재된 '기도하다'라는 행위를 공유하여 상호작용함으로써 통합을 이룬다. 이와 같은 대립과 통합의 의미작용 속에서 시적 긴장성이 창조된다. 그리하여 완고한 '자아'가 깨어지는 '나의 심령'은 단단한 '돌문'이 열리는 '동굴', 뜨거운 '불길'이 타오르는 '바람 속', 신선한 '열매'가 달리는 '나뭇가지'와 동일한 차원으로 의미화된다. 이때 위 지시틀의 '깨어지다' –'열리다' –'타오르다' –'맺히다'라는 아주 이질적인 일련의 술어들도 의미론적 융합을 이룬다. 이처럼 '나의 심령'이라는 인간의 내면적 층위는 '동굴'의 자연적 공간의 층위, '바람 속'의 대기적 공간의 층위, '나뭇가지'의 식물적 공간의 층위로 변전하면서 시적 의미를 새롭게 창출하는데, 이는 시인의 인식의 확대와 미학적 갱신을 보여준다. 그런데 지시틀 fr_1, fr_2, fr_3이 자아의 붕괴 내지 소멸을 의미화한다는 점에서 '비워짐'을 뜻한다면, 환유적 관계에 있는 fr_4는 생성 내지 생명을 의미화한다는 점에서 '채워짐'을 뜻한다고 볼 수 있다. 이때 자아의 죽음에 의한 '비워짐'과 신의 생명에 의한 '채워짐'이 상호충돌하는 가운데 초월적 개안에 이르게 된다. 궁극적으로 이 시에서 초월성이란 '혼돈과 어둠의 세계'가 표상하는 죽음의 세계에서 새로운 '탄생의 빛'을 보는 것이며, '진실로 혼매한 심령'에 새로운 '눈동자'가 베풀어지는 것이다.

위 시에서 기도의 형식을 통해 개안의 욕망이 구체화되고 있다면,

그의 다른 시 〈말씀을 전함으로 기독교인이 되자〉에서는 개안의 실현이 구체화되고 있다. 이 시의 "천명의/ 합동 기도 속에/ 부글 부글 끓어오르는/ 말씀의 바다를/ 나는 보았다./ 완고한 심령의/ 벽을 무너뜨리는/ 우뢰와 번개의/ 말씀을 들었다./ (중략)/ 간절하게 가꾸는/ 믿음의 텃밭에/ 싹트는 말씀의 푸성귀./ 그윽하게 풍기는 말씀의 장미 향기./ 간구하는 귀절귀절마다/ 응해주시는/ 크신 은총을"에서는 자아의 죽음이 '벽'의 붕괴에 비유되고 있다. 언술의 차원에서 볼 때, 이 시에는 신성 공간인 '교회'(fr_1), 자연 공간인 '바다'(fr_2), 인간의 내면세계인 '우리의 심령'(fr_3), 인공적 공간인 '건축물'(fr_4)이 은유적 관계로 결합하며 이는 다시 식물적 공간인 '텃밭'(fr_5)과 은환유로 결합한다. 다층적인 이들 지시틀은 상호작용함으로써 시적 화자의 개안과 신의 은총을 의미화한다. 그래서 뜨거운 '기도'로 '말씀'이 응하는 '교회'는 뜨거운 '열기'로 '물'이 끓어오르는 '바다'와 동일화되어 무한함을 획득하게 된다.

이와 같은 공간은 강한 '회개'로 완고한 '자아'가 깨어지는 '우리의 심령'과 강한 '우레와 번개'로 '벽'이 무너지는 '건축물'과 동일화되어 자아의 죽음을 가시화하는데 여기에는 개안의 의미가 함유되어 있다. 이는 다시 간절한 가꿈으로 '푸성귀'가 싹트고 '장미 향기'가 풍기는 '텃밭'과 동일시되면서 소생을 구체화한다. 그런데 지시틀 fr_1, fr_2와 은환유로 결합된 fr_5가 생성 내지 생명을 의미한다는 점에서 '채워짐'이라면 fr_3, fr_4는 자아의 파괴 내지 죽음을 의미한다는 점에서 '비워짐'이다. 이때 '비워짐'과 '채워짐'이 상호작용함으로써 역설적인 초월성이 성취된다. 이러한 양상은 앞서 살펴 본 시편들에서도 나타나고 있다. 그의 시 〈노래〉에서 "나를 태운다"라는 자아의 소멸과 "나를 충만하게 한다"라는 생명력의 획득이 등가를 이루며, 그의 시

〈희고 눈부신 천 한 자락이〉에서 "나는 재가 되었다"라는 자아의 죽음과 "나는 새로 빚은 포도주 같은 피가 돌고 있었다"라는 초월적 생명이 등가를 이루는 것이 그것이다.

이상에서 볼 수 있듯이, 박목월의 후기시에는 죽음/ 생명, 소멸/ 불멸, 쇠퇴/ 생장 등이 대립적인 의미망을 형성하고 있는데 이러한 양상은 시인의 은유적 사유 속에서 통합을 이룬다. 이것은 자아의 죽음이라는 '소멸'과 새로운 생명이라는 '불멸'이 동일화된다는 점에서 역설적이다. 특히 박목월의 후기시에서 '육적인' 자아의 죽음과 '초월적' 자아의 생성이 동일시되는 것은 다른 시인들의 시에 나타나는 초월성과 변별되는 특성으로서 주목할 만하다. 이 장에서 살펴본 역설적 개안 은유에서는 자아의 죽음에 의한 '비워짐'과 신의 생명에 의한 '채워짐'이 상호충돌하는 가운데 융합되고, 이로써 초월적인 개안이 실현된다는 점에서 특징적이다.

4. 편재적 신성 은유

박목월의 후기시집 『크고 부드러운 손』에 나타나는 초월의 마지막 양상은 신성이 다층적인 은유적 연쇄 속에서 편재하는 속성을 드러내는 것이다. 박목월의 후기시에는 직·간접적으로 신의 편재성이 형상화되어 나타나고 있다. '어머니'의 편재성을 통한 간접적인 초월과 '신'의 편재성에 의한 직접적인 초월이 그것이다. 이 장에서는 신의 편재성에 의한 직접적인 초월성을 중심으로 논의할 것이다. 먼저 그의 시 〈신이 거니는 잔디〉에서 신의 편재성이 어떠한 은유 양상을 보이는지 살펴보기로 한다.

푸른 잔디든 금잔디든
잔디에는 꿈이 서려 있다.
사람이 비롯된 그날부터
사람의 마음을 꾀는
하늘이 펼쳐놓은
생명의 樂譜(멜로디의 풀밭).
푸른 잔디든 금잔디든
잔디에는
누구도 거역할 수 없는
안식이 서려 있다.
생명을 지닌 자는
모두 초원을 동경하고
(멜로디의 풀밭)
푸른 잔디든 금잔디든
잔디에는
목숨의 평화가 깃들어 있다.
神과 더불어 살 수 있는
유일한 聖域.
멜로디의 풀밭에서
누구나 구원을 받는다.
푸른 잔디든 금잔디든
잔디가 펼쳐진 곳에서는.
구름도 잔디밭에서는
한가롭게 머문다.

〈신이 거니는 잔디〉 전문

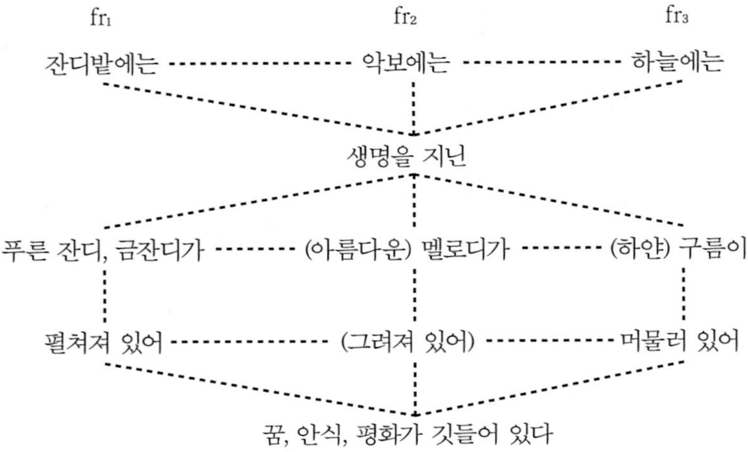

이 시에서는 식물적 공간인 '잔디밭'(fr₁), 음악의 공간인 '악보'(fr₂), 우주적 공간인 '하늘'(fr₃)이라는 이질적인 지시틀이 은유적 관계로 결합하여 초월적 생명력을 구체화하고 있다. 이들 지시틀은 '생명을 지닌' 공간이라는 점에서 유사성을 지니며 '꿈, 안식, 평화가 깃들어 있다'라는 '비유적 상황'에 의해서 융합을 이룬다. 그리하여 '푸른 잔디, 금잔디'가 넓게 펼쳐진 '잔디밭'은 아름다운 '멜로디'가 그려진 '악보'와 하얀 '구름'이 머물러 있는 '하늘'과 등가를 이룬다. 여기서 '구름'이 '신'을 표상하고 '하늘'이 '성역'을 의미한다고 볼 때, 이러한 공간의 변전은 성역을 구체화하는 것으로 파악할 수 있다. 또한 이 시의 '펼쳐져 있어' ―'그려져 있어' ―'머물러 있어'라는 일련의 술어군은 역동성과 정태성을 융합하면서 시적 주체가 편만하게 존재하는 모습을 보여준다.

여기서 주목할 점은 잔디의 '푸른' 빛 및 '금' 빛이 멜로디의 '아름다운' 소리, 구름의 '하얀' 빛깔과 동일한 의미망을 형성하고 있다는 것이다. '잔디'는 재생력이 강한 풀로서 주로 경치를 아름답게 꾸미려는 조경을 목적으로 이용되는 식물이다. 강인한 생명력을 지닌 '잔디'는 음의 높낮이가 리듬과 연결되어 형성되는 음의 흐름, 즉 '멜로디'와 동일화됨으로써 아름다움 내지는 부드러움의 의미를 파생한다. 이는 다시 하얀 '구름'과 대응되어 깨끗함 내지는 거룩함의 의미를 새롭게 산출한다. 이와 같이 이질적인 속성이 시인의 은유적 인식에 의해 통합됨으로써 시적 의미가 확장되는 동시에 긴장성이 창조된다. 한편, 이 시는 식물의 층위→ 음악의 층위→ 우주의 층위로의 변전을 보여주는데 이들은 아주 이질적인 층위의 결합이면서도 각 지시틀의 세부항에는 그리 낯설지 않은 친숙함이 보인다. 이런 친숙한 것의 은유적 결합은 '꿈, 안식, 평화가 깃들'어 있는 그윽한 생명력을 생성하는 데 있어서 더 깊은 친숙함을 불러오는 역할을 한다.

이 시에서 볼 수 있듯이, '잔디밭'이 '악보', '하늘'로 변전하면서 성역이 될 수 있는 것은 '신'이 거니는, 즉 임재하는 공간이기 때문이다. 이것은 신의 임재가 있는 곳이면 어디든 '성역'이 될 수 있다는 말과도 일맥상통한다. 일반적으로 성역이란 종교에서 세속적이고 일상적인 세계와 구별되는 신성한 곳, 즉 신성이 특별히 임재한다고 믿어지는 장소를 가리킨다. 그런데 박목월의 후기시에서는 일상 공간과 신성 공간이 융합됨으로써 신성이 일상에 편재하고 있는 것으로 나타난다. 이러한 양상은 박목월 시의 중요한 특징으로서 그의 기독교적 세계관에 닿아 있다. 한편, 박목월의 후기시에는 문면에 '신'의 존재가 드러나지 않음에도 불구하고 신성의 편재성이 분명하게 나타나고 있다. 그의 시 〈삼월로 건너가는 길목에서〉에는 다양한 층위에 의해 은유적 의미체계가 형성되면서 편재성이 드러나는데 이를 도표화하면 다음과 같다.

> 二月에서
> 三月로 건너가는 바람결에는
> 싱그러운 미나리 냄새가 풍긴다.
> 海外로 나간 친구의
> 體溫이 느껴진다.
> 참으로
> 二月에서 三月로 건너가는
> 골목길에는
> 손만 대면 모든 사업이
> 다 이루어질 것만 같다.
> 東·西·南·北으로
> 틔어 있는 골목마다
> 수국색 공기가 술렁거리고
> (중략)
> 二月에서
> 三月로 건너가는 바람 속에는
> 끊임없이 종소리가 울려오고
> 나의 겨드랑이에 날개가 돋아난다.
> 희고도 큼직한 날개가
> 양 겨드랑이에 한 개씩 돋아난다.
>
> 〈삼월로 건너가는 길목에서〉 부분

| | fr_1 | fr_2 | fr_3 | fr_4 | fr_5 | fr_6 |

이월에서 삼월로 건너가는

골목의 바람결에는 ···(논에는)··· 친구의 (몸)에는 ··· (교회에는) ··· 나의 겨드랑이에는 ····· 비둘기의

(날갯죽지에는)

(은은한) ····· 싱그러운 ··· (따뜻한) ···· (평화로운) ····· 엄청난 ····· 희고도 큼직한

수국색 공기가 ·미나리 냄새가 ··체온이 ···· 종소리가 ····· (힘이) ········ 날개가

술렁거리다 ····· 풍기다 ··· 느껴지다 ···· 울려오다 ···· (생겨나다) ···· 돋아나다

　

이 시에는 절대자에 대한 인식이 직접적으로 표출되지는 않지만 신성의 편재성이 함축되어 있다. 이 시의 시간적 배경은 '이월에서 삼월로' 건너가는, 즉 겨울에서 봄으로 넘어가는 시기이다. 이는 단순히 물리적인 시간의 의미를 넘어 죽음에서 생명으로 전환되는 영혼의 시간을 표상한다고 볼 수 있다. 그리고 이 시의 중심 공간은 '바람결' 내지 '바람 속'이다. '바람'의 속성은 보이지는 않지만 존재하고 있다는 점에서 '신'의 존재를 암묵적으로 드러내준다. 따라서 이 시에서 다층적인 비유체계를 통하여 구체화되는 생명력은 신성의 편재로 인한 초월적 생명력으로 추정할 수 있다.

이 시에는 '골목의 바람결'(fr_1), '논'(fr_2), '친구의 몸'(fr_3), '교회'(fr_4), '나의 겨드랑이'(fr_5), '비둘기의 날갯죽지'(fr_6)의 다층적인 지시틀이 병치되어 비유적 관계로 결합하고 있다. 특히, 시 마지막의 "나의 겨드랑이에 날개가 돋아난다./ 희고도 큼직한 날개가/ 양 겨드랑이에 한 개씩 돋아난다"라는 시구에는 사람의 층위인 '나의 겨드랑이'와 조류

의 층위인 '비둘기의 날갯죽지'가 은유로 결합하는데 이것은 앞의 공간적 지시틀과 은환유적 관계에 있다. 일상 공간의 공기적 층위, 식물적 공간의 층위, 인체 공간의 층위, 성스러운 건축 공간의 층위, 인체의 층위, 조류의 층위의 다양한 층위가 은유적 연쇄를 이룬 이들 지시틀은 상호작용함으로써 의미론적 통합을 이룬다. 그리하여 수국색 공기가 술렁거리는 '골목의 바람결'은 미나리 냄새가 풍기는 '논', 체온이 느껴지는 해외로 나간 그리운 '친구의 몸', 종소리가 울리는 '교회', 힘이 생겨나는 '나의 겨드랑이', 그리고 여기서 파생된 날개가 돋아나는 '비둘기의 날갯죽지'와 동일화된다. 여기서 중요한 것은 이러한 지시틀이 신성의 처소가 된다는 점이다. 또한 위 지시틀에서 '은은한' –'싱그러운' –'따뜻한' –'평화로운' –'엄청난' –'희고도 큼직한' 이라는 일련의 형용사들도 초월적인 생명력을 생성하면서 동질성을 획득한다. 특히, '희고도 큼직한 날개'는 순결함과 웅장함을 표상하는 것으로서 무한한 생명력을 지닌 신의 위엄을 함축하고 있다. 이것은 그의 시 〈크고 부드러운 손〉에서 신을 환유하는 '크고 부드러운 손'이 지닌 생명력과 유사한 의미를 지닌다. 따라서 '골목의 바람결', '논', '친구의 몸', '교회', '나의 겨드랑이', '비둘기의 날갯죽지'는 신의 생명력이 머무는, 즉 신성이 편재하는 성역이 된다.

이와 같이 신성의 편재성은 박목월의 시 구석구석에서 신성을 은유하는 것들로 몸을 바꾸어 나타나게 된다.[20] 그의 시 〈신이 거니는 잔디〉에서와 마찬가지로, 이 시에서도 신성은 일상에 편재하는 것으로 나타난다. 특히, 이 시에는 하늘로부터 내려오는 생명력이 시각 –후각 –촉각 –청각 등의 공감각적 이미지의 연쇄에 의하여 형상화되

---

20. 유성호(2002), 위의 책, 207쪽.

고 있다. 즉 '수국색 공기'라는 시각과 후각의 이미지, '미나리 냄새'라는 후각적 이미지, '체온'이라는 촉각적 이미지, '종소리'의 청각적 이미지 등의 공감각적 상상력에 의해 초월적 생명력이 선명하게 부각된다. 그의 다른 시 〈세수를 하고〉에도 이러한 편재적 신성이 나타난다.

마른 타월로
얼굴을 문지르며
오늘 아침에는
희게 빛나는 것들을
생각한다.
물결에 씻기우는 고래의 뼈.
바람에 마른 생선가시.
청산의 구름.
지상의 적요.
참나무 가시로 다듬은 십자가
동양의 주여.
당신은
가랑잎이 깔리는
길로
새벽 같은
빛의 얼굴로 오시고
적요의 면사포를 쓰시고
개인날의
푸르름으로
보인다.

〈세수를 하고〉 전문

이 시의 화자는 '희게 빛나는 것'을 생각하는데 그가 떠올리는 모든 대상들은 은유적 고리를 이루면서 신성의 편재를 드러낸다. 먼저 이 시에는 바다의 '고래의 뼈'(fr_{1-1}), '생선가시'(fr_{1-2}), 청산의 '구름'(fr_2), 지상의 '적요'(fr_3), 교회의 '십자가'(fr_4)가 은유적 관계로 결합한다. 그리고 동양의 '주'(fr_5)는 '십자가'와 인접성에 의해 환유로 결합하는데 이것은 "당신은/ (중략)/ 새벽 같은/ 빛의 얼굴로 오시고"의 시구에 의해서 '새벽'(fr_6)이라는 또 다른 지시틀을 파생시킨다. 이들 지시틀은 '희게 빛나다'라는 상태를 공유하여 상호작용함으로써 성스러운 생명력을 구체화한다. '물결'에 씻긴 '고래의 뼈'와 '바람'에 마른 '생선가시'가 지닌 흰빛은 '비'에 씻겨 깨끗한 '구름'으로 층위가 이동하고, '소음'에서 벗어난 '적요'의 상태로 변전하며, '참나무'로 다듬은 '십자가'로 변전한다. 또한 이것은 '광채'를 입은 '주'로 신성을 부여받으며, '빛'으로 열리는 '새벽'으로 층위가 이동한다. 이렇듯 시적 화자는 '희게 빛나'는 모든 사물에서 신성을 환기시키고 있는데 '고래의 뼈', '생선가시'라는 죽은 생물의 잔재에서도 초월성을 발견하고 있다. 이와 같이 박목월의 시에서는 "절대적 가치와 일상적 가치가 늘 이어져 있"[21]음을 알 수 있다.

이러한 편재하는 신성에 대한 인식은 앞에서 살펴본 시적 화자의 개안에 의해서 가능해진다. 이를테면 '어디서'나 신성이 발견될 수 있는 것은 그의 안에 '새로운 눈동자가 마련되었'기 때문이다. 이러한 신성의 편재적 양상은 외부세계와 동일성을 회복하고자 하는 시적 자아의 은유적 의지에 바탕을 두고 있다. 그의 다른 시 〈불이 켜진

---

21. 김종태, 「박목월 시의 가족 이미지와 내면 의식 연구」, 『우리말글』제30집, 우리말글학회, 2004.4, 246쪽.

창마다〉의 "밤늦도록 불이 켜져 있는 창마다/ 神의 축복이/ 서려 있다"라는 시구에서는 '내일'을 위해 성의껏 살아가는 '오늘의 집중'이 있는 모든 공간에 신의 편만한 임재가 나타나고 있다.

한편, 그의 시 〈신춘음〉의 "얼음 밑에서도 살아나는/ 미나리./ 오냐, 오냐, 오냐./ 어머니의 목소리로/ 환하게 동이 트는/ 새날의 새벽./ 믿음과 긍정의/ 누리 안에서/ 훈훈하게 열리는/ 남쪽의 꽃봉오리"에는 '어머니'를 매개로 하여 신성의 편재성이 간접적으로 드러나고 있다. 이 시에는 '얼음밑'(fr_1), '동쪽 하늘'(fr_2), '남쪽 땅'(fr_3)이라는 대립적 공간들이 은유로 결합하는데 이들은 생명력의 원천인 '어머니의 목소리'를 공유하여 상호작용함으로써 융화된다. 따라서 '미나리'가 파릇하게 살아나는 '얼음밑', '동'이 환하게 트는 '동쪽 하늘', '꽃봉우리'가 훈훈하게 열리는 '남쪽 땅'이 동질성을 확보한다. 특히, '목소리'는 공간의 경계를 넘나듦으로써 공간의 이질성을 통합하는데 이 '목소리'가 '사방에서' 존재함으로써 '어머니'가 편재성을 획득하게 된다. 이와 같은 어머니의 편재성은 '얼음밑', '동쪽 하늘', '남쪽 땅'이라는 모든 공간을 아우르면서 존재하는, 즉 무소부재하는 신의 속성과 동일시됨으로써 초월성을 부여받게 된다. 이밖에 그의 『어머니』 시집에 수록된 〈어머니의 향기〉, 〈어머니에의 기도1〉, 〈무지개를 빚으려는〉, 〈찬가〉, 〈어머니의 미소〉 등의 시편에서도 '어머니'의 편재성이 '신'의 속성과 동일시되어 초월성이 실현되고 있음을 볼 수 있다.

박목월의 후기시에는 초월적 신성이 은유적 의미망을 형성하면서 편재성을 드러내고 있음을 살펴보았다. 박목월의 시에서 특별한 장소가 아닌 일상 공간에 신성이 편재하고 있다는 점은 중요한 시적 특성이다. 특히 자연에 편재하는 신성은 "자연 속에 초월적인 어떤 종교적인 힘이 들어있다"[22]는 시인의 믿음에서 기인하고 있다. 이 장에서 살펴본 편재적 신성 은유에서는 환상적 생명 은유와 역설적 개안 은유에 비해 훨씬 더 다양한 층위의 지시틀이 형성되어 시적 의미와 긴장이 창조되고 있다는 점에서 특징적이다. 하지만 여기서는 지시틀의 세부항이 주로 문면에 드러남으로써 시적 긴장성을 약화시키는 한계를 보이기도 한다.

5. 맺음말

본고에서는 박목월의 유고시집 『크고 부드러운 손』에 나타나는 기독교적인 초월성이 어떠한 은유적 의미체계 속에서 시적 의미를 생성하는지 살펴보았다.

2장에서는 박목월의 후기시에 나타난 환상적 생명 은유에 대하여 논의하였다. 그의 시 〈크고 부드러운 손〉, 〈희고 눈부신 천 한 자락이〉, 〈노래〉 등에는 신의 직접적인 계시에 의한 환상적 체험을 통하여 초월이 실현되고 있음을 볼 수 있다. 이러한 환상적 초월은 대체로 다층적인 지시틀로 이루어진 복잡한 은유적 의미망 속에서 충만한 생명력을 생성하고 있으며, 이를 통하여 시적 긴장성을 창조하고 있다. 특히 환상적 초월성은 수직과 수평의 확대를 통하여 무한대로 확대되는 생명력을 구체화한다는 점에서 특징적이다.

그리고 3장에서는 역설적 개안 은유에 대하여 논의하였다. 박목월의 시 〈믿음의 흙〉, 〈자리를 들고〉, 〈부활절 아침의 기도〉 등에는 죽음/ 생명, 소멸/ 불멸, 쇠퇴/ 생장 등의 대립적인 의미망이 형

---

22. 최승호, 「근원에의 향수와 반근대의식」, 박현수 편, 『박목월』, 새미, 2002, 115쪽.

성되는데 이는 시인의 은유적 사유 속에서 통합을 이루며 개안을 의미화한다. 이것은 자아의 죽음 내지 소멸과 새로운 생명 내지 불멸이 동일시된다는 점에서 역설성을 드러낸다. 그런데 이는 자아의 죽음에 의한 '비워짐'과 신의 생명에 의한 '채워짐'이 상호작용하는 가운데 융합되면서 초월적 개안이 실현되고 있다는 점에서 특징적이다.

마지막 4장에서는 편재적 신성 은유에 대해 논의하였다. 박목의 후기시에는 직·간접적으로 신의 편재성이 나타나는데 본고에서는 '신'의 편재성에 의한 직접적인 초월을 중심으로 살펴보았다. 그의 시 〈신이 거니는 잔디〉, 〈삼월로 가는 길목에서〉, 〈세수를 하고〉 등에는 아주 다양한 층위의 지시틀이 형성되어 편재하는 신성이 구체화되고 있다. 박목월의 시에서 특별한 장소가 아닌 일상 공간에 신성이 편재하고 있다는 것은 특기할 만한 점이다. 그런데 이러한 편재적 신성에 대해서는 여러 선행연구자들에 의해 이미 밝혀진 바 있다. 따라서 본고는 편재하는 신성이 어떠한 은유적 의미체계를 형성하는지에 집중함으로써 기존의 논의와 변별성을 갖고자 하였다.

박목월의 유고시집 『크고 부드러운 손』에는 환상적 생명 은유, 역설적 개안 은유, 편재적 신성 은유가 형성되고 있음을 볼 수 있었다. 이러한 양상은 다른 시인들이 지닌 초월성과 변별되는 박목월의 중요한 시적 특성이다. 그의 『크고 부드러운 손』의 시편들에는 다층적인 은유가 형성되어 다의적인 의미가 창출되면서 시적 긴장성이 획득되고 있다. 그럼에도 이들 시편에는 지시틀의 세부항들이 주로 시 텍스트의 이면에 숨겨져 있지 않고 문면에 드러남으로써 독자의 상상력의 개입을 축소시킨다는 점, 그래서 이것이 긴장성을 약화시키는 요소로 작용한다는 점은 간과할 수 없는 문제이다. 본고에서는 박목월의 유고시집에 나타난 초월성의 은유 미학을 밝힘으로써 기독교의식을 고찰한 선행연구들과 뚜렷한 변별성을 확보하였다.

김현승 시의 은유 미학

후기시의 사물화 양상
　－광물에 토대 한 사물을 중심으로
후기시에 나타난 '동물'의 은유화 양상
『마지막 지상에서』에 나타난 은유 미학

| 박목월과 김현승 시의 은유 미학 |

후기시의 사물화 양상
-광물에 토대 한 사물을 중심으로

1. 머리말

　김현승 시인(1913-1975)은 출생과 더불어 서구의 기독교를 접하고 이를 수용한 모더니스트이다. 주지적인 성향이 강한 그의 시는 지극히 서구적이고 근대적이다. 그럼에도 김현승의 시세계는 자아와 세계의 합일을 지향하는 동일성의 시학 속에서 구축되고 있다. 이를테면 그는 비동일성의 시대인 근대적 시간 속에서도 동일성을 고수했던 은유의 시인이다. 한편, 김현승의 의식세계는 끊임없이 지상과 천상을 넘나든다. 대립적인 두 세계의 경계에서 창조된 그의 시는 인성과 신성, 인간중심의 사유와 신중심의 사유가 충돌하면서 전개되는데 이는 고독과 초월의 양태로 드러난다. 이것은 김현승의 중기시와 후기시를 구획하는 기준으로 작용하기도 한다. 그런데 이러한 시의식이 은유의 원리에 입각해 있다는 점에서 김현승 시의 은유 연구는 그의 시적 특질을 밝히는 중요한 작업이 될 수 있다. 본고에서는 주로 세 시기로 구분하는 김현승의 시세계[1] 가운데서 후기시편을 대상으로 은유 양상을 고찰하고자 한다.

김현승의 시에 대한 논의는 기독교와 관련하여 전개되어 왔으며 괄목할 만한 연구 성과를 거두었다.[2] 그런데도 김현승 시의 은유에 대한 연구는 천영숙과 금동철의 논의가 있을 뿐이다. 은유가 김현승 시의 중요한 미학적 원리로 작용하고 있음에도 불구하고 이에 대해서는 거의 논의되지 못한 실정이다. 천영숙은 우선 레이코프·존슨의 은유 이론으로 김현승의 시를 분석하였다. 이는 의미론적 입장에서 시의식을 면밀하게 밝혔으나 다분히 도식적이며 은유의 작용 범위를 단어의 차원에 국한시키는 한계성을 드러내기도 한다. 아울러 그는 흐루쇼브스키의 은유 이론도 활용하고 있는데 이는 언술의 차

---

1. 김현승의 시세계는 세 시기로 구분해서 살피기로 한다. 그의 초기시에는 『김현승시초』(1957), 『옹호자의 노래』(1963)와 『김현승시전집』에 수록된 『새벽교실』이 해당되고, 중기시에는 『견고한 고독』(1968), 『절대고독』(1970), 후기시에는 『김현승시전집』(1974)에 수록된 『날개』의 시편들과 유고시집 『마지막 지상에서』(1975)가 해당된다.

2. 권영진, 「김현승 시와 기독교적 상상력」, 숭실어문학회 편, 『다형 김현승 연구』, 보고사, 1996.
홍기삼, 「김현승론」, 숭실어문학회 편, 『다형 김현승 연구』, 보고사, 1996.
김인섭, 「김현승의 의식세계」, 숭실어문학회 편, 『다형 김현승 연구』, 보고사, 1996.
______, 「한국현대시에 나타난 기독교의 구원의식 —윤동주, 김현승의 시를 중심으로」, 『문학과 종교』제9권 1호, 한국문학과 종교학회, 2004. 여름호.
신익호, 「김현승 시에 나타난 기독교의식」, 숭실어문학회 편, 『다형 김현승 연구』, 보고사, 1996.
김재홍, 「다형 김현승」, 『한국현대시인연구』, 일지사, 2004.
손진은, 「김현승 시의 생명시학적 연구」, 『어문론총』제34호, 경북어문학회, 2000.8.
유혜숙, 「김현승 시의 '검은빛' 강박이미지 연구」, 『한국문학이론과 비평』제20집 7권3호, 한국문학이론과 비평학회, 2003.9.
최승호, 「김현승 시의 서정화 방식 연구」, 『한국언어문학』제65집, 한국언어문학회, 2008.6.

원에서 은유 분석을 시도하였다는 점에서 의의를 갖지만 시에 형성된 은유체계를 계열체로 포괄하여 설명함으로써 층위의 변전을 세부화하지는 못하였으며, 또한 이를 도표화하지 않아 방법론의 장점을 최대화하지 못하였다는 점에서 아쉬움이 남는다.[3]

그리고 금동철은 '고독'의 이미지가 지배적인 『견고한 고독』과 『절대고독』의 세계, 그 이후의 시편들을 중심으로 김현승의 시에 나타난 세계관의 변화가 시적인 수사학에서는 어떠한 차이로 나타나는지를 밝혔다.[4] 그는 김현승 시를 지배하는 것이 은유적 동일성의 상실과 회복이라는 것을 밝힘으로써 그의 '고독'이 단순한 개인적인 차원을 넘어 서정시의 본질과 관련된 것이며 현대성과 관련된 문제임을 지적하였다. 그런데 그가 논의한 은유는 다양한 수사학의 한 종류로서의 은유가 아니라 보다 근원적인 세계관과 관련된 수사학이다. 이는 서정적 근원으로서의 동일성을 면밀하게 밝혔다는 점에서 의의를 갖지만 시의 형식적인 차원에서 은유 미학을 밝히는 본고와는 차이를 보인다. 또한 몇몇 논자들에 의해 김현승의 중기시에 나타난 "고독의 사물화"[5] 양상에 관해 언급되었으나 그의 시의 은유 구조를 총체화하지는 못하였다.

이렇듯 박목월의 경우와 마찬가지로, 김현승의 시 역시 기독교의

---

3. 천영숙, 「김현승 시의 은유 연구」, 한남대 대학원 석사학위논문, 1999.

4. 금동철, 「김현승 시의 '고독'과 은유의 수사학」, 『우리말글』제21집, 우리말글학회, 2001.8, 189─212쪽.

5. 김윤식, 「신앙과 고독의 분리문제」, 숭실어문학회 편, 『다형 김현승 연구』, 보고사, 1996, 165─181쪽.
정재완, 「한국현대시와 「소외」의 의미」, 숭실어문학회 편, 『다형 김현승 연구』, 보고사, 1996, 387─404쪽.
천영숙(1999), 위의 논문, 60─67쪽.
손진은(2000), 위의 논문, 119─125쪽.

식을 밝히는 내용적인 차원에 치중되어 그의 시에 구축된 형식 미학
으로서 은유를 조명하는 연구가 활성화되지 못했다는 점에서 본고
의 필요성을 제기할 수 있다. 은유는 김현승의 시에서 표현 기법의
문제를 넘어 인식의 문제에 관여한다. 이는 김현승 시인이 사용하는
은유가 단순히 장식적인 차원이나 문법적인 차원이 아닌 세계 인식
의 방법임을 시사한다. 이러한 은유가 김현승 시의 본질적인 원리로
작용하고 있을 뿐 아니라 그의 전편의 시에 미학적 원리로 일관하고
있다는 점에서 이에 관한 논의는 매우 중요하다. 따라서 본고는 김
현승 시의 은유를 분석하여 기존의 논의가 지닌 한계로서 내용 중
심성을 극복하고자 한다.

김현승의 후기시집 『날개』, 『마지막 지상에서』는 그의 시세계를 완
성하는 시점에 놓인다는 점에서 간과할 수 없는 시집이다. 그럼에
도 지금까지의 논의가 김현승의 중기시편에 지나치게 편중되어 상대
적으로 이에 대한 논의가 아주 미흡한 편이다. 이에 본고에서는 그
의 후기시를 연구 대상으로 삼고자 한다. 한편, 김현승의 후기시에
는 '고독'의 세계에 집중되어 있던 시인이 신에게로 회귀하는, '초월'
의 과정이 본격화된다. 일반적으로 유한자적 실존을 깨달은 시인들
은 한계적 상황을 극복하기 위해 특정한 존재 내지 대상을 매개체로
삼아 초월을 지향하게 된다. 김현승 후기시의 경우, 초월을 매개하
는 대상 가운데 하나로서 '광물'로 이루어진 사물을 들 수 있다. 그
의 후기시의 지향성은 단단하고 견고한 광물질의 변용 속에 정교하
게 녹아들어 있다. 그런데 이것은 상징의 차원에서 초월을 의미화하
는 것을 넘어 은유의 차원에서 전개되고 있다는 점에서 주목할 만
하다.

따라서 본고는 후기시에 나타난 사물화 양상 가운데서도 광물로

이루어진 사물에 천착하여 여기에 구축된 은유적 의미망을 조명하고자 한다. 또한 선행연구자들에 의해 언급된 바 있는 '물체화의 경향'은 단어의 차원에서 은유를 파악함으로써 은유의 작용력을 협소화하고 있다. 그래서 본고에서는 은유의 범위를 단어의 차원에서 언술의 차원으로 확대하여 고찰함으로써 김현승 시의 은유체계를 총체적으로 밝히고자 한다.

2. 도구·무기 은유

김현승의 시에는 견고하고 단단한 대상에 집중하는 '견고에의 집념[6]'이 극명하게 드러난다. 이러한 양상이 인간의 한계성을 극복하려는 초월적 행위라는 점에 대해서는 여러 논자들에 의해 지적되어 온 바 있다. 김현승의 시세계에서 "견고성이 궁극적 가치를 얻게 되는 것은 그것이 사라짐과 대립되기 때문[7]"일 것이다. 특히 그의 후기 시에는 금속 광물로 된 사물이 많이 나타나는데 이는 견고함의 속성으로 인해 시인의 생명의지를 표상하는 시적 대상이 된다. 이 장에서는 이런 사물이 어떠한 은유적 의미맥락 속에서 시적 의미를 생성하는지에 주목할 것이다. 먼저 그의 시 〈고백의 시〉의 은유 양상을 도표화[8]하면 다음과 같이 나타난다.

---

6. 김종길, 「견고에의 집념─김현승의 스타일을 중심으로」, 김인섭 편, 『김현승시 논평집』, 숭실대출판부, 2007, 254─267쪽.
7. 곽광수, 「사라짐과 영원성」, 김인섭 편, 『김현승시 논평집』, 숭실대출판부, 2007, 135쪽.

나도 처음에는

내 가슴이 나의 시였다.

그러나 지금은 이 가슴을 앓고 있다.

나의 시는

나에게서 차츰 벗어나

나의 낡은 집을 헐고 있다.

사랑하는 것과

사랑을 아는 것과는 나에게서는 다르다.

금빛에 입맞추는 것과

금빛을 캐어내는 것과는 나에게서 다르다.

나도 처음에는 나의 눈물로

내 노래의 잔을 가득히 채웠지만,

이제는 이 잔을 비우고 있다.

맑고 투명한 유리빛으로 비우고 있다.

(중략)

아아 나의 시는 마른다!

나의 시는 잠을 이루지 못한다!

---

8. 이 시의 도표에서 fr_1, fr_2, fr_3으로 제시된 가로축은 비유적 결합에 의해 설정된 지시틀이다. 이들은 의미상으로는 이질적이지만 형태상으로는 완벽한 대응을 이룬다. 그리고 세로축에서는 세 지시틀이 각각 완전한 문장을 형성한다. 이들 지시틀은 상호작용 속에서 의미론적 통합을 이루어간다. 여기서 괄호 속에 든 부분은 시의 문면에 드러나지 않는 '빈칸'으로서, 텍스트에 근거하여 연구자의 상상력에 의해 채워진 것이다.

나의 시는 둘이며 둘이 아닌

오직 하나를 위하여,

너와 나의 하나를 위하여 너에게서 쫓겨나며

나와 함께 마른다!

무덤에서도 캄캄한 너를 기다리며…….

〈고백의 시〉 부분

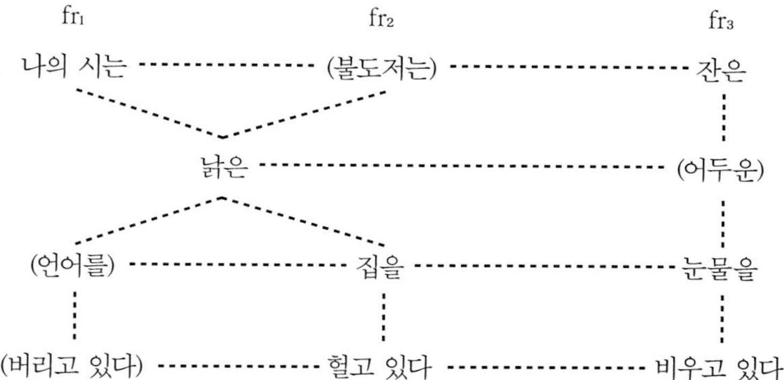

위 시 1연에서 화자는 "내 가슴이 나의 시였다"라고 고백한다. 이 것은 '나'와 '나의 시'가 합일된 상태를 의미한다. 말하자면 시인의 육 신은 시를 담아 놓은 형식이고 시는 그 속에 담겨 있는 본질적 가치 로서 시인과 시는 서로가 서로를 담고 담기어 사는 집인 것이다.[9] 그 런데 2연으로 오면 '나의 시'는 '나'에게서 차츰 벗어나면서 '나의 낡 은 집'을 허는 주체가 된다. 이때 '나의 시'(fr₁)는 '불도저'(fr₂)라는 기 계 내지는 도구로 변주된다. 흙을 밀어내어 땅을 다지거나 지면을

---

9. 권영진, 「시와 종교적 상상력」, 김인섭 편, 『김현승시 논평집』, 숭실대출판부, 2007, 234쪽.

고르는 공사에 사용되는 '불도저'는 단단한 금속 광물로 이루어진 사물의 층위로서 도구 역할을 한다. 이때 '나의 시'가 낡은 '언어'를 '버리고 있'는 행위는 '불도저'가 낡은 '집'을 '헐고 있'는 행위와 동일시된다. 여기서 낡은 언어를 '버리고 있'는 행위는 시인의 침묵의 상태를 함축하기도 한다. 또한 '낡은 집'을 부수는 행위는 "타자와의 모든 관계가 단절된 고독의 성채를 헐어버린다는 뜻으로서 그 견고하던 고독, 절대고독의 성채를 부수어버리고 신과 다른 사물들과 소통하기 시작한다"[10]는 뜻이 담겨 있다. 3-4연에서는 이러한 붕괴 내지 해체의 과정이 보다 구체적으로 진술된다. 화자는 처음에 '눈물'로 채웠던 마음의 '잔'을 '비우'는 행위로 반응하는데 이때 '잔'(fr_3)이라는 사물의 층위가 새롭게 설정된다. 여기서 '잔'을 비우는 것은 그의 어두운 '마음'을 '맑고 투명한' 빛으로 전환하는 것에 다름 아니다. 여성성을 환기시키는 '잔'은 남성성을 표상하는 '불도저'와 대비적지만 붕괴 내지 해체에 의한 무화의 과정을 보여준다는 점에서는 유사성을 지닌다.

이러한 과정은 고통을 수반하는데 이것은 '사랑'의 고통에 비유된다. '사랑을 하는 것'과 달리, '사랑'을 아는 것은 '금빛'을 캐어내는 것처럼 힘겹고 고통스러운 일이다. 5연에서 '나의 시'가 마르고 잠을 이루지 못하는 상태는 결국 '나'라는 화자의 고통스러운 내면 상태를 의미한다. 마지막 연으로 오면 화자는 이것이 '나의 시'가 '둘이 아'닌 '오직 하나를 위하여'라고 말한다. 그는 처음에 '나의 가슴이 시였'던 완전한 시간을 갈망하는데 이것은 '둘'이 '하나'가 되는 동일성의 시간에 대한 기다림으로서 자아와 세계의 합일을 향한 몸부림이다. 이

---

10. 최승호(2008), 위의 논문, 361쪽.

와 같이 이 시는 인간의 층위 내지는 관념의 층위→ 광물적 사물의 층위→ 사물의 공간적 층위로의 변전을 보이면서 소멸을 의미화하는데 이것은 시인의 초월의 과정을 보여준다는 점에서 역설적이다. 여기서 시인이 '언어'를 '버리고 있'는 것은 '불도저'가 '집'을 '헐어내'는 힘과 동일시되면서 거대한 힘을 암시하고 있다.

이러한 양상은 그의 시 〈질주〉에도 나타난다. 이 시의 "터지는 출발에서/ 꺾여 버릴 끝까지−/ 당겼다 힘껏 놓은 강철처럼/ 칼에 찔린 힘줄처럼/ 도끼날에 튀는 통나무처럼/ 아름답게 아름답게 일그러진 그 얼굴./ 아낌없이 내어민 그 가슴− 외려 부족한 가슴./ (중략)/ 영원의 내일일 아아, 너의 하루"라는 시구에는 '너의 얼굴'(fr_{1-1}), '가슴'(fr_{1-2}), '힘줄'(fr_{1-3})이라는 인간의 층위와 '강철'(fr_2)이라는 광물적 사물의 층위, '통나무'(fr_3)라는 자연적 사물의 층위가 비유적 고리를 이룬다. 이들 지시들은 '터지는 출발에서 꺾여 버릴 끝까지'라는 시구를 공유하여 상호작용함으로써 생명력을 극대화하는 동시에 소진과 소멸로 마감하는 유한한 생을 구체화한다. 이때 '너의 얼굴'이라는 신체가 '강철'이라는 광물에 바탕 한 사물로 변주된다. '강철'은 단단하면서도 잘 늘어나는 성질이 있는데 '당겼다 힘껏 놓'은 이것은 도구화되어 질주하는 존재의 강인한 생명력을 극대화한다. 김현승은 거침없이 질주한 '너의 얼굴'의 일그러짐 속에서 아름다움과 함께 절망과 허무도 그려낸다. 이것은 질주 끝에 인간의 유한성이 놓여 있기 때문이다. 이 시에는 인생이 '강철'에 비유되어 지상적 존재의 소멸을 의미화함에도 불구하고 '오늘'이 '영원의 내일'로 간주됨으로써 시인의 초월적 욕망이 표면화되고 있다.

'월세계'의 정복 사건을 다룬 그의 시 〈정복자들에게 −월세계月世界에 첫발을 디딘〉에도 이와 유사한 양상이 나타난다. 이 시의 "사나이들의 불 같은 손으로– 그들을 도운/ 나사못처럼 긴밀한 인간들의 근육과 머리로,/ 세계는 장엄하게 커졌다"에서는 '사나이들의 손'이 뜨거운 '불'에 비유되어 뜨거운 열정과 무한한 창조력을 산출하고 있으며 '사나이들의 근육과 머리'(fr_1)라는 인간의 신체가 '나사못'(fr_2)이라는 사물에 비유되어 견고함을 생성하고 있다. 여기서도 인간 존재가 광물질의 도구로 변주됨으로써 강인한 생명력을 지닌 자들의 초월적 힘이 부각되고 있다. 김현승 시인은 끊임없이 도전하는 이들의 무한한 창조력에 집중하는데 이는 그의 생명의지에 부합한다.

한편, 김현승의 후기시에는 금속 광물로 이루어진 '칼'이 자주 등장한다. '칼'은 도구의 차원을 넘어 무기의 차원으로 변용됨으로써 그 의미가 한층 더 강화되는데 이 역시 은유적 의미망 속에서 시적 의미를 생성하고 있다. 우선 그의 시 〈무기의 의미II〉의 은유 양상을 통하여 이를 살펴보기로 한다.

가장 날카로운 칼과
가장 날카로운 고백은
다르지 않다.

가장 날카로운 칼은
그 칼날에
그리하여 저의 낯을 비춰 본다.
그리하여
가장 날카로운 칼은
꽃잎 앞에도 무릎을 꿇고,
그 꽃잎은

그 칼을 쥔 손목에
입을 맞춘다.

그리하여
칼집 속에
칼을 잠들게 하고서
우리는 승리를 얻는다.

밤 이슬에 녹슬지 않는 그 빛나는
이름으로
우리는 누구의 승리도 아닌…….

〈무기의 의미Ⅱ〉 전문

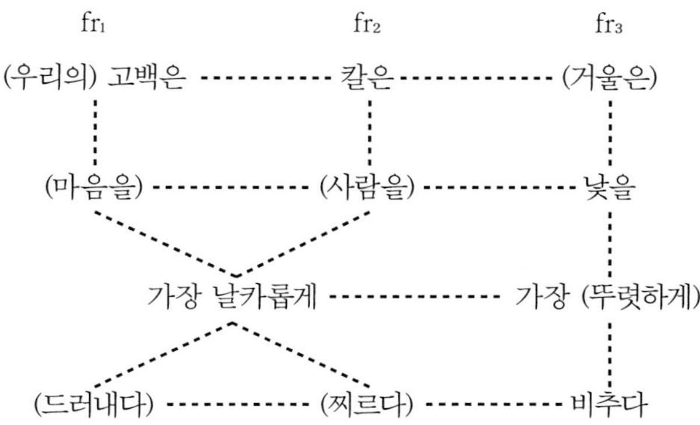

이 시에는 '무기'의 의미가 은유적 의미망 속에서 구체적으로 드러
난다. 이 시의 "가장 날카로운 칼과/ 가장 날카로운 고백은/ 다르지
않다"라는 진술에서는 '고백'(fr_1)이라는 인간의 언어적 층위와 '칼'(fr_2)
이라는 광물적 사물의 층위가 등가를 이룬다. '고백'은 외침과 달리

자신의 내면세계를 조용하고 은밀하게 드러내는 언술 행위이다. 그런데 인간의 내면에서 흘러나온 날카로운 '고백'은 날카로운 '칼'로 무기화됨으로써 강한 공격성을 부여받는다. 또한 이것은 "그 칼날에/ 그리하여 저의 낯을 비춰 본다"라는 언술에 의해 다시 '거울'(fr_3)이라는 사물로 변전한다. 이 '거울'은 잘 갈아진 날카로운 칼날이 인간의 '낯'을 비추는 역할을 하게 됨으로써 빈칸이 채워진 것이다. 그리하여 '사람'의 '마음'을 가장 '날카롭'게 '드러내'는 '고백'은 '사람'을 가장 '날카롭'게 '찌르'는 '칼', 저의 '낯'을 가장 '뚜렷하'게 '비추'는 '거울'과 동일한 의미망을 형성하게 된다. 이때 인간의 사물화 양상이 거울화 양상으로 이어지면서 성찰의 의미를 새롭게 파생시킨다. 특히 이러한 의미는 시각적 이미지의 명징함 속에서 더 부각되는데 이와 같은 "시각의 명징성은 그대로 명징한 정신세계를 증언하는 것"[11]이기도 하다.

'칼'의 의미는 시 후반부에서 보다 더 구체적으로 진술된다. '가장 날카로운 칼'의 의미는 '꽃잎'이 표상하는 약하고 아름다운 대상 앞에서 '무릎을 꿇'을 줄 아는 겸손의 용기에 있고, 무력을 행사하는 '칼을 쥔 손목에 입을 맞추'는 화해의 의지에 닿아 있으며, 또한 '칼집 속에 칼을 잠들게 하'고 인내로써 얻는 승리에 있다. 이때 '밤 이슬에 녹슬지 않는 빛나는 이름'으로 표현되는 '승리'는 영원성을 함유하고 있다. 즉 '칼집 속'에 잠든 '칼'은 무력한 칼을 의미하는 것이 아니라 비폭력으로 불의와 싸워 이기는 보다 강한 힘을 지닌 것으로서 자신의 양심과 정신을 지키는 거룩한 칼이다.[12] 이것은 시인에

---

11. 김우창, 「김현승의 시 —세 편의 소론」, 김인섭 편, 『김현승 시 논평집』, 숭실대출판부, 2007, 16쪽.
12. 권영진(1996), 앞의 글, 25쪽.

게 '칼'의 진정한 의미가 폭력이나 무력이 아닌 내적인 성찰에 있음을 보여준다. 이렇듯 인간의 외양을 비추는 '거울'은 내면세계를 비추는 성찰의 의미를 함유하고 있다. 이 시의 거울화 양상은 내적 성찰을 주도하는 동시에 초월을 매개한다는 점에서 특히 중요하다.

여기서 인간의 내면세계를 말로 표현하는 '날카로운 고백'은 사람을 공격하는 '날카로운 칼'과 다르지 않다는 점에서 무기의 차원으로 인식된다. 이 '날카로운 칼'은 '녹슨 칼'과 대비를 이룬다. 그의 시 〈재〉의 "나는 나의 재로/ 나의 모든 허물을 덮는다./ 나의 모든 기쁨과 슬픔을/ 나는 한 줌의 재로 덮고 간다.// 그러나 까마귀여,/ 녹슨 칼의 소리로 울어 다오"에서는 거친 소리를 내는 '녹슨 칼'(fr_2)이 초월의 도구로 차용되어 '나'(fr_1)의 고독한 몸부림을 의미화하고 있다. '칼'이 녹슨 것은 날카로운 상태와 상반되지만 시인의 존재론적 초월을 이끈다는 점에서 공통적이다.

원수는
그 굳은 돌에
내 칼을 갈게 하지만,
인내는
이 어둠의 이슬 앞에
내 칼을 부질없이 녹슬게 하지 않는다.

나는 내 칼날을 칼집에 꽂아 둔다.
이 어둠의 연약한 이슬이
오는 햇빛에 눈부시어 마를 때까지……

〈인내〉 전문

위 인용시에는 '굳은 돌'에 '칼'을 '가'는 행위와 '칼집' 속에 '칼'을 '꽂아 두'는 행위가 대비를 이룬다. '칼'은 물건을 베거나 썰거나 깎는 데 사용하는 도구 내지 무기로서 무력을 표상하며 공격성을 띤다. 화자는 암담한 상황을 표상하는 '어둠의 이슬' 앞에서 '칼'을 뽑아 부질없이 녹슬게 하는 대신 '칼집'에 '꽂아 둔'다. 그리고 '어둠의 연약한 이슬'이 '햇빛'에 눈부시게 '마를 때'까지 기다린다. 여기서 '인내'(fr₁)라는 인간의 내면적 층위와 '칼날'(fr₂)이라는 광물적 사물의 층위가 동일시되면서 은유가 발생한다. 이때 '인내'를 '내 마음'에 '담아 두'는 것은 '칼'을 '칼집'에 '꽂아 두'는 행위와 동일화된다. 시적 화자는 공격적인 무기를 조급하게 휘두르지 않고 오히려 수동적인 자세를 취함으로써 이에 대응한다. 마지막 시구 "오는 햇빛에 눈부시어 마를 때까지……"에서 '때'는 구원, 즉 초월이 완성되는 때로서 미래적인 의미를 지닌다. 기다림이란 지극히 소극적이고 수동적인 자세처럼 보이지만 화자는 이것을 견고하고 예리한 '칼날'에 비견될 만큼 위력을 지닌 힘으로 인식한다.

그의 다른 시 〈무기의 의미 I〉의 "빼지 않은 칼은/ 빼어 든 칼보다/ 더 날카로운 법"에서도 '빼지 않은 칼'의 날카로움이 강조되고 있다. '빼어든 칼'이란 겉으로 드러난 사실을 뜻하며, '빼지 않은 칼'이란 마치 고독과 같이 정신의 안 속 깊이 감춰진 진실을 의미한다.[13] 이것은 암울한 현실을 표상하는 '어둠의 눈물'이 '소금이 되어 우리의 뺨에서 마를 때'까지 참고 견디어내는 삶의 자세가 바로 진정한 무기임을 시사한다. 이렇듯 김현승 후기시의 '칼'은 외부세계를 향하는 공

---

13. 김재홍, 「다형 김현승 ―가을정신 또는 고독의 사상」, 숭실어문학회 편, 『다형 김현승 연구』, 보고사, 1996, 208쪽.

격성을 띤다기보다는 내면화되어 존재론적 성찰을 이끄는 매개체 역할을 하며, 특히 초월성을 주도한다는 점에서 특징적이다. 그런데 위의 시편들에서 남성성을 환기시키는 '칼'이 내면화되어 도구 내지 무기로 활용된다면 아래의 시 〈무기의 노래〉에서는 내적인 '무기'로 변주된 '칼'이 다시 신의 층위로 흡수된다.

가장 날카로운 칼이라야
가장 아름다운 보석을
깎고 또 깎듯이,

가장 날카로운 무기는
가장 날카로운
양심을 만드는 데에만 쓰인다.

가장 아름다운 나무의 열매로
우리들의 마음을 떠보시고
지금은 가장 날카로운 무기로
우리들의 양심을 시험하고 계시는
그분은 누구일까?
역사를 깎고 만드는 그분은— 곧
누구이실까?

〈무기의 노래〉 전문

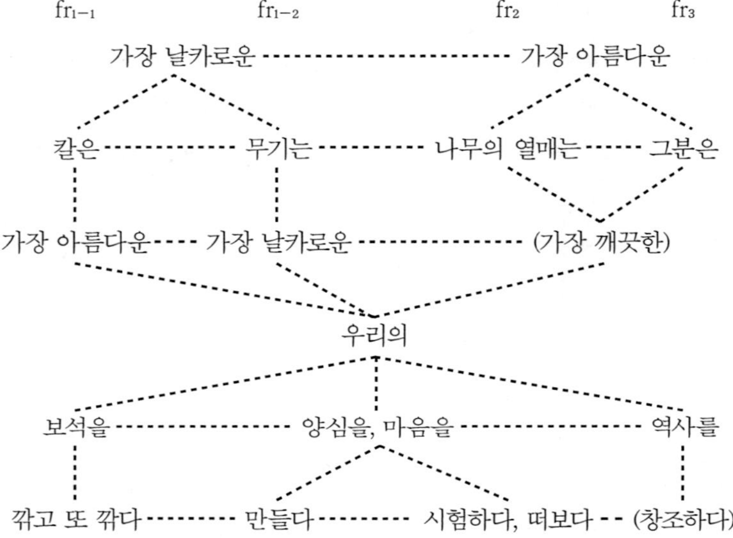

이 시의 주체는 '무기'이다. 1–2연에서는 가장 날카로운 '칼'(fr1–1)과 가장 날카로운 '무기'(fr1–2)가 병치되어 은유적 관계를 이룬다. 또한 칼을 깎아서 만든 가장 아름다운 '보석'은 무기가 만들어내는 가장 날카로운 '양심, 마음'과 의미론적 대응을 이룬다. 이때 '무기'는 물리적인 차원이 아닌 내적인 차원의 무기를 의미한다. 그리고 3–4연의 "가장 아름다운 나무의 열매로/ 우리들의 마음을 떠보시고// 지금은 가장 날카로운 무기로/ 우리들의 양심을 시험하고"라는 시구에 의해 가장 아름다운 '나무의 열매'(fr2)는 가장 날카로운 '무기'와 등가를 이루게 된다. 그런데 3연으로 오면서 시적 주체가 '그분'으로 바뀐다. 그는 가장 아름다운 '나무의 열매'로 우리들의 '마음'을 떠보시고, 가장 날카로운 '무기'로 우리들의 '양심'을 시험하는데 여기서 '나무의 열매'로 시험하는 주체로서 '그분'(fr3)이라는 지시틀이 세워진

다. 이 '나무의 열매'와 '그분'의 관계는 인접성에 의한 환유이지만 시적 맥락에서는 은유로 볼 수도 있다. 여기서 '칼'은 날카로운 통찰력으로 내적인 성찰을 주도하는 '무기'로 변주되고 다시 '그분'이라는 신으로 변주되면서 초월성을 의미화한다.

이렇게 해서 이 시에는 '칼', '무기'라는 광물에 토대 한 사물의 층위, '나무의 열매'라는 식물의 층위, '그분'이라는 신의 층위의 지시틀이 비유체계를 형성하여 상호작용하는 가운데 통합적 의미를 수렴해낸다. 그리하여 '칼'이 '보석'을 '깎고 또 깎'는 행위는 '무기'가 우리의 '양심, 마음'을 '만들'어내는 행위, '나무의 열매'가 '양심'을 '시험하'고 '마음'을 '떠보'는 행위, '그분'이 '역사'를 '창조하'는 행위가 동일한 의미맥락을 이룬다. 여기서 '깎고 또 깎다' –'만들다' –'시험하다, 떠보다' –'창조하다'라는 일련의 술부군은 창조적 생명력을 잘 드러내준다. 위 지시틀의 가로축의 선형구조에서 '가장 아름다운' –'가장 날카로움' –'가장 깨끗한'이라는 존재 상태가 동일시되고, '보석' –'양심, 마음' –'역사'라는 대상이 동일시되고 있다는 점은 주목할 만하다. 이처럼 세 지시틀은 대립과 통합의 의미작용 속에서 시인이 지향하는 초월성을 구상화한다.

마지막 연에서 보면, '그분'은 '역사를 깎고 만드'는 존재로 제시되고 있다. 이것은 그가 창조적 행위의 주체임을 의미한다. 인간에게 양심을 주신 '그분'이 역사의 주인이라고 하는 고백에는 김현승 시인의 기독교적 인식이 반영되어 있다. 특히 그는 의문형으로 문장을 종결시킴으로써 '그분'의 존재성을 더욱 부각시킨다. 이렇게 볼 때 '무기의 노래'의 진정한 주체는 절대자로서 '신'이다. 시인은 신을 지칭하는 '그분'을 통해 자신의 내면을 성찰하면서 초월적 세계를 꿈꾼다. 그의 다른 시 〈펜 하나 비록 가냘퍼도〉에도 무기화 양상이 나타나는

데 여기서는 인간의 내면세계를 대변해주는 '펜'이 '칼'이라는 사물과
동일시되고 있다.

우리가
우리의 권리로 잡은,
펜 하나 비록 가냘퍼도,
온 겨레의 양심을 종소리와 같이
깊이 울리고.

우리가
우리의 정의로 붙든,
펜 하나 비록 가냘퍼도,
흩어진 세계의 꿈
그 조각과 조각들을 한곳에 모아
해머보다 힘 있게 못을 박는다.

싸우는 제왕들의 무기보다 날카로운
우리의 펜은,
동서남북 어디서도
참됨과 옳음을 가리키는
자석 달린 시대의 촉수—
언제나 혼미한 안개와 폭풍을 뚫고
우리들의 시대— 가장 빛나는 별의
복판에 닿는다!

(중략)

펜 하나 비록 가냘퍼도,
그 끝에선 진실의 맥박이 뛰고
그 끝을 지나 빛을 담은
한국의 노래가 흐른다!

(중략)
우리의 펜은 지금 뱃머리에 서서
자석처럼 저 별을 가리킨다!

〈펜 하나 비록 가냘퍼도〉 부분

먼저 1연에서 '펜'(fr_1)은 '우리의 권리'(fr_2)와 등가의 자리에 놓이며, 이는 다시 '양심'을 깊이 울리는 '종소리'(fr_3)로 층위 이동을 한다. 2연에서 이것은 흩어진 세계의 '꿈'을 모아 '못을 박'는 '해머'(fr_{4-1})로 변주되며, 3연에서는 제왕들의 '무기', 즉 '칼이나 창'(fr_{4-2})으로, '참됨과 옳음'을 가리키는 '시대의 촉수', 즉 '나침반'(fr_{5-1})으로 변주된다. 남성성을 환기시키는 이들 지시틀은 상호침투함으로써 초월의지를 수렴해낸다. 그런데 이 힘은 "법률을 도덕으로 고치"고, "싸늘한 잉크를 따뜻한 피로 만들"고 "주먹을 손결"로 만들며, "바람을 봄비로 내리"게 한다. 이것은 냉정함을 유연함으로, 싸늘함을 따뜻함으로, 무력을 부드러움으로 전환시키는 힘으로 진술된다.

그리고 5연의 "그 끝에선 진실의 맥박이 뛰고"에서는 '진실'에 토대한 '펜끝'이 생명의 맥박이 뛰는 '심장'(fr_6)으로 전이되는데 그 끝으로 '빛'을 담은 노래가 흐른다. 마지막 연에서는 뱃머리에서 '별'을 가리키는 '자석'(fr_{5-2})으로 변주되어 '오늘 속의 내일' 또는 '내일 속의 오늘'을 향한다. 이와 같이 이 시에는 인간의 내면적 층위 내지 관념의 층위가 사물의 소리의 층위, 사물의 층위, 신체의 층위로 이동하면서 무한한 생명력을 다의화한다. 특히 이는 무기의 차원으로 사물화되어 거대한 위력을 보여준다. 이렇듯 우리의 권리인 '펜 하나'는 비록 가냘프지만 이것이 지닌 힘은 결코 작지 않다. '펜'은 인간의 내면세계에 관여하며, 이것이 지닌 강한 내적 에너지는 원심력의 기반이 된다.

이러한 양상은 그의 시 〈성장〉에도 나타난다. 이 시의 "그대의 진실로– 그 진실의 칼끝으로/ 내일의 옥토같은 겨레의 가슴 깊이 뿌리는/ 정의의 씨앗들– 깨알같은 까만 씨앗들은/ 이윽고 머리를 들리니/ 거친 비바람 속에서도 머리를 들리니"라는 언술에는 '진실'(fr_1)이라는 인간의 내면세계가 '칼끝'(fr_2)이라는 사물로 변주된다. 이 '칼끝'은 '글'을 환유함으로써 '펜끝'(fr_3)이라는 지시틀을 파생시킨다. 세 지시틀은 상호작용함으로써 진실이 지닌 날카롭고 강한 힘을 형상화하는데 이것은 글이 지닌 위력을 표상한다. 그래서 이것은 뿌리가 깊어 '거친 비바람'이 상징하는 위태로운 상황에서도 굳건히 존재를 지킬 수 있다.

이밖에 그의 시 〈오른 손에 펜을 쥐고〉의 "너의 펜으로 목숨의 돌 위에/ 칼끝이 되게 하고/ (중략)/ 까아만 하늘에 별빛을 아로새긴다!/ 아득한 내일에 반짝이며 닿을/ 오늘밤의 별들을 아로 새긴다./ 너의 펜끝으로 아리아리 아로새긴다!"에서는 '너의 오른 손'(fr_1)이라는 신체가 '펜'(fr_{2-1})이라는 사물과 은환유로 결합하며 이는 다시 '칼끝'(fr_{2-2})이라는 광물적 사물과 은유로 결합한다. 이때 '목숨의 돌' 위에 놓인 예리한 '칼끝'은 생명에 연관되어 있음을 짐작할 수 있다. 칼끝이 '아득한 내일'에 닿을 별을 '아로새기'는 행위는 김현승 시인의 초월적 의지를 대변해준다.

김현승의 후기시에는 광물에 바탕 한 사물이 도구 내지 무기 은유를 형성하고 있음을 볼 수 있다. 여기서는 주로 인간의 층위가 '불도저', '강철', '나사못', '칼', '창' 등 금속 광물로 이루어진 사물의 층위로 변주되면서 초월의지를 의미화하며, 내적인 '무기'로 변주된 '칼'이 신의 층위로 흡수되면서 기독교적 초월성을 구체화하기도 한다. 또한 인간의 내면세계를 대변해주는 '펜'은 '칼'로 변전하면서 초월성을 생성하는데 이 '칼'은 내면화되어 내적 성찰을 이끌면서 초월을 주도한다는 점에서 특징적이다. 김현승 시인은 도구 또는 무기가 지닌 불멸의 강인함, 즉 남성적 생명력을 통해 그가 꿈꾸는 초월적 세계를 구현해내고 있다. 이러한 은유 양상은 신중심의 초월을 의미한다는 점에서 인간중심적인 중기시와 뚜렷한 차이를 보여준다. 이로써 김현승이 추구한 형이상학적인 차원의 초월성이 상징의 차원을 넘어 은유에 의해서 구상화되고 있음을 확인할 수 있다.

3. 보석·보화 은유

김현승 시인은 지상의 삶에서 유한자적 한계를 자각하고 이를 초월하기 위한 방법을 부단히 모색하는데 이러한 지향성은 견고한 것에 대한 관심을 지속시킨다. 김현승의 후기시에서 초월을 매개하는 또 다른 대상으로 보석 광물을 들 수 있다. '보석'은 그의 초기시에서 후기시까지 가장 두드러진 이미지로 되풀이되며 사용되는 것으로 특히 김현승의 상상체계의 핵심에 자리 잡고 있다는 점에서 중요성을 지닌다.[14] 본고에서는 이것의 상징적 의미를 밝히는 차원을 넘

---

14. 김종철, 「견고한 것들의 의미」, 숭실어문학회 편, 『다형 김현승 연구』, 보고사, 1996, 219쪽.

어 은유적 의미망 속에서 창출되는 시적 의미를 밝히는 데 주력하고
자 한다. 먼저 그의 시 〈책〉에 나타난 은유 양상을 살펴보기로 한다.

가장 고요할 때
가장 외로울 때
내 영혼이 누군가의 사랑을 기다리고 있을 때,
나는 책을 연다.

밤 하늘에서 별을 찾듯
책을 연다.
보석상자의 뚜껑을 열듯
조심스러이 책을 편다.

가장 기쁠 때
내 영혼이 누군가의 선물을 기다리고 있을 때,
나는 책을 연다.

(중략)

아— 가장 아름다운 영혼의 주택들
아— 가장 높은 정신의 성들
그리고 가장 거룩한 영혼의 무덤들……
그들의 일생은 거기에 묻혀 있다.

나의 슬픔과 나의 괴롬과
나의 희망을 노래하여 주는

내 친구들의 썩지 않는 영혼을

나는 거기서 만난다— 그리고 힘주어 손을 잡는다.

〈책〉 부분

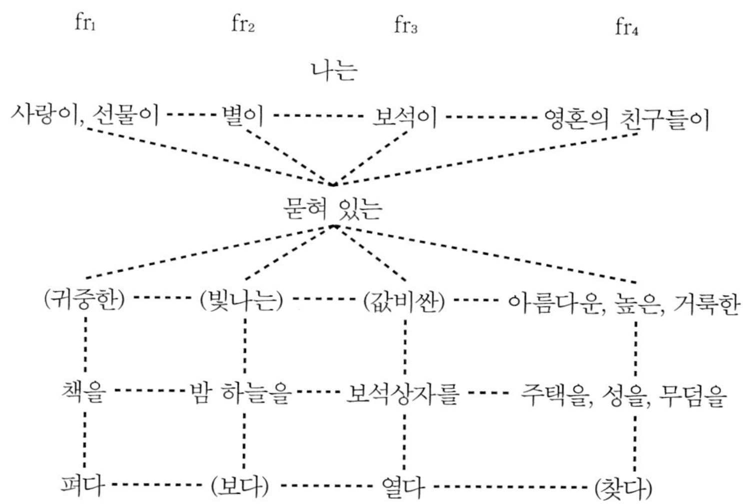

　　이 시의 중심 소재는 '책'이다. 위 지시틀은 '책'에 묻혀 있는 '사랑, 선물'이라는 개념의 은유적 변전을 언술화한 것이다. 시적 화자는 누군가의 '사랑'이나 '선물'(fr₁)을 기다릴 때 귀중한 '책'을 '펴'게 된다. 2연에서 이러한 행위는 빛나는 '별'(fr₂)이 묻혀 있는 '밤 하늘'을 올려다 '보'는 행위, '보석'(fr₃)이 묻혀 있는 값비싼 '보석상자'를 '여'는 행위와 등가를 이룬다. 4-6연으로 오면서는 그와 함께 '기쁨'을 노래할 '영혼의 친구들'(fr₄)이 묻혀 있는 아름다운 '영혼의 주택들', 높은 '정신의 성들', 거룩한 '영혼의 무덤들'을 '찾'는 행위와 의미론적 대응을 이룬다. 이 공간들은 '영혼' 내지는 '정신'에 관련되어 숭고한

대상으로 형상화될 뿐만 아니라 '가장'이라는 부사어에 의해 그 가치가 최대화된다. 이는 결국 '책'이 지닌 절대적인 가치를 의미화하고 있다.

여기서 주목할 것은 은유화된 공간에서 파생되는 시적 의미이다. '책'은 '밤하늘'이라는 거대한 우주적 공간과 합치되어 무한성을 획득할 뿐만 아니라 '보석상자'라는 귀중한 사물의 공간과 합치되어 가치를 확보한다. 또한 이것은 '주택', '성', '무덤'과 등가를 이루면서 정신적인 아름다움과 높음과 거룩함을 획득한다. 이렇듯 화자에게 있어 책의 가치는 무한하고 절대적인 것으로 인식된다. 한편, 그가 '책'을 붙드는 이유는 "상하기 쉬운/ 영혼을 간직하기 위"(〈형광등〉)한 내밀함 때문인데 이 시의 내적지향성, 그 내밀함은 외면으로 확산되면서 그 엄청난 에너지를 가지고 있는 힘으로 기능한다.[15]

마지막 연에서 보면, 화자는 책 속에서 자신의 '슬픔'과 '괴롬'과 '희망'을 노래하여 주는 '썩지 않는 영혼'을 만나고, 그와 '힘주어 손을 잡는' 행위를 통해 현실세계와 조우한다. 이러한 행위에는 시인의 불멸에의 욕망이 깃들어 있다. 이것은 지상적 현실을 벗어나 영원한 세계를 꿈꾸는 초월적 행위로서 무한한 생명력을 함축하고 있다. 이렇듯 이 시에는 '사랑', '선물'이라는 인간의 내면적 층위 내지 관념의 층위가 '별'이라는 우주의 층위, '보석'이라는 광물적 사물의 층위, '영혼의 친구들'이라는 인간의 층위로 이동하면서 초월성에 근거 한 화자의 생명의지가 표면화된다. 위 지시틀의 '펴다' –'보다' –'열다' –'찾다'라는 술부군은 의지의 능동성 내지 적극성을 잘 보여준다. 특히 '사랑'과 '선물'이라는 관념의 층위가 '보석'이라는 광물적 사물의 층위

---

15. 손진은(2000), 위의 논문, 117쪽.

로 변전하면서 초월성을 확보하며, '별'과 동질화되면서 초월성을 배가시킨다는 점은 특기할 만하다. 암석을 이루는 기본적인 물질로서 '보석'은 불변 내지 불멸의 속성을 지님으로써 영원한 미적 가치를 표상한다. 따라서 관념의 보석화 양상은 김현승 시인의 내면에 존재하는 초월적 욕망을 구상화하면서 미화시킨다.

> 사랑하는 것과
> 사랑을 아는 것과는 나에게서는 다르다.
> 금빛에 입맞추는 것과
> 금빛을 캐어내는 것과는 나에게서 다르다.
>
> 나도 처음에는 나의 눈물로
> 내 노래의 잔을 가득히 채웠지만,
> 이제는 이 잔을 비우고 있다.
> 맑고 투명한 유리빛으로 비우고 있다.

〈고백의 시〉 부분

위 인용시에는 '사랑'(fr_1)이라는 관념의 층위가 '금빛'(fr_2)이라는 광물적 사물의 층위로 전이된다. 시적 화자는 '사랑하는 것'과 '사랑을 아는 것'의 차이를 '금빛'에 '입맞추'는 행위와 '캐어내'는 행위에 빗대어 표현한다. 이는 '사랑을 하는 것'이 '금빛'에 입을 맞추는 것처럼 달콤하고 쉬운 일이지만 '사랑을 아는 것'은 '금빛'을 캐어내는 것처럼 고통스럽고 수고로운 일임을 시사한다. 그는 '하는 것'과 '아는 것', 즉 실천적 원리를 깨닫게 된다. 이는 '금빛에 입맞추'며 그것을 음미하는 것으로는 아무 것도 얻어낼 수 없다는, 그래서 그것을 '캐어내'

는 적극적 행위만이 이상을 실현시킬 원동력이 될 수 있다는 깨달음
이다."[16] '금빛'은 불순물이 제거된 가장 깨끗하게 정제된 빛이며, 영
원히 변하지 않는 항구성을 지닌 빛이다. 따라서 '금빛'을 캐내는 행
위는 영원성 내지 초월성을 추구하는 작업에 해당한다고 볼 수 있
다. 이렇게 화자는 사랑의 진정한 의미를 통하여 초월에의 길을 모
색해간다. 이제 그는 자신의 내면세계를 비유하는, '눈물'로 가득 채
워진 '노래의 잔'을 비우면서 '맑고 투명한 유리빛'으로 바꾸려고 한
다. 이때 깨끗한 '유리빛'은 불멸 내지 불변의 빛을 표상하는 '금빛'과
유사한 의미를 지닌다고 할 수 있다.

이와 같은 지향성은 그의 시 〈겨울 보석〉에도 나타난다. 이 시의
"이 겨울은/ 저 별의 보석 하나로 산다.// 끝까지 팔지 않고/ 멀리 차
갑게 떤다.// (중략)/ 더 멀리 오르는 검은 북쪽에서/ 얼음장 가늘게
깨어지는 그 소리의 빛……// 이렇게 거친 땅에서는/ 오직 꿈 하나로
말하는데,// 저렇게 막막한 하늘에서는/ 별 하나로 말을 다하면서"
라는 시구에서 화자 '나'(fr_1)는 인간적인 고독의 시간을 넘어 '멀리
차갑게'로 표현된 시간 속에서 '별'(fr_2), '보석'(fr_3)과의 합일을 꿈꾼다.
은환유로 결합된 '별'과 '보석'의 소리는 '얼음장 가늘게 깨어지'는 것
처럼 차갑고 날카롭고 눈부신 '빛'으로 표현되며 청각의 시각화에서
파생된 강렬함은 말줄임표로 대치되어 여운을 남긴다. 시 하반부에
서 보면 '별'은 '거친 땅'이 암시하는 힘든 현실을 이겨내게 하는 힘으
로서 '꿈'을 표상하는데 이것은 '보석'과 연결되어 영원성을 부여받는
다. 한편, 이 시에서 '별'이 빛나는 '하늘'은 물리적인 공간을 넘어 무

---

16. 임현순, 「김현승 시에 나타난 '고독'의 역설성 연구」, 『한국시학연구』제6집, 한국시학
회, 2002, 186쪽.

한한 초월적 세계를 표상한다. 김현승 시인은 부단히 '하늘'을 응시하면서 초월적 세계로 편입하려는 동일성에의 의지를 내보인다.

그의 다른 시 〈가을〉에서는 하늘의 '빛'이 '보석'으로 전이되고 있다. 이 시의 "가을은// (중략)/ 별을 생각으로 깎고 다듬어/ 가을은/ 내 마음의 보석을 만든다.// (중략)/ 입술을 다문 가을// (중략)/ 내 언어의 뼈마디를/ 이 고요한 밤에 고른다"라는 시구에서 '가을'은 '생각'과 연결되어 내면지향성을 드러낸다. 의인화된 '가을'은 하늘의 '빛'(fr₁)과 내 마음의 '보석'(fr₂)을 만들고, 내 언어의 '뼈마디'(fr₃)를 고른다. 시적 화자가 응시하고 있는 빛은 '하늘'이라는 초월적 세계의 빛이다. 이때 '깎고 다듬'는 행위는 지상적 한계를 넘어 초월을 실현해가는 고된 성화의 과정을 대변해준다.

이렇듯 김현승의 시에서 불완전한 인간의 완전을 향한 자세는 보석 이미지를 통해 잘 드러나는데 그의 보석은 이미 결정된 것, 즉 완성체가 아니라 완성되어 가고 있는 어떤 타오름이다.[17] 한편, 그의 시 〈가을 치마〉에서는 하늘 '빛'의 '보석'화 양상이 초월의 과정을 넘어 초월의 실현을 보여준다. 이 시의 "그래서 열두 폭 치마는 굽이굽이/ 긴긴 가을밤처럼 늘이어 두루나 부다.// 한국의 맑은 눈들이여/ (중략)/ 저 파란 하늘빛으로 긴긴 가을치마를 늘이어지이다./ 그 끝 자락엔 그리고 귀뚜라미 맑은 울음으로/ 가을의 보석이라도 달아지이다"라는 시구에서 굽이굽이 '늘이어지'는 가을 치마의 '열 두 폭'(fr₁)은 가을밤의 '긴긴 시간'(fr₂)과 동일시되면서 가을의 넉넉함을 그려낸다. 이것은 다시 '애틋해지'는 '한국 여인들'의 '맑은 눈'(fr₃)과 구석구석 '그득해지'는 '하늘'의 '파란 빛'(fr₄)과 '귀뚜라미'의 '맑은 울음 소리'(fr₅)로 변주되면서 초월적 생명력을 다의화한다. 또한 이것은 구석구석 '달아지'는 '장신구'의 '보석'(fr₆)으로 전이되면서 미적 생명력을 구체화한다. 이들은 시각과 청각에 의해 선명한 분위기를 조성하면서 초월적 생명력을 부각시킨다.

이와 같은 보석화 양상은 김현승의 중기시에도 주를 이룬다. 하지만 후기시의 사물화 양상은 생명적 사유, 즉 초월적 생명력에 근원을 두고 있다는 점에서 '반생명적 사유[18]'에 입각해 있는 중기시의 그것과 분명한 차이를 보인다. 이를테면 김현승의 중기시에서는 신이 부재하는 자아의 고독을 형상화하는 반면, 후기시에서는 신의 세계로 초월하려는 존재 상태를 의미화한다. 전자가 물기 없는 불모성을 띤다면 후자의 경우는 물기 어린 충만함을 보여준다. 이런 까닭에 김현승의 후기시에는 긍정적이고 미래지향적인 성향이 강하게 드러난다. 이러한 시의식은 그의 시 〈희망〉에도 잘 나타난다.

> 나의 희망,
> 어두운 땅에 묻히면
> 황금이 되어
> 불 같은 손을 기다리고,
>
> 너의 희망
> 깜깜한 하늘에 갇히면
> 별이 되어
> 먼 언덕 위에서 빛난다

---

17. 최하림, 「시와 고독 ―김현승의 시와 인간」, 숭실어문학회 편, 『다형 김현승 연구』, 보고사, 1996, 268쪽.
18. 김윤식(1996), 위의 글, 172쪽.

나의 희망,

아득한 바다에 뜨면

수평선의 기적이 되어

먼 나라를 저어 가고,

너의 희망,

나에게 가까이 오면

나의 사랑으로 맞아

뜨거운 입술이 된다.

(중략)

우리에게 한번 주어 버린 것을

오오, 우리의 신도 뉘우치고 있을

너와 나의 희망! 우리의 희망!

〈희망〉 부분

이 시는 "A는 B가 되다"라는 단순한 비유 형태를 취한다. 우리의 '희망'(fr_1)은 '어두운 땅 속'에 묻히면 '황금'(fr_2)이 되어 '불 같은 손'을 기다리고, 이것은 '캄캄한 하늘'에 갇히면 '별'(fr_3)이 되어 '먼 언덕' 위에서 빛난다. 그리고 '아득한 바다'에 뜨면 '수평선의 기적'(fr_4)이 되어 '먼 나라'를 저어 가고, '절망한 나'에게 가까이 오면 사랑으로 맞아 '뜨거운 입술'(fr_5)이 된다. 이들 지시틀은 '어두운' –'깜깜한' –'아득한'이라는 절망적인 상황을 통해 묻힘 내지 갇힘의 존재 양태를 보여준다. 하지만 이들은 상호작용함으로써 부정적인 상황을 극복하는 초월적 힘을 산출해낸다. 더불어 '맘속'이라는 인간의 내면세계는

'땅속'이라는 하부 공간, '하늘'이라는 상부 공간, '바다'라는 수평 공간으로 변주되면서 무한대로 확대된다. 이때 '기다리다'라는 정적인 행위는 다소 수동적이고 소극적으로 보이지만 내면세계를 중시하는 김현승 시인에게 있어서는 긍정적인 가치를 지닌다. 그래서 이는 '빛나다' –'저어 가다'라는 역동적이고 능동적인 행위와 동질적인 자리에 놓일 수 있다.

이와 같이 인간의 '희망'은 '황금'이라는 광물적 사물의 층위, '별'이라는 천체의 층위, '수평선의 기적'이라는 자연의 소리의 층위, '뜨거운 입술'이라는 인체의 층위로 변주되면서 절망적인 상태를 넘어서는 초월적 힘을 의미화한다. '희망'은 지상적 한계 상황을 초월할 수 있는 근원적 힘인 것이다. 그래서 화자는 "빵이 없는 땅에서도 배고프지 않"고 "물 없는 바다에서도/ 목마르지 않"으며, '모든 것을 빼앗'고 '무덤마저 빼앗'을 때에도 '희망'만은 결코 빼앗을 수 없다고 말한다. 그는 마지막 연의 "우리에게 한번 주어 버린 것을/ 오오, 우리의 신도 뉘우치고 있을"이라는 시구에서 '희망'의 근원이 '신'임을 표명하는데 이로써 인간에게 부여된 '희망'의 가치가 극대화된다. 특히 '희망'은 단단한 '황금'으로 보석화됨으로써 불멸의 가치를 획득한다. 이러한 '희망'의 사물화는 그의 중기시 〈희망에 붙여〉의 "희망은 가장 멀리 가는 내 마음의 뱃머리// (중략)// 희망은 가장 깊이 묻힌 내 마음의 순금"이라는 구절에도 나타난다. 여기서는 '희망'(fr₁)이 '뱃머리'(fr₂), '순금'(fr₃)으로 변전하면서 초월성을 구체화한다.

한편, 그의 시 〈이 어둠이 내게 와서〉에는 '밝음'이 '보석'으로 변주된다. 이 시의 "이 어둠이 내게 와서/ 밝음으로 밝음으론 볼 수 없던/ 나의 눈을 비로소 뜨게 한다!// 마치 까아만 비로도 방석 안에서/ 차갑게 반짝이는 이국의 보석처럼/ 마치 고요한 바닷 진흙 속에서/ 아름답게 빛나는 진주처럼……."이라는 시구에서는 '어둠'이 의인화되는데 이것은 역설적인 의미를 함축하고 있다. 어둠은 '밝음으로 밝음으론 볼 수 없'던 나의 눈을 뜨게 한다는 점에서 그러하다. 여기서 '밝음'(fr_1)이라는 관념의 층위는 '이국의 보석'(fr_{2-1})과 이와 환유적 관계에 놓인 '진주'(fr_{2-2})라는 광물적 사물의 층위로 변주된다. 이들은 상호작용함으로써 여성성에 토대 한 미적 생명력을 산출해낸다. '어둠 안'에서 '뚜렷하'게 '드러나'는 '밝음'은 까아만 '비로도 방석 안'에서 '차갑'게 '반짝이'는 '보석', '바닷 진흙 속'에서 '아름답'게 '빛나'는 '진주'와 동일화된다. 긍정적인 가치를 내포한 어둠의 미학은 김현승의 시가 지닌 독자적인 특징이다. 이 시의 사물화 양상은 어두운 현실을 극복하고 미래를 내다보는 시인의 기독교적 초월성에 근거해 있다.

　이상에서 볼 수 있듯이, 김현승 시인에게 있어 '보석'이란 빛의 다른 이름이며, 빛이란 '창조된 모든 것들'에게 '문을 열여주는 것'이며 '살고 있는 신에 가까운' 것이다. 그러므로 보석화되어 있는 그의 희망, 그의 빛이란 '살고 있는 신'에의 접근이란 말이 된다.[19] 이렇게 해서 시인은 견고한 '보석'과 이것이 지닌 영원한 '빛'을 매개로 하여 '신'이 존재하는 초월적 세계로 편입하게 된다. 김현승의 시 〈사랑의 동전 한 푼〉에는 초월을 모색하는 차원을 넘어 완전한 신의 세계로 편입하는 시의식이 구현되고 있다.

---

19. 오규원, 「비극적 종교의식과 고독」, 숭실어문학회 편, 『다형 김현승 연구』, 보고사, 1996, 238쪽.

사랑의 동전 한 푼
바다에 던지는 하나의 돌이 될지라도,

사랑의 동전 한 푼
내 맑은 눈물로 눈물로 씻어
내 마음의 빈 그릇에 담아
당신 앞에 드리리니……

사랑의 동전 한 푼
내 눈물의 곳집 안에 넣을 때,
이 세상의 모든 황금보다도
사랑의 동전 한 푼
더욱 풍성히 풍성히 쓰이리니…….

〈사랑의 동전 한 푼〉 부분

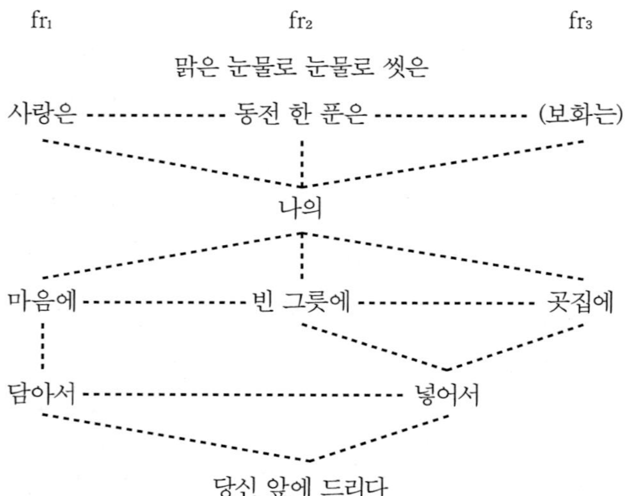

이 시의 '동전 한 푼'은 이중적 가치로 표현된다. 상반부에서는 이 것이 아주 보잘 것 없고 하찮은 것으로 객관화되어 진술된다. '동전 한 푼'은 '위대한 나라에 바칠 수'도 없고, '기쁘게 쓰일 곳'도 없으며, '그대 아름다운 가슴을 꾸밀 수도 없다. 이것은 '바다'에 던지는 '하 나의 돌'처럼 아주 작은 것에 불과한 것으로 부정적인 가치를 지닌 다. 그러던 것이 위에 인용한 하반부으로 오면서 긍정적인 가치로 전 환된다. 이 시의 '동전 한푼'(fr_2)은 '사랑'(fr_1)의 등가물이다. 여기서 '사랑'은 나의 '마음'이라는 무형의 공간에 '담아'서 당신 앞에 드리고, '동전 한 푼'은 나의 '빈 그릇'에 '넣어'서 그에게 드린다. 한편, 이 시의 "내 눈물의 곳집 안에 넣을 때,/ 이 세상의 모든 황금보다도/ 사랑 의 동전 한 푼"이라는 시구에서는 '동전 한 푼'이 '곳집' 안에 든 '보화' (fr_3)로 변주되면서 새로운 지시틀이 파생된다. 그런데 이런 가치 전 환은 "내 맑은 눈물로 눈물로 씻어"라는 내적 정화과정에 의해 가 능해진다. 마지막 연의 "내 눈물의 곳집 안에 넣을 때"라는 구절에 도 '눈물'에 의한 정화가 나타나는데 '동전 한 푼'은 '눈물'로 씻겨짐으 로써 '황금'보다도 풍성한 것으로 '쓰이'게 된다. 이렇게 해서 '당신 앞 에 드리'는 '동전 한 푼'은 '이 세상의 모든 황금보다도' 더 값진 '보화' 가 된다.

세 지시틀은 상호작용하는 가운데 "당신 앞에 드리다"라는 '비유 적 사건'[20]으로 융합된다. 따라서 '사랑'을 나의 '마음'에 '담아'서 당신 앞에 드리는 것은 '동전 한 푼'을 '빈 그릇'에 '넣어'서 드리는 행위, '보 화'를 '곳집'에 '넣어'서 드리는 행위와 동일한 의미망을 형성하게 된다.

---

20. Hrushovski, Benjamin, 「Poetic Metaphor and Frames of Reference with Examples from Eliot, Rilke, Mayakovsky, Mandelshtam, Pound, Creeley, Amichai, and the New York Times」, 「Poetics Today」, vol. 5, 1984, 26−27쪽.

이때 '담아서' –'넣어서'라는 내적 지향성은 결국 '당신 앞에 드리'는 겸손과 헌신의 행위로 이어지면서 신성에 참여한다. 이러한 존재의 낮아짐은 '당신'이라는 타자의 높아짐을 견인하게 된다. 이 시에는 '사랑'이라는 관념의 층위가 '보화'라는 광물에 바탕 한 사물의 층위로 변주되면서 초월적 욕망을 미화시킨다. 이것의 근저에는 시적 화자 '나'와 절대자인 '당신' 사이의 간극을 메우면서 합일하려는 초월적 욕망이 존재한다. 여기서는 신에 대한 절대적 권위를 인식하고 수긍하는 시인의 시의식을 발견할 수 있다. 이처럼 후기에 김현승 시인은 기독교의 신으로 귀의하는 형이상학적인 시세계를 구축한다. 한편, '감사'는 '사랑'의 다른 이름이다. 이들의 동질성은 그의 시 〈감사〉에 잘 나타나 있다.

> 감사는
> 곧
> 믿음이다.
>
> (중략)
>
> 감사는
> 곧
> 사랑이다.
>
> 감사할 줄 모르면
> 이 뜻도 알지 못한다.

사랑은 받는 것만이 아닌
사랑은 오히려 드리고 바친다.

몸에 지니인
가장 소중한 것으로-
과부는
과부의 엽전 한푼으로,
부자는
부자의 많은 보석으로

그리고 나는 나의
서툴고 무딘 눌변의 시로…….

〈감사〉 부분

　　위 시의 전반부에서는 '감사'와 '믿음'과 '사랑'의 정신적 가치가 등가의 자리에 놓인다. 그는 사랑이란 '받는 것만'이 아니라 '오히려 드리고 바치'는 것이라고 말하는데 이것은 일련의 은유적 의미망과 연결된다. 시 하반부에서는 '나의 눌변의 시'(fr₁), '과부의 엽전 한푼'(fr₂), '부자의 많은 보석'(fr₃)이 병치되어 은유적 관계가 성립한다. '눌변의 시'는 '서툴고 무디'고 '엽전 한푼'은 '보잘 것 없'으며 '많은 보석'은 '값비싸'다는 점에서 이질적이다. 하지만 이들은 "몸에 지니인/ 가장 소중한 것으로"라는 비유적 상황에 의해서 유사성을 획득하게 된다. 즉 화자가 쓴 '나의 눌변'의 시는 '서툴고 무디지'만 그가 지닌 전부라는 점에서 과부의 '엽전 한푼'과 부자의 '많은 보석'의 등가물이 될 수 있다. 이러한 은유적 정황은 "신에게 드리고 바치다"라는 행위로 연결되는데 그는 자신의 모든 것을 신께 맡기고 의지하는 위탁의 행위로써 초월적 세계에 참여한다. 이때는 시적 자아가 절대자와 합일하는, 즉 주체와 객체의 간격이 부재하는 '회감'(回感)[21]을 경험하는 순간이다. 그래서 김현승 시인은 신의 부재 속에서 구축한 고독한 자아를 걷어내고 신적인 완전성의 세계로 들어선다. 한편, 나의 '눌변의 시'와 과부의 '엽전 한푼'은 불멸의 가치와 아름다움을 표상하는 '보석'과 은유적 대응을 이룸으로써 동일한 가치를 부여받는다. 이는 지상의 것이 초월적 세계에서 새로운 가치를 확보하게 되는 역설성을 보여준다.

이와 같이 '시인', '과부', '부자'의 존재성은 전혀 다르지만 신에 대한 '감사'의 행위에 의해 동질성을 확보한다. 인간이 자신의 삶에 '감사'하며 자족하는 것은 신에 대한 최고의 겸손일 수 있다. 여기서도 겸손하게 자신을 낮추는 화자의 마음 상태가 절대자의 높아짐을 이끄는데 이것은 김현승 시인이 신의 세계로 이행해가는 초월의 자세를 보여준다. 특히 '나의 시'가 영원성을 함축하는 '보석'으로 변주되면서 초월성을 파생하고 있다는 점은 특징적이다. 이러한 상태는 그의 시 〈고백의 시〉에서 '나의 시'가 '불도저'로 변주되면서 낡은 언어를 '헐고 있'는 초월의 과정과는 차이를 보인다. 한편, 위 시의 연장선상에 그의 다른 시 〈감사하는 마음〉이 놓인다. 자신의 모든 것을 드렸던 '가난한 과부'에게 신은 '더 많은 것으로 갚아주시'며 우리에게 '더 많은 금은의 그릇을 보태'어 '돌려 보내신'다. 이 시의 "감사하는 마음─ 그것은 곧 아는 마음이다!/ 내가 누구인가를 그리고/ 주인이 누구인가를 깊이 아는 마음이다"라는 시구에는 '감사'가 삶의

---

21. Steiger, Emil(1946), 『시학의 근본개념』, 이유영, 오현일 공역, 삼중당, 1978, 96쪽.

'주인'을 깊이 '아는 마음'이라고 단언한다. '신'을 주인으로 아는 마음
은 그에 대한 겸손의 마음과 맥을 같이 한다. 이렇듯 김현승의 후기
시에는 초월을 모색하는 차원을 넘어 '신'을 통한 초월이 실현되고 있
음을 볼 수 있다.

김현승의 후기시에는 광물에 바탕 한 사물이 보석 내지 보화 은
유를 형성하고 있음을 볼 수 있다. 이 장에서는 주로 '사랑', '희망',
'밝음', '양심' 등의 인간의 내면적 층위 내지 관념적인 층위가 '황금',
'진주', '금빛', '보석', '보화'라는 사물의 층위로 변주되며, '나의 시'라는
인간의 존재론적 층위가 '보화'로 사물화되기도 한다. 이것은 불변의
아름다움과 가치를 표상함으로써 시인의 초월적 생명력을 미화시
키는데 결국에는 기독교적 초월성으로 이행된다. 김현승 시인은 보
석 또는 보화가 지닌 불멸의 아름다움, 즉 여성적 생명력을 통해 그
가 꿈꾸는 초월적 세계를 구현해내고 있다. 이러한 사물화 양상 역
시 신중심의 초월성을 이끈다는 점에서 인간중심의 중기시와 차이
를 보인다. 이 장에서도 관념을 감각화하여 구체성을 획득하는데 이
는 김현승 시의 중요한 은유적 특징이다.

4. 맺음말

본고에서는 김현승의 후기시집 『날개』, 『마지막 지상에서』에 나타
난 은유를 언술의 차원에서 분석하였다. 여기서는 김현승 후기시의
사물화 양상 가운데서도 광물에 토대 한 사물을 중심으로 시인이
추구한 초월성이 어떠한 은유체계 속에서 시적 의미와 긴장을 창출
하는지를 고찰하였다.

2장에서는 김현승 후기시에 도구 내지 무기 은유를 형성하는 사

물화 양상에 대하여 논의하였다. 여기서는 주로 인간의 층위가 '불도저', '강철', '나사못', '칼', '창' 등 금속 광물로 이루어진 사물의 층위로 변주되면서 견고한 생명의지를 창출하며, 내적인 '무기'로 변주된 '칼'이 신의 층위로 흡수되면서 기독교적 초월성을 산출하기도 한다. 또한 인간의 내면세계를 대변해주는 '펜'은 '칼'로 변전하면서 초월성을 생성한다. 특히 '칼'은 내면화되어 내적 성찰을 주도하는 동시에 초월을 주도한다는 점에서 특징적이다. 김현승 시인은 금속 광물로 이루어진 도구 내지 무기가 지닌 불멸의 강인함, 즉 남성적 생명력을 통해 초월적 세계를 구현해내고 있다. 이러한 양상은 견고한 것을 추구한 중기시의 사물화 양상과 유사성을 갖지만, 인간중심의 초월이 아닌 신중심의 초월로 전환되고 있다는 점에서는 분명한 차이를 보여준다. 이 장에서는 형이상학적인 차원의 초월성을 구체적으로 형상화해내고 있다. 이와 같은 사물화 양상은 지상의 유한자적 한계성을 벗어나 초월적 세계를 추구하려는 시인의 시적 전략이다.

그리고 3장에서는 김현승의 후기시에 보석 내지 보화 은유를 형성하는 사물화 양상에 대하여 논의하였다. 이 장에서는 주로 '사랑', '희망', '밝음' 등의 인간의 내면적 층위 내지는 관념적인 층위가 '황금', '진주', '금빛', '보석', '보화'라는 사물의 층위로 변주되며, '나의 시'라는 인간의 존재론적 층위가 '보화'라는 사물의 층위로 변주되기도 한다. 견고함을 지닌 이들은 시인의 초월적 생명력을 미화시키고 있으며 결국에는 유한자적 한계를 벗어나려는 기독교적 초월성으로 이행되고 있다. 김현승은 보석 광물로 이루어진 보석 내지 보화가 지닌 불멸의 아름다움, 즉 여성적 생명력을 통하여 초월적 세계를 실현해내고 있다. 이 장에서는 2장에 비해 절대자 '신'에게 나아가는 초월적 행위가 보다 극명하게 표면화되고 있다. 이러한 양상은 불멸의 삶을 추구하는 시인의 미적 장치로서 이 역시 인간중심이 아닌 신중심의 초월성을 이끈다는 점에서 중기시와 차이를 보인다. 이 장에서도 관념을 관념으로 풀어내지 않고 감각화하여 구체성을 획득하고 있다.

이렇듯 김현승의 후기시에는 광물에 토대 한 사물화 양상이 지배적으로 나타나는데 이들은 남성성/여성성, 강인함/아름다움 등으로 의미의 대비를 이룬다는 점에서 특징적이다. 이러한 사물화 양상은 신중심의 초월적 생명력에 토대를 둠으로써 중기시와 뚜렷한 차이를 보여주고 있다. 본고는 김현승 후기시의 광물에 토대 한 사물에 직조된 은유적 상상력의 층위를 총체적으로 분석함으로써 그의 인식의 복잡성을 구체적으로 밝혔다는 점에서 의의를 지닌다.

후기시에 나타난 '동물'의 은유화 양상

1. 머리말

다형 김현승은 일평생 지상/ 천상, 세속/ 신성, 현실/ 이상 등으로 대비되는 두 세계의 경계에서 살았던 시인이다. 때문에 그의 시에는 세계와 불화한 '고독'의 시간과 조우한 '초월'의 시간이 이중적인 의미망 속에서 펼쳐지고 있다. 김현승의 중기시가 주로 인간중심적인 인식에 경도되어 있다면 후기시는 신중심적 인식에 경도되어 나타난다. 대부분의 연구자들은 전자의 시의식에 치중하여 논의를 전개하였다. 그런데 김현승 시의 핵심이 초월성에 놓여 있다는 것은 자명한 사실이다. '초월'이란 하나의 존재 양식에서 다른 존재 양식으로 가는 존재론적 돌파를 뜻한다.[1] 실로 김현승의 전편의 시에는 '존재론적 돌파'에 대한 욕망이 관류하고 있다. 특히 그의 시에서 존재의

---

1. Eliade, Mircea, 『성과 속』, 이동하 역, 학민사, 1997, 19-59쪽.

전환을 이끄는 초월이 은유의 원리에 의해 구현된다는 것은 주목할
만한 점이다. 그래서 김현승이 천착했던 초월성에 직조된 은유 양상
을 살피는 것은 그의 시의 미적 원리를 밝히는 본질적인 작업이 될
수 있다.

김현승의 시세계[2]에서 중기시와 후기시의 경계는 1973년을 기점
으로 삼을 수 있다. 그 해, 김현승 시인은 고혈압으로 쓰러져 죽음
을 경험하게 되는데 이는 인간의 유한성에 대하여 깊이 인식하는 계
기가 된다. 이로 인해 그의 시세계에도 확연한 변화가 일어난다. 그
때까지 신을 부인하며 인간중심적인 세계를 추구하고 있던 김현승
은 이후로 신중심의 초월적인 세계에 몰입하게 된다. 그래서 후기시
집 『날개』, 『마지막 지상에서』에 인간중심의 '고독'의 세계를 벗어나
신중심의 '초월'의 세계로 편입하는 인식의 변화가 뚜렷하게 드러난
다. 그런데 지금까지의 논의는 주로 '고독'의 문제에 천착했던 김현승
의 중기시를 중심으로 이루어졌으며 후기시에 대한 연구는 다소 부
진하였다. 이러한 점에서 볼 때 김현승의 후기시에 관한 보다 심도
있는 논의가 필요하다. 그래서 본고에서는 그의 후기시편을 연구 범
주로 삼아서 은유 양상을 고찰하고자 한다.

김현승 시에 관한 연구는 상당한 질적인 성과를 거두었지만 내용
과 형식의 차원에서 불균형 상태를 보여준다. 박목월 시인의 경우와
마찬가지로, 김현승 시의 선행연구[3]도 주로 기독교의식에 관련된 내
용 중심적인 연구에 편중되어 있으며, 상대적으로 형식적인 차원에

---

2. 앞의 논문과 마찬가지로 본고에서도 김현승의 시세계는 초기, 중기, 후기의 3기 구
   분을 따른다.
3. 김현승 시에 관한 선행연구는 앞의 논문에서 정리하였으므로 다시 언급하지 않기
   로 한다.

서 김현승 시의 미학을 밝힌 논의는 소홀히 다루어졌다. 특히 수사학적인 연구에 있어서는 상징이나 이미지에 관해 규명한 논의가 거의 대부분이며 은유에 관한 논의는 아주 미흡한 편이다. 지금까지 발표된 김현승 시의 은유 연구는 몇 편에 논문에 불과하며 몇몇 논자들에 의해 "고독의 사물화"[4] 양상이 부분적으로 논의되었을 뿐이다.[5] 이에 본고는 김현승 시의 형식 미학으로서 은유에 관해 고찰하되 시에 직조된 은유적 상상력의 체계를 총체화함으로써 기존의 논의에서 한 차원 넘어서고자 한다.

그러면 김현승의 은유 양상 가운데서도 왜 동물화 양상인가? 김현승 시인은 부단히 지상과 천상의 두 세계를 넘나드는 경계인의 생을 살았다. 이러한 삶은 갈등과 불화의 시세계를 구축하는데 이것이 절정에 달했던 시기는 지상적 삶에 편향되어 있던 중기이다. 김현승은 중기시에서 고독의 끝자락을 만지고서야 비로소 지상의 끝에서 천상으로 날아오를 수 있게 된다. 대체로 시인들은 인간의 존재론적 한계를 인식하면서 어떤 존재나 대상을 매개로 하여 초월을 추구하려고 한다. 김현승의 후기시에 빈번하게 나타나는 '동물'은 그가 초월을 꿈꾸며 천착했던 시적 대상 가운데 하나이다. 그가 『날개』를 시

---

4. 김윤식, 「신앙과 고독의 분리문제」, 숭실어문학회 편, 『다형 김현승 연구』, 보고사, 1996, 165–181쪽.
  정재완, 「한국현대시와 「소외」의 의미」, 숭실어문학회 편, 『다형 김현승 연구』, 보고사, 1996, 387–404쪽.
  천영숙, 「김현승 시의 은유 연구」, 한남대 대학원 석사학위논문, 1999, 60–67쪽.
  손진은, 「김현승 시의 생명시학적 연구」, 『어문론총』제34호, 경북어문학회, 2000.8, 119–125쪽.
5. 이들은 김현승의 중기시에 나타난 '사물화 양상' 특히 '고독의 사물화'에 대하여 논의하였는데 이는 김현승의 시에 나타난 은유 양상을 단편적으로 밝혔으며 이를 언술화하여 총체적으로 조명하지는 않았다.

집 제목으로 삼으면서까지 새의 '날개'에 집착한 것은 유한한 지상으로부터 벗어나고자 하는 초월적 욕망에서 배태된 것이다. 이것은 완전한 자유에의 몸짓에 다름 아니다. 그는 갈등과 불화에서 파생된 부자유함으로부터 놓여나 자유의 세계로 진입하고자 한다. 이러한 시의식이 천상으로의 비상을 이끄는 것이다. 김현승 후기시에는 새 외에도 여러 동물들이 출현한다. 동물은 정태적 속성을 지닌 식물이나 사물과 달리 운동성을 지님으로써 동적인 생명력을 산출하는데 이는 그의 후기시의 지향성을 아주 잘 반영해준다. 김현승 후기시에서 동물화에 관한 논의가 중요한 것은 바로 이 때문이다.

본고에서 주목할 것은 김현승의 후기시에 나타난 '동물'이 상징적인 의미에 국한된 것이 아니라 다층적인 은유적 의미망 속에서 시적 의미와 긴장을 창조한다는 점이다. 그래서 본고에서는 지금까지 지속되어온 상징적 차원의 논의에서 나아가 은유의 차원에서 이를 조명하고, 단어가 아닌 언술의 차원에서 이를 면밀히 파악하여 김현승 시의 '동물'의 은유화 양상을 총체적으로 밝히고자 한다.

2. 역동적 동물 은유

김현승의 후기시에는 동물이 시적 소재로 많이 등장한다. 까마귀를 비롯하여 기러기, 제비, 노고지리 등의 조류와 귀뚜라미, 쓰르라미, 꿀벌 등의 곤충류가 그것이다. 이러한 동물들은 그의 후기시의 의식세계를 파악하는 데 중요한 실마리를 제공하는데 특히 이들은 은유적 의미망 속에서 새로운 시적 의미를 파생한다는 점에서 주시할 만하다. 한편, 김현승의 시에는 '까마귀'가 가장 빈번하게 등장한다. 일반적으로 새는 하늘에 토대 두고 있다는 점에서 대지적 동물과 차이를 지닌다. '까마귀'의 상징적 의미에 관해서는 많이 거론되어 왔으므로 본고에서는 이것의 은유적 의미맥락을 밝히는 데 중점을 두고자 한다. 우선 그의 시 〈지평선〉에 나타난 동물화 양상을 살펴보자.

> 한 세상 만나던 괴롬과 슬픔도
> 끝에선 하나로 그리움이 되고
> 여기선 우람한 기적도
> 거기선 기러기 소리로 날아간다.
>
> 지나가 버린 모든 시간,
> 잊히지 않는 모든 기색
> 나는 그것들을 머언 지평선에 세워 두고
> 노을에 물든 그 모습으로
>
> 〈지평선〉 부분

위 시에는 지상적인 것의 사라짐이 속에서 시적 의미가 새롭게 도출되고 있다. 이는 '머언 지평선 끝'이라는 지상과 천상의 경계, 즉 삶과 죽음의 경계에서 일어나는데 이곳은 "하늘과 땅이 하나로 만나는 경계이자 땅이 끝나는 곳이며 동시에 하늘이 열리는 사이 공간"[6]이다. 언술의 차원에서 볼 때, 이 시에는 '나의 괴로움과 슬픔'(fr_1)이라는 인간의 내면적 층위, '기차의 기적소리'(fr_2)라는 사물의 소리의 층위, '기러기 소리'(fr_3)라는 동물의 소리의 층위, '저녁 노을'

---

6. 권영진, 「시와 종교적 상상력」, 김인섭 편, 『김현승시 논평집』, 숭실대출판부, 2007, 236쪽.

(fr₄)이라는 자연의 층위가 비유적 고리를 형성한다.[7] '나의 괴롬과 슬픔'이라는 화자의 감정이 '사그러드'는 것은 '기차의 기적 소리'가 '흩어지'는 상태, '기러기 소리'가 '날아가'는 상태, '저녁 노을'이 '희미해지'는 상태로 전이되면서 소멸을 의미화한다. 이때 인간의 내면세계는 청각과 시각의 공감각 이미지에 의해 구상화된다. 이 시는 지상적인 존재 내지 삶의 소멸을 그려내고 있다는 점에서 허무감을 전달하지만 무거움이 가벼움으로 전환된다는 점에서 긍정적인 의미를 갖기도 한다. 화자가 '지나가 버린 모든 시간', '잊히지 않는 모든 기색'을 지평선에 '세워두'는 행위는 이러한 전환점을 잘 보여준다. 이것은 결국 '그리움'이라는 감정으로 도치된다.

그런데 이와 같은 소멸의식은 생명에의 의지를 촉발시키는 동인으로 작용하게 된다는 점에서 의의를 지닌다. 위 시의 동물화 양상에서는 지평선 너머로 '날아가'는 '기러기의 소리'에 의해 역동성이 조성된다. 이것은 존재의 소멸성을 의미화하고 있음에도 불구하고 지상적인 무거움이 흩어지면서 가벼움을 생성한다는 점에서 긍정적인 의미를 확보하고 있다. 그의 다른 시 〈낙엽후〉, 〈우수〉에서도 '가을'을 배경으로 한 지상적 존재의 한계의식과 더불어 존재 초월에의 욕망이 드러난다. 이 시의 "남은 것은……/ 창밖에/ 울고 가는 까마귀"(〈낙엽후〉)이라는 시구에는 화자가 '울'며 날아가는 '까마귀'와 동질

---

7. 흐루쇼브스키의 이론을 적용하여 낱말이 아닌 언술의 차원에서 살펴보면, 이 시에는 네 층위의 지시틀 fr₁, fr₂, fr₃, fr₄가 비유적 관계로 결합해 있다. 이들 지시틀은 이질적이지만 의미상 등가를 이루면서 가로축의 선형구조를 형성하며 또한 이들은 각각 완전한 문장을 이루면서 세로축의 선형구조를 형성한다. 그런데 비유적 관계의 의미항이 텍스트에 드러나지 않은 경우에는 독자/ 비평가의 상상력에 의해 채워지면서 괄호 안에 놓이게 된다. 이들은 대립과 통합의 은유적 의미작용을 통하여 창조적인 의미를 도출해낸다.

화되어 역동성을 조성하고 있으며, "그 나라의 늦은 새들/ 해지는 먼 따끝까지 쭉지로 울고 간다"(〈우수〉)라는 시구에도 '늦은 새들'이 '여인들'로 의인화되면서 역동성을 산출하고 있다. 그런데 이들은 역동성에 근거하고 있음에도 이보다 모성성에 보다 더 집중되어 있으므로 다음 장에서 상세히 다루기로 한다.

그의 다른 시 〈영혼의 고요한 밤〉에도 유한자적 존재성과 이를 초극하려는 인식이 동물화 양상 속에서 표면화되고 있다. 이 시의 "고요한 가을밤에는/ 들리는 소리도 많다./ 내 영혼의 씀바귀/ 마른 잎에 바람이 스치는……// (중략)/ 얄리 얄리 보리피리 불어 주던……// (중략)/ 뉘우치며 되새기며 단풍잎 접어 넣는……// (중략)// 낙엽보다 쓸쓸한 쓰르라미 울음 소리/ 내 메마른 영혼의 가지에 붙어 우는……// (중략)/ 세상의 모든 책을 다 읽어버린 다 읽어버린……."이라는 시구에는 '고요한 가을밤'에 들리는 다양한 층위의 '소리'에 의해 은유와 환유의 관계가 성립한다. '내 영혼'을 스치는 소리와 동질성의 자리에 놓이는 이들 소리는 모두 외부에서 발생하는 외계의 소리이지만 존재론적 초월을 주도하는 소리로 변용된다는 점에서 특징적이다. 특히 '내 영혼'(fr_1)은 쓸쓸한 '울음 소리'를 내며 짝을 찾는 '쓰르라미'(fr_2)와 동화되어 미약하나마 역동적 행위에 바탕한 초월의지를 형상화한다는 점에서 주목할 만하다. 한편, 그의 다른 시 〈재〉에서는 시적 화자가 '까마귀'로 변신하고 있다.

나는 나의 재로
나의 모든 허물을 덮는다.
나의 모든 기쁨과 슬픔을
나는 한 줌의 재로 덮고 간다.

그러나 까마귀여,
녹슨 칼의 소리로 울어 다오.
바람에 날리는 나의 재를
울어 다오.

나의 허물마저 덮어 주지 못하는
내 한줌의 재를
까마귀여,

모든 빛깔에 지친
너의 검은 빛―통일의 빛으로
울어 다오.

〈재〉 전문

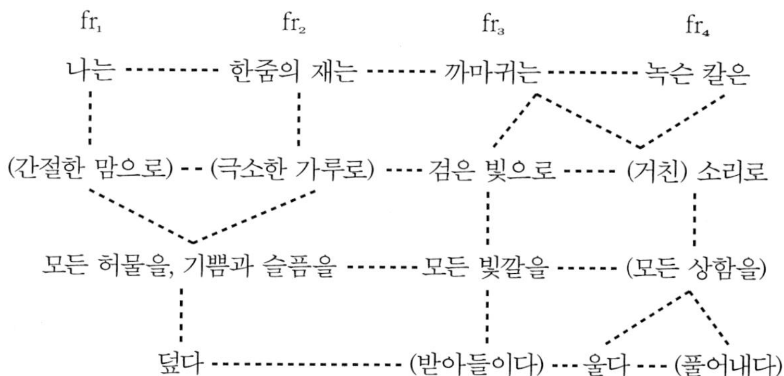

이 시에서는 화자 '나'(fr_1)를 기본적 지시틀로 설정할 수 있다. 이것은 '한줌의 재'(fr_2)와 '은환유'[8]의 관계로 결합한다. 시적 화자는 지상의 마지막 사물인 '한 줄의 재'로써 지상적 삶의 '모든 허물', '모든 기쁨과 슬픔'이라는 그의 내면세계를 덮으려고 한다. 하지만 '재' 역시 '바람에 날리'는 행위에 의하여 무화 내지 해체의 가능성을 내포하고 있다. 이에 화자는 다시 '까마귀'라는 타자에 기대어 초월을 성취하고자 한다. 다시 말해 그는 재의 유한성을 초월하는, 즉 비상의 대상으로 '까마귀'를 의미화하게 되는 것이다.[9] 그리하여 '재'의 회색빛은 '까마귀'의 검은빛으로 자연스럽게 흡수된다. 이때 '까마귀'(fr_3)는 화자를 표상하는 존재로서 '나'와 등가의 자리에 놓이게 된다. 그런데 2연의 "까마귀여,/ 녹슨 칼의 소리로 울어 다오"라는 시구에서 보면, 자신의 죄과와 허물을 가리고 덮어주기 위해 '녹슨 칼의 소리'로 울어줄 것을 부탁하는 화자는 까마귀에게 마치 '속죄제를 베푸는 중보자로서의 모습'을 기대하고 있다.[10] 이때 까마귀의 '울음소리'가 '녹슨 칼의 소리'와 동일시됨으로써 '까마귀'는 '녹슨 칼'(fr_4)이라는 사물의 층위로 변주된다. 이들의 거친 소리는 고독한 존재의 처절한 몸부림의 소리로서 시인의 내면의식이 짙게 묻어난다. 특히 '까마귀'의 거친 울음소리는 '녹슨 칼'의 금속성에 비유되면서 그의 초월에의 몸짓이 더욱 더 강화된다. 한편, 이것과 연결되는 "바람에 날리는 나의 재를/ 울어 다오"에서 보면 '재'는 '까마귀'와 인

---

8. 실제로 어떤 비유는 은유로 봐야 할지, 환유로 봐야할지 경계선이 모호하고 애매하며 분류하기가 쉽지 않다. 이때는 '은환유'라는 용어로 부른다. ─김욱동, 『은유와 환유』, 민음사, 2004, 189-199쪽.
9. 권영진(2007), 위의 책, 225쪽.
10. 유혜숙, 「김현승 시에 나타난 구원성」, 『숭실어문』17집, 숭실어문학회, 2001.6, 175쪽.

접성에 의한 환유적 결합으로 볼 수도 있다.

이질적인 네 지시틀은 상호작용함으로써 존재론적 한계를 넘어서려는 시적 화자의 초월에의 몸짓을 수렴해낸다. 그리하여 화자 '나'가 '간절한 맘'으로 '모든 허물'과 '모든 기쁨과 슬픔'을 '덮'는 행위는 '한줌의 재'가 '극소한 가루'로 이를 '덮'는 행위, '까마귀'가 '검은 빛으로 '모든 빛깔'을 '받아들이'는 행위와 '거친 소리'로 '모든 상함'을 '울'고 있는 행위, '녹슨 칼'이 '거친 소리'로 '모든 상함'을 '풀어내'는 행위와 동일한 의미망을 형성한다. 여기서는 '덮다' –'받아들이다'라는 내향적인 수렴의 행위와 '울다' –'풀어내다'라는 외향적인 발산의 행위가 대비를 이루지만 초월에의 움직임이라는 점에서는 동질적이다. 그런데 시 마지막의 "너의 검은 빛–통일의 빛으로/ 울어 다오"라는 기원적 언술에는 까마귀가 지닌 '검은 빛'이 거친 '울음소리'로 전이되면서 시각의 청각화가 발생한다. '까마귀'의 존재성은 빛깔과 소리의 공감각 이미지에 의해 의미화된다. 여기서 까마귀의 '검은 빛'은 '모든 빛깔에 지친 통일의 빛'으로 형상화된다. 대체로 검은 빛은 절망적이고 부정적인 의미를 내포하지만 김현승의 시에서는 희망적이고 긍정적인 빛으로 의미화된다는 점에서 특징적이다. 이 시에는 '나'라는 인간의 층위→ '재'라는 자연물의 층위→ '까마귀'라는 동물의 층위→ '녹슨 칼'이라는 사물의 층위로의 변전 양상을 통해 지상적 존재의 소멸에 대한 인식이 초월성으로 이행되고 있다.

그의 다른 시 〈산까마귀 울음 소리〉에서는 '까마귀'가 의인화되고 있다. 이 시의 "겨울 까마귀 찬 하늘에/ 너만은 말하며 울고 간다!/ 목에서 맺다/ 살에서 터지다/ 뼈에서 우려낸 말,/ 중에서도 재가 남은 말소리로/ 울고 간다.// (중략)/ 내 사랑 하나 남김 없이/ 너에게 고하지 못한/ 내 뼈속의 언어로 너는 울고 간다"라는 시구에서 '까마귀'는 찬 하늘의 '겨울 까마귀'로 제시되면서 고독한 존재를 표상한다. 다른 새들과 달리, '산까마귀'의 소리만은 '말하며 울고 가'는 모습을 보여준다. 2연에서 '산까마귀'(fr_1)가 구슬픈 '울음 소리'로 울고 간다면 '너'(fr_2)는 재가 남은 서글픈 '말소리'로 울고 간다. 그런데 '목'에서 '맺'힌 산까마귀의 '울음 소리'는 '살'에서 '터지'고 '뼈'에서 '우려'낸 것으로 표현되며, 이 가운데서도 '재가 남'은 말소리로 표면화된다. 이렇듯 '목에 맺'힌 '울음 소리'는 '살'→ '뼈'→ '재'로 전이되는 가운데 그 의미가 보다 구체화된다. 이때 '뼈에서 우려낸 말'은 가장 본질적인 의미의 말이며 '재가 남은 말'은 모든 물체를 다 불태우고 남은 순수하고 맑은 언어이다. 그래서 까마귀의 울음소리는 가장 근원적인 순수한 의미를 지닌 소리이다."[11] 그런데 마지막 시구에서 보면, '너'는 '내 뼈속의 언어'로 울고 가는 행위에 의해 화자 '나'와 동일시된다. 이 '언어'는 '너에게 고하지 못'한 것으로서 '까마귀'는 '나'를 대신하여 침묵 속에 갇혀 있는 언어들을 울어줄 수 있는 유일한 존재가 된다. 하늘을 향해 날아오르는 이 새는 완전을 갈구하는 '수직' 상승적 정신세계를 나타내고 있다.[12] 다시 말해, 찬 '하늘'에 '뼈속의 언어'로 울면서 날아가는 까마귀의 모습은 역동성에 바탕 한 초월적 비상을 의미화한다고 볼 수 있다. 이 시에서 구슬픈 '울음 소리'로 울고 가는 '산까마귀'는 '재가 남'은 '말소리'와 '고하지 못'한 '뼈속의 언어'로 울고 가는 '너'로 의인화되고, 결국에는 '나'와 동일시된다.

　인간의 유한성을 절감한 시인들은 특정한 대상을 매개체로 하여

---

11. 권영진(2007), 위의 책, 230-231쪽.
12. 천영숙(1999), 위의 논문, 37쪽.

존재론적 초월을 지향하게 된다. 윤동주의 시에서 '십자가'가 초월을 매개한다면 김현승의 시에서는 '영혼의 새'인 '까마귀'가 이를 매개한다고 볼 수 있다. 김현승의 시에서 '까마귀'는 지극히 개인적인 상징물로서 그의 기독교의식과 깊이 결부되어 있다. 중기시에는 '까마귀'가 신이 부재하는 상태의 절대적 고독을 표상하고 있지만 후기시로 오면서 이것은 유한자적 실존을 벗어나려고 하는 초월자로 현현한다. 그의 다른 시 〈마지막 지상에서〉에도 '까마귀'가 의인화되고 있는데 여기서는 초월로의 이행이 보다 분명하게 구현된다는 점에서 특징적이다.

산 까마귀
긴 울음을 남기고
지평선을 넘어갔다.

사방은 고요하다!
오늘 하루 아무 일도 일어나지 않았다.

넋이여,
그 나라의 무덤은
평안한가.

〈마지막 지상에서〉 전문

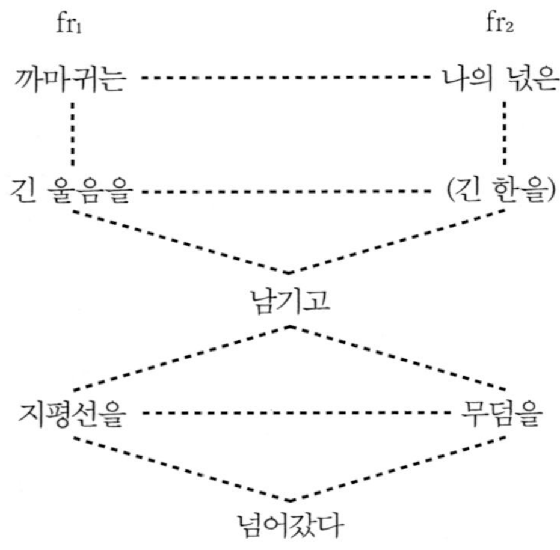

위 시에는 시적 주체 '까마귀'(fr₁)를 기본적 지시틀로 삼을 수 있
다. 이는 함축적 화자 '나의 넋'(fr₂)과 병치되어 은유적 대응을 이룬
다. 여기서 '까마귀'가 '긴 울음'을 남기고 지평선을 넘어간 것은 '나
의 넋'이 '긴 한'을 남기고 '무덤'을 넘어간 행위와 의미론적 대응을 이
루면서 죽음의식을 구체화한다. 위 지시틀의 '긴 울음'과 '긴 한'은 지
상적인 삶에 대한 부정적인 감정을 표상한다. 그런데 이들의 행위는
죽음의 차원에서 종결되지 않고 죽음 너머의 세계, 즉 초월적 세계
로 연계되고 있다. 이것의 단초가 되는 것은 바로 '지평선'과 '무덤'이
라는 공간이다. '지평선'은 땅과 하늘의 경계로서 지상과 천상의 경
계를 표상하는 사이 공간으로 초월성을 내포하고 있다. 또한 이것과
은유적 대응을 이룬 '무덤'은 지상의 마지막 공간으로서 죽음을 표
상하지만 이 역시 지상과 천상을 잇는다는 점에서 초월성을 함유하
고 있다. 이를테면 '지평선'이 삶/ 죽음, 지상/ 천상 등을 경계하는 자
연의 공간이라면, '무덤'은 이를 경계하는 인간의 공간이다. 여기서

주목할 것은 어두운 '무덤'이 죽음을 넘어 새로운 생명을 잉태하는 어머니의 자궁을 환기시키면서 초월적 공간을 암시한다는 점이다. '무덤'은 실존적으로 종말을 뜻하지만 기독교에서는 부활의 계기로서 뚜렷이 인지할 수 없는 어두운 심연의 신비감을 불러일으킨다.[13] 그래서 이 시에 나타난 죽음이 평안한 것으로 의미화된다. 즉 이것은 "해진 지평선 너머의 세계가 '고독'을 극복한 자리, 자아와 세계가 완전히 하나가 될 수 있는 자리, '나'와 '당신'이 온전한 사랑을 나눌 수 있는 자리로 상정되기 때문"[14]이다.

　이와 같이 이 시에는 역동성에 근거 한 '까마귀'의 비상 행위에 의해 초월성이 구체화되고 있다. 그런데 역동성을 생성하는 김현승 후기시의 '까마귀'는 그의 중기시 〈겨울 까마귀〉에서 "나의 마른 나뭇가지에 앉아/ 굳은 책임에 뿌리 박힌/ 나의 나뭇가지에 호을로 앉아,/ 저무는 하늘이라도 하늘이라도/ 멀뚱거리다가"라는 시구에서 정태적 속성을 드러내는 '까마귀'와는 대비를 이룬다. 위 시에서 볼 수 있듯이, '까마귀'는 그의 중기시에서 인간의 고독을 형상화한 '천형의 새'로서 부정적인 의미망 속에 존재하지만 후기시에서는 '초월'을 형상화하는 대상으로 변용되어 긍정적인 의미망 속에 존재하고 있다.

　특히, 김현승의 후기시에서는 중기시와 달리, 초월을 표상하는 '하늘'[15]로 비상하는 새의 '날개'가 강조되고 있다는 점이 특징적이다. 이와 함께 인간의 '손'에 대한 인식도 부각되고 있다. '새'에게 하늘을

---

13. 신익호, 「김현승 시에 나타난 기독교의식」, 숭실어문학회 편, 『다형 김현승 연구』, 보고사, 1996, 332쪽.
14. 금동철, 「김현승 시의 '고독'과 은유의 수사학」, 『우리말글』제21집, 우리말글학회, 2001.8, 210쪽.

날 수 있는 '날개'가 있다면 인간에게는 무한의 세계를 추구할 수 있는 '손'이 있다고 할 수 있다. 즉 이들은 인간과 새의 동질성을 찾을 수 있는 시적 대상이다. 이는 존재론적 한계를 벗어나려는 시인의 초월에의 몸짓을 형상화하고 있다는 점에서 중요하다. 그의 다른 시 〈오른 손에 펜을 쥐고〉에서는 인간의 신체적 층위가 동물화되면서 역동적 생명력이 산출되고 있다.

> 한 손을 들어 목숨 위에 얹고
> 다른 한 손 −너의 오른 손으로
> 펜을 든다
> 너는 쉬지 않고
> 너의 손으로 우리의 오른 손이 되게 한다.
>
> 한 손을 더운 가슴 위에 고요히 얹고
> 다른 한 손 −너의 오른 손으로
> 쉬지 않고 펜을 잡는다.
> 아침 이슬 같은 소리를 맺는다
> 노고지리 울음같은 소리를 전한다.
>
> 너의 밝은 눈으로 보면서
> 아름다운 장미가 들과 거리에서
> 무덤에 뿌리박고 있음을 보면서

---

15. '하늘'은 높고 무한하고 영원하고 강력하기 때문에 절대적으로 존재하며, 이러한 자신의 존재양식에 의해 초월성을 계시한다. −Eliade, Mircea(1997), 위의 책, 105쪽.

단비와 같이 너의 펜으로 적신다.
너의 머리로 깊이 생각하면서
광야의 맑은 머리와
단식의 깨끗한 위복으로 생각하면서
너의 펜으로 소금을 닭고
꿀벌의 살이 된다.

너의 펜으로 목숨의 돌 위에
칼끝이 되게 하고
너의 잉크로 때론
멍든 피가 되게 한다.

오늘의 펜으로
오늘이 지나가기 전
까아만 하늘에 별빛을 아로새긴다!
아득한 내일에 반짝이며 닿을
오늘밤의 별들을 아로 새긴다.
너의 펜끝으로 아리아리 아로새긴다!

〈오른 손에 펜을 쥐고〉 전문

　　위 시의 1-2연에는 '너'의 두 손에 역할이 부여되는데 '한 손'은 '목숨 위', 즉 '더운 가슴 위'에 고요히 얹고, '다른 한 손'은 쉬지 않고 '펜'을 잡는다. 중요한 것은 '목숨 위'에 얹혀진 한 손과 '펜'을 잡은 다른 한 손이 등가를 이룬다는 점이다. 이것은 '펜'을 잡는 것이 인간의 '목숨'에 관여하는 행위와 동질적임을 시사한다. 2연부터 마지막 연까지는 '펜'이 풀어내는 내면의 소리가 은유적 사슬을 만들면서 시

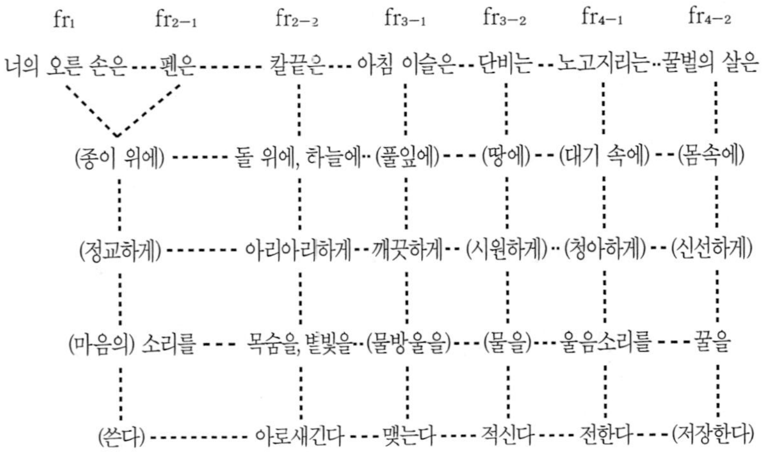

적 의미와 긴장을 생성하고 있다. 우선 이 시에서 '너의 오른 손'(fr_1)은 '펜'(fr_{2-1})과 은환유의 관계로 결합한다. '오른 손'과 '펜'은 인접성에 의한 환유적 결합으로 볼 수도 있고 서로 등가의 자질을 지님으로써 은유적 결합으로 볼 수도 있다. 2연에서 이것은 "아침 이슬 같은 소리를 맺는다", "노고지리 울음같은 소리를 전한다", "단비와 같이 너의 펜으로 적신다"라는 직유적 언술에 의해 '아침 이슬'(fr_{3-1}), '단비'(fr_{3-2})이라는 자연의 층위, '노고지리'(fr_{4-1})라는 동물의 층위와 비유적 고리를 이룬다. 여기서 '아침 이슬같은 소리를 맺는다'는 것은 '아침 이슬'이 풀잎에 '깨끗하'게 '물방울'을 '맺'는 것을 뜻하며 이것은 '단비'가 메마른 땅에 '시원하'게 '물'을 '적시'는 행위와 동일화된다. 이처럼 물이 맺히고 축여지는 행위는 '노고지리'가 대기 속에 '청아하'게 '울음소리'를 전하는 행위와도 등가를 이루면서 미적 생명력을 파생시킨다.

그리고 3-4연의 "너의 펜으로 소금을 긁고/ 꿀벌의 살이 된다.//

너의 펜으로 목숨의 돌 위에/ 칼끝이 되게 하고"에서는 이것이 다시 '꿀벌의 살'(fr$_{4-2}$)로 변주되면서 동물화되고, '칼끝'(fr$_{2-2}$)으로 변주되면서 사물화된다. 또한 '꿀벌의 살'은 몸속에 '신선하'게 '꿀'를 '저장하'는 행위, '칼끝'은 '돌 위'에 '정교하'게 '목숨'을 새기고 '하늘'에 '별빛'을 '아로새기'는 행위로도 드러나는데 이들의 행위는 생명적 인식을 함유하고 있다. 특히 "까아만 하늘에 별빛을 아로새긴다!/ 아득한 내일에 반짝이며 닿을"에서 어두운 '까아만 하늘'에 밝은 '별빛'을 아로새기는 행위는 시인의 초월적 생명력이 투영된 것으로서 무한대로 확장되는 생명력을 의미화한다. 이렇듯 이 시는 '나의 펜'이 다양하게 변주되면서 인식의 확장과 미학적 갱신을 보여준다.

시나 산문 등의 글을 환유하는 '펜'은 시인의 실존 방식을 대변해주는 시적 대상이다. 이러한 '너의 오른 손'과 '펜'의 은유적 전이를 통하여 시인의 실존성과 더불어 초월지향성이 구체화된다. 위 지시틀의 '쓴다' –'아로새긴다' –'맺는다' –'적신다' –'전한다' –'저장한다'라는 일련의 술부군은 역동적 생명력에 토대를 두고 있다. 특히 '노고지리'가 소리를 전하고, '꿀벌의 살'이 꿀을 저장하는 행위는 '칼끝'이라는 사물과 '너의 손'이라는 신체가 구체화하는 생명력에 의해서 초월성을 부여받게 된다. 그의 다른 시 〈이 손을 보라〉에도 이와 유사한 양상이 나타난다.

쉬임 없는,
불꽃 같은,
진흙에서 꺼낸.

(중략)

해질 무렵에도 바쁜
우리의 손.

떠는 첫 입술에 거칠게 내어 밀던
그러나 깨끗하게, 헤어지던,
땀을 쥔,
거친 종이 된,

그러나 어느 주인의 명령에도
두 무릎 사이에 끼고
비비꼬지 않는,
어느 슬픔의 진흙 속에서도
땅을 치지 않는,
연약한 아내의 뺨을 취하여 후려치지 않는.

기쁨을 웨치면
언제나 우리의 머리보다
더 높이 흔드는,

두꺼비 같은
엉컹퀴 같은
손으로,
손들을 웅켜 잡는 우리의 손.

이 어두운 밤을 더듬어 더듬어
손바닥으로 걸어가며,

거둘 수 없는 거두어 들일 수 없는

우리의 손– 기구한 손.

〈이 손을 보라〉 부분

이 시의 중심 대상인 '손'은 인간의 환유이다. 진술과 묘사에 의해 형상화되고 있는 '손'에는 화자의 실존적 삶이 함축되어 있다. 언술의 차원에서 보면, '쉬임 없'이 바쁜 '우리의 손'(fr_{1-1})은 기구한 손으로 표현되며, 이것은 '거친 종'(fr_{1-2})에 비유되기도 한다. 이 시의 "연약한 아내의 뺨을 취하여 후려치지 않는"이라는 시구에 의해 '남편'(fr_{1-3})이라는 부재의 지시틀이 세워진다. 그런데 4–5연에서 '거친 종'과 '남편'은 '어느 주인의 명령'에도 '비비꼬지 않'는 강직함이 있고 '슬픔의 진흙 속'에서도 '땅을 치지 않'는 의연함이 있으며, '연약한 아내의 뺨'을 후려치지 않는 온유함을 보이고 '기쁨'의 상황에 크게 손짓할 줄 아는 존재로 표현된다. 말하자면 그는 진실과 용기를 지닌 자이다. 또한 마지막 연의 "이 어두운 밤을 더듬어 더듬어/ 손바닥으로 걸어가며"에서는 '손'의 등가물로서 '발'(fr_{1-4})이라는 지시틀이 새롭게 파생된다. 신체 중에서 가장 더러운 부위로 취급되는 '발'은 존재의 미천함을 표상하며 '어둠'을 내포함으로써 거두어 들일 수 없는 '기구한 손'이 된다. 그래서 '우리의 손'과 '발'이라는 신체의 층위는 '거친 종', '남편'이라는 인간의 층위와 같은 범주로 묶일 수 있다.

여기서 '어두운 밤'은 어둠이 깃든 밤 시간을 의미하는 것이 아니라, 어둠에 싸인 지상세계의 기구한 삶의 공간을 의미한다.[16] 이러한

---

16. 김인섭, 『김현승시의 상징체계 연구』, 보고사, 1999, 87쪽.

세계 속에서 '손'은 화자의 실존적 자각으로서 지상적 존재의 한계성을 표면화한다. 이와 같은 인식은 그의 다른 시 〈인생을 말하라면〉의 "인생을 말하라면 나와 내 입은/ 두 손을 내밀어 보인다,/ 하루의 땀을 쥔 나의 손을/ 이처럼 뜨겁게 펴서 보인다.// 이렇게 거칠고 이렇게 씻겼지만/ 아직도 질기고 아직도 깨끗한 이 손을"이라는 시구에도 나타난다. 여기서는 '인생'(fr₁)이 '두 손'(fr₂)을 내미는 행위와 등가를 이루며 '거칠'고 '씻겼'으나 아직도 '질기'고 '깨끗'한 손은 그의 일생을 대변해준다.

그런데 위 시 1연에서 '우리의 손'은 '불꽃'(fr₂)이라는 화학적 질료에 비유됨으로써 역동적인 의미를 확보하게 된다. '진흙'은 고통스러운 지상적 삶의 터전을 상징하며 이는 어둠을 내포하고 있다. 여기서 '꺼'낸 '불꽃'은 '끝없'이 '타오르'는데 이는 '진흙'의 어둠과 대비되어 긍정적인 의미가 한층 더 강조된다. 또한 시 하반부의 "두꺼비 같은/ 엉컹퀴 같은/ 손으로,/ 손들을 웅켜 잡는 우리의 손"에서는 '우리의 손'이 직유적 언술에 의해 '두꺼비'(fr₃)라는 동물의 층위, '엉컹퀴'(fr₄)라는 식물의 층위와 등가를 이룬다. 이들은 '강하'게 대상을 '웅켜 쥐'는 행위에 의해 유사성을 확보하는데 이것은 강인한 생명력을 구상화한다. 이때 '두꺼비'와 '엉컹퀴'에 내포된 강한 생명력이 '불꽃'의 움직임에 의해 역동성을 부여받게 된다는 점은 특기할 만하다. 이렇게 해서 지상적 존재의 고달픈 삶을 표상하는 '우리의 손'은 유한자의 존재성을 가시화할 뿐만 아니라 초월적 생명의지를 의미화한다.

이상에서 김현승의 후기시에 역동적 생명력에 근거 한 동물 은유가 형성됨을 볼 수 있다. 이는 주로 인간의 내면적 층위의 동물화 내지 '손'이라는 인간의 신체적 층위의 동물화로 드러나며, 이들은 사물의 층위에 의해 시적 의미가 부연되기도 한다. 지상/ 천상, 소멸/ 불멸, 한계/ 초월 등의 대비 속에서 전개되는 이러한 양상은 소멸에 근거 한 지상적 존재의 한계 인식과 이를 극복하려는 초월의식을 의미화한다. 김현승 후기시의 동물은 하늘에 토대 한 조류와 대지에 토대 한 곤충류가 주류를 이루며, 주로 '소리'를 통하여 생명의지가 표출된다는 점에서 특징적이다. 특히 '까마귀', '기러기', '노고지리' 등의 새들은 '하늘'로 비상함으로써 초월성을 암시하며, 역동적인 상태로 제시됨으로써 남성성을 환기시킨다. 이 장에서는 주로 추상→ 구상, 구상→ 구상으로 변주되면서 자아와 세계의 합일이 구현되고 있다.

3. 모성적 동물 은유

앞 장에서는 김현승 후기시의 동물화 양상이 역동적 생명력에 바탕을 두고 있음을 볼 수 있었다. 땅에 고착되어 있는 식물과 달리, 동물은 운동성 또는 역동성을 지님으로써 주로 남성적 생명력을 파생시킨다. 그런데 김현승의 후기시에서는 '동물'이 모성성을 지닌 대상으로 형상화되기도 한다. 이런 양상은 역동성과 대비를 이루면서 전개되는데 이 역시 은유적 의미망을 형성하고 있다. 한편, 김현승은 '가을의 시인'으로 명명될 만큼 '가을'이라는 소멸의 시간에 집요한 관심을 보인다. 이러한 시간에 토대를 둔 그의 시 〈낙엽후〉에 나타나는 은유 양상을 도표화하면 다음과 같다.

남은 것은-
마른 손등으로 닦는

한 두 방울의 눈물
소금기 섞인 마른 눈물.

일생을 썼으나
한 두 줄의 시
다문 입술보다
아름다운 결정을 놓친……

털을 뽑아 제 둥지에 찬바람을 막는
산짐승의 신음과 사랑

남은 것은……
창밖에
울고 가는 까마귀.

〈낙엽후〉 전문

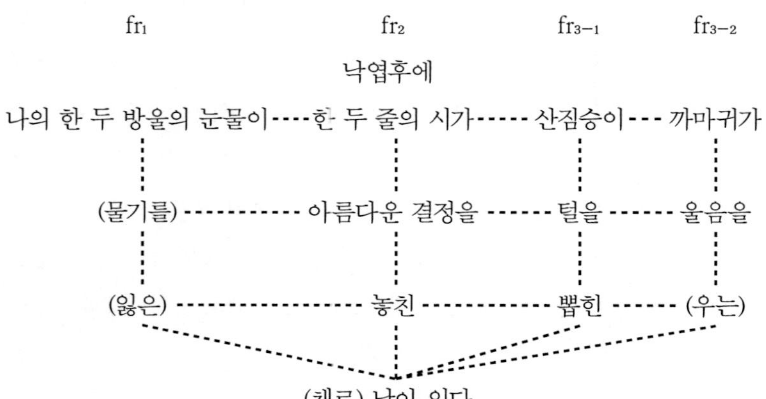

위 시의 시간적 배경은 '낙엽후'로서 늦가을을 상기시킨다. 이는 시인의 내적 상태와 맞물리면서 시적 의미를 생성한다. 이 시에는 '낙엽후'라는 시간을 전제로 하여 지상적 생애에서 '남은 것'이 병치되면서 비유적 관계를 이룬다. 우선 1-2연에서는 '나의 한 두 방울의 눈물'(fr₁)과 '한 두 줄의 시'(fr₂)가 은유적 관계를 형성한다. 두 지시틀은 화자 '나'의 인간적 범주로 묶어서 볼 수도 있지만 여기서는 분리해서 봐도 무방하다. 소량의 '눈물'은 물기를 '잃은' 상태로 남으며, '시'는 아름다운 결정을 '놓친' 상태로 남음으로써 유한자의 결핍의식을 잘 보여준다. 3연으로 오면서 화자의 존재 양태는 '산짐승'(fr₃₋₁)의 '신음'과 '사랑', 즉 희생과 사랑으로 '털'을 뽑아서 제 둥지의 찬바람을 막는 '산짐승'의 존재 방식과 등가를 이루게 된다. 또한 4연에서 '창밖'에 울고 가는 '까마귀'(fr₃₋₂)는 '산짐승'을 환유하는데 이것은 '울음'을 우는 상태로 남아 있다. 이 '까마귀'는 역동성을 띤다기보다 그저 쓸쓸히 '창밖'에서 '울고 가'는 행위로 '남은 것'에 동참할 뿐이다.

이들 지시틀은 상호작용하는 가운데 '채로 남아 있다'라는 '비유적 상황'[17]에 의해서 의미론적 통합을 이룬다. 그래서 '한 두 방울의 눈물'이 '물기'를 잃은 상태는 '한 두 줄의 시'가 '아름다운 결정'을 놓친 상태, '산짐승'이 '털'을 뽑힌 상태, '까마귀'가 '울음'을 우는 상태와 동일한 의미망을 형성한다. 결국 '낙엽후'에 '남은 것'이란 상실과 결핍에 의한 소멸의 상태를 보여주며 이는 희생과 헌신에 바탕을 둔 모성적 의식세계에 닿아 있다고 할 수 있다. 물론 이 시의 "창밖에/ 울고 가는 까마귀"에서 역동성이 조성되고 있음에도 여기서는 모성적

---

17. Hrushovski, Benjamin, 「Poetic Metaphor and Frames of Reference with Examples from Eliot, Rilke, Mayakovsky, Mandelshtam, Pound, Creeley, Amichai, and the New York Times」, 『Poetics Today』, vol. 5, 1984, 26-27쪽.

인 성향이 훨씬 더 강조되고 있다.

이 시에는 '한 두 방울의 눈물'이라는 인간의 신체적 층위와 '한 두 줄의 시'라는 인간의 존재론적 층위, '산짐승'과 '까마귀'라는 동물의 층위가 상호충돌하면서 소멸의 상태를 형상화한다. 여기서는 지상적 생의 한계의식만 드러날 뿐 초월적 인식이 구체적으로 드러나지 않는다. 그럼에도 불구하고 이 시에 나타난 소멸의 상태에서는 상실감에서 비롯된 허무감이나 절망감이 느껴지지 않으며 오히려 지상적인 것에 대한 화자의 담담하고 초연한 응시가 감지된다. 이는 소멸이 시인의 내면세계에 새로운 가치로 자리매김하게 되는 역설적 정황을 보여준다. 즉 "성서적 상상력에서 '남은 것'(the remnants)은 가치 멸절의 시대에 있어 최후로 남은 가치 또는 그 가치를 담고 있는 주체들을 지칭한다. 그것은 다른 것들을 다 잃고 나서 오히려 그 가치가 역설적으로 승인되는 것들이다."[18] 이렇게 지상적 존재의 한계 인식은 초월을 촉발시키는 중요한 계기로 작용하게 된다. 그의 다른 시 〈우수〉에서는 '여인'이라는 인간의 층위와 '새'라는 동물의 층위가 병치되어 모성적 생명력을 생성하고 있다.

가을이 긴 나라
그 나라의 저녁참은
까닭없이 바람 속에 설레이고,

가을이 긴 나라
그 나라의 여인들은

---

18. 유성호, 「김현승 시의 분석적 연구」, 연세대 대학원 박사학위논문, 1996, 166쪽.

수심 깊은 눈망울에 저녁 해를 받고 있다.

가을이 긴 나라
그 나라의 정든 마음
길고 긴 한을 남겨 잠잠히 이어 보내고

가을이 긴 나라,
그 나라의 늦은 새들
해지는 먼 따끝까지 쭉지로 울고 간다.

〈우수〉 전문

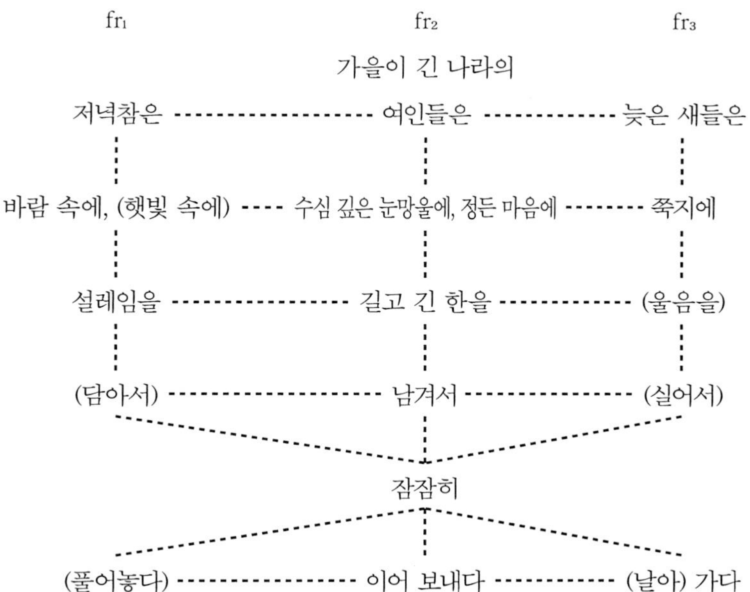

이 시의 배경은 '가을이 긴 나라'다. 여기서는 가을 풍경, 즉 외부 세계를 통하여 시적 화자의 우수어린 마음이 가시화되고 있다. 언술의 차원에서 볼 때 이 시에는 '저녁참'(fr_1)이라는 시간의 층위, '여인들'(fr_2)이라는 인간의 층위, '늦은 새들'(fr_3)이라는 동물의 층위가 병치되어 은유적 연쇄를 이룬다. 이질적인 층위의 세 지시틀은 '가을이 긴 나라'라는 시공간을 공유하고 있으며 이들은 지시틀 간의 상호작용 속에서 '우수'라는 관념적인 상태를 구상화해낸다. 먼저 '저녁참'은 까닭없이 '바람 속', '햇빛 속'에 설레임을 담아서 잠잠히 풀어놓는데 이런 행위는 '여인들'이 '수심 깊은 눈망울'과 '정든 마음'에 '길고 긴 한'을 남겨서 잠잠히 '이어 보내'는 행위와 의미론적 대응을 이룬다. 그리고 이와 같은 '여인들'의 행위는 '쭉지'에 '울음'을 실어서 날아가는 '늦은 새들'의 형상과도 매우 흡사하다. '부리'가 아닌 '쭉지'에 '울음'을 실음으로써 이를 외부로 내보내지 못하는 '늦은 새들'의 모습은 한을 내면으로 삭히는 여인들의 모습에 다름 아니다. 특히 '길고 긴 한'을 지닌 '여인들'의 모습은 한국의 '어머니'를 연상시킨다. 여기서는 '여인들'과 '늦은 새'가 동일시됨으로써 모성성을 산출하고 있다.

그런데 위 지시틀에서 '풀어놓다' – '이어 보내다' – '날아가다'라는 시적 주체의 행위는 역동성에 바탕을 두고 있으나 이들이 공유하는 '잠잠히'라는 시구에 의해 정적인 면모가 부각된다. 특히 '새'의 비상은 역동성을 조성하고 있지만 여기서는 모성적 속성이 보다 더 강조되고 있다. 이렇게 해서 세 지시틀은 대립과 통합의 의미작용을 통하여 모성적 생명력을 산출해낸다. 이들의 행위는 지상적 존재의 삶의 애환을 그려내고 있음에도 부정적인 의미만을 형성한다고 볼 수는 없다. 왜냐하면 이러한 상태가 초월의 과정으로 이어지기 때문이다. 이 시의 "그 나라의 늦은 새들/ 해지는 먼 따끝까지"의 시구에서 새들은 '해지는 먼 따끝'까지 날아가는데 이곳은 지평선 너머의 이상 세계를 표상한다. 이 구절에는 지상적 삶의 한계를 넘어 초월적 세계를 꿈꾸는 화자의 시의식이 내재해 있다고 볼 수 있다. 말하자면 이 시에는 지상적 존재의 한계의식이 형상화되고 있지만 이것의 근저에는 초월의식이 함유되어 있다. 그의 시 〈민족의 강자〉에서도 '여인'과 '새'가 동일시되고 있다.

생각하는 조국이여,
침 뱉고 저주할 이유를 먼저 주소서
노래 아니할 이유를 먼저 주소서
사랑 아니할 이유를 먼저 주소서.

그러므로
그 얼굴에 여인처럼 입맞추게 하소서
그 이름에 새처럼 노래하게 하소서
그 품에 벌레처럼 파묻히게 하소서.

생각하는 조국이여,
노래로써 노래하지 않은 사람은
사랑으로써 사랑하지 않은 사람은
죽음으로써 죽지 않은 사람은,
우리가 사는 이 서울 안엔
한 사람도 없오이다!

〈민족의 강자〉 부분

이 시는 기도의 형식을 취한다. 기도의 대상으로 제시된 '조국'은 '생각하는 조국'으로서 신적 존재를 표상한다. 여기서 '조국'을 사랑하는 시적 주체의 마음은 은유적 의미망을 형성하면서 시적 의미를 창출한다. 이 시의 "그 얼굴에 여인처럼 입맞추게 하소서/ 그 이름에 새처럼 노래하게 하소서/ 그 품에 벌레처럼 파묻히게 하소서"라는 직유적 언술에 의해 '우리'(fr_1)는 '여인'(fr_2), '새'(fr_{3-1}), '벌레'(fr_{3-2})로 변전하면서 새로운 지시틀을 형성한다. '조국'에 대한 '우리'의 사랑은 '여인'이 '남자'의 얼굴에 '입맞추'는 행위, '새'가 '꽃'의 이름에 '노래하'는 행위, '벌레'가 '대지'의 품에 '파묻히'는 행위와 동일한 의미망을 형성한다. 말하자면 우리에게 있어 '조국'은 사랑하는 '남자'이고 아름다운 '꽃'이며 무한한 '대지'이다. 위 지시틀에서 '입맞추다' - '노래하다'라는 동적인 행위와 '잠기다' -'파묻히다'라는 정적인 행위가 서로 대응을 이루는데 후자에서는 모성적 생명력을 감지할 수 있다. 이 시의 주체는 '노래로써 노래하지 않은 사람', '사랑으로써 사랑하지 않은 사람', '죽음으로써 죽지 않은 사람'은 단 한 사람도 없다고 말함으로써 조국에 대한 절대적인 마음을 표현하는데 이것의 밑바닥에는 대지적 상상력에 바탕 한 충만한 생명력이 깔려 있다. '새'가 하늘에 토대 한 날짐승이라던 '벌레'는 땅에 토대 한 길짐승이다. 이렇게 볼 때 이 시는 하늘과 땅, 즉 천상과 지상을 아우르는 생명력을 의미화한다고 볼 수 있다. 이러한 시의식은 그의 시 〈가을 치마〉에서 보다 더 강하게 표출된다.

> 서둘러 봄을 나서던
> 한국의 여인들도
> 가을에 닿으면 애틋한 마음을 깨닫나 부다.

그래서 휘장 저고리는
봄날의 꽃소식처럼 짧게 입고
그래서 열두 폭 치마는 굽이굽이
긴긴 가을밤처럼 늘이어 두루나 부다.

한국의 맑은 눈들이여
그 마음을 지키는 눈들이여!
이 가을엔 미니로 더럽힌
차가운 무릎을 덥고
저 파란 하늘빛으로 긴긴 가을치마를 늘이어지이다.
그 끝 자락엔 그리고 귀뚜라미 맑은 울음으로
가을의 보석이라도 달아지이다.

〈가을 치마〉 전문

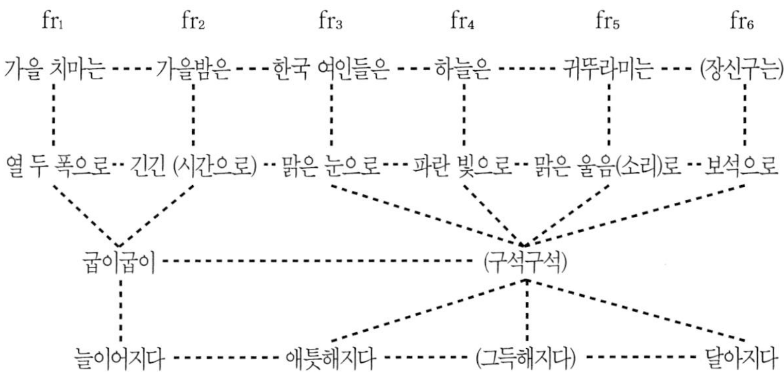

이 시의 중심 소재는 '가을치마'이다. 가을에 닿으면 한국의 여인들의 '휘장 저고리'는 '봄날의 꽃소식'처럼 짧아지는 반면에 '치마'는 '가을밤'처럼 길게 늘이어진다. 이 시의 "열두 폭 치마는 굽이굽이/ 긴

긴 가을밤처럼 늘이어 두루나 부다”에서 ‘가을 치마’(fr₁)와 ‘가을밤’(fr₂)이 비유적 관계를 이룸으로써 의복이라는 사물의 층위가 시간의 층위로 이동한다. 또한 이것은 ‘한국 여인들’(fr₃)의 ‘맑은 눈’과 연결되어 비유적 관계를 형성하며, 이는 다시 3연의 “저 파란 하늘빛으로 긴긴 가을치마를 늘이어지이다”라는 시구에 의해 ‘하늘’(fr₄)이라는 공간 지시틀과 은환유의 관계를 형성한다. 이 시의 ‘하늘’은 물리적인 공간이지만 초월적 의미를 함유하고 있다. 그리하여 ‘가을 치마’의 ‘열두 폭’은 ‘가을밤’의 ‘긴긴 시간’과 ‘하늘’의 투명한 ‘파란 빛’과 의미론적 대응을 이루게 된다. 이때 ‘굽이굽이’ 늘이어지는 ‘가을치마’는 ‘가을밤’, ‘하늘’이라는 무한한 시공간으로 변주되면서 그 의미가 확장된다.

그리고 이 시 마지막의 “그 끝 자락엔 그리고 귀뚜라미 맑은 울음으로/ 가을의 보석이라도 달아지이다”라는 시구에서는 ‘가을 치마’와 환유적 관계에 놓인 ‘귀뚜라미’(fr₅)라는 지시틀이 세워지고, 또 이것과 은유적 관계에 있는 ‘장신구’(fr₆)라는 지시틀이 새롭게 파생된다. 여기서는 ‘맑은 울음소리’로 ‘그득해지’는 ‘귀뚜라미’가 아름다운 ‘보석’으로 ‘달아지’는 ‘장신구’와 등가를 이룬다고 볼 수 있기 때문이다. 이렇게 ‘가을 치마’는 다양한 층위로 변전하면서 미학적 생명력을 다의화한다. 이것은 ‘가을’이 지닌 특유의 생명력이기도 하다.

‘가을’은 소멸의 계절이지만 이 계절만이 지닌 미적 생명력이 존재한다. 이것은 열두 폭의 ‘가을 치마’와 긴긴 ‘가을밤’처럼 넘치도록 풍요롭고 여유로우며, ‘한국 여인들’의 ‘맑은 눈’과 ‘하늘’의 ‘파란 빛’, ‘귀뚜라미’의 ‘맑은 울음소리’, ‘장신구’의 ‘보석’처럼 눈부시게 투명하고 그윽한 아름다움이다. 위 지시틀의 ‘늘이어지다’ –‘애틋해지다’ –‘그득해지다’ –‘달아지다’라는 술부군은 이런 충만함의 상태를 잘 보여주며 '굽이굽이', '구석구석'이라는 부사어에 의해서 섬세함과 그득함이 부연된다. 이 시에는 '가을 치마'가 '가을밤'이라는 시간의 층위, '한국 여인들'이라는 인간의 층위, '하늘'이라는 공간의 층위, '귀뚜라미'라는 동물의 층위, '장신구'라는 사물의 층위로 변주되면서 충만한 생명력을 다의화한다. 특히 이러한 시의식은 충만한 모성적 생명력을 암시하는데 이것은 시인의 초월적 의지에서 배태된 것이다. 이와 같은 은유 양상은 김현승 시인의 인식의 확대와 미학적 갱신을 잘 보여준다.

이처럼 김현승의 후기시에는 유한자적 한계를 초월하려는 생명력이 현저하게 나타나고 있다. 손진은은 재생과 창조적 의지를 바탕으로 한 기독교적 세계관은 김현승의 시적 사고와 인식태도를 규정하는 보이지 않는 원리로 작용하고 있으며, 김현승의 시에 나타나는 생명시학적 요소는 그의 시의 가장 중요한 특징에 해당한다고 밝힌 바 있다.[19] 위에서 볼 수 있듯이 김현승의 후기시에는 모성적 생명력에 의한 초월성이 구현되고 있다. 한편, 그의 시 〈그 날개〉에서는 식물의 층위와 동물의 층위가 병치되어 모성적 생명력이 창출된다.

> 방아쇠를 당길 때
> 썩은 심장을 향해 수직으로 태어난 눈.
>
> 창 끝에 독을 묻을 때
> 가장 불쌍한 약자에게 태어난 그 부리.

---

19. 손진은(2000), 위의 논문, 107쪽.

목숨이 탈 때

목숨이 지글거릴 때,

갈라진 땅바닥 엉겅퀴를 웅켜쥐며

태어난 그 발톱.

그러나 그러나

새끼를 부를 때

벼랑 위에 피는 새끼틀 부르며,

먼 하늘가에서

라일락 수풀처럼 내려오는 그 날개…….

〈그 날개〉 전문

이 시에는 '새'의 양면성이 형상화된다. 1–3연에는 생명력이 강한 '새'의 외형을 묘사하면서 공격적인 면모를 드러내지만 4연에서는 '벼랑 위'에 있는 새끼를 향해 맹렬하게 아래로 하향하는 방어적인 면모를 나타낸다. 즉 이 시의 "방아쇠를 당길 때", "창 끝에 독을 묻을 때", "목숨이 탈 때"라는 구절들이 공격적인 행위를 불러오는 정황을 보여준다면 "새끼를 부를 때"라는 구절은 방어적인 행위를 불러오는 정황을 보여준다. 이러한 정황에 반응하는 새의 '눈', '부리', '발톱'이 남성적인 역동성을 환기시키는 데 비해 '날개'는 모성적 포용력을 연상시킨다. 4연에서는 역접 접속사를 반복 사용하면서 앞에 드러난 새의 특성과 전혀 다른 면모를 제시하고 있다. 새는 '벼랑 위'가 암시하는 위험한 상황에서 목숨을 영위하는 '새끼'들을 향한다. 이 시의 "먼 하늘가에서/ 라일락 수풀처럼 내려오는 그 날개…….'라는 시구에서는 '새의 날개'(fr_1)가 '라일락 수풀'(fr_2)에 비유된다. '먼 하늘'에서 '벼랑 위'에 있는 '새끼'에게로 내려오는 '새의 날개'는 '산 꼭대기'

에서 무성하게 타고 내려오는 '라일락 수풀'과 동일시된다. 이들은 '내려오'는 하강성을 드러내면서 무성함, 풍성함, 그윽함, 따뜻함 등의 긍정적인 의미를 창출한다. '먼 하늘가'에서 '벼랑'까지의 먼 거리감은 모성애의 깊이를 더해주며 이때 말줄임표는 새의 날개짓에 깃든 무한한 모성적 생명력을 함축하고 있다. 새의 '날개'는 주로 상승 이미지에 의해 역동적인 힘을 자아내지만 여기서는 하강에 의해 모성적 생명력을 생성하고 있다. 이때 '새'가 지닌 역동성은 모성성으로 흡수된다.

그의 다른 시 〈나의 독수리〉의 "거친 발톱으로 하늘가에 호을로 앉아,/ (중략)// 아름다운 모든 노래/ 흐느끼는 눈물들을/ 그 견고한 날개로 쓸어 버리고,/ (중략)// 끊어진 절벽 위에 호을로 올라,/ 벼락에 꺾인 가지 위에 집을 짓는다./ 천길 낭떠러지에/ 외로운 목숨의 새끼들을 기른다"라는 시구에도 이와 유사한 양상이 나타난다. 이 시의 '독수리'는 화자가 지향하는 초월적 존재, 즉 절대자를 상징하며[20] '하늘가'라는 초월적 공간에 존재한다. 시 전반부에서 공격적 존재로 형상화되는 '독수리'는 후반부로 오면서 '끊어진 절벽 위', '벼락에 꺾인 가지 위', '천길 낭떠러지'라는 위태로움의 표상 공간에서 새끼를 보호하는 모성적 존재로 의미화된다. 이때 독수리(fr_1)는 '어미'(fr_2)라는 모성적 존재로 의인화된다. '새'는 위엄을 지닌 남성성과 포용력을 지닌 모성성을 갖고 있지만 후자가 더 강조되면서 역동성이 모성성으로 흡수된다.

이 외에 그의 시 〈봄이 오는 한 고비〉에서도 식물과 동물의 층위

---

20. 성서에 자주 등장하는 '독수리'는 절대적인 힘을 지닌 동물로서 초월자적 모습으로 현현하기도 한다.

가 병치되어 모성적 생명에 대한 갈망이 형상화된다. 이 시의 "지금은 봄이 오는 한고비// 제비 주둥이같이/ 제비 주둥이같이/ 열심히/ 어미를 향해 입을 벌리지도/ 못하는,// 뾰죽 뾰죽 뾰죽/ 열심히/ 수선화의 새순처럼 머릴 들지도 못하는"이라는 시구에서 '나의 입, 머리'(fr_1)는 '제비의 주둥이'(fr_2), '수선화의 새순'(fr_3)과 은유적 관계를 이룬다. 그런데 여기서는 '–하지 못하다'라는 부정적인 술어로써 위축된 생명의식이 진술된다. 지금은 생명을 표상하는 '봄'이 오는 '한 고비' 속에서, '나의 입'과 '머리'가 '신'을 향해 '묻지 못하'고 '들지 못하'는 존재론적 상태는 '제비의 주둥이'가 '어미'를 향해 '벌리지 못하'는 상태, '수선화의 새순'이 '해'를 향해 '나오지 못하'는 상태와 동일화되고 있다. 위축된 화자의 모습은 신을 부정하며 살아온 시간 때문에 신 앞에서 고개를 들 수 없는 심적 상태를 구체화해준다. 이 시의 동물화 양상은 역동적 움직임이 소거된 상태로서 지상적 존재의 한계성이 주를 이루지만 그 이면에는 초월에의 몸짓이 내재해 있다. 이는 '신'에게서 부어지는 모성적 생명력을 희구하는 것이다.

이상에서 김현승의 후기시에 모성적 생명에 바탕 한 동물 은유가 형성되고 있음을 볼 수 있다. 이는 주로 인간의 층위가 동물의 층위로 변주되는데 특히 '여인'과 동물의 병치되어 나타난다. 또 이것은 식물의 층위와 동물의 층위가 병치되어 드러나기도 한다. 이를 통해 지상적 존재의 한계 인식과 더불어 이를 초월하려는 내밀한 생명의지가 구체화되고 있다. 이 장에서도 천상의 동물인 조류와 대지의 동물인 곤충류가 중심이 되며 주로 '소리'를 통해 생명의지가 표출되고 있다. 여기서는 동물이 지닌 근본적인 역동성에도 불구하고 모성적 생명력이 부각됨으로써 다소 정태적이고 하강적인 면모를 드러내는데 이는 여성성을 환기시킨다는 점에서 2장과 대비를 이룬다. 여기서는 역동성이 모성성으로 흡수된다는 점에서 특징적이다. 이 장에 나타난 은유도 주로 추상→ 구상, 구상→ 구상으로 변주됨으로써 구체성을 확보하며 이는 김현승 시인의 생명의지를 구상화하는 미적 원리로 작용하고 있다.

4. 맺음말

본 연구에서는 김현승의 후기시집 『날개』, 『마지막 지상에서』에 나타난 동물화 양상에 중점을 두어 이것이 어떠한 은유적 의미망을 구축하는지를 밝혔다.

우선 2장에서는 김현승의 시에 형성된 역동적 생명력에 근거 한 동물 은유에 관하여 논의하였다. 이는 주로 인간의 내면적 층위의 동물화 내지 '손'이라는 인간의 신체적 층위의 동물화로 나타나며 이들은 사물의 층위에 의해서 의미가 부연되기도 한다. 이러한 은유 양상은 지상/ 천상, 소멸/ 불멸, 한계/ 초월 등의 대비 속에서 전개되는 가운데 소멸에 근거 한 지상적 존재의 한계 인식과 이를 초월하려는 생명의지를 구상화하고 있다. 김현승 후기시에 등장하는 동물들은 하늘에 토대 한 조류와 대지에 토대 한 곤충류가 주류를 이루는데, 이들은 주로 '소리'를 통해 초월적 생명의지가 표출되고 있다는 점에서 특징적이다. 특히 '까마귀', '기러기', '노고지리' 등의 새들은 '하늘'을 비상하는 행위로써 초월성을 암시하고 있으며, 또 정적인 상태가 아닌 역동적인 상태로 제시됨으로써 남성성을 환기시킨다. 이 장에 나타난 은유 양상은 주로 추상→ 구상, 구상→ 구상으로 변주됨으로써 관념적 의미가 구체성을 확보하고 있다. 이렇듯 김현승의 후기시에는 자아와 세계의 대립과 갈등을 벗어나 합일에의 몸짓이 강화되는데 이는 시인의 은유에의 의지를 대변해준다.

3장에서는 모성적 생명에 바탕 한 동물 은유에 대하여 논의하였다. 이는 주로 인간의 층위가 동물의 층위로 변주되는데 특히 '여인'이 동물과 병치되어 의미가 생성되고 있다. 또한 이것은 식물의 층위와 동물의 층위가 병치되어 드러나기도 한다. 이로써 지상적 존재의 한계 인식과 더불어 이를 초월하려는 강한 생명의지가 구체화되고 있다. 이 장에서도 천상의 동물인 조류와 대지적 동물인 곤충류가 중심이 되며 주로 '소리'를 통해 생명의지가 표출되고 있다. 그런데 2장에서와 달리, 여기서는 동물이 지닌 근본적인 역동적 특성에도 불구하고 모성적 생명력이 부각됨으로써 다소 정태적이고 또 하강적인 면모를 드러낸다. 이러한 은유 양상은 여성성을 환기시킨다는 점에서 남성성을 연상시키는 2장의 경우와 대비되지만 추상→구상, 구상→구상으로 변주되고 있다는 점에서는 공통적이다. 사실 '역동성'은 '정태성'과 등가 자리에 놓여 있으나 김현승 후기시의 동물화 양상에서는 '역동성'과 '모성성'이 대비를 이루고 있다. 특히 여기서 역동성이 모성성으로 흡수되고 있다는 점은 주목할 만한 특징이다.

김현승 후기시의 동물화 양상은 역동성과 모성성으로 이분화되어 전개되며 전자는 후자로 흡수되고 있다. 이로써 인간중심적인 '절대고독'의 끝을 만진 후 김현승이 천착했던 초월적 세계가 은유의 원리에 의해 구현되고 있음을 알 수 있다. 하늘로 비상하는 그의 초월적 힘은 은유적 의지와 결합하여 기독교의식에 입각한 동일성의 세계를 구축하고 있다. 특히 동물화 양상은 김현승 시인의 내밀한 생명의지를 표출하는 미적 원리이자 전략이라는 점에서 중요성을 갖는다. 본고는 기존의 논의와 변별성을 두어 후기시의 '동물'에 나타난 은유화 양상을 총체적으로 밝혔다는 점에서 의의를 지닌다. 김현승의 초기시와 중기시와의 연계성 속에서 '동물'의 은유 양상을 고찰하는 것은 차후의 과제로 남겨두기로 한다.

『마지막 지상에서』에 나타난 은유 미학

1. 머리말

다형 김현승은 깊이의 시학을 추구한 시인이다. 그 깊이의 중심에는 '고독'과 '초월'이 겹을 이루고 있는데 이것은 '고독'에 몰입했던 그의 시의식의 이면에 '초월'이 놓여 있음을 의미한다. 김현승의 시에서는 주로 고독의 문제가 부각되어왔는데 이는 초월의 문제에 관한 중요성을 말해주는 것이기도 하다. 특히 김현승의 시세계에는 기독교적 초월성이 관류한다고 볼 수 있다. 이것은 '신'에 대한 회의와 갈등으로 인해 절대고독의 세계를 지향했던 중기시편에서도 기독교적 초월성이 지속적으로 나타나고 있기 때문이다. 중요한 것은 이러한 기독교적 초월성이 동일성의 원리에 입각한 은유의 틀 속에서 전개되고 있다는 데에 있다. 그래서 김현승의 시에 직조된 은유에 대한 고찰은 그의 시세계를 규명하는 데 있어서 아주 본질적인 작업이 된다.

지금까지 김현승의 시는 기독교의식과의 연계성 속에서 논의되어 왔으며 적지 않은 연구 성과를 거두었다.[1] 하지만 이는 주로 내용적인 차원의 연구에 편중되어 있다는 점에서 문제적이다. 한편, 수사학적 차원에서는 김현승의 시에 나타난 이미지 및 상징에 관한 논의가 주를 이룬다. 김현승의 시가 은유의 원리에 의해 전개되고 있다는 점에 대해서는 많은 연구자들이 간과해왔다. 김현승의 시에서 은유가 중요한 시적 원리이자 시적 전략으로 기능하고 있음에도 불구하고 활성화되지 못했다는 점에서 이에 대한 연구의 필요성을 제기할 수 있다. 그래서 본고에서는 김현승의 후기시에 나타난 기독교적 초월성을 조명하되 그의 시에 구축된 은유 양상을 밝히는 데 중점을 둠으로써 기존의 연구와 차별화하고자 한다.

본고는 김현승의 후기시 가운데서도 사후에 출간된 유고시집 『마지막 지상에서』에 수록된 시편들을 연구 대상으로 삼아 은유 양상을 밝힐 것이다. 이 시집의 제1부에는 『절대고독』(1970) 이후 타계할 때까지의 시편들이 수록되어 있고 제2부에는 문단 데뷔 이후 1970년 사이의 시편들이 수록되어 있으며, 제3부에는 기념시와 행사시로 묶여져 있다. 그런데 제2부에 수록된 시는 시기적으로 후기시의 범주에 포함시킬 수 없으므로 본 연구의 대상에서 제외하기로 한다. 김현승의 시집 『마지막 지상에서』에 수록된 시편들에는 인간중심적인 사유에 바탕을 둔 '절대고독'의 세계에서 벗어나 '신' 중심의 세계로 접어든 시인의 모습이 역력히 나타난다. 그래서 신에 대한 회의와 갈등의 양상 대신에 화해와 조화의 양상이 두드러지고 있다.

---

1. 김현승 시의 선행연구에 관해서는 앞에 수록된 두 편의 글에서 정리하였으므로 여기서는 다시 언급하지 않기로 한다.

그런데 김현승의 중기시는 지상/ 천상, 현실/ 이상, 소멸/ 불멸 등의 이원론적 세계의 갈등과 불화 속에서 전개되기 때문에 시적 긴장성이 심화되어 나타난다. 이에 비해, 그의 후기시집 『마지막 지상에서』에 수록된 시편에서는 절대자에게 경도된 시의식으로 인하여 긴장성이 다소 약화되는 한계를 드러내기도 한다. 이러한 현상은 박목월의 유고시집인 『크고 부드러운 손』에 나타나는 한계점과도 유사하다. 그럼에도 불구하고 『마지막 지상에서』는 김현승의 시적 편력을 종결하는 마지막 시집으로서 그의 시의 핵심인 기독교적 초월성을 파악하는 데 있어 결정적인 단초를 제공한다. 김현승 시에 대한 선행연구가 대체로 중기 시편에 치중되어 유고시집에 대한 연구가 거의 이루어지지 못했다는 점에서도 이에 대한 논의의 필요성이 주어진다.

따라서 본고는 김현승의 유고시집 『마지막 지상에서』에 수록된 시편들을 텍스트로 삼아 기독교적 초월성이 어떠한 은유 양상을 나타내는지 분석하고, 이를 통하여 그의 인식의 창조성을 짚어보고자 한다. 여기서도 언술의 차원에서 은유를 파악하는 흐루쇼브스키의 은유 이론을 시 분석의 틀로 활용할 것이다.

2. 초월적 식물 은유

신에 대한 회의와 갈등으로 일관하던 김현승의 중기시는 후기로 오면서 신과 화해하고 조우하는 세계로 접어든다. 또한 그의 시에서 지상/ 천상, 소멸/ 불멸, 현실/ 이상 등의 대립은 초월적 생명의식으로 이행되면서 융합을 이룬다. 특히, 그의 『마지막 지상에서』에는 '고독'에서 파생된 차갑고 견고한 것들에 대한 천착이 따뜻하고 부드러운 식물적 생명에 대한 지향으로 전환된다. 차가운 사물성이 따뜻한 식물성으로 변모되는 이러한 양상은 초월을 향한 시인의 생명과 생성의 의지에 상응한다. 먼저 그의 시 〈봄이 오는 한 고비〉에 나타나는 은유체계를 도표화하여 이를 살펴보기로 한다.

눈을 돌려
눈을 돌려
눈을 네게까지 돌려 보아도
묻는 이는 없다.

만나는 이마다
만나는 이마다
묻지 않고
대답해 버린다.

대답이 한층 어려운데
짤막한 대답은 피눈물로 짜내는데,
한마디 한마디의 대답은 지금껏 모든 땅에서
한걸음 한걸음씩 좁은 길로 걸어 왔는데
물음이 그 대답보다 더 외로운
지금은 봄이 오는 한고비

제비 주둥이같이
제비 주둥이같이
열심히
어미를 향해 입을 벌리지도

못하는,

뽀죽 뽀죽 뽀죽
열심히
수선화의 새순처럼 머릴 들지도 못하는
지금은 지금은 봄이 오는 한 고비…….

〈봄이 오는 한 고비〉 전문

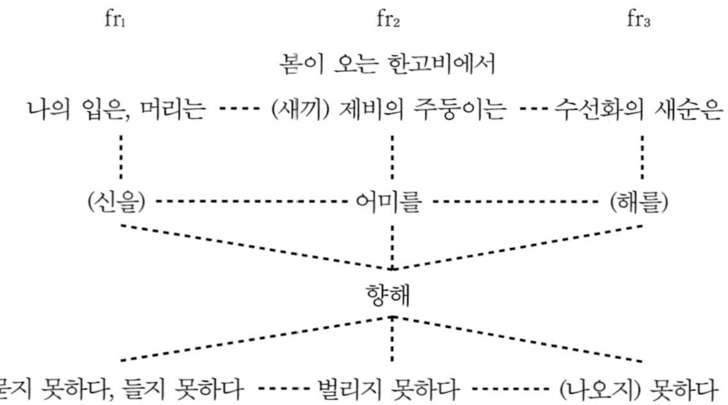

김현승은 1970년 3월에 고혈압으로 쓰러져 죽음 앞에 직면하는데 이는 절대자와 화해하는 중요한 계기가 된다. 위 시는 그 달에 발표했던 작품이다. 이 시의 시간적 배경은 '지금은 봄이 오는 한 고비'로 표현된다. '봄'이 생명을 표상하는 시간이라면 '봄이 오는 한 고비'는 겨울의 끝자락을 의미한다. 이러한 물리적인 시간은 시인의 죽음의 고비를 환기시킨다. 이 시의 화자는 외롭다. 눈을 돌려 보아도 그에게 '묻는 이'가 없고 '만나는 이'마다 묻지 않고 대답해 버린다. 사실은 '물음'보다 '대답'이 한층 더 어려운 것이다. 즉 '짤막한 대답'은 '피

눈물'로 짜내는 것과 같이 고통스러운 것으로, '한마디 한마디의 대답'은 '한걸음 한걸음씩 좁은 길로 걸어' 온 그의 고된 삶만큼 힘겨운 것으로 표현된다. 그런데 지금 화자는 '물음이 그 대답보다 더 외로운' 시간 앞에 처해 있다. 삶과 죽음의 갈림길 앞에서 그의 물음의 대상은 인간의 차원을 넘어 절대자인 '신'에게로 이동한다.

이 시의 존재론적 성찰은 화자가 아주 연약한 새끼 '제비'와 가냘픈 '수선화'에 비유되면서 전개된다. 이 시에서 '나의 입, 머리'(fr_1)는 '제비의 주둥이'(fr_2), '수선화의 새순'(fr_3)과 은유적 관계를 이룬다. 위 지시틀에서 지향 대상의 괄호 속에는 '어미'와 등가의 자리에 놓인 절대자 '신'과 절대적 자연물 '해'로써 '빈칸 −채우기'(gap-filling)를 할 수 있다. 새끼 '제비'에게 있어서 '어미'는 절대적 존재이기 때문이다. 이질적인 이들 지시틀은 상호작용하는 가운데 통합을 이룬다. 이 시에서 '제비의 주둥이'가 어미를 향해 벌리는 것은 먹이를 얻기 위한 생존의 행위이며, '수선화의 새순'이 '해'를 향하는 행위 역시 생장 내지는 생존에 관련된 것이다. 그런데 여기서는 '−하지 못하다'라는 술어로 인해 부정적인 의미망을 형성하여 위축된 생명의식을 산출해내고 있다. 따라서 '나의 입'과 '머리'가 '신'을 향해 '묻지 못하'고 '듣지 못하'는 위축된 존재론적 상태는 '제비의 주둥이'가 '어미'를 향해 '벌리지 못하'는 상태, '수선화의 새순'이 '해'를 향해 '나오지 못하'는 상태와 동일한 의미망을 형성한다. 이는 극도로 위축된 실존자의 모습으로서 신을 부정하며 살아온 화자가 그 앞에 차마 나아갈 수 없는 심정을 표출한 것이다.

이처럼 이 시에는 존재론적 성찰에 의한 화자의 실존의식이 은유적 의미망 속에서 드러난다. 하지만 이것은 그의 내면에 존재하는 생명에 대한 희구 내지 초월의 몸짓을 확인시켜 주는 것이기도 하다. 그의 다른 시 〈영혼의 고요한 밤〉에도 성찰하는 화자가 나타난다. 이 시의 "내 영혼의 씀바귀/ 마른 잎에 바람이 스치는……// (중략)// 고요한 가을 밤에는/ 들리는 소리도 많다./ 누구의 감는 갈피엔가/ 뉘우치며 되새기며 단풍잎 접어 넣는……// (중략)/ 내 메마른 영혼의 가지에 붙어 우는……"에서 '내 영혼'(fr_1)은 마른 '씀바귀'(fr_{2-1})와 메마른 '나뭇가지'(fr_{2-2})로 식물화된다. 이때 화자에게 봄의 소생하는 기운 대신에 '뉘우치며 되새기'며 영혼의 소리에 귀 기울일 수 있는 성찰의 시간이 마련된다. 이 시간은 초월을 촉발시키는 힘으로 작용한다는 점에서 중요성을 지닌다. 특히 화자는 자연의 소리에 귀를 기울이는데 이것은 그의 영혼에 울리는 신의 소리를 듣는 행위이다. 존재론적 성찰을 통해 마련된 그의 초월의지는 이제 수직적인 '나무'를 통하여 보다 구체적으로 표면화된다.

> 하느님이 지으신 자연 가운데
> 우리 사람에게 가장 가까운 것은
> 나무이다.
>
> 그 모양이 우리를 꼭 닮았다.
> 참나무는 튼튼한 어른들과 같고
> 앵두나무의 키와 그 빨간 뺨은
> 소년들과 같다.
>
> 우리가 저물녘에 들에 나아가 종소리를
> 들으며 긴 그림자를 늘이면
> 나무들도 우리 옆에 서서 그 긴 그림자를

늘인다.

우리가 때때로 멀고 팍팍한 길을
걸어가면
나무들도 그 먼 길을 말없이 따라오지만,
우리와 같이 위으로 위으로
머리를 두르는 것은
나무들도 언제부터인가 푸른 하늘을
사랑하기 때문일까?

가을이 되어 내가 팔을 벌려
나의 지난 날을 기도로 뉘우치면,
나무들도 저들의 빈 손과 팔을 벌려
치운 바람만 찬 서리를 받는다, 받는다.

〈나무〉 전문

　　위 시는 김현승 후기시의 지향성을 가장 잘 드러내주는 시 가운데 하나이다. 시적 화자는 나무의 존재 양상을 통해 인간의 실존을 가시화한다. 이것은 '나무'의 존재 양식이 '인간'의 그것과 아주 흡사하기 때문이다. 이때 '나무'라는 식물의 층위와 '나'라는 인간의 층위가 일체감을 형성한다. 먼저 '참나무'(fr_1)는 튼튼한 '어른'(fr_2)에 비유되는데 이는 외적인 건장함뿐만 아니라 내적인 성숙도 내포하고 있다. 또한 '앵두나무'(fr_1)는 '소년들'(fr_2)의 모습에 비유되어 키가 작은 소년의 외형뿐만 아니라 수줍음으로 인해 홍조를 띤 이들의 순수성을 환기시킨다. 이것은 형태적 유사성뿐만 아니라 본질적인 모습 역시 인간처럼 정신적 인격체로 느껴진다고 의인화되어 있다.[2] 이와 같이 외적인 생김새와 내적인 본성의 유사성에 의해 나무와 인간의 두 범주는 융화된다. 이로 인하여 나무와 인간 사이에는 깊은 유대감이 형성되기에 이른다.

인간의 식물화가 함유하는 궁극적인 의미는 초월적 욕망에 있다. 3연에서는 저물녘에 긴 '그림자'를 늘이는 '우리'(fr_1)와 마찬가지로 '나무'(fr_2)도 긴 그림자를 늘임으로써 동일화되며, 4연에서는 때때로 '멀고 팍팍한 길'을 함께 걸어감으로써 동일화되고 있다. 여기서는 인간의 지상적 삶의 고단함, 즉 지상적 인간의 한계 인식이 감지된다. 이러한 인식은 결국 '위으로 위으로/ 머리를 두르'며 '하늘'을 욕망하게 만든다. 4연에서 '우리'와 '나무'는 '머리'를 위로 두르는 행위를 통해 동일시되는데 이는 "천상의 세계를 향함으로써 절대자에게 동화되기를 열망하"[3]는 것이다. 이 시의 "나무들도 언제부터인가 푸른 하늘을 사랑하기 때문일까?"라는 언술에서 '푸른 하늘'을 '사랑한다'는 것은 초월을 지향한다는 말과 일맥상통한다. 이것은 결국 지난날의 잘못을 뉘우치며 감내하는 행위로 연결된다. 마지막 연에서, 가을이 되어 기도하는 '나의 빈손과 팔'은 쭉 뻗은 '나무들의 빈 가지들'과 등가를 이루며 기도하는 인간의 행위는 '치운 바람', '찬 서리'를 받으며 감내하는 나무의 존재 양상과 접합된다. 이렇듯 화자는 존재론적 성찰 속에서 초월을 지향하는데 인간의 식물화는 식물적 생명력에 의한 초월의 추구를 의미화한다. 그의 시 〈비약〉에서는 이러한 식물적 초월성이 보다 더 구체적으로 형상화되고 있다.

---

2. 천영숙, 「김현승 시의 은유 연구」, 한남대 대학원 석사학위논문, 1999, 48쪽.
3. 최승호, 「김현승 시의 서정화 방식 연구」, 『한국언어문학』65집, 한국언어문학회, 2008.6, 359쪽.

강물이 끝나는 곳에서

바다는 열린다―바다는 꽃핀다.

더욱 큰 파도를 우러러 지금은 팔을 벌릴 때…….

길들이 끝나는 곳에서

길은 열리어,

생명의 매듭은 자라가는 것―

역사의 회랑은 영원으로 굽어지는 것―

창을 올려라!

가녀리고 서럽던

양양하고 막연턴

그리고 담쟁이 삼월의 파란 순이 오르던.

〈비약〉 부분

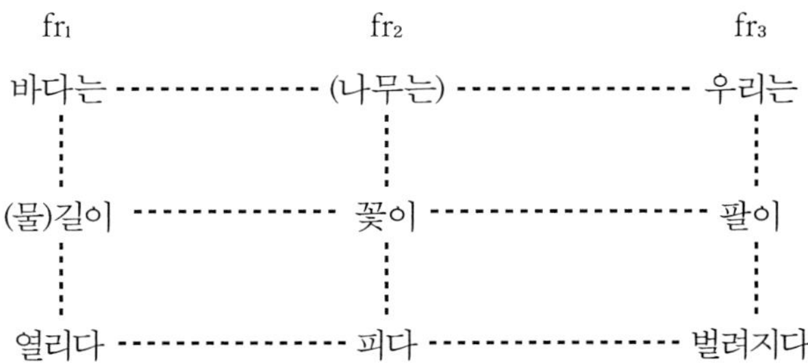

이 시 1연의 "바다는 열린다―바다는 꽃핀다"에서 '바다'(fr_1)는 '나무'(fr_2)와 은유적 관계로 결합하며 이는 다시 '우리'(fr_3)와 '은환유[4]'로 결합하여 생명의식을 창출한다. 이것은 '바다', '나무'와 병치를 이룬 은유적 결합으로도 볼 수 있고 인접성에 의한 환유적 결합으로

도 볼 수 있다. 이들은 상호작용함으로써 무한의 영역으로 확대되는 역동성을 창출하면서 통합을 이룬다. 그래서 '바다'의 '물길'이 확 열리는 것은 '나무'의 꽃이 활짝 피는 개화의 행위, '우리'의 팔이 넓게 벌려지는 비약의 행위와 동일한 의미맥락을 형성한다. 이처럼 1연의 "강물이 끝나는 곳에서/ 바다는 열린다" 이하의 언술에서는 '바다'라는 공간의 층위가 '나무'의 식물의 층위, '우리'의 인간의 층위로 변주되면서 무한대로 확대되는 역동적 생명력이 구체화된다. 이것은 초월을 욕망하는 시인의 인식의 확대와 갱신을 대변해준다. 한편, 1연과 병치를 이룬 2연의 "길들이 끝나는 곳에서/ 길은 열리어"라는 언술에는 '길'(fr$_1$)의 열림이 '매듭'(fr$_2$)의 '자라가'는 행위, '회랑'(fr$_3$)의 '굽어지'는 행위로 변주되면서 영속적 시간을 의미화하고 있다. 이에 대해서는 다음 장에서 다시 언급하기로 한다.

이 시에서 '강물이 끝나는 곳'과 '길들이 끝나는 곳'은 막힘이나 단절이 아닌 공간의 개방성과 시간의 영속성으로 제시된다. 이러한 양상은 시적 화자의 초월적인 '비약'의 행위와 연계되어 있다. 3연에는 화자의 생명의지가 '창을 올려라!'라는 직설적인 언술로 표현되는데 '창'(fr$_1$)을 올리는 역동적 행위는 삼월에 '담쟁이의 파란 순'(fr$_2$)이 오르는 행위와 동일시되어 식물적 생명력을 파생시킨다. '올려라', '오르던'이라는 술어는 상승을 지향하는 초월적인 힘을 의미화한다. 이렇듯 "재생과 창조의 기독정신에 바탕한 생명시학"[5]에 토대를 둔 김현

---

4. 실제로 어떤 비유는 은유로 봐야 할지, 환유로 봐야할지 경계선이 모호하고 애매하며 분류하기가 쉽지 않다. 이때는 '은환유'라는 용어로 부른다. ―김욱동, 『은유와 환유』, 민음사, 2004, 189-199쪽.

5. 손진은, 「김현승 시의 생명시학적 연구」, 『어문론총』제34호, 경북어문학회, 2000.8, 109-110쪽.

승의 시의식은 후기로 오면서 보다 분명하게 표면화된다.

> 지금 세계는 가난하여도
> 옥토 같은 젊은 가슴에 뿌려진
> 진리의 꽃밭은 이윽고 피어나리니,
> 심장에 불을 일궈라!
> 그대들 이윽고 새 누리를 가동할 용광로에.
>
> 〈비약〉 부분

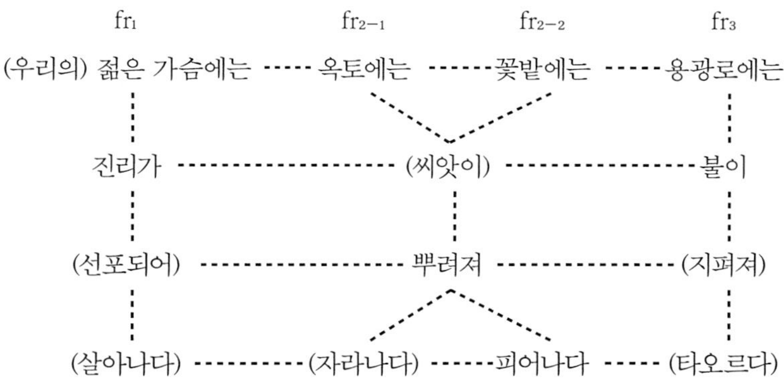

위 인용문은 그의 시 〈비약〉의 마지막 5연이다. 여기서는 인간의 공간이 식물의 공간으로 전이되는 양상을 보인다. 이 시의 "지금 세계는 가난하여도"라는 시구에서 알 수 있듯이 지금의 현실은 그리 밝지 못하다. 그럼에도 화자는 긍정적인 미래를 예견하면서 생명의 지를 표명한다. 이러한 시의식은 은유적 의미망 속에서 전개된다. 이 시의 "옥토 같은 젊은 가슴에 뿌려진/ 진리의 꽃밭은"의 시구에 의해서 '우리의 젊은 가슴'(fr₁)이라는 인간의 내면 공간은 '옥토'(fr₂₋₁),

'꽃밭'(fr$_{2-2}$)이라는 식물의 공간과 은유적 관계로 결합하며, 이는 다시 병치를 이룬 '용광로'(fr$_3$)라는 불의 공간과 은유로 결합한다. 이들 지시틀은 상호작용함으로써 융화된다. '옥토'는 식물이 잘 자랄 수 있는 영양분이 풍부하고 기름진 땅으로서, 이것에 비유된 '우리의 젊은 가슴'은 씨앗이 잘 자라는 비옥한 대지로 토질화된다. 또한 이것은 꽃들이 개화하고 생장하는 아름다운 '꽃밭'으로 미화된다. 그런데 이것은 '진리의 꽃밭'으로서 '진리'가 선포되어 살아나는 '우리의 가슴'에 아름다움을 부여한다. 이를테면 이는 미적인 생명을 의미한다. 마지막으로 '우리의 가슴'은 '불'이 타오르는 '용광로'에 비유되어 '불'이 지닌 뜨거운 열기와 열정의 공간으로 변주된다. '용광로'는 높은 온도로 광석을 녹여서 쇠붙이를 뽑아내는 가마로서, 이는 금속을 제련하는 불의 공간이라는 점에서 '정화'의 의미도 함의한다.

이와 같이 이 시에서 '우리의 젊은 가슴'에 기독교의 '진리'가 선포되어 살아나는 생명력은 '옥토'나 '꽃밭'에 '씨앗'이 뿌려져 자라나는 식물적 생명력으로 변주되며, '용광로'에서 '불'이 지펴져 타오르는 역동적 생명력으로 변주되면서 초월의지가 보다 강하게 표출된다. 위 지시틀의 '살아나다' –'자라나다' –'피어나다' –'타오르다'의 일련의 술부군은 초월의식에 내재하는 역동적 생명력을 확인시켜 준다. 그의 다른 시 〈부활절에〉에서는 '예수'와 식물이 결합하는 양상을 보이는데 이를 통해 인간에게 초월적 생명력을 부여한다.

당신은 당신의 손으로
로마를 정복하지 않았으나,
당신은 로마보다도 크고 강한 세계를
지금 다스리고 계십니다!

지금 울려 퍼지는 이 종소리로
다스리고 계시옵니다!
당신은 지금 유대인의 수의를 벗고
모든 땅의 훈훈한 생명이 되셨습니다.

(중략)

해마다 사월의 훈훈한 땅들은
밀알 하나이 썩어
다시 사는 기적을 우리에게 보여 줍니다.
이 파릇한 새 생명의 눈으로…….

〈부활절에〉 부분

이 시에서 '당신'으로 표현된 '예수'는 인간인 동시에 신이다. 이 시에는 '무덤' 속에서 나오는 '당신'(fr_1)이라는 인간의 층위 내지 신의 층위와 '땅' 속에서 싹트는 파릇한 '순'(fr_2)이라는 식물의 층위가 동일시되면서 생명의식을 가시화한다. '희생양'으로 죽었다가 다시 살아나는 '당신'의 재생은 '밀알' 하나가 썩어 파릇한 '순'으로 올라오는 식물의 그것과 등가를 이룬다. 여기서 "땅에 묻히는 씨앗의 성서적 메시지는, 지상에서 소멸하는 것을 긍정할 수 있는 자만이 영원한 생명을 얻는다는 역설적인 기독교의 진리를 드러내는 것이다."[6] 이러한 생명으로 인해 해마다 '사월'은 훈훈하다. 그것은 '새 생명의 눈'처럼 파릇하다. '당신'은 이제 '무덤'을 벗어나 세상을 다스리며, 자신의

---

6. 김인섭, 『김현승시의 상징체계 연구』, 보고사, 1999, 167쪽.

존재를 환유하는 '손' 대신에 '종소리'로써 다스린다. '종소리'는 무한의 영역으로 확대되는 속성을 지님으로써 그의 존재 영역을 무한대로 확장시킨다. 그래서 지금 그는 '무덤 밖/ 온 천하'에 충만하게 존재하는 무소부재한 신으로 자리한다.

김현승의 유고시집 『마지막 지상에서』에는 식물 은유가 형성되어 기독교에 바탕 한 초월적 생명력이 구체화되고 있다. 그는 인간을 식물화하여 존재론적 성찰을 하며 이것은 다시 식물적 생명력에 의한 초월의 욕망으로 전개된다. 이와 같은 초월의지는 수직적인 '나무'를 통해 보다 구체적으로 표면화되며 결국은 인간이면서 신인 존재와 식물이 결합하는 양상으로 귀결된다. 이들 시는 인간의 식물화에 의해 역동적인 초월성이 실현된다는 점, 또 이것이 무한대로 확대된다는 점에서 김현승의 중기시와 차이를 보인다. 여기서는 주로 추상에서 구상으로 내지는 구상에서 구상으로 변전하는 은유 양상을 나타낸다.

3. 영속적 자연 은유

이 장에서는 김현승의 시집 『마지막 지상에서』에서 '물'에 의해 초월성이 의미화되는 은유 양상에 관하여 논의하고자 한다. 김현승의 중기시에 두드러지는 '견고에의 집념[7]'은 불변의 실체를 갈구하는 그의 초월적 인식에서 배태된 것으로 볼 수 있다. 그런데 단단하고 건조한 것에 대한 천착은 후기로 오면서 유동적이고 물기 있는 것들에

---

7. 김종길, 「견고에의 집념 ─김현승의 스타일을 중심으로」, 김인섭 편, 『김현승시 논평집』, 숭실대출판부, 2007, 254─267쪽.

대한 집중으로 전환되는 양상을 보인다. 즉 시인의 초월에의 집념은
유동적인 자연에게로 다소 옮겨간다. 먼저 그의 〈샘물〉에 나타나는
은유를 도표화하여 이를 살펴보기로 한다.

깊고 어진 사람의 성품과 같이
언제나 누구에게나 풍성히 솟는 샘물…….

몇천 몇만년
얼마나 많은 길손들이
저들의 무거운 멍에를 이 샘물 곁에
쉬고 갔을까.

앞으로 또 얼마나 많은 오고 올 사람들이
저들의 피곤한 다리와 메마른 입술
저들의 평생을
이 샘물에 적시우고 가려는가?

(중략)

그 마음이 날로 새로워
항상 아름다운 꿈을 지니이듯
억만년 이 정결한 품속에서 씻기운 푸른 하늘을
저만이 호올로 간직한 보배처럼
때때로 물끄러미 들여다보고 가는
흰구름들도 있다! 구름들이 있다!

언제나 누구에게나

풍성하게 솟아 넘치는 샘물이기에

오히려 그의 은총을 지나쳐 버리는 우리의 허물은

허물이어도 오히려 아름다운

우리의 크낙한 행복이다! 행복이다.

〈샘물〉 부분

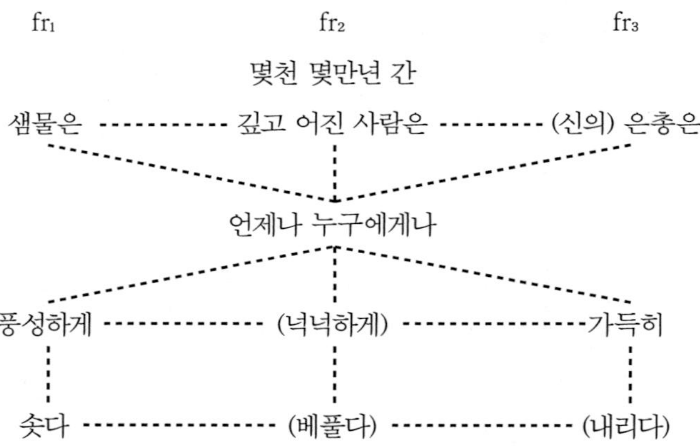

이 시에는 유한한 지상적 삶 가운데서 초월을 지향하는 화자의 시
의식이 은유를 통해 구체화된다. 1연의 "깊고 어진 사람의 성품과
같이/ 언제 누구에게나 풍성하게 솟는 샘물……."의 시구에서 '샘물'
(fr₁)은 '깊고 어진 사람'(fr₂)에 비유되어 인격화된다. 그런데 2-3연의
언술은 이 '샘물'이 단순한 자연 이상의 의미를 함축하고 있음을 암
시한다. 이는 마지막 연의 "풍성하게 솟아 넘치는 샘물이기에/ 오히
려 그의 은총을 지나쳐 버리는 우리의 허물은"의 시구에서 보다 분
명해진다. 이것은 신성을 지닌 표상물이라고 할 수 있다. 여기서 '샘
물'은 '그의 은총'(fr₃)과 은유적 관계를 이룸으로써 신적 속성을 부여

받는다. 이렇게 해서 '샘물'이라는 자연의 층위, '깊고 어진 사람'이라는 인간의 층위, '신의 은총'이라는 신의 층위가 은유적 관계로 결합한다. 그런데 샘물이 '솟'는 것은 상승지향성을 나타내고, 깊고 어진 사람이 '베푸'는 것은 수평적 지향성을 나타내며, 신의 은총이 '내리'는 것은 하강지향성을 드러낸다는 점에서 차이를 보인다. 하지만 이러한 이질적 행위는 지시틀 간의 상호작용을 통하여 초월적 생명력을 수렴해낸다. 따라서 풍성하게 솟는 '샘물'은 여유 있게 베푸는 '깊고 어진 사람', 가득이 내리는 '신의 은총'과 동일한 의미망을 형성하게 된다. 여기서 주목할 것은 이들이 '몇천 몇만년 간'이라는 시간을 공유하면서 영원성을 의미화한다는 점이다.

4-5연에서 이 '샘물'은 수많은 사람들이 '피곤한 다리와 메마른 입술'을 적셔준 것으로 진술되고 있다. '은이나 금'보다 헐하지 않은 이 샘물을 길으면서 '서둘거나 다투지도' 않는 '아낙네들'의 행위는 마치 현실을 초월해서 사는 듯하다. 또 '아낙네들'의 마음은 '날로 새로'워서 항상 '아름다운 꿈'을 품는다. 이런 '아낙네들'(fr_1)의 모습은 '흰구름들'(fr_2)과 병치되어 은유적 관계를 이룬다. '아낙네들'이 '아름다운 꿈' 내지 '보배'를 지닌 상태는 '흰구름'이 정결하게 씻긴 '푸른 하늘'을 간직한 상태와 동일한 의미망을 형성한다. 이것은 '저만이 호을로 간직한' 것으로서 아주 내밀한 꿈이다. 여기서 '억만년 이 정결한 품속'에서 씻기운 '푸른 하늘'은 영원성을 표상하는 자연 공간이라고 볼 수 있다. 이렇듯 위 시는 영속적인 자연 '샘물'의 은유적 변전을 통하여 영원성을 의미화하고 있다.

이러한 양상은 앞서 살펴본 그의 시 〈비약〉에서도 나타난다. 이 시 1연의 "강물이 끝나는 곳에서/ 바다는 열린다" 이하의 언술에는 '바다'(fr_1)와 '나무'(fr_2)와 '우리'(fr_3)가 은유로 결합해서 생명력을 구체화하고 있다. 특히 '강물'이 끝나는 곳에 '바다'가 열리면서 그 물길이 지속되는 것은 영원성을 형상화한 것이다. 1연과 병치를 이룬 2연에서도 영원성이 형상화된다. 이 시의 "길들이 끝나는 곳에서/ 길은 열리어" 이하의 언술에서 '길'(fr_1)이 '열리'는 것은 '매듭'(fr_2)이 '자라가'는 행위, '회랑'(fr_3)이 '굽어지'는 행위에 비유된다. '매듭'은 실이나 끈의 마디로서 일의 순조롭지 못함, 즉 막힘을 표상한다. 그런데 이 시의 '생명의 매듭'은 관념의 사물화로서 '자라가'는 연속성을 지닌 것으로 제시된다. 또한 '회랑'은 건물과 건물을 연결하는 건축물, 즉 건물의 중요 부분을 둘러싼 지붕이 있는 복도이다. 그런데 '역사의 회랑'은 시간의 공간화로서 이것이 '영원으로 굽어지'는 것은 영속적인 시간을 의미화한다. 이 시에서는 '강물'이 가닿는 '바다', '길'의 은유적 변전에 의해 단절이 아닌 영속적 시간이 구체화되고 있다. 그의 다른 시 〈신년기원〉에도 '강물'이 '바다'로 흘러가는 양상을 통해 영속적 시간이 형상화되는데 여기서는 영원한 '바다'가 '당신의 품'에 비유되면서 초월성이 실현되고 있다.

우리를 오히려 도로혀 더욱
슬프고 배고프고 목마르게 만들던,
단추로 눌러 버린 이 기쁨들
빛의 이 영화들
엉겅퀴 우거진 이 욕망의 벌을 지나,
낡은 경험 위에 새로운 슬기를 띄우며
새 아침의 도소주를 마음의 새 푸대에 부으며,
아침 태양이 반짝이는 강물처럼
굽이쳐 굽이쳐 우리의 새로운 시간들을

당신의 품– 당신의 영원한 바다로
흘러가게 하소서 하소서.

〈신년기원〉 부분

　새해의 기원을 담고 있는 이 시는 기도형식을 취하고 있다. 시적
화자는 '엉겅퀴 우거진 이 욕망의 벌'을 지나 새로운 해를 맞고자 하
는데 이런 바람은 "새 아침의 도소주를 마음의 새 푸대에 부으며"라
는 언술로 표현된다. 새롭게 단장하는 그의 '새 마음'(fr_1)은 '새 푸대'
(fr_2)에 비유된다. '부대'는 종이, 피륙, 가죽 등으로 만든 큰 자루로서
과일이나 열매를 담는다는 점에서 공간의 속성을 갖게 된다. 이 시
의 "새 아침의 도소주를 마음의 새 푸대에 부으며"라는 비유적 표현
은 기독교의식에 근거 해 있는 것으로서[8] 여기에는 낡고 묵은 과거
의 습관을 좇아 행하는 '옛 사람'이 아닌 '새 사람'이 되고자 하는 소
망이 함축되어 있다.

　여기서 주시할 것은 시 하반부의 "아침 태양이 반짝이는 강물처
럼/ 굽이쳐 굽이쳐 우리의 새로운 시간들을/ 당신의 품– 당신의 영
원한 바다로/ 흘러가게 하소서 하소서"라는 부분이다. 새롭게 맞이
하는 '우리들의 시간'(fr_1)이라는 시간의 층위는 '강물'(fr_2)이라는 자
연의 층위로 이동하면서 초월성을 가시화한다. 이때 '시간'의 흐름을
'강물'에 비유하는 것은 아주 통상적인 표현이다. 다만 중요한 것은
'바다'가 '신의 품'과 동일시됨으로써 '우리들의 시간'이 영원한 '당신의
품'으로 흘러가는 행위와 '강물'이 영원한 '바다'로 굽이쳐 흘러가는
행위가 등가를 이루면서 영속적 시간을 의미화한다는 점이다. 그의

---

8. "새 포도주는 새 부대에 넣어야 할 것이니라"(누가복음5장 39절)

다른 시 〈지각 −행복의 얼굴〉에서도 '바닷물'을 통하여 영원성이 형
상화되고 있다.

내게 행복이 온다면
나는 그에게 감사하고,
내게 불행이 와도
나는 또 그에게 감사한다.

한 번은 밖에서 오고
한 번은 안에서 오는 행복이다.

우리의 행복의 문은
밖에서도 열리지만
안에서도 열리게 되어 있다.

내가 행복할 때
나는 오늘의 햇빛을 따스히 사랑하고
내가 불행할 때
나는 내일의 별들을 사랑한다.

이와 같이 내 생명의 숨결은
밖에서도 들여쉬고
안에서도 내어 쉬게 되어 있다.

이와같이 내 생명의 바다는
밀물이 되기도 하고

썰물이 되기도 하면서

끊임없이 끊임없이 출렁거린다.

〈지각 ―행복의 얼굴〉 전문

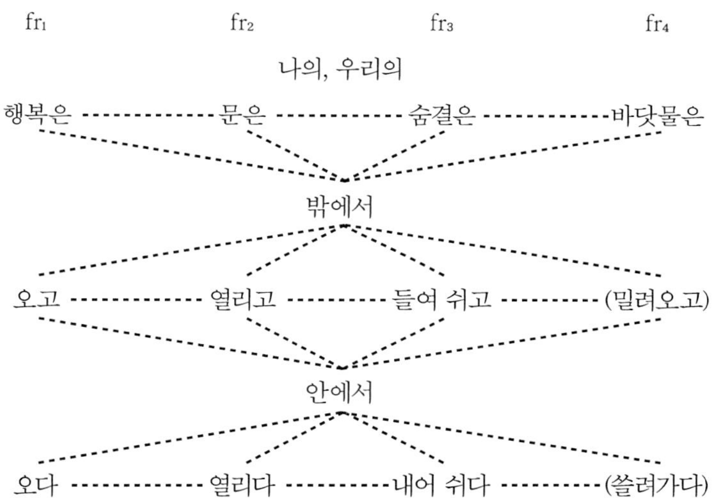

이 시에는 추상적인 ‘행복’이 구상화되고 있다. 이 시에 나타난 충만한 생명력은 김현승 시인의 마지막 지상의 삶을 잘 대변해준다. 이 시에는 나의 ‘행복’(fr₁)이라는 관념의 층위, ‘문’(fr₂)이라는 공간의 층위, ‘생명의 숨결’(fr₃)이라는 인간의 층위, ‘바닷물’(fr₄)이라는 자연의 층위가 병치되어 비유적 관계를 형성한다. 이들 지시틀은 ‘밖에서’ 들어오는 행위와 ‘안에서’ 나가는 행위를 공유하여 상호작용함으로써 융화된다. 안팎에서 ‘오’는 ‘행복’, 안팎으로 ‘열리’는 ‘문’, 들여 쉬고 내어 쉬는 ‘숨결’, 밀려오고 쓸려가는 ‘바닷물’은 모두 양방향으로 작용하고 있다. 화자는 인간의 ‘행복’이 외부에서도 오지만 내부에서

도 오는 것임을 인식한다. 일반적으로 '문'은 내부와 외부를 구획하는 경계공간이지만 여기서는 안팎으로 열림으로써 단절이 와해되고 공간의 넘나듦을 의미화한다. 또한 인간의 '숨결'은 '내어 쉬'는 날숨과 '들여 쉬'는 '들숨'이 서로 넘나들면서 원활한 소통이 이루어지며, 바다는 '밀려오'는 밀물과 '쓸려가'는 썰물의 유동성에 의해 서로 융화된다. 네 지시틀의 술부군은 상반된 행위의 반복에 의해 단절과 막힘을 무화시키면서 소통과 열림을 파생시킨다는 점에서 유사성을 지닌다. 중요한 것은 이러한 행위가 일회적인 것이 아니라 '끊임없이 끊임없이' 지속되는 영속적인 행위라는 점이다. 이는 결국 시인이 지향하는 영속적 시간을 의미화하기에 이른다.

이와 같이 화자에게 '행복'은 '문'의 열림과 '숨결'의 소통과 '바다'의 출렁거림처럼 시공간의 단절이나 막힘이 와해된 소통의 상태로 표현된다. 이 시에서도 '바닷물'의 넘나듦을 통해 영속적 시간이 구체화되고 있다. 이때 생명이 모든 존재를 가득 채우는 자리, 그래서 자아와 대상이 온전한 동일성을 형성할 수 있는 이와 같은 자리는 서정적 동일성이 회복된 자리라고 할 수 있다.[9] 여기서 주목할 것은 시적 화자와 세계의 이러한 소통이 결국은 절대자와의 소통을 의미한다는 점이다. 이 시의 4연에는 '행복/ 불행', '밝음/ 어둠', '오늘/ 내일' 등이 대비되어 나타나는데 이러한 존재론적 상황은 화자가 '사랑한다'라고 함으로써 융합을 이룬다. 이것은 화자 자신의 삶이 절대자의 자장 속에 있음을 인정하는 태도로서 신과의 소통을 통하여 마련된 것이다.

---

9. 금동철, 「김현승 시의 '고독'과 은유의 수사학」, 『우리말글』제21집, 우리말글학회, 2001.8, 209쪽.

이 시에서 '행복'은 다양한 층위로 변전하면서 다의적 의미를 생성하는데 이것은 정적인 차원에 머무르는 것이 아니라 내부와 외부가 소통되는 역동성을 산출해낸다. 이러한 소통은 결국 절대자와의 소통을 의미함으로써 기독교적 초월성을 실현한다는 점, 그리고 '바닷물'의 왕래로 변주되어 영속성의 시간을 의미화한다는 점에서 주시할 만하다. 그의 다른 시 〈근황〉에도 '바닷물'에 의한 영속성이 형상화되고 있다.

아름다운 꿈이었던
나의 두개골에 빗물이 고인다.
나의 꿈은 짠물이 되어
미역냄새를 풍기며
이제는 멀리 멀리 밀려간다.

〈근황〉 부분

이 시에는 지상적 존재의 한계성을 넘어 영원성의 지향이 드러난다. 아무리 귀하고 아름다운 것이라도 지상의 모든 것들은 한계성을 지닌다. 유한한 존재에 대한 회의는 이 유한성으로 해서 영원한 초월적 존재를 추구하게 된다.[10] 여기서는 시적 화자의 유한성을 표상하는 '나의 두개골'이 영원성을 표상하는 '바다'로 변주되는 양상을 보인다. '나의 두개골'(fr_1)은 화자의 '아름다운 꿈'이 자리한 신체적 공간으로서 그의 내면세계를 환유한다. 두개골에 담긴 '꿈'은 '빗물'로 변주되고, 이는 다시 '짠물'로 변주되는데 이때 '바다'(fr_2)라는 지시

---

10. 권영진, 「시와 종교적 상상력」, 김인섭 편, 『김현승시 논평집』, 숭실대출판부, 2007, 217쪽.

틀이 새롭게 파생된다. '바다'로 '멀리 멀리' 흘러가는 '짠물'은 지상적 욕망이 제거되어 영원의 공간, 즉 신의 품으로 진입하는 화자의 초월적 꿈을 의미한다고 볼 수 있다. 비로소 화자는 신과 소통하는 가운데 영원한 그의 시간 속으로 들어간다.

김현승의 후기시집 『마지막 지상에서』에는 '샘물', '강물', '바닷물' 등의 영속적 자연에 의해서 영원성 내지 초월성이 구체화되고 있다. 이 장에서도 그리 복잡하지 않은 은유체계 속에서 초월성이 실현되는데 유동적인 '물'에 의해 영속적 시간이 생성되는 은유 양상은 견고한 것에 천착하여 초월을 지향하던 김현승의 중기시와 분명한 차이를 갖는다. 여기서는 추상에서 구상으로 내지 구상에서 추상으로 변전하는 가운데 시적 의미가 구체화되고 있다.

4. 신성적 모체 은유

여기서는 김현승의 시집 『마지막 지상에서』에 나타나는 '어둠'의 은유적 변전에 대하여 논의할 것이다. 주지하다시피 부정적인 의미를 지닌 '검은 빛'이 긍정적인 가치를 획득함으로써 역설성을 드러내는 것은 김현승 시의 중요한 특징이다. 이러한 양상은 김현승의 후기시에도 일관되게 나타나며, 특히 후기시에서는 '어둠'과 '신'이 동일시되고 있다. 그의 시 〈그림자〉에는 '어둠'으로 드러나는 '그림자'에 의해 다층적 지시틀이 생성되는데 이를 도표화하면 다음과 같다.

그림자
너는 나를 먹칠해 버렸다.
눈도 귀도

그리고 헛바닥도 없는 나로.

그림자
너는 나를 검은 보자기로 쌌다.
전둥이와 같은 나의 이 수치를

그림자
너는 나를 길 위에 재단해 버렸다.
내 발부리에서 터져나는
내 영혼의 헐벗은 창자와 같이.

〈그림자〉 전문

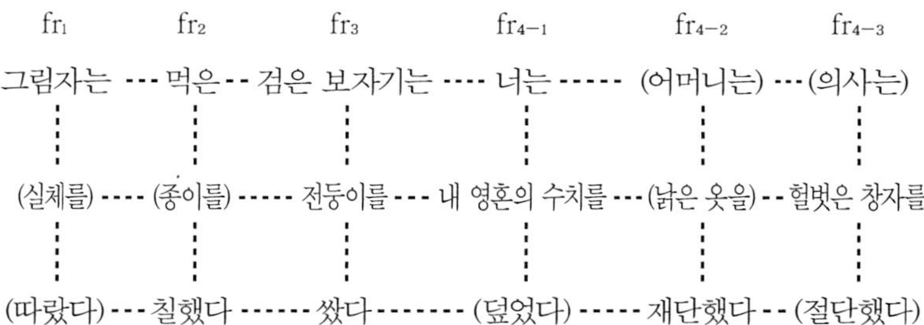

이 시의 시적 주체인 '그림자'(fr_1)는 '먹'(fr_2)이라는 색료의 층위, '검은 보자기'(fr_3)라는 직물의 층위로 변주되면서 무형의 존재를 사물화시킨다. '그림자'는 '종이'를 먹칠해서 밑그림의 형상을 지우는 '먹'으로 질료화되며, 수치스런 존재를 표상하는 '전둥이'를 싸는 '검은 보자기'로 직물화됨으로써 관념적인 '그림자'를 구체화시킨다. 이들 지시틀은 상호충돌함으로써 "눈도 귀도/ 그리고 헛바닥도 없는 나"로 존재를 무화시킨다. 또한 이 시에서 '그림자'는 인격화된 존재 '너'

(fr$_{4-1}$)로 제시되는데 이것은 김현승의 많은 시편들에서 발견되는 양상이다. 그런데 이 시의 "너는 나를 길 위에 재단해 버렸다", "내 영혼의 헐벗은 창자와 같이"라는 시구에 의해 '너'는 '어머니'(fr$_{4-2}$), '의사'(fr$_{4-3}$)라는 지시틀을 파생시킨다. '그림자'는 '너', '어머니', '의사'로 변주되면서 새로운 의미를 산출한다. 여기서 수치를 덮는 '너'의 행위가 영혼에 관련된다면, '어머니'의 수선 행위와 '의사'의 수술 행위는 육체에 연관된다.

이질성을 지닌 이들의 행위는 상호작용함으로써 지상적인 욕망을 제거하고 새롭게 만드는 행위라는 공통점을 수렴해낸다. 그래서 '너'가 내 '영혼의 수치'를 온전히 덮어주는 것은 '어머니'가 '낡은 옷'을 섬세하게 재단하는 행위, '의사'가 '헐벗은 창자'를 깨끗하게 절단하는 행위와 동일한 의미망을 형성하게 된다. 특히 중요한 것은 이러한 행위의 주체가 인간의 차원을 넘어 신적인 존재를 환기시킨다는 점이다. 즉 '어둠'의 변신체인 '너' –'어머니' –'의사'라는 존재는 인간의 '영혼'의 문제에 관여함으로써 신적 존재를 표상한다고 볼 수 있다. 위 지시틀의 '칠했다' –'쌌다' –'덮었다'라는 술어들이 실체를 가려주는 행위에 해당한다면, '재단했다' –'절단했다'라는 술어들은 그것을 소거하는 행위에 해당한다. 대비를 이룬 이러한 행위는 은유적 의미작용 속에서 새롭게 부여되는 초월적 생명을 의미화한다. 여기서 일련의 술부군이 과거형 시제로 제시되고 있는데 이는 시적 화자가 초월적 존재로 이미 전환되었음을 시사한다. 이렇듯 이 시는 단순히 '어둠'의 역설성을 드러내는 차원을 넘어 다층적인 은유적 의미망을 통해 다의적인 초월성을 보여준다. 이는 시인의 인식의 확장과 미학적 갱신을 보여주는 것이다.

그런데 부정적 의미를 지닌 '어둠'은 '밝음'을 파생시킨다는 점에서 역설적이다. 검은 색이 주는 "無, 죽음, 비애 등은 부정적인 상실의 이미지가 아니라 재생과 自省의 생명력을 내포하는 긍정적인 이미지"[11]가 되는 것이다. 이처럼 '그림자'가 지닌 '어둠'은 긍정과 부정의 이중적 의미맥락을 형성하는데 이것은 김현승의 독자적인 시적 특성이기도 하다. 이와 같이 그늘을 비애나 어두운 패배의식을 보지 않고 가장 강력한 긍정의 사고로 보는 관점은 기독교의 부활 즉 재생 사상에 의거한 생명시학이다.[12] 이 '어둠'은 그의 시 〈검은 빛〉(『절대고독』)에 나타나는 '검은 빛'과도 유사하다. 이 시의 "꽃들의 이름을 일일이 묻지 않고/ 꽃마다 품 안에 받아들이는/ 빛.// 사랑하기보다/ 사랑을 간직하며,/ 허물을 묻지 않고/ 허물을 가리워 주는/ 빛"에 나타난 초월적인 빛, 즉 '빛을 넘어/ 빛에 닿은/ 단 하나의 빛'과 일맥상통하는 것이다. '검은 빛'은 외면적으로 확산되어 퍼져나가기보다 흡수하고, 분리하기보다는 종합하여 간직한다는 점에서, 또 모든 빛깔들이 되돌아오는 근원적인 빛이라는 점에서 그 함의는 생명성의 근원으로 수렴되어 있다.[13] 이처럼 위 시에서는 '어둠'으로 드러나는 '그림자'의 은유적 변전을 통하여 신성적 모체화가 이루어지면서 초월성이 실현되고 있다. 이러한 양상은 그의 시 〈이 어둠이 내게 와서〉에서도 나타난다.

이 어둠이 내게 와서
요나의 고기 속에

---

11. 신익호, 「한국현대기독교시연구 ―김현승, 박두진, 구상 시를 중심으로」, 전북대 대학원 박사학위논문, 1987, 65쪽.
12. 손진은(2000), 위의 논문, 109-110쪽.
13. 손진은(2000), 위의 논문, 111쪽.

나를 가둔다.
새 아침 낯선 눈부신 땅에
나를 배앝으려고.

이 어둠이 내게 와서
나의 눈을 가리운다.
지금껏 보이지 않던 곳을
더 멀리 보게 하려고,
들리지 않던 소리를
더 멀리 듣게 하려고.

이 어둠이 내게 와서
더 깊고 부드러운 품안으로
나를 안아 준다.
이 품속에서 나의 말은
더 달콤한 숨소리로 변하고
나의 사랑은 더 두근거리는
허파가 된다.
이 어둠이 내게 와서
밝음으론 밝음으론 볼 수 없던
나의 눈을 비로소 뜨게 한다!

마치 까아만 비로도 방석 안에서
차갑게 반짝이는 이국의 보석처럼,
마치 고요한 바닷 진흙 속에서
아름답게 빛나는 진주처럼…….

〈이 어둠이 내게 와서〉 전문

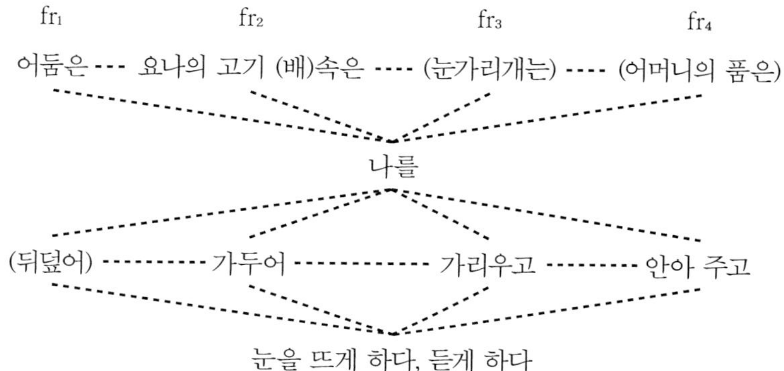

이 시는 물고기 뱃속에 갇힌 '요나'의 체험을 재현하고 있다. 구약성경 속의 인물 '요나'는 신의 명령에 불순종하다가 엉뚱한 장소로 간후 어두운 물고기 뱃속에 갇혀 암흑체험[14]을 하고 이후에 진정한 선지자로 거듭나게 된다. 이 시에서는 '어둠'이 다양하게 변주된다. 먼저이 시의 "이 어둠이 내게 와서/ 요나의 고기 속에/ 나를 가둔다"라는시구에서 나를 뒤덮은 '어둠'(fr₁)이라는 관념의 층위가 '요나의 고기배속'(fr₂)이라는 동물적 공간의 층위로 전이되는데 이는 감금을 의미화한다. 또한 이것은 '나의 눈'을 가리는 '눈가리개'(fr₃)로 사물화되어막힘 내지 폐쇄의 의미를 생성한다. 이는 다시 깊고 부드러운 '어머니의 품'(fr₄)이라는 인간적 공간의 층위로 변전하면서 신성적 모체를 의미화한다. 그런데 긍정적 의미를 지닌 '어머니의 품'과 달리 '어둠', '요나의 고기 배속', '눈가리개'라는 지시틀은 일차적으로는 부정적 의미를

---

14. 요나가 겪은 고기배 속의 '암흑체험'은 마치 성년의식의 동굴체험, 세례의식과도 같은 것으로 요나는 이 암흑체험을 통해서 유사죽음을 맛보았으며 새로운 선지자로 거듭나는 통과의례를 겪었다.(요나서 1~3장) ─유혜숙, 「김현승 시의 '검은빛' 강박 이미지 연구 ─반대이행적 개명의지로서의 '검은빛'과 '절대고독'」, 『한국문학이론과 비평』제20집 7권3호, 한국문학이론과 비평학회, 2003.9, 386쪽.

드러낸다. 이질적인 이들 지시틀은 '눈을 뜨게 하다, 듣게 하다'라는 시구를 공유하여 상호작용함으로써 개안의 의미를 수렴해낸다.

1-3연에서는 '어둠' 이면에 존재하는 밝음에 대하여 진술하고 있다. '어둠'이 나를 뒤덮은 것과 '요나의 배속'이 나를 가둔 것은 '새 아침 낯선 눈부신 땅'으로 이끌기 위함으로, 이곳은 이른바 영혼의 '새 하늘과 새 땅'으로서 초월적인 신성의 세계를 암시한다.[15] 또한 '눈가리개'가 나의 눈을 가리는 것은 '지금껏 보이지 않던 곳'을 더 멀리 보게 하기 위함이며 '들리지 않던 소리'를 더 멀리 듣게 하기 위함인 것이다. 이 '어둠'은 더 깊은 어둠을 불러오는 대신에 '밝음으론 밝음을 볼 수 없'던 그의 눈을 뜨게 해준다. 이는 '어둠'이 오히려 밝음을 눈뜨게 해준다는 점에서 역설성을 지니는데 이로써 어둠의 의미가 역전되어 긍정적인 가치를 확보하게 된다. 이렇듯 이 시에는 '요나 콤플렉스'[16]가 나타나는데 바슐라르가 쓴 '요나 콤플렉스'는 따뜻한 내면 공간으로의 도피의식을 말하지만 김현승의 '요나 콤플렉스'는 신에의 절대귀의라는 적극적 의지의 표현이라는 측면이 다르다.[17]

마지막 연에서는 이러한 '어둠' 이후에 볼 수 있게 된 '밝음'이 '까아만 비로도 방석 안'에 놓인 '보석'과 어두운 '바닷 진흙 속'에 있는 '진주'의 광채에 비유되면서 등가를 이룬다. 이때 직물의 층위와 자연의 층위가 지닌 '안' 내지 '속'이라는 내부지향적 공간은 어두움을 표상한다는 점에서 유사성을 지닌다. 즉 '까아만 비로도 방석 안'은 고

---

15. 김인섭, 『김현승시의 상징체계 연구』, 보고사, 1999, 97쪽.
16. 바슐라르에 의하면 요나 콤플렉스는 어머니에게로 돌아감을 상징하며, 부드럽고 따뜻하며 결코 공격되지 않은 편안함이라는 원초적 도피의 온갖 모습으로서 진정한 내면성의 절대, 행복한 무의식의 절대이다. ─김현·곽광수, 『바슐라르연구』, 민음사, 1981, 219쪽.
17. 유성호, 「김현승 시의 분석적 연구」, 연세대 대학원 박사학위논문, 1996, 160쪽.

급스런 질감과 광택을 지니고 있음에도 '까아만' 빛깔은 어둠을 드러내며, '바닷 진흙 속' 역시 어둠을 함축한다. '이국의 보석'이 '까아만' 방석 속에서 더 반짝이는 것처럼 '진주'가 어두운 '바닷 진흙' 속에서 더 빛난다. 이와 같이 '어둠'은 '밝음'을 부각시키고 극대화시키는 역할을 한다. 그의 다른 시 〈희망〉에서도 이러한 양상이 드러난다. 이 시의 "나의 희망,/ 어두운 땅에 묻히면/ 황금이 되어/ 불 같은 손을 기다리고,// 너의 희망/ 깜깜한 하늘에 갇히면/ 별이 되어/ 먼 언덕 위에서 빛난다// 나의 희망,/ 아득한 바다에 뜨면/ 수평선의 기적이 되어/ 먼 나라를 저어 가고,/ 너의 희망,/ 나에게 가까이 오면/ 나의 사랑으로 맞아/ 뜨거운 입술이 된다"라는 시구에서 '희망'(fr_1)은 '황금'(fr_2)→ '별'(fr_3)→ '수평선의 기적'(fr_4)→ '뜨거운 입술'(fr_5)로 변주되면서 초월성이 구체화된다. 그런데 이런 긍정적인 가치들은 '어두운 땅', '깜깜한 하늘', '아득한 바다', '절망한 나'라고 하는 '어둠'의 토대 위에서 실현되고 있다.

어둠이 빛으로 역전되는 이러한 역설성은 김현승 시인의 기독교적 초월성에 토대를 두고 있다. 위 시에서 주시할 것은 '어둠'이 요나의 '고기 뱃속', '눈가리개', '어머니의 품'으로 변주되면서 신성적 모체를 의미화한다는 점이다. 시인은 나를 품어주는 '어둠'과 '신'을 동일시하는데 이러한 인식은 어둠을 지향하는 의지로 나타난다. 이것은 어둠의 저쪽을 신의 세계로 제시하는 것이다.[18] 그의 다른 시 〈이별에게〉(『김현승시초』)의 "어둠 속에/ 어둠 속에/ 보석들의 광채를 길이 담아 두시는/ 밤과 같은 당신은, 오오, 누구이오니까!"라는 시구에서는 절대자인 '당신'(fr_1)과 어둠을 표상하는 '밤'(fr_2)이 동일시되고 있다. 위의 시편들에서 '어둠' 자체가 신성적 모체를 의미화하고 있다면 그의 시 〈크리스마스의 모성애〉에서는 '어둠'의 표상 공간이 신성적 모체 공간을 의미화하고 있다.

> 높은 궁전과
> 밝은 성문 앞을 드디어 허무시고
> 소 오줌 똥 냄새 나는
> 컬컬한 방주 속에서
> 우리를 새롭게 하시더니,
> 비둘기 고운 부리로 몰고 온
> 파란 감람나무 잎사귀처럼
> 우리를 새롭게 하시더니.
>
> 높은 지혜와
> 밝은 율법을 허무시고,
> 오늘은 말 오줌 똥 냄새 나는
> 컴컴한 말구유 안에서
> 우리를 다시 태어나게 하신다
> 우리를 다시 새롭게 하신다.
>
> 지난 날은
> 진노와 물로써 우리들을
> 깨끗하게 씻으려 하시더니,
> 오늘은 물보다도
> 짙은 핏 속에
> 우리를 깊이깊이 잠기게 하신다!

---

18. 정경은, 『박두진 박목월 김현승의 기독교 시 연구』, 한국학술정보, 2008, 132쪽.

지난 날은 멀리서

아버지의 성난 얼굴을 바라보며 떨게 하시더니,

오늘은 오늘은 우리에게 가까이 다가오시어

당신의 따뜻한 품으로 우리를 안아 주신다!

당신은 아버지의 채찍보다

당신은 어머니의 눈물과 사랑으로

우리를 끝내 그 가슴에 품어 주신다.

별도 빛나고

종소리와 노래소리도 아름다운

오늘부터 오늘밤부터 품어 주신다!

〈크리스마스의 모성애〉 전문

　이 시에는 '방주[19] 속'(fr_1)이라는 밀폐된 공간을 기본 지시틀로 설정할 수 있다. 그리고 이 시의 "파란 감람나무 잎사귀처럼/ 우리를 새롭게 하시더니"라는 직유적 언술에 의해 '방주 속'에 대응하는 '산과 들'(fr_2)이라는 식물적 공간이 새롭게 파생된다. 이것은 다시 '말구유 안'(fr_3)이라는 동물의 공간, '당신의 품 안'(fr_4)이라는 신성적 모체 공간, '어머니의 품 안'(fr_5)이라는 인간의 신체적 공간으로 변주되면서 시적 의미를 창출한다. 그런데 '방주 속'과 '말구유 안'의 공간은 이중적 공간성을 지니고 있다. 노아의 일가족뿐만 아니라 각종 짐승들이 함께 지내는 '방주 속'은 '소 오줌 똥 냄새'가 나는 '컬컬한' 공간으로 표현된다. 이것은 비천한 오물의 공간인 동시에 신의 구원을 표

---

19. 구약성서에 등장하는 '방주'는 노아가 하나님의 계시로 만든 네모진 잣나무 배로서 그의 가족과 짐승들은 이 배에 타고 대홍수를 피하였다.(창세기6-8장)

상하는 생명의 공간이다. '말구유 안' 역시 짐승들의 공간으로서 미천함을 지닌 동시에 예수의 탄생으로 초월성을 갖게 된다. 이에 비해 '감람나무'는 사철 내내 나뭇잎이 푸른 식물로서 이것이 자라는 '산과 들'은 생명의 표상 공간이며, 우리가 잠기는 '당신의 품 안', '어머니의 품 안'은 '눈물과 사랑'에 바탕 한 신성적 모체 공간이다. 그런데 이 시는 '지난날/ '오늘', '진노/ '사랑', '물/ '피', '아버지/ '어머니' 등의 이항대립 속에서 전개된다. 여기서 '방주 속'과 '산과 들'이 '물'과 관련된 공간이라면, '말구유 안'은 '피'에 관련된 공간이라는 점에서 대비적이다. 그런데 진노와 심판의 표상인 '물'과 사랑과 긍휼의 표상인 '피'는 등가를 이룬다. 또한 어둡고 무거운 분위기를 자아내는 컬컬한 '방주 속', 컴컴한 '말구유 안'과 밝은 분위기를 조성하는 파란 '산과 들', 따뜻한 '당신의 품 안', '어머니의 품 안'은 상호작용 속에서 융화되어 생명 내지 재생의 의미를 수렴해낸다. 이 시에서 '당신'으로 표현되는 '신'에게는 부성과 모성이 공존하지만 '크리스마스'라는 절기를 맞은 '오늘'은 모성적 신성이 우위에 놓인다.

이밖에도 그의 시 〈천국은 들에도 −어머니 생각〉의 "혼자 가는 들길엔/ 검은 그림자뿐// 누워 계시던 어머니/ 이런 들에 호올로 헤매이시면 어쩌나!// 어머니 어머니 생각 때문에도/ 천국은 들 가운데 있어지이다!"라는 시구에는 '어둠'의 공간이 신성 공간으로 변주되고 있다. 이 시의 '들'은 '발자욱 소리'와 '검은 그림자'뿐인 생명이 거세된 공간이다. 화자는 이 '들'에서 어머니가 홀로 헤매실까 염려하며 "천국은 들 가운데 있어지이다!"라고 말한다. 이를 통해 '검은 그림자'뿐인 어둠의 공간으로서 '들'(fr₁)은 신의 거처로 표상되는 '천국'(fr₂)으로 전이된다. 여기에는 어둠의 공간을 신성화하려는 시인의 초월적 욕망이 내재한다. 또한 그의 다른 시 〈마지막 지상에서〉의 "산 까마귀/ 긴 울음을 남기고/ 지평선을 넘어갔다.// 넋이여,/ 그 나라의 무덤은/ 평안한가”라는 시구에서는 ‘무덤’이 신성적 모체 공간을 표상하고 있다. 어두운 ‘무덤’은 죽음의 공간이지만 지평선’과 은유적 대응을 이룸으로써 초월성을 확보하는데 이는 생명을 잉태하는 어머니의 자궁을 환기시키면서 모체 공간을 표상하기도 한다.

김현승의 후기시집 『마지막 지상에서』에서는 관념적인 ‘어둠’ 자체 내지는 ‘어둠’의 표상 공간이 신성적 모체로 변주됨으로써 초월성이 실현되고 있다. 이러한 양상은 박목월의 후기시에서 ‘어머니’라는 존재가 편재성을 지님으로써 모성적 신성을 의미화하는 것과 뚜렷한 차이를 보인다. 이 장에서는 대체로 다양한 층위의 지시틀에 의해 다의적인 의미와 시적 긴장이 창조된다는 점에서 특징적이다. 여기서는 주로 추상에서 구상으로 변전하는 은유 양상 속에서 구체성을 확보하고 있다.

5. 맺음말

본 연구에서는 그동안 도외시되었던 김현승의 유고시집 『마지막 지상에서』를 대상으로 하여 이들 시편에 기독교적 초월성이 어떠한 은유체계 속에서 구체적으로 형상화되고 있는지를 총체적으로 밝혔다.

우선 2장에서는 김현승의 후기시에 식물 은유가 형성되어 기독교 의식에 바탕 한 초월적 생명력이 구체화되고 있음을 살펴보았다. 그의 시 〈봄이 오는 한 고비〉, 〈영혼의 고요한 밤〉에서는 인간의 식물화에 의해 존재론적 성찰과 더불어 초월의 움직임이 드러나며, 그의 시 〈나무〉, 〈비약〉 등에서는 ‘나무’의 식물적 생명력을 통하여 초월의 욕망이 구체적으로 표면화되고 있다. 이것은 결국 인간이면서 신인 존재와 식물이 결합하는 양상으로 귀결된다. 이 장에서는 다소 단순한 지시틀에 의해 초월적 욕망이 형상화되는데 인간의 식물화에 의해 역동적인 초월성이 실현되고 있음은 그의 중기시와 뚜렷한 차이를 보이는 점이다. 특히 김현승의 후기시에는 초월적 생명력이 무한으로 확대되는데 이 역시 중기시와 변별되는 시적 특성이다. 이 장에서는 주로 추상에서 구상으로 내지 구상에서 구상으로 변전하는 은유 양상을 통하여 구체성을 확보하고 있다.

그리고 3장에서는 김현승의 후기시에 '물'이라는 유동적 자연에 의해서 영원성이 구체화되고 있음을 살펴보았다. 그의 시 〈샘물〉, 〈비약〉, 〈신년기원〉, 〈지각 ―행복의 얼굴〉 등에는 '샘물', '강물', '바닷물'을 통하여 초월성 내지 영원성이 형상화되고 있다. 여기서는 이러한 자연이 영속성의 시간을 파생시킨다는 점에서 특징적이다. 2장에서와 마찬가지로 이 장에서도 그리 복잡하지 않은 은유체계 속에서 초월성이 실현되고 있다. 유동적인 '물'에 의해서 영속적 시간이 생성되는 은유 양상은 견고한 것에 천착하여 초월을 지향하던 중기시와는 뚜렷한 차이를 보이는 특징이다. 여기서는 추상에서 구상으로 내지 구상에서 추상으로 변전하는 은유 양상 속에서 시적 의미가 구체화되고 있다.

마지막 4장에서는 김현승의 후기시에 관념적인 '어둠' 내지 '어둠'의 표상 공간이 신성적 모체로 변주되면서 초월성이 실현되고 있음을 논의하였다. 그의 시 〈그림자〉, 〈이 어둠이 내게 와서〉에서 '어둠'의 은유적 변전을 통하여 신성적 모체화가 이루어진다면, 그의 시 〈크리스마스의 모성애〉 등에서는 '어둠'의 표상 공간이 신성적 모체 공간으로 변주되면서 초월성이 실현되고 있다. 이러한 양상은 박목월의 후기시에서 '어머니'라는 존재가 편재성을 지님으로써 모성적 신성을 의미화하는 것과는 분명한 차이를 보인다. 2장, 3장과 달리 이 장에서는 대체로 다양한 층위의 지시틀에 의해 다의적인 시적 의미와 긴장이 창출된다는 점에서 특징적이다. 여기서는 주로 추상에서 구상으로 변전하는 은유 양상을 나타냄으로써 시적 의미가 관념의 차원에 머무르지 않고 구체성을 확보하고 있다.

이와 같이 김현승의 유고시집 『마지막 지상에서』에는 초월적 식물 은유, 영속적 자연 은유, 신성적 모체 은유가 형성되어 기독교적 초월성이 구체화되고 있다. 이로써 그의 후기시에 나타난 기독교적 초월성이 은유적 사유에 의해 뒷받침되고 있음을 볼 수 있다. 본고는 김현승 시의 초월성에 기반 한 다층적인 은유적 상상력의 체계를 파악할 수 있다는 점에서 의의를 지닌다. 또한 이는 앞서 살펴본 박목월의 유고시집 『크고 부드러운 손』의 은유 양상과 차이점을 발견할 수 있다는 점에서도 의미가 있다.

IV

박목월과 김현승 시의 은유적 인식의 차이

| 박목월과 김현승 시의 은유 미학 |

1. 머리말

　지금까지 한국 현대시사에서 중요한 위치에 놓여 있는 기독교 시인 박목월(1916~1978)과 김현승(1913~1975)의 시에 구축된 은유 미학에 관하여 고찰하였다. 이상의 논의에서는 두 시인의 시세계 가운데서도 기독교의식이 본격화되고 있는 후기시에 천착하여 언술의 차원에서 은유를 분석하였다. 특히 박목월과 김현승의 유고시집에 수록된 시편들은 시적 형상화가 제대로 이루어지지 않아 긴장성이 떨어진다는 점 때문에 그동안 다소 소홀히 다루어졌던 부분이다. 하지만 유고시집을 포함한 두 시인의 후기시는 시적 노정을 마감하는 시점으로서 이들이 궁극적으로 도달하고자 했던 시적 지향성이 수렴되고 있다는 점에서 아주 중요하다. 따라서 필자는 박목월과 김현승의 후기시를 연구 범주로 삼아 시의식을 밝히는 데 주력하였다.

Ⅱ부에서는 박목월 후기시의 은유 미학에 관하여 고찰하였다. 우선 박목월의 『경상도의 가랑잎』에서는 사물화의 두 양상으로서 인간의 사물화와 시간의 사물화에 관해 살폈고, 『사력질』, 『무순』에서는 죽음과 초월의 시의식이 중심적 액체 은유와 응축적 광물 은유를 형성하고 있음을 밝혔다. 또한 그의 '어머니' 시에서는 존재에 의한 생명 은유, 편재에 의한 변신 은유, 매개에 의한 일체 은유가 형성됨을 논의하였다. 끝으로 『크고 부드러운 손』에서는 환상적 생명 은유, 역설적 개안 은유, 편재적 신성 은유가 나타나고 있음을 살펴보았다.

그리고 Ⅲ부에서는 김현승 후기시의 은유 미학에 관하여 고찰하였다. 여기서는 김현승의 후기시집 『날개』, 『마지막 지상에서』에 나타난 사물화의 두 양상으로 도구·무기 은유와 보석·보화 은유에 관하여 살펴보고, '동물'의 은유화 양상으로서 역동적 동물 은유와 모성적 동물 은유에 관해서도 살펴보았다. 또한 마지막 유고시집 『마지막 지상에서』에서는 초월적 식물 은유, 영속적 자연 은유, 신성적 모체 은유에 의해 기독교적 초월성이 실현되고 있음을 밝혔다. 이를 통하여 기독교적 초월성이 본격화되고 있는 박목월과 김현승의 후기시에 대립과 통합의 은유적 의미작용에 의해 미감이 형성되고 있음을 알 수 있었다.

이상의 연구를 토대로 하여, 이 장에서는 박목월과 김현승의 후기시에 나타난 기독교적 초월성의 은유 양상을 대비시켜서 변별적인 특징을 도출하고자 한다. 박목월과 김현승은 초기시부터 후기시에 이르기까지 다양한 시적 변모를 보이면서 시적 지평을 확대하고 있는 시인들이다. 박목월의 시는 자연의 세계, 일상적 현실의 세계, 실존의 세계, 기독교적인 초월의 세계로 전개되고 있으며, 김현승의 시는 자연과의 교감의 세계, 현실참여적인 세계, 인간중심의 고독의 세계, 신중심의 초월의 세계로 전개되고 있다. 이들의 시에는 기독교적 초월성이 관류하고 있지만 특히 후기시로 오면서 존재론적인 초월의 문제를 기독교적 '신'을 통하여 적극적으로 해결하고 있음을 볼 수 있다. 그런데 박목월과 김현승의 시는 기독교의식에 토대 해 있음에도 불구하고 초월의 양상에 있어 다소 큰 차이를 나타내고 있으며 은유 양상에 있어서도 확연한 차이를 드러내고 있다. 이는 두 시인의 시가 공통적으로 서정성에 바탕을 두고 있음에도 박목월의 시는 전통적인데 비해 김현승의 시는 모더니즘적이기 때문이다. 이렇게 시적 경향이 다른 두 시인의 시에 나타난 은유적 인식의 차이를 짚어보는 것은 의미 있는 작업이 될 수 있을 것이다.

앞에서 살펴본 것처럼 박목월과 김현승의 후기시에서 존재의 초월을 매개하는 표상물은 인간, 식물, 동물, 광물, 자연물 등 다양한 시적 대상이 있다. 그런데 본고에서는 박목월과 김현승 시인이 초월적 세계로 이행해가는 계기를 마련하는 시적 대상으로서 '어머니'라는 존재에 집중하여 이에 관련된 두 시인의 시편들을 대비시켜서 고찰하고자 한다. 박목월과 김현승의 후기시에는 공통적으로 모성과 신성이 밀착되면서 합일을 지향하는 양상이 나타난다. 이러한 양상은 두 시인이 개안(開眼)의 과정을 거쳐 기독교적 초월성을 실현하는 데 있어 핵심적인 역할을 한다는 점에서 매우 중요하다. 일반적으로 모성과 신성은 생명의 창조에 관여한다는 점에서 존재론적인 유사성을 갖고 있다. 그런데 박목월과 김현승의 후기시에서는 이것이 상징의 차원을 넘어 은유의 차원에서 확연한 차이를 드러내고 있다는 점에서 주목할 필요가 있다.

따라서 본고에서는 박목월과 김현승의 후기시에 나타나는 신성과 모성이 겹을 이루는 양태에 천착하여 은유 양상을 살피고, 이때 개안의 시의식이 어떠한 은유 양상을 나타내는지에 관해서도 고찰하고자 한다.[1] 이를 통하여 기독교적 초월성이 본격화되고 있는 두 시인의 후기시에 나타나는 은유적 인식의 차이를 규명해낼 수 있을 것이다. 본고의 2장에서는 박목월 시인의 은유적 인식에 관해 살펴보고 3장에서는 김현승 시인의 은유적 인식에 관해 살펴보고자 한다.

2. '어머니'에 관한 기억과 모성의 신성화

박목월 시인의 시에 관류하고 있는 기독교의식은 후기시로 오면서 보다 본격화되기에 이른다. 박목월이 기독교적 초월의 세계로 이행해가는 계기는 '어머니'에 관한 기억을 통해서이다. 그는 부재하는 어머니를 '기억'에 의해 현재화하면서 시적으로 형상화하는데 이것은 초월적 세계로 나아가는 데 결정적인 계기가 된다는 점에서 중요하다. 먼저 그의 시 〈찬가〉를 통하여 이를 살펴보기로 한다.

당신은

봄날 황혼의 들길. 그처럼 부드러운.

깃으로 돌아오는 새들의 보금자리. 그처럼 포근한.

당신은

---

1. 본고에서는 앞의 글에서 분석한 두 시인의 시편들을 가져와서 대비시키기 때문에 내용상 중복되기도 한다. 그러나 앞에서 상세하게 다루었던 시는 가급적 간략하게 언급하고 집중적으로 다루지 않았던 시편들을 중심으로 살펴볼 것이다.

봄밤에 느지막하게 뜨는 달무리.
아른한 꿈 속에서도 꿈을 꾸게 하는
넉넉하게 테두른 영혼의 달무리.

당신은
밤하늘의 엄숙한 눈동자. 그처럼 深奧한.

한밤중에 내리는 꽃밭의 실비. 그처럼 은근한.

그리고 오늘은
향수에 젖은 나의
눈동자에 빛나는

대낮의 호수. 진실한 물결.

〈찬가〉 부분[2]

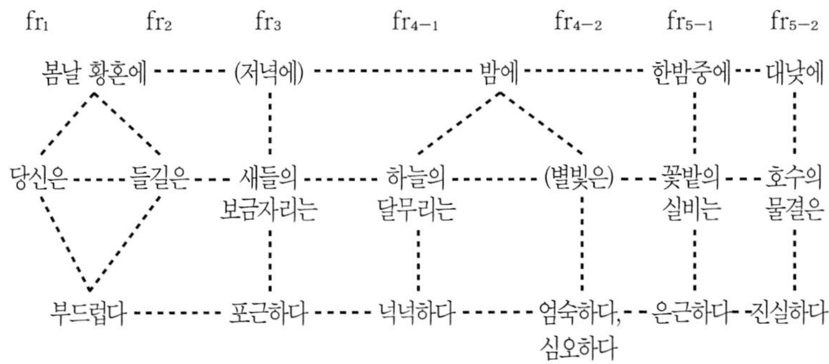

---

2. 이 시의 은유 양상은 앞의 글 「'어머니' 시에 나타난 은유 양상」에서 간략하게 기술
한 바 있다. 이 장에서는 이를 도표화하고 보다 면밀하게 의미를 분석하였다.

이 시에서 타자로 내세운 '당신'은 '어머니'를 지칭한다. 화자는 기억 속의 '어머니'에 대한 찬가를 시로 형상화하고 있다. 언술의 차원에서 살펴볼 때 이 시에는 다섯 개 층위의 지시틀에 의해 비유체계가 형성되고 있다. '당신'(fr_1)이라는 기본적 지시틀을 중심으로 '들길'(fr_2), '새들의 보금자리'(fr_3), '하늘의 달무리'(fr_{4-1})와 별빛(fr_{4-2}), '꽃밭의 실비'(fr_{5-1})와 '호수의 물결'(fr_{5-2})이 병치됨으로써 은유의 망을 이룬다. 이때 인간 존재의 층위가 식물적 공간의 층위, 동물적 공간의 층위, 우주적 공간의 층위, 자연물의 층위로 변주되면서 시적 의미의 확장이 일어난다. 이를 통해 '어머니'의 존재 가치가 무한한 우주와 동일시되면서 부각되고 있다는 점은 주목할 만하다. 위 지시틀에 열거된 '부드럽다' –'포근하다' –'넉넉하다' –'엄숙하다, 심오하다' –'은근하다' –'진실하다'라는 일련의 술부군은 긍정적인 의미망을 형성하는데 이들을 아우르면 완전한 신의 속성을 표상하게 된다. 이것은 화자에게 '어머니'라는 존재가 완전한 존재, 즉 신적 존재로 자리하고 있음을 시사한다. 특히 이 시에서 다양한 층위로의 변전 양상은 신의 속성 가운데 하나로서 편재성을 의미화하기에 이른다.

공간적으로 편재성을 생성하고 있는 이 시는 시간적으로는 연속성을 조성하고 있다. 위 시는 '황혼' –'저녁' –'밤' –'한밤중' –'대낮'이라는 시간의 얼개를 구성하는데 이것은 하루라는 시간 단위에 한정되지 않고 주기적인 반복으로 이어지면서 영속성을 암시한다. 이것은 시인의 영원성에의 욕망을 대변해준다고 할 수 있다. 한편, 이 시의 "그리고 오늘은/ 향수에 젖은 나의/ 눈동자에 빛나는"이라는 시구에서는 타자화된 '당신'과 시적 화자 '나'의 합일이 이루어진다. 화자의 과거 기억 속에 존재하는 '어머니'는 화자의 '눈동자' 속에서 빛나는 존재로 현재화된다. '어머니'가 신적인 존재를 표상한다는 점에서 '어머니'에 대한 향수는 절대자 '신'에 대한 향수로 확대되어간다. 이 시에 형성된 일련의 은유적 연쇄, 즉 봄날 황혼에 펼쳐진 '들길'의 부드러움, 저녁에 찾아드는 '새들의 보금자리'의 포근함, 밤에 드리운 '하늘의 달무리'의 넉넉함과 '별빛'의 엄숙함과 심오함, 한밤중에 내리는 '꽃밭의 실비'의 은근함, 대낮에 펼쳐지는 '호수 물결'의 진실함에서는 박목월 시인 특유의 전통적 서정성을 엿볼 수 있다. 말하자면 이 시에 폭넓게 전개되고 있는 자연화 양상은 한국의 전통적인 미감을 형성하는 데 기여한다. 그러나 위 시에는 은유적 관계를 이룬 의미항들이 시 문면에 거의 다 드러남으로써 빈칸을 채우는 독자/ 비평가의 상상력이 축소화되는 한계점을 보인다.

이렇듯 박목월의 후기시에서는 어머니에 대한 '기억'에 의해서 초월적 세계로 편입되는 계기가 마련되고 있으며 이를 통해 초월 은유가 발생하고 있다. 이것은 박목월 시인의 '어머니' 시편이 갖는 중요성이다. 아래에 인용한 시편들에서도 어머니의 편재성이 신성으로 연계되는 은유화 양상이 나타난다.

> 어머니에게서는/ 어린날 코에 스민 아른한 비누냄새가 난다.// 보리대궁이로 비눗 방울을 불어 올리던 저녁노을 냄새가 난다.// 여름 아침 나절에/ 햇빛 끓는 향기가 풍긴다.// 겨울밤 풍성하게 내리는/ 눈발 냄새가 난다.
>
> 〈어머니의 香氣〉 부분

> 눈 위로 불어오는 바람결에서/ 향기로운 당신의 숨결을/ 제 코가 느낍니다./ 어머니,/ 한밤중에 수군거리는/ 아가리나뭇잎새에서/ 다가오시는 당신의/ 발자국을 제 귀가 느낍니다. / 어머니,/ 深山 비

알로 벋어 가는 덩굴에서/ 제 눈이/ 당신을 압니다.

〈어머니에의 기도1〉 부분

길을 가다 말고/ 안으로 속삭이는/ 독백 속에 문득 울리는/ 어머니의 음성./ 어머니를/ 어디서나 발견한다./ 꽃가지에 머금는 그늘에서/ 어머니의 은근한 사랑은/ 아른거리고/ 바람결에도/ 주름 짓는 물살에도/ 어머니는 표정을 지으셨다./ 오늘은 피어오르는 물김에/ 무지개로 빚어지려는/ 어머니를 뵈옵고/ 표백된 구름에서/ 비가 되시려는/ 어머니를/ 깨닫는다.

〈무지개를 빚으려는〉 부분

그의 시 〈어머니의 향기〉에서는 '어머니'의 체취가 자연의 향기, 인공의 향기로 이어지면서 편재성을 형성하고 있다. 위에 인용된 부분에서는 어머니의 몸에 배인 '비누냄새', '어린날의 젖내'가 '저녁노을 냄새', '아침 햇빛 향기', '겨울밤 눈발 냄새'라는 자연의 향기와 등가를 이루면서 편재성을 조성한다. 이를 통하여 '어머니의 몸' 즉 모체가 창조적 신성의 공간으로서 '대지'와 동일시된다는 점은 특기할 만하다. 그리하여 어머니는 신적인 존재성을 부여받게 된다. 여기서도 어머니의 존재는 아주 서정적인 풍경으로 그려지고 있다. 두 번째 시 〈어머니의 기도〉에서 화자는 '바람결', '아가리나뭇잎새', 나무의 '덩굴'에서 '당신'으로 타자화된 어머니를 느낀다. 여기서도 어머니는 두루 편재하는 존재로 드러난다. 이때 화자는 후각, 청각, 시각 등의 다양한 감각에 의해 어머니의 존재를 감지하고 있다. 마지막 시 〈무지개를 빚으려는〉에서도 편재성이 두드러진다. 시의 서두에서 화자는 "나는/ 어디서나/ 어머니를 뵈옵게 되고/ 어머니의 응답을 느낀다"라고 고백한다. 이러한 어머니의 존재론적 속성은 신의 편재성을 환기시키는 대목이다. '어머니'의 존재는 '길', '나무 그늘', '바람결', '물살', '물김', '구름'이라는 다양한 자연 공간에서 발견되며 이러한 공간에서 '어머니'는 '소리', '꽃가지', '움직임', '무지개', '비'로 다채롭게 몸바꿈을 한다.

이 외에 그의 시 〈어머니의 미소〉의 "어머니의 미소는/ 익는 햇살 향기로/ 풍겨온다./ 그것은 움트는 다알리아 뿌리의 / 軟紫紅色/ 빛깔로/ 살아난다./ 오월 하늘의/ 구름으로/ 풀린다./ 그리고/ 잔잔한 詩心에/ 물살짓는 영혼의 / 표정으로 감돈다"라는 시구에서도 '어머니의 미소'가 편재성을 형성하고 있다. '어머니의 미소'(fr_1)는 '익는 햇살'에서 풍기는 따사로운 '향기'(fr_2), '다알리아 뿌리'에서 움트는 '연자홍색 빛깔'(fr_3), '오월 하늘'에서 피어오르는 깨끗한 '구름'(fr_4), '시심'에 감도는 '영혼의 표정'(fr_5), '잔잔한 바다'에 이는 '물살'(fr_6)로 다채롭게 변주된다. 이들은 공감각에 의해 자연화되어 어머니의 편재성을 구체적으로 드러내고 있으며 이로써 충만한 생명력을 자아내고 있다. 여기서도 '어머니의 미소'는 "여유롭고 다정하고/ 은근하고 균형이 잡히는/ 모든 것에서/ 늘 발견되"는 편재성을 보여준다. 그의 다른 시 〈신춘음〉에서는 '어머니의 목소리'가 편재성을 형성하기도 한다.

이와 같이 '어머니'는 박목월 시인의 기억 속에 존재하는 과거적 존재이지만 현재화되어 나타나고 있음을 볼 수 있다. 그는 '어머니'를 감각적으로 형상화함으로써 구체성을 확보하고 있다. 중요한 것은 그의 '어머니'가 '어디서나 발견하'게 되는 신의 편재성에 상응한다는 점이다. 이러한 어머니의 편재성은 신적 존재로의 변신을 가능하게 하는 조건이 된다. 이들 시편에서는 어머니의 존재가 주로 자연화되어 나타나는데 한국적인 자연미를 조성하는 이것은 전통서정에 바탕을 둔 박목월 시인의 시적 경향을 잘 보여준다. 한편, '어머니'는 편재성에 의해 신성을 암시하는 차원을 넘어 '신'과 동일시되는 차원으로 이행된다. 그의 시 〈갈릴리의 물빛〉을 예로 들어 살펴보기로 한다.[3]

갈릴리 바다의 물빛을
나는 본 일이 없지만
어머니 눈동자에
넘치는 바다.
땅에 글씨를 쓰시는
예수님의 모습을
나는 본 일이 없지만
믿음으로써
하얗게 마르신 어머니.
圓光은
천사가 쓰는 것이지만
어머니 뒷모습에
서리는 광채.
아들의 눈에만 선연하게 보이는.

〈갈릴리 바다의 물빛을〉 전문

3. 이 시의 지시틀은 앞의 글 「'어머니' 시에 나타난 은유 양상」에서 제시한 바 있으나 본고에서 시에 나타난 은유적 전이 양상을 보다 구체적으로 보여주기 위해 다시 사용하였다.

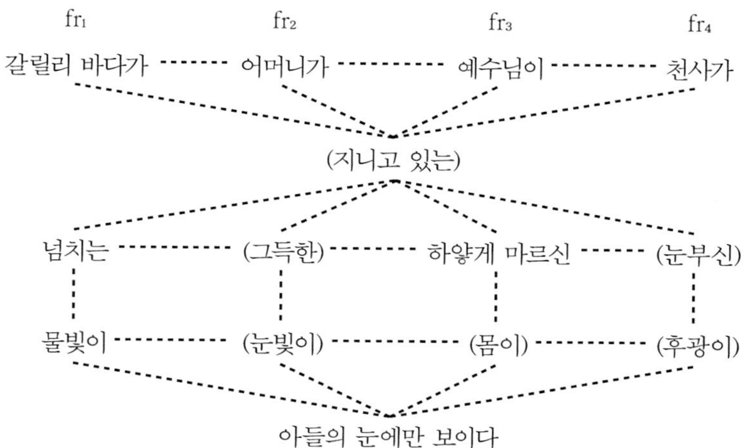

위 시는 신약성서[4]에서 간음을 하다가 붙잡힌 여인에 대한 예수
님의 행동을 모티브로 삼고 있다. 이 시에 나타난 '어머니'의 모습은
신성을 지닌 '예수님'의 모습과 흡사하게 나타난다. 우선 이 시의 '어
머니'(fr₁)는 '넘치'도록 충만하고 아름다운 '갈릴리 바다'(fr₂)에 비유
된다. 인간적 층위가 자연적 공간의 층위로 변주됨으로써 '어머니'는
'바다'의 표상성에 힘입어 무한한 존재로 전환한다. 이에 시적 화자의
육신의 '어머니'는 신적인 존재 가치를 부여받게 된다. 또한 '어머니'
의 몸은 "땅에 글씨를 쓰시"는 절대자 '예수님'(fr₃)의 형상과 동일시
된다. 여기서 "믿음으로써/ 하얗게 마르신 어머니"의 모습은 매우 인

---

4. 요한복음8장 1−11절에서 보면, 간음하다 발각된 여인을 향해 사람들이 돌로 쳐 죽
여야 한다고 했을 때 예수는 "몸을 구부린 채 앉아서 손가락으로 바닥에 무엇인가
를 쓰기 시작했"고 일어나서 "너희 가운데 죄 없는 사람이 먼저 이 여인에게 돌을
던지라"고 말했다. 이때 그의 말을 들은 사람들은 모두 사라졌다. 이는 예수를 시험
하고 고소하려던 사람들을 잠잠케 했던 사건으로, 인간 예수가 아닌 신성을 지닌
예수의 위엄을 잘 보여주고 있다.

상적이다. '하얗게 마르'신 어머니의 모습은 평생 동안 믿음에 힘쓰며 살아온 삶의 흔적으로서 경건성의 깊이를 가늠할 수 있게 한다. 이런 모습은 신약성경에 등장하는 예수님의 모습을 연상시킨다. 특히 '하얗게'라는 흰빛은 박목월의 후기시에 아주 빈번하게 나타나는 것으로 초월을 표상하는 색채이다. 마지막으로 광채가 서리는 '어머니'의 뒷모습은 천상의 존재인 '천사'(fr_4)의 형상과 동일시된다. 화자의 눈에 비친 '어머니'는 더 이상 지상적 존재에 머물지 않고 천상의 초월적 존재로 변신한다.

이렇게 해서 동일성을 이끄는 '어머니'의 그득한 사랑의 '눈빛'은 '갈릴리 바다'의 넘치도록 충만하고 아름다운 '물빛', 하얗게 마른 '예수님'의 순결한 '몸빛', '천사'의 영광스러운 '후광'과 맞물리면서 서정적인 아름다움을 빚어내고 있다. 이 시는 '갈릴리 바다'라는 이스라엘의 지명을 차용함으로써 이국적인 분위기가 느껴짐에도 불구하고 박목월 특유의 전통적 서정성을 가져가고 있다. 주목할 것은 "아들의 눈에만 선연하게 보이는"이라는 마지막 시구이다. '아들'로 표현된 화자의 '개안'을 의미화하는 이 구절은 이중적인 의미를 함유하고 있다. 이는 화자가 '어머니'를 통해 신성을 발견할 뿐만 아니라 이를 매개로 신과 대면하게 되었음을 암시한다. 이것은 신의 초월적 세계에 편입하는 황홀한 구원의 순간이다. 이는 단독자로서 신과 대면할 수 있는 가능성을 계시한다는 점에서 아주 중요하다. 이후로 박목월 시인은 개안의 시간을 거치면서 신과 대면하는 충만한 경험을 하게 된다.

개안(開眼)이란 문자적으로 '눈이 열려'서 '보'게 된다는 뜻이다. '보다'라는 시각적 행위는 인간의 지각작용 가운데서도 가장 중요한 것으로서 육체적인 차원이 아닌 영적인 차원과 결부되어 있다. 이것은 근본적으로 닫힘에서 열림으로의 이행이며, 어둠에서 밝음으로의 이행을 의미한다. 특히 박목월의 후기시에는 개안을 형상화한 시편들이 많이 나타나는데 이를 간략하게 살펴보기로 한다.

제비는/ 진흙을 이겨/ 집을 짓는다./ 진흙이 무엇을/ 뜻하는 것임을 모르고/ 알을 까기 위하여/ 그것을 이겨/ 집을 짓는/ 맹목적인 슬기/ 진흙이 무엇을/ 뜻하는 것인지/ 누가 아랴,/ 그것을 이겨/ 눈에 바르고/ 보냄을 받은/ 실로암의 연못에서/ 씻으므로 장님은/ 눈을 뜬다./ 심령의/ 눈 먼 자여/ 영혼의 장님이여/ 안다는 그것으로/ 눈이 멀고/ 보인다는 그것으로/ 보지 못하는/ 오만과 아집 속에서/ 진흙을 이겨/ 눈에 바르게 하라./ 진흙이 무엇을/ 뜻하는 것인지도 모르고/ 제비는 동우리를 마련하여/ 알을 까는 믿음./ 진흙을 이겨/ 눈에 바르고/ 보냄을 받은 실로암의/ 연못에서/ 눈을 씻자.

〈믿음의 흙 −요한복음 9장 1−11절〉 전문

알 속에 갇혀 있는 생명이/ 부화되기를 갈망하듯/ 나의 안에서/ 새로운 눈동자가 마련되고/ 날개가 돋아나/ 열린 세계 안에서 거듭나기를 갈망한다

〈자리를 들고〉 부분

그의 시 〈믿음의 흙〉은 신약성경에서 '장님'이 '실로암'이라는 연못가에서 눈을 뜨게 된 사건을 차용하고 있다. '장님'(fr_1)과 제비(fr_2)는 '진흙을 이겨서'라는 행위를 공유한다. 장님은 진흙을 이겨서 '눈'에 바르고, 제비는 '동우리'에 바른다. 이는 이질적인 행위처럼 보이지만 생존을 목적으로 한다는 점에서 상통한다. 그런데 장님이 눈에

진흙을 바르는 행위는 단순한 생존 행위가 아니라 '자아의 죽음'을 함유하고 있다. 때문에 장님의 행위는 '맹목적인 슬기'가 아닌 믿음의 행위로 규정될 수 있다. 한편, 장님은 '씻음'으로써 개안을 실현하는데 이는 '새'가 '알을 까'고 나와서 생명을 얻는 것과 동일한 의미맥락을 이룬다. 이로써 장님과 새는 '열린 세상'에서 새로운 삶을 영위할 수 있게 된다. 그런데 '진흙'을 '바르'는 행위와 마찬가지로, 장님이 '진흙'을 '씻'는 행위 역시 이중성을 지닌다. 이것은 과거의 '오만과 아집'을 걷어내는 정화의 행위로서 자아의 죽음뿐만 아니라 새로운 생명의 탄생, 즉 영적으로 거듭남을 표상한다. 시 〈자리를 들고〉에서도 개안이 '새'의 부화에 비유되고 있다. '자아 속'에서 갇혀 있는 화자 '나'가 '열린 세계 안'에서 '거듭나기'를 갈망하는 것은 '알 속'에서 갇혀 있는 '새'가 '부화되기'를 기다리는 상태와 동일화된다. 이때 '껍질'을 깨고 나오는 것은 육적인 자아의 죽음과 영적인 생명의 탄생이 겹을 이룬 상징적인 행위이다.

그의 다른 시 〈부활절 아침의 기도〉에서도 개안이 나타난다. 이 시의 "「나」라는/ 이 완고한 돌문을/ 열리게 하옵시고"에는 완고한 '나의 자아'(fr_1)가 단단한 '돌문'(fr_2)이 '열리'는 것에 비유되고 있다. 또한 그의 시 〈말씀을 전함으로 기독교인이 되자〉의 "천명의/ 합동 기도 속에/ 부글 부글 끓어오르는/ 말씀의 바다를/ 나는 보았다./ 완고한 심령의/ 벽을 무너뜨리는/ 우뢰와 번개의/ 말씀을 들었다"에서는 '자아'(fr_1)의 죽음이 견고한 '벽'(fr_2)의 붕괴에 비유되기도 한다. 이렇듯 박목월 후기시에서는 자아의 죽음에 의한 '비워짐'과 신의 생명에 의한 '채워짐'을 통하여 개안이 실현되고, 이로써 초월적 세계로의 편입이 이루어진다. 박목월 시에서 역설성에 근거해 있는 개안은 '껍질'이 '깨지'고, '돌문'이 '열리'며, '벽'이 '붕괴'되는 행위, 즉 경화성을 벗어나는 행위에 비유된다는 점에서 특징적이다. 이러한 개안의 과정은 단순한 은유 양상을 드러냄에도 불구하고 아주 구체적이다. 이는 김현승 시와 변별성을 만들어내는 특징이기도 하다. 개안 이후에 박목월 시인은 환상을 통하여 모성적 신성을 발견하기에 이른다. 대표적인 시로 〈크고 부드러운 손〉을 들 수 있다.

크고도 부드러운 손이
내게로 뻗쳐온다.
다섯 손가락을
활짝 펴고
그득한 바다가
내게로 밀려온다
인생의 종말이
이처럼 충만한 것임을
나는 미처 몰랐다.
허무의 저편에서
살아나는 팔.
치렁치렁한
星座가 빛난다.
멀끔한
목 언저리쯤
가슴 언저리쯤
손가락 마디마디마다
그것은 翡翠
그것은
눈짓의 信號

> 그것은 부활의 조짐
> 하얗게 삭은
> 뼈들이 살아나서
> 바람과 빛 속에서
> 풀빛처럼 수런거린다.
> 다섯 손가락마다
> 하얗게 떼를 지어서
> 맴도는 새.
> 날개와 울음
> 치렁치렁한 星座의
> 둘레 안에서.

<크고 부드러운 손> 전문

위 시는 환상을 통해 본 '인생의 종말'을 시적으로 형상화한 것이다. 박목월 시인은 신비한 영적인 체험을 은유적 사유 속에서 풀어내고 있다. 이 시에는 '크고 부드러운 손'(fr₁)이라는 1차적 지시틀을 중심으로 '바다'(fr₂), '성좌'(fr₃), '뼈들'(fr₄), '풀잎'(fr₅), 새떼(fr₆)가 은유적 고리를 이룬다. 이것은 신의 층위, 자연의 층위, 우주의 층위, 신체의 층위, 식물의 층위, 동물의 층위가 얽혀 있는 다층성을 지닌다. 이들 지시틀은 상호침투함으로써 '나를 충만하게 하다'라는 비유적 사건에 의해 융합된다. 이때 하늘로부터 충만한 생명력이 화자에게 임하면서 그의 '인생의 종말'은 감당할 수 없을 정도로 충만한 것으로 자리한다. 이것은 신과 합일하는 경이로운 체험이기도 하다. 그 순간 '활짝 펴'고 '뻗쳐오'는 '크고 부드러운 손', '치렁치렁하게 비추'며 '쏟아지'는 '성좌', '그득하게 펼치'고 '밀려오'는 '바다', 생기를 '발산하'

며 '살아나'는 '뼈들', 싱그러움을 '드러내'며 '수런거리'는 '풀잎', 날개와 울음을 '풀어놓으'며 '맴도'는 '새떼'가 동일성을 확보하면서 역동적인 생명력을 극대화한다. 이들은 상승과 하강의 수직적 운동과 수평적 확대를 아우르면서 무한대로 확산되는 생명력을 파생시킨다는 점에서 주목할 만하다.

다양한 층위로의 변주를 통해 다의적인 의미를 산출해내는 이 시는 시인의 인식의 복잡성을 대변해준다. 특히 이 시의 은유 양상은 박목월의 시가 서구의 기독교정신에 뿌리를 두고 있음에도 불구하고 풍부한 전통적 서정에 부합해 있음을 잘 보여준다. 중요한 것은 '크고 부드러운 손'의 표상성이다. 이 시의 '크고 부드러운 손'은 신을 환유하는 대상으로서 모성을 상징하고 있다. 이것은 그의 시 〈감람나무〉에 등장하는 '크고 따뜻한 손'과 다르지 않다. 이 시의 "그들의/ 뒤통수에/ 머물러 있는/ 주의/ 크고 따뜻한 손"에서도 '크고 따뜻한 손'은 신의 손을 환유하는 대상으로 제시되어 인간을 보호하는 모성적 존재로 드러난다. 이렇듯 개안의 과정을 통과한 시인은 '손'에 관한 환상적인 체험에 의해 모성적 신성을 발견하고 있다.

그의 시 〈갈릴리 바다의 물빛을〉에서와 마찬가지로, 이 시의 "하얗게 삭은 뼈들이 살아난다'에서도 '하얗게'라는 색채가 초월성을 함유하고 있다. 박목월의 후기시에서 흰색은 부활하는 생명의 빛이자 초월의 빛으로 등장하고 있다. 이것은 우리 민족을 상징하는 색채라는 점을 감안하면 가히 전통적이라고 할 만하다. '베드로'의 환상체험을 형상화한 그의 시 〈희고 눈부신 천 한 자락이 —사도행전 ＋장＋절〉에서도 흰빛이 초월성과 결부되어 나타난다. 이 시의 "희고도 눈부신/ 천 한 자락을 하늘나라에서/ 내게로 드리워주셨다./ (중략)/ 희고도 눈부시는 천 자락이/ 눈 앞에 펄럭일 뿐/ 그러한/ 희고 눈부시는/ 천자락이/ 북소리처럼/ 가슴에 울리는 음성으로/ 변했다./ 꽹과리처럼/ 자즈러지게 울리는/ 음성으로 변했다"라는 시구에서는 '천자락'(fr_1)이 '북소리'(fr_{2-1}), '꽹과리소리'(fr_{2-2})라는 악기의 소리의 층위로 변주된다. 유형의 천자락은 무형의 악기 소리로 변주됨으로써 원심성을 확보하며 무한의 영역으로 확대되는 초월의식을 파생한다. '북소리'나 '꽹과리 소리'는 호소력을 지닌 우리의 전통적인 악기 소리로서 민족 고유의 정서를 불러일으킨다. 특히 하늘로부터 드리워진 '천자락'의 '희고도 눈부'신 빛은 '새사람'이 된 화자의 순결함 내지 정결함과 맞물리는 초월의 빛이자 재생의 빛을 표상한다. 이렇듯 박목월의 후기시에 빈번하게 나타나는 흰빛은 우리 민족을 상징하는 빛깔과 일치하는데 여기에는 시인의 전통적인 서정이 깃들어 있다.

박목월의 후기시에서는 시인의 '기억' 속에 존재하는 육신의 '어머니'라는 구체적인 대상을 매개로 초월적 세계로 편입하고 있다. 그의 다수의 시편에는 어머니의 편재성에 의해 모성적 신성이 다의화되고 있다. 여기서는 어머니가 자연적 사물로 변주되는 양상이 지배적인데 이러한 은유 양상에서는 시인의 전통적 서정성이 잘 드러난다. '어머니'는 신성을 암시하는 차원에서 '예수님'과 동일시되는 차원으로 변주되며 이때 시인의 개안이 실현된다. 박목월의 시에서 개안은 경화성을 벗어나는 행위에 비유된다는 점에서 특징적이다. 이것은 단순한 은유 양상을 드러냄에도 불구하고 구체성을 띤다. 개안을 통과한 박목월 시인은 환상을 통하여 모성적 신성을 발견하게 되는데 다층적인 은유 구조에 의해 다의성을 산출하는 시편에서는 무한대로 확대되는 초월성을 파생하고 있다. 박목월의 시는 서구의 기독교정신에 입각해 있음에도 은유 양상에 있어 전통적 요소가 강하게 나타나고 있다.

3. '어둠'에 관한 인식과 신성의 모체화

앞서 살펴본 것처럼, 박목월 시인은 육신의 '어머니'를 매개로 초월적 세계에 편입하고 있으며 모성과 신성이 합일하는 경이로움을 체험하고 있다. 이에 비해 김현승 시인은 구체적 대상이 아닌 '어둠'에 관한 관념적 인식을 통하여 신의 초월적 세계로 편입하는 계기를 마련하고 있다. 이 역시 은유적 변전을 통하여 다의적인 의미를 창출하고 있다. 우선 그의 시 〈그림자〉의 은유 양상을 통해 이를 살펴보기로 한다.

그림자
너는 나를 먹칠해 버렸다.
눈도 귀도
그리고 헛바닥도 없는 나로.

그림자
너는 나를 검은 보자기로 쌌다.
전둥이와 같은 나의 이 수치를

그림자
너는 나를 길 위에 재단해 버렸다.
내 발부리에서 터져나는
내 영혼의 헐벗은 창자와 같이.

〈그림자〉 전문

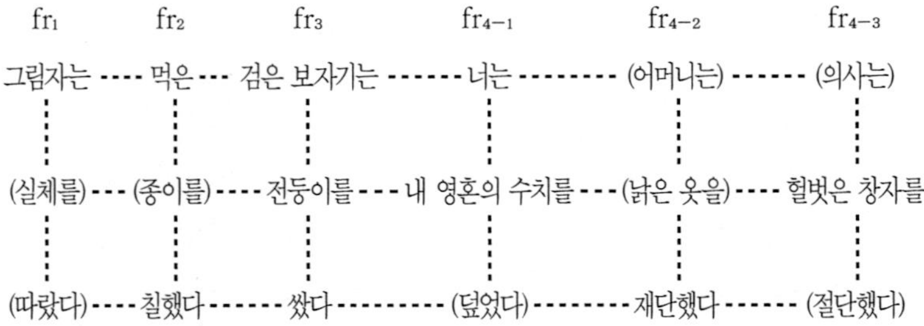

위 지시틀[5]에서 보면, 시적 주체로 제시된 '그림자'(fr_1)는 '먹'(fr_2), '검은 보자기'(fr_3)라는 인공적 사물의 층위로 변주되면서 구체성을 확보하고 있다. 또한 이것은 인격화된 존재 '너'(fr_{4-1})로 제시되며 아울러 '어머니'(fr_{4-2}), '의사'(fr_{4-3})라는 지시틀을 새롭게 파생시킨다. 다층적인 이들 지시틀의 상호작용 속에서 '종이'를 칠하는 '먹', '전등이'를 싸는 '검은 보자기', '영혼의 수치'를 덮는 '너', '낡은 옷'을 재단하는 '어머니', '헐벗은 창자'를 절단하는 '의사'가 동일한 의미맥락을 형성하게 된다. 이들의 행위는 다소 이질적이지만 지상적인 욕망을 제거하고 새롭게 만드는 행위라는 점에서 공통적이다. 이러한 '그림자'의 변전 양상은 인간적인 갈등과 고뇌 속에서 벗어나 신의 초월적 세계로 편입해가는 시인의 초월의 여정을 잘 보여준다. 이 시에서는 사물화 양상과 인간화 양상이 겹을 이루면서 초월지향성을 구체화한다. 궁극적으로 이들 지시틀은 "눈도 귀도/ 그리고 혓바닥도 없는 나"라는 존재 무화의 상태를 이끈다. '눈', '귀', '혀'라는 중요한 감각기관을 상실한 '나'는 자아의 죽음을 표상한다고 볼 수 있다. 그런데 김현승의 시에서는 이런 자아의 죽음이 새로운 생명과 닿아 있다.

---

5. 위 지시틀은 앞의 글 「『마지막 지상에서』에 나타난 은유 미학」에서 제시한 바 있으나 위 시의 은유적 전이 양상을 구체적으로 설명하기 위해 다시 사용하였다.

　한편, '그림자'의 몸바꿈을 통해 파생된 '너' –'어머니' –'의사'라는 존재는 인간의 차원에 국한되지 않고 신의 차원으로 나아간다. 여기서 주목할 것은 '그림자'가 '어머니'로 변주되고 있다는 점이다. 이 '어머니'는 절대자 '신'을 암시하는 신성적 모체라고 할 수 있다. 이것은 실재하는 어머니가 아닌 기호화된 존재라는 점에서 박목월의 육친의 '어머니'와 대비를 이룬다.

　이렇듯 위 시에서는 '그림자'로 변용된 어둠에 관한 인식이 초월성을 주도하는 데 결정적인 역할을 하고 있음을 발견할 수 있다. 김현승의 시에서 '어둠'은 이면에 '밝음'을 머금고 있는 빛깔로서 재생의 의미를 함축하고 있다. 이를테면 그에게 '검은 빛'은 모든 빛깔들을 통합하고 수렴하는 포용의 빛깔로서 생명의 빛에 해당한다. 이러한 역설성은 죽음과 부활에 근거한 기독교정신에서 파생되는 것으로서 김현승 시에 두드러지는 특징이기도 하다. 긍정적인 의미를 함유하고 있는 초월의 빛으로서 '검은색'은 박목월의 후기시에 지배적으로 나타나는 흰색과 대비를 이룬다. 그의 다른 시 〈이 어둠이 내게 와서〉에서도 '어둠'의 은유적 변전에 의해 초월성이 구현되고 있다.

　　　이 어둠이 내게 와서
　　　요나의 고기 속에
　　　나를 가둔다.
　　　새 아침 낯선 눈부신 땅에
　　　나를 배앝으려고.

　　　이 어둠이 내게 와서
　　　나의 눈을 가리운다.

지금껏 보이지 않던 곳을
더 멀리 보게 하려고,
들리지 않던 소리를
더 멀리 듣게 하려고.

이 어둠이 내게 와서
더 깊고 부드러운 품안으로
나를 안아 준다.
이 품속에서 나의 말은
더 달콤한 숨소리로 변하고
나의 사랑은 더 두근거리는
허파가 된다.
이 어둠이 내게 와서
밝음으론 밝음으론 볼 수 없던
나의 눈을 비로소 뜨게 한다!

마치 까아만 비로도 방석 안에서
차갑게 반짝이는 이국의 보석처럼,
마치 고요한 바닷 진흙 속에서
아름답게 빛나는 진주처럼…….

〈이 어둠이 내게 와서〉 전문

이 시는 구약성경 속의 선지자 '요나'의 일화를 차용한 작품이다. 신의 명령에 불순종[6]하던 요나는 물고기 뱃속에 갇히는 암흑의 시간을 통과함으로써 거듭남을 경험하게 된다. 언술의 차원에서 볼 때, 이 시에는 나를 뒤덮은 '어둠'(fr_1)이라는 관념의 층위가 '요나의 고기 배속'(fr$_2$)이라는 동물적 공간의 층위로 변주되며 '나의 눈'을 가리는 '눈가리개'(fr$_3$)라는 인공적 사물의 층위로 변주된다. 이것은 다시 넓고 따뜻한 '어머니의 품'(fr$_4$)으로 변전하면서 신성적 모체를 의미화한다. 차가움을 표상하는 '어둠'은 '어머니의 품'으로 변주됨으로써 온화함 내지 따뜻함을 부여받게 된다. 폐쇄 또는 감금의 속성을 지닌 네 지시틀은 상호충돌하는 가운데 '눈을 뜨게 하다', '듣게 하다'라는 비유적 사건으로 수렴되면서 개안을 실현한다. 이는 부정/ 긍정, 죽음/ 삶이 교차하는 동일성의 순간이다. 앞서 살펴본 시 〈그림자〉에서 "눈도 귀도/ 그리고 혓바닥도 없는 나"라는 무화의 상태로 드러난 화자의 존재감은 이제 '눈'으로 보며 '귀'로 들을 수 있는 상태로 회복된다. 3연에서 보면, '어둠'은 '밝음으론 볼 수 없'던 '나의 눈'을 비로소 뜨게 한다. 이는 개안을 가능하게 하는 것이 '밝음'이 아니라 오히려 '어둠'이라는 점에서 역설성을 내포하고 있다.

이와 같이 김현승의 시에서는 '어둠'을 포용하여 빛으로 전환시키는 역설적 행위에 의해 개안이 이루어진다. 이것은 경화성을 벗어나 열린 세계에서 빛을 발견하는 박목월 시의 개안의 양상과 뚜렷한 차이를 보인다. 마지막 연에서 보면, '어둠' 이후에 볼 수 있게 된 '밝음'이 '까아만 비로도 방석 안'에 놓인 '보석'과 어두운 '바닷 진흙 속'에 있는 '진주'의 그것에 비유되어 동질성을 확보하고 있다. '까만 비로도 방석 안'이라는 사물적 공간과 '바닷 진흙 속'이라는 자연적 공간은 이질적인 층위에 놓여 있으나 어둠을 표상한다는 점에서 동질적이다. 이때 어둠의 요소는 밝음을 부각시키는 데 핵심적인 역할을

---

6. "그러나 요나가 여호와의 낯을 피하여 일어나 다시스로 도망하려하여 욥바로 내려 갔더니 마침 다시스로 가는 배를 만난지라 여호와의 낯을 피하여 함께 다시스로 가려고 선가를 주고 배에 올랐더라"(요나서1장 3절)

한다. 이를테면 '이국의 보석'이 밝은 공간이 아닌 '까아만 방석 속'에서 더 반짝이는 것처럼 '진주' 역시 어두운 '바닷 진흙 속'에서 한층 더 빛이 난다는 것이다. 이렇듯 김현승 시인은 '밝음'을 극대화시키는 '어둠'을 포용하고 있음을 볼 수 있다.

그의 다른 시 〈희망〉에서도 이러한 양상이 나타난다. 이 시의 "나의 희망,/ 어두운 땅에 묻히면/ 황금이 되어/ 불 같은 손을 기다리고,// 너의 희망/ 깜깜한 하늘에 갇히면/ 별이 되어/ 먼 언덕 위에서 빛난다// 나의 희망,/ 아득한 바다에 뜨면/ 수평선의 기적이 되어/ 먼 나라를 저어 가고,/ 너의 희망,/ 나에게 가까이 오면/ 나의 사랑으로 맞아/ 뜨거운 입술이 된다"라는 시구에서는 '희망'(fr_1)이라는 기본적 지시틀을 중심으로서 은유적 고리가 만들어진다. 이것은 '황금'(fr_2), '별'(fr_3), '수평선의 기적'(fr_4), '뜨거운 입술'(fr_5)로 변주되면서 초월지향성을 구체화한다. 주목할 것은 이들 지시틀이 지닌 긍정적인 가치들이 모두 '어두운 땅', '깜깜한 하늘', '아득한 바다', '절망한 나'라고 하는 '어둠'의 토대 위에서 구현되고 있다는 점이다. 즉 이들은 '어둠'이라는 부정적인 토대 위에서 '밝음'이 실현되는, 이른바 역설적인 개안을 보여주고 있다. 어둠이 빛으로 역전되는 이러한 양상은 김현승 시인의 기독교의식에서 배태된 것이다. 말하자면 이는 역설적인 기독교적 진리 속에서 '어둠'의 가치가 전도된 것이다.

김현승의 시 〈그림자〉, 〈이 어둠이 내게 와서〉에서는 '어둠'의 몸바꿈이 아주 인상적이다. '어둠'은 은유적 전이에 의해서 모성과 신성이 합치될 뿐만 아니라 시인의 개안이 가시화되고 있다. 이 시의 '어둠'은 인공적 사물화 양상과 인간화 양상으로 전개되면서 구체성을 확보한다. 특히 '어머니의 품'은 실재가 아닌 기호화된 모체로서 '신의 품'이라는 초월적 세계를 표상하고 있다. 그의 시에 나타난 개안은 어둠을 포용함으로써 빛의 세계로 전환되는 양상을 보이는데 이때 부정적인 의미를 지닌 '검은 빛'이 긍정적인 가치를 획득함으로써 역설성을 드러낸다. 이렇듯 김현승 시의 개안은 역설적이라는 점에서 박목월의 시와 유사하지만 은유 양상에서는 차이가 있다. 박목월의 시에서는 개안이 다소 단순한 은유체계를 형성하지만 김현승의 시에서는 복잡한 은유체계를 형성한다. 또한 박목월의 시에는 자연화 양상이 지배적인데 비해 김현승의 시에서는 인공적 사물화 양상이 지배적이다.

한편, 그의 시 〈크리스마스의 모성애〉에서는 '방주[7] 속'이라는 폐쇄된 어둠의 공간이 은유적 전이를 일으킴으로써 초월적 세계로의 진입이 이루어진다. 여기서는 '당신'으로 타자화된 신이 '어머니'와 동일시되는데 이는 '어둠'의 궁극점을 보여준다는 점에서 주시할 만하다.

> 높은 궁전과
> 밝은 성문 앞을 드디어 허무시고
> 소 오줌 똥 냄새 나는
> 컬컬한 방주 속에서
> 우리를 새롭게 하시더니,
> 비둘기 고운 부리로 몰고 온
> 파란 감람나무 잎사귀처럼
> 우리를 새롭게 하시더니.

---

7. 구약성서에 등장하는 '방주'는 노아가 하나님의 계시로 만든 네모진 잣나무 배로서 그의 가족과 짐승들은 이 배에 타고 대홍수를 피하였다.(창세기6–8장)

높은 지혜와
밝은 율법을 허무시고,
오늘은 말 오줌 똥 냄새 나는
컴컴한 말구유 안에서
우리를 다시 태어나게 하신다
우리를 다시 새롭게 하신다.

지난 날은
진노와 물로써 우리들을
깨끗하게 씻으려 하시더니,
오늘은 물보다도
짙은 핏 속에
우리를 깊이깊이 잠기게 하신다!

지난 날은 멀리서
아버지의 성난 얼굴을 바라보며 떨게 하시더니,
오늘은 오늘은 우리에게 가까이 다가오시어
당신의 따뜻한 품으로 우리를 안아 주신다!

당신은 아버지의 채찍보다
당신은 어머니의 눈물과 사랑으로
우리를 끝내 그 가슴에 품어 주신다.
별도 빛나고
종소리와 노래소리도 아름다운
오늘부터 오늘밤부터 품어 주신다!

〈크리스마스의 모성애〉 전문

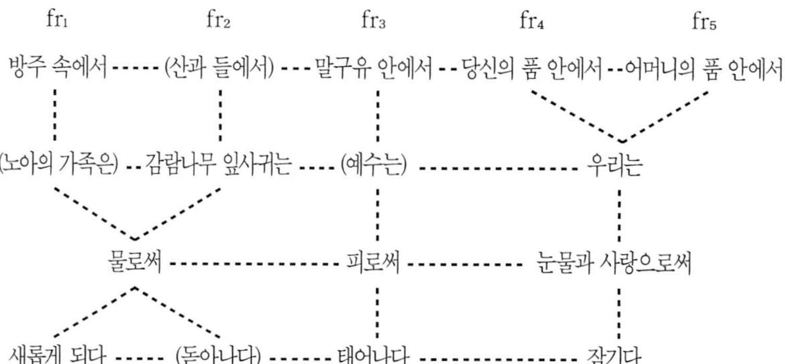

이 시의 '방주'는 구약성서에서 차용된 것이다. 이 시에는 '방주 속'(fr₁)이라는 공간과 '산과 들'(fr₂)이라는 식물적 공간, '말구유 안'(fr₃)이라는 동물의 공간, '당신의 품 안'(fr₄)이라는 신의 초월적 공간, '어머니의 품 안'(fr₅)이라는 모성의 공간이 비유적 관계를 이루면서 의미를 창출한다. 여기서 주시할 것은 '방주 속'과 '말구유 안'이라는 공간이다. 이들은 세속적인 비천함과 초월적인 성스러움이 겹쳐 있는 공간이라는 점에서 공통적이다. '방주 속'은 노아의 일가족과 각종 짐승들이 함께 지냄으로써 '소 오줌 똥 냄새'로 가득한 오물의 공간이다. '말구유 안' 역시 짐승들의 공간이라는 점에서 이와 다를 바 없다. 그래서 '컬컬한 방주 속'과 '컴컴한 말구유 안'은 '어둠'을 표상하는 공간이 된다.

그런데 이들의 공간적 의미는 여기서 끝나지 않는다. '방주 속'은 노아의 일가족이 생명을 보존한 구원의 공간이며 '말구유 안'은 '예수'의 탄생으로 인해 인류가 구원을 받게 된 생명의 공간이다. 이로 인하여 '방주 속'과 '말구유 안'은 미천한 오물의 공간에 머물지 않고 거룩한 공간, 즉 성소로 부상하게 된다. 한편, 위 지시틀에서 '감람나무'가 자라는 공간은 '산과 들'로 빈칸을 채울 수 있다. 그런데 이는 생명력이 잠재되어 있는 곳으로서 앞의 두 공간과 은유적 관계에 놓인다. 또한 '당신의 품 안'이라는 신의 초월적 공간은 다시 '어머니의 품 안'이라는 따뜻한 모성의 공간을 파생시킨다. 즉 이는 '눈물과 사랑'에 토대한 신성한 모체 공간이 된다. 이 시의 '어머니의 품' 역시 기호화된 모체로서 '신의 품'이라는 초월적 세계와 등가로 제시되고 있다.

이들 지시틀은 상호작용함으로써 통합적 의미를 수렴해낸다. 그리하여 '방주 속'에서 '노아의 가족'이 '물'로써 '새롭게 되'는 구원의 행위는 '산과 들'에서 '감람나무 잎사귀'가 '돋아나'는 행위, '말구유 안'에서 '예수'가 피로써 '태어나'는 행위, '당신의 품 안'과 '어머니의 품 안'에서 '우리'가 '눈물과 사랑'으로 '잠기'는 행위와 동일한 의미맥락을 형성하게 된다. 여기서 심판을 표상하는 '물'과 생명을 상징하는 '피', 그리고 긍휼과 자비를 의미하는 '눈물과 사랑'은 이질적이지만 새로운 생명으로 거듭나는 데 결정적인 역할을 한다는 점에서 동질적인 위치에 놓일 수 있다. 결국 이 시의 지난날/ 오늘, 진노/ 사랑, 물/ 피, 아버지/ 어머니 등의 이항대립에서는 전자의 의미항이 후자의 의미항으로 흡수되는 양태를 보여준다. 이것은 과거에 타락한 세상을 '물'로써 심판하여 정화시킨 '당신'이 오늘은 사랑을 표상하는 '피'로써 세상을 품어 주기 때문이다. 이러한 속성은 부성이 아닌 모성적 신성을 대변해준다. 이는 '크리스마스의 모성애'라는 시의 제목에도 잘 나타난다.

이렇듯 김현승의 시에는 '어둠'이 '모성'을 지닌 신적 존재로 형상화되는데 이는 박목월 시에서 편재성을 지닌 '어머니'가 신성을 드러내는 것과 분명한 차이를 보여준다. 이 시에는 인공적 사물의 공간, 식물의 공간, 동물의 공간, 신의 공간, 인간의 공간에 의해 비유체계가 형성되어 다의적인 의미를 생성하면서 기독교적 초월성이 실현된다. 이러한 은유 양상에서는 모더니즘적인 요소가 적잖게 발견되는데 '방주'나 '말구유'라는 시적 공간이 이국적인 분위기를 자아낸다는 점에서 그러하다.

그런데 '어둠'이 신성을 암시하는 차원을 넘어 신과 등가의 자리에 놓이는 은유 양상은 이미 김현승의 초기시 〈이별에게〉에 나타나 있다. 이 시의 "지우심으로/ 지우심으로/ 그 얼골 아로사겨 놓으실줄이야……// 흩으심으로/ 꽃잎처럼 우릴 흩으심으로/ 열매 맺게 하실줄이야……// 비우심으로/ 비우심으로/ 비인 도가니 나의 마음을 울리실줄이야……// 사라져/ 오오,/ 영원을 세우실줄이야……// 어둠 속에/ 어둠 속에/ 보석들의 광채를 기리 담아 두시는/ 밤과같은 당신은, 오오, 누구이오니까!"에는 어둠의 궁극점이 예시되어 있다. 여기서 타자화된 '당신'은 절대자를 표상한다. 마지막 연에서 '당신'은 '빛'이 아닌 '어둠' 속에 '보석들의 광채'를 담아 두는 분으로 제시된다. 여기서 "어둠 속에/ 어둠 속에"라는 반복적인 표현은 '어둠'을 강조하는 역할을 한다. 이때에는 '어둠'이 당신과 인접해있는 환유적 관계에 놓여 있다. 그런데 4행으로 오면서 '당신'(fr_1)은 '밤'(fr_2)과 동일시되는 은유적 관계로 바뀐다. 이때 신적인 존재가 어둠의 시간으로 층위 이동을 함으로써 시적 의미의 비약과 더불어 긴장성의 심화가 발생한다.

1-3연에서 보면, 이런 인식은 '지우심'으로 '아로사'기고, '흩으심'으로 '열매 맺'게 하며 '비우심'으로 마음을 '울리'는 역설적 정황과 결부되어 있다. 부연하자면, 이것은 '사라짐'을 통해 '영원'을 세우는 역설적 초월성을 내포하고 있다. 이와 같은 인식은 김현승 시인에게 개

안, 즉 새로운 눈이 마련되었음을 보여준다. 궁극적으로 '어둠'이 '신'과 등가의 자리에 놓이는 은유 양상은 김현승 시의 독자적인 특징이다. 이것은 박목월의 시에서 '어머니'와 '예수'가 동일시되는 양상과 대비를 이룬다. 한편, 그의 시 〈천국은 들에도 −어머니 생각〉에서도 어둠의 표상 공간이 초월적 세계로 변주되는 양상이 나타난다.

나비 한점 날지 않은
혼자 가는 들길엔
발자욱 소리뿐

풀잎 하나 일지 않은
혼자 가는 들길엔
검은 그림자뿐

누워 계시던 어머니
이런 들에 호올로 헤매이시면 어쩌나!

어머니 어머니 생각 때문에도
천국은 들 가운데 있어지이다!

〈천국은 들에도 −어머니 생각〉 전문

이 시의 시적 공간은 '들'이다. 1연에서 '들'은 '나비 한점'도 날지 않는 아주 고적한 공간으로 나타나며 2연에서는 '풀잎 하나 일지 않'고 '검은 그림자뿐'인 곳으로 드러난다. 이것은 생명력이 상실된 공간임을 암시하고 있다. 말하자면 '들'은 어둠의 표상 공간이다. 이러한 외적 정황은 3연으로 오면서 '누워 계시'는 '어머니'의 존재 상태와 맞물린다. 이에 화자는 병약한 자신의 어머니가 이런 들길을 홀로 다니면서 헤매실까 염려한다. 그는 어머니를 생각하면서 "천국은 들 가운데 있어지이다!"라고 말하는데 이 언술에는 '들'에 '천국'이 임하기를 원하는 화자의 간절한 바람이 깃들어 있다. 이때 '들'(fr₁)이라는 식물적 공간 내지 자연적 공간은 '천국'(fr₂)이라는 초월적 공간과 서로 합치된다. 이렇게 해서 '들'이라는 어둠의 표상 공간은 '신의 품'에 상응하는 '천국'으로 자리매김하게 된다. 이것은 지상과 천상, 성과 속, 이상과 현실의 합일을 욕망하는 시인의 은유적 의지에서 발현된 것이다.

그의 다른 시 〈마지막 지상에서〉에서도 어둠의 표상 공간이 신성적 모체 공간으로 전이되고 있다. 이 시의 "산 까마귀/ 긴 울음을 남기고/ 지평선을 넘어갔다.// 넋이여,/ 그 나라의 무덤은/ 평안한가"라는 시구에서는 '무덤'(fr₁)이라는 어둠의 표상 공간이 '지평선'(fr₂)이라는 초월적 공간과 병치되어 은유적 관계를 이룬다. 예수의 죽음과 부활이 겹쳐 있는 역설적인 공간으로서 '무덤'은 '지평선'이라는 경계 공간과 은유적 대응을 이루면서 초월성을 확보하고 있다. 특히 이것은 어머니의 자궁을 환기시키면서 생명력에 토대한 모체의 공간을 의미화하기도 한다. 이와 같이 김현승의 후기시에는 어둠과 어둠의 표상 공간이 모체를 암시하면서 신성화되는 양상이 두드러진다. 그런데 김현승의 시에 빈번하게 등장하는 '검은빛'이 고독을 표상한다고 볼 때, 그의 시에 나타난 '어둠'에 관한 인식은 '고독'에 관한 인식에 다름 아니다. 이를테면 김현승의 시에서는 '고독'에 관한 인식 속에서 개안이 이루어지며 초월성이 실현된다고 할 수 있다.

김현승의 후기시에서는 '어둠'에 관한 인식에 의해서 기독교적 초월성이 실현되고 있다. 그의 후기시에서는 관념적인 '어둠'과 이것이 변용된 '그림자'가 '어머니'로 몸바꿈을 하면서 '모성'을 지닌 신적 존재, 즉 신성적 모체를 의미화하며, 어둠의 표상 공간이 신성한 모체의 공간으로 변주되면서 기독교적 초월성을 실현하고 있다. 그의 시에서는 '어둠'의 은유적 변전에 의해 개안이 구현되는데 여기서는 어둠이 주로 인공적 사물로 변주됨으로써 시인의 모더니즘적 성향을 잘 드러내준다. 이러한 양상은 '어머니'를 매개로 초월적 세계에 편입하여 모성적 신성을 의미화하는 박목월의 시와 차이를 보인다. '어머니'가 기호화된 존재로 드러난다는 점에서도 박목월 시와 분명한 차이를 보여준다. 궁극적으로 '어둠'은 '신'과 동일시되는 양상으로 나아간다. 김현승의 시에서는 '어둠'을 포용하여 빛으로 전환시키는 역설적 행위에 의해 개안이 실현되고 있다는 점에서 특징적이다. 또한 김현승 시의 개안에서는 추상성에서 구상성으로 전이되는 양상이 지배적이다.

4. 맺음말

본고에서는 지금까지 분석한 박목월과 김현승 후기시의 은유 양상을 토대로 하여 이들의 시를 대비시켜서 기독교적 초월성에 구축된 은유적 인식의 차이를 조명하였다. 특히 여기서는 박목월과 김현승의 후기시에서 공통적으로 나타나는 모성과 신성이 합일하는 은유 양상에 집중하여 논의를 전개하였다.

박목월 시인은 육신의 '어머니'라는 구체적인 대상을 매개로 절대자의 초월적 세계로 편입하고 있다. '어머니'에 대한 기억을 통해 이루어지는 이것은 일련의 은유적 고리를 형성하면서 새로운 의미를 창출하고 있다. 그의 시 〈찬가〉를 비롯한 여러 시편에는 '어머니'의 편재성이 다양한 층위의 은유체계를 형성하고 있으며 이때의 '어머니'는 신성을 표상하는 존재로 드러나고 있다. 이러한 '어머니'는 주로 자연적 사물의 층위로 변주되면서 한국적인 자연미를 조성하는데 이는 전통적 서정에 바탕을 둔 박목월의 시적 경향을 잘 보여준다. 그의 시 〈갈릴리의 물빛〉으로 오면서 '어머니'는 신성을 암시하는 차원을 넘어 '예수님'과 동일시되어 신적 존재로 변신하고 있으며 이로써 시인의 개안이 실현되기에 이른다. 그의 시 〈믿음의 흙〉, 〈자리를 들고〉 등에서는 역설적인 개안의식이 구체화되는데 이는 '껍질'이 '깨지'고, '돌문'이 '열리'며, '벽'이 '붕괴'되는 행위, 즉 경화성을 벗어나는 행위에 비유된다는 점에서 특징적이다. 이것은 단순한 은유 양상을 드러냄에도 불구하고 주로 구상에서 구상으로 변주됨으로써 구체성을 띤다. 개안의 과정을 통과한 박목월 시인은 환상을 통하여 모성적 신성을 발견하게 된다. 그의 시 〈크고 부드러운 손〉이 대표적이다. 다층적인 은유에 의해 다의성을 산출하는 이 시에서는 무한대로 확대되는 초월성이 파생되고 있다. 박목월의 시는 서구의 기독교정신에 입각해 있음에도 은유 양상에서 전통적 요소가 강하게 나타나고 있다.

김현승 시인은 '어둠'에 관한 인식에 의해 기독교적 초월성을 실현하고 있다. 그의 후기시에서는 관념적인 '어둠'과 이것이 변용된 '그림자'가 '어머니'로 몸바꿈을 하면서 '모성'을 지닌 신적 존재, 즉 신성적 모체를 의미화하며, 어둠의 표상 공간이 신성한 모체의 공간으로 변주되면서 기독교적 초월성을 실현하고 있다. 이러한 신성의 모체화는 모성적 신성을 형상화하고 있는 박목월의 시와 대비를 이룬다. 박목월 시의 '어머니'가 실재했던 육신의 어머니라면 김현승 시의 '어머니'는 신적 존재가 기호화된 어머니이다. 그의 시 〈그림자〉와 〈이 어둠이 내게 와서〉에서는 '어둠'이라는 관념적 상태가 인공적 사물화 양상을 드러내면서 모더니즘적인 서정성을 보여주는데 이것은 자연화 양상을 통해 전통적 서정성을 보여주는 박목월 시와 대비를 이룬다. 그의 시 〈크리스마스의 모성애〉에서는 '어둠'이 신성을 표상하는 차원을 넘어 '신'과 동일시되고 있다. 그런데 김현승 시인이 신성을 발견하는 '어둠'에 관한 인식은 '고독'에 관한 인식과 다르지 않다. 김현승의 시에서는 '어둠'의 은유적 변전에 의해 개안이 구현되고 있다. 여기서는 '어둠'을 포용하여 빛으로 전환시키는 역설적 행위에 의해 개안이 실현되는데 이는 경화성을 벗어나 열린 세계에서 빛을 발견하는 박목월 시의 개안과 분명한 차이를 보여준다. 주로 추상성에서 구상성으로 전이되는 이것은 구상성에서 구상성으로 변주되는 박목월의 시와 대비를 이룬다. 복잡한 은유체계를 형성하는 김현승 시의 개안의 양상은 그의 인식의 복잡성을 대변해준다. 이러한 양상은 초월적 세계로 이행함에 있어 김현승 시인의 내적 갈등과 고뇌가 심중하였음을 보여주기도 한다.

이와 같이 박목월의 후기시와 김현승의 후기시에서는 기독교적 초월성이 본격적으로 실현되고 있다. 그러나 은유 양상에 있어서는 박목월의 전통적인 서정성과 김현승의 모더니즘적 서정성이 분명한 차이를 드러내고 있음을 볼 수 있다. 이와 같은 특성은 두 시인의 시편에 나타나는 초월성을 표상하는 빛을 통해서도 드러난다. 박목월의 후기시에 빈번하게 등장하는 '흰빛'은 우리 민족을 상징하는 빛깔과 일치한다는 점에서 시인의 전통적인 성향을 읽어낼 수 있다. 이는 김현승의 시에서 주조를 이루는 지극히 서구적이고 모던한 '검은빛'과 대비를 이루고 있다.

본 연구를 통하여 박목월과 김현승의 후기시에 본격화되고 있는 기독교적 초월성이 은유의 원리에 의해 미감을 형성하고 있음을 파악할 수 있었다. 아울러 은유 양상에 있어서 전통적인 박목월의 시와 모더니즘적인 김현승의 시가 현격한 차이를 보여주고 있음도 확인할 수 있었다. 이러한 특성은 이 장에서 살핀 시 외에도 두 시인의 후기시의 은유 양상 전반에 걸쳐서 나타나고 있는데 이들 시의 사물화 양상에서 더욱 분명하게 대비되고 있다. 또한 박목월과 김현승 후기시의 은유 양상은 대부분 추상→ 구상, 구상→ 구상, 구상→ 추상으로 변주됨으로써 관념성을 벗어나 구체성을 확보하고 있다. 특히 김현승의 시에서는 추상→ 구상으로의 전이 양상이 보다 더 두드러진다는 점에서 특징적이다. 본고는 박목월과 김현승의 후기시에 나타난 기독교적 초월성의 은유 미학을 조명함으로써 이들 시의 기독교의식을 고찰한 기존의 논의들과 변별성을 확보하였다. 이는 내용 중심적인 선행연구의 한계성을 벗어나 이들 시에 구축된 형식 미학을 밝히는 데 주력하였다는 점에서 의의를 지닌다. 특히 본고는 박목월과 김현승의 후기시에 직조된 은유적 상상력의 층위를 총체적으로 파악하여 이들의 인식의 확장과 미학적 갱신을 규명하였다는 점에서 의의가 크다.

그러나 박목월과 김현승의 후기시에서 기독교의식의 형상화 문제는 간과할 수 없는 부분이다. 이들의 시 가운데서 시적 형상화가 제대로 이루어지지 않은 시편들은 긴장성의 약화를 초래하고 있다. 이러한 한계성은 두 시인의 유고시집에서 현저히 발견된다. 박목월의 유고시집 『크고 부드러운 손』에 수록된 다수의 시편에는 다층적인 지시틀에 의해 다의적인 의미가 생성되고 있음에도 불구하고 지시틀의 세부항들이 주로 시 텍스트의 이면에 숨겨져 있지 않고 문면에 드러남으로써 독자/ 비평가의 상상력의 개입을 축소시키며 긴장성을 감소시키고 있다. 이는 김현승의 유고시집 『마지막 지상에서』에서도 마찬가지이다. 김현승의 시에는 직유적 언술에 의해 비유체계가 형성된 시편들이 아주 많이 있다. 이 가운데서 지시틀의 의미항이 문면으로 거의 다 드러난 시편의 경우에는 독자/ 비평가의 상상력에 의해 채워져야 할 부분이 제한되고 있으며 이로 인하여 긴장성이 약화되는 한계를 드러내고 있다. 이와 같은 현상은 한국의 기독교 시가 극복해야 할 문제이기도 하다.

참고문헌

〈은유 이론〉에 관한 참고문헌

김욱동, 『은유와 환유』, 민음사, 2004.

김준오, 『시론』, 삼지원, 1982.

김현자, 『한국시의 감각과 미적거리』, 문학과지성사, 1997.

박선영, 『미당 시의 공간 은유 분석』, 인터북스, 2009.

엄경희, 「은유의 이론과 본질」, 『숭실어문』제19집, 숭실어문학회, 2003.6.

이어령, 『詩 다시 읽기』, 문학사상사, 1995.

______, 「비유법논고」상·하, 『문학예술』, 1956.11.12.

정기철, 『상징, 은유 그리고 이야기』, 문예출판사, 2004.

차봉희 편저, 『수용미학』, 문학과지성사, 1995.

한국기호학회 편, 『은유와 환유』, 문학과지성사, 1999.

Aristoteles, 『시학』, 천병희 역, 문예출판사, 1998.

Beardsley, Monroe C. 「The Metaphorical Twist」, 『Philosophical Perspective on Metaphor』, Mark Johnson(ed), Minneapolis: Univ. of Minnesota Press, 1981.

Benveniste, Emile(1966), 『일반언어학의 제문제』Ⅰ, 황경자 역, 민음사, 1992.

Black, Max(1962), 「Metaphor」, 『언어과학이란 무엇인가』, 이정문 외 편, 권두환 역, 문학과지성사, 1985.

Easthope, Antony, 『시와 담론』, 박인기 역, 지식산업사, 1994.

Genette, Gerard(1972), 「줄어드는 수사학」, 김현 편, 『수사학』, 문학과지성사, 1985.

Hawkes, Terence(1970), 『은유』, 심명호 역, 서울대학교 출판부, 1986.

Heidegger, Martin, 『존재와 시간』, 이기상 역, 까치, 2001.

Hrushovski, Benjamin, 「Poetic Metaphor and Frames of Reference with Examples from Eliot, Rilke, Mayakovsky, Mandelshtam, Pound, Creeley, Amichai, and the New York Times」, 『Poetics Today』, vol.5, 1984.

Lakoff, G.·Johnson, M.(1980), 『삶으로서의 은유』, 노양진·나익주 공역, 서광사, 1995.

Richards, I. A.(1936), 『수사학의 철학』, 박우수 역, 고려대학교 출판부, 2001.

Ricoeur, Paul, 「The Metaphorical Process as Cognition, Imagination, and Feeling」, 『Philosophical Perspective on Metaphor』, Mark Johnson(ed), Minneapolis: Univ. of Minnesota Press, 1981.

____________, 「은유와 상징」, 정기철 역, 『신학이해』제14집, 호남신학대학교, 1996.10.

Steiger, Emil.(1946), 『시학의 근본개념』, 이유영·오현일 공역, 삼중당, 1978.

Wheelwright, Phililp(1962), 『은유와 실재』, 김태옥 역, 한국문화사, 2000.

Wolfgang, Iser(1948), 『언어예술작품론』, 김윤섭 역, 대방출판사, 1984.

〈박목월 시의 은유 미학〉에 관한 참고문헌

1. 기본 자료

박목월, 『박목월 시전집』, 이남호 편, 민음사, 2003.
______, 『보라빛 소묘』, 신흥출판사, 1958.

2. 연구 자료

권명옥, 「박목월시연구」, 한양대 대학원 석사학위논문, 1990.
금동철, 「박목월 시에 나타난 근원의식」, 『한국 현대시의 수사학』, 국학자료원, 2001.
______, 「박목월 시의 '어머니' 이미지와 근원의식」, 박현수 편, 『박목월』, 새미, 2002.
______, 「박목월 후기시의 기독교적 이미지 연구」, 『ACTS 신학과 선교』 제7호, 아세아연합신학대학교, 2003.
______, 「박목월 시에 나타난 기독교적 자연관 연구」, 『우리말글』 제32집, 우리말글학회, 2004.12.
______, 「현대시에 나타난 수사학적 세계관 연구」, 『국제언어문학』 제10호, 국제언어문학회, 2004.12.
김용옥, 「박목월 후기시 연구」, 동국대 대학원 박사학위논문, 2008.
김인섭, 「박목월시의 기독교의식」, 『한민족어문학』 제44호, 한민족어문학회, 2004.6.
김종길, 「향수의 미학 ─목월시의 전개」, 『문학과 지성』, 문학과지성사, 1971.9.
김종태, 「박목월 시의 가족 이미지와 내면 의식 연구」, 『우리말글』 제30집, 우리말글학회, 2004.4.

김재홍, 『한국현대시인연구』, 일지사, 1987.

______, 「목월시의 성격과 시사적 의미」, 박현수 편, 『박목월』, 새미, 2002.

김현자, 「박목월 시의 감각과 미적거리」, 『한국시의 감각과 미적거리』, 문학과지성사, 1997.

______, 「한국 자연시에 나타난 은유 연구 −박목월·박용래 시를 중심으로」, 『한국시학연구』제20호, 한국시학회, 2007.12.

김형필, 『박목월 시 연구』, 이우출판사, 1988.

김혜니, 「박목월 시 공간의 기호론적 연구」, 이화여대 대학원 박사학위논문, 1990.

남금희, 「박목월 시의 신앙의식 연구」, 『한국문학이론과 비평』제40집, 한국문학이론과 비평학회, 2008.9.

박민근, 「박목월 후기시에 나타난 '자연'의 의미」, 연세대 대학원 박사학위논문, 2001.

박선영, 「서정주 시의 구심적 공간 메타포 연구」, 『어문론총』48호, 한국문학언어학회, 2008.6.

______, 「박목월의 후기시에 나타난 죽음의식의 은유체계」, 『한국문학논총』제52집, 한국문학회, 2009.8.

박승준, 「박목월 시연구」, 명지대 대학원 박사학위논문, 1989.

박이도, 「언어의 대상화 및 형태미에의 집착 −박목월론」, 『한국 현대시와 기독교』, 종로서적, 1987.

박준열, 「박목월 시에 나타난 기독교의식 연구」, 한남대 대학원 석사학위논문, 1996.

박찬국, 『하이데거의 존재사유』, 철학과 현실사, 1995.

서경온, 「박목월 시 연구」, 성신여대 대학원 박사학위논문, 2002.

손진은, 「박목월 시의 향토성과 세계성」, 『우리말글』제28집, 우리말글학회, 2003.8.

신규호, 「박목월의 유고 신앙시집과 기독교」, 『한국 현대시와 종교』, 국학자료원, 2003.

신상철, 「박목월의 신앙시 연구」, 『인문논총』10집, 경남대 인문과학연구소, 1998.2.

엄경희, 『미당과 목월의 시적 상상력』, 보고사, 2003.

오세영, 「박목월론」, 『현대시와 실천비평』, 이우출판사, 1983.

______, 「영원(永遠)' 탐구의 시학 -박목월론」, 『한국언어문화』제23집, 한국언어문화학회, 2003.6.

유성호, 「지상적 사랑과 궁극적 근원을 향한 의지」, 박현수 편, 『박목월』, 새미, 2002.

______, 「한국 현대시에 나타난 '자연'의 전통 -청록파의 시를 중심으로」, 『한국어문교육』제15집, 한국교원대학교, 2006.2.

유혜숙, 「박목월 시에 나타난 신성과 신비의 베일로서의 어스름」, 『한국문학이론과 비평』제17집, 한국문학이론과 비평학회, 2002.12.

이숭원, 「환상의 지도에서 존재의 탐색까지」, 박현수 편, 『박목월』, 새미, 2002.

이승훈 편저, 『문학상징사전』, 고려원, 1995.

이형기 편저, 『자하산 청노루』, 문학세계사, 1986.

이희중, 「박목월 시의 변모과정」, 박현수 편, 『박목월』, 2002.

정경은, 『박두진 박목월 김현승의 기독교 시 연구』, 한국학술정보, 2008.

최승호, 「근원에의 향수와 반근대의식」, 박현수 편, 『박목월』, 새미, 2002.

______, 「박목월 시의 나그네 의식」, 『한국언어문학』제58집, 한국언어문학회, 2006.9.

______, 「1960년대 박목월 서정시에 나타난 구원의 시학」, 『어문학』제76호, 한국어문학회, 2002.6.

______, 「박목월 서정시의 이데올로기와 '어머니'」, 『서정시의 이데올로기와 수사학』, 국학자료원, 2002.

한광구, 『목월시의 시간과 공간』, 시와시학사, 1993.

______, 「박목월 시에 나타난 '어머니'의 이미지 연구 ―'어머니'에 나타난 시간성과 공간성을 중심으로」, 『한국시학연구』, 한국시학회, 2002.

허영자, 「박목월의 시에 나타난 가족의 의미 ―'어머니' 시를 중심으로」, 『새국어교육』통권65호, 한국국어교육학회, 2003.3.

홍희표, 「박목월 시의 연구」, 인하대 대학원 박사학위논문, 1991.

Bachelard, Gaston, 『몽상의 시학』, 김현 역, 홍성사, 1986.

______________, 『공기와 꿈』, 정영란 역, 민음사, 1993.

______________, 『물과 꿈』, 이가림 역, 문예출판사, 1998.

Eliade, Mircea, 『종교형태론』, 이은봉 역, 한길사, 1996.

〈김현승 시의 은유 미학〉에 관한 참고문헌

1. 기본 자료

김현승, 『김현승 시전집』, 김인섭 편, 숭실대출판부, 2005.

______, 『고독과 시』, 지식산업사, 1977.

2. 연구 자료

고윤석, 「김현승 시의식의 변용 양상 연구 : 종교성과 낭만성을 중심으로」, 전남대 대학원 석사학위논문, 2010.

곽광수, 「사라짐과 영원성」, 김인섭 편, 『김현승시 논평집』, 숭실대출판부, 2007.

권영진, 「김현승 시와 기독교적 상상력」, 숭실어문학회 편, 『다형 김현승 연구』, 보고사, 1996.

______, 「시와 종교적 상상력」, 김인섭 편, 『김현승시 논평집』, 숭실대출판부, 2007.

금동철, 「김현승 시의 '고독'과 은유의 수사학」, 『우리말글』제21집, 우리말글학회, 2001.8.

______, 「김현승 시에서 자연의 의미」, 『우리말글』제40집, 우리말글학회, 2007.8.

김문주, 「김현승의 시와 기독교 신앙의 특징」, 『국어교육』제120호, 한국어교육학회, 2006.6.

김옥성, 「김현승 시에 나타난 전이적 상상력 연구」, 『한국현대문학연구』제9집, 한국현대문학회, 2001.상반기.

김우창, 「김현승의 시 -세 편의 소론」, 김인섭 편, 『김현승시 논평집』, 숭실대출판부, 2007.

김윤식, 「신앙과 고독의 분리문제」, 숭실어문학회 편, 『다형 김현승 연구』, 보고사, 1996.

김인섭, 「김현승의 의식세계」, 『다형 김현승 연구』, 숭실어문학회 편, 보고사, 1996.

______, 『김현승시의 상징체계 연구』, 보고사, 1999.

______. 「한국현대시에 나타난 기독교의 구원의식 -윤동주, 김현승 시를 중심으로」, 『문학과 종교』제9권1호, 한국문학과 종교학회, 2004.여름호.

김종길, 「견고에의 집념 -김현승의 스타일을 중심으로」, 김인섭 편, 『김현승시 논평집』, 숭실대출판부, 2007.

김종철, 「견고한 것들의 의미」, 숭실어문학회 편, 『다형 김현승 연구』, 보고사, 1996.

김재홍, 「다형 김현승 -가을정신 또는 고독의 사상」, 숭실어문학회 편, 『다형 김현승 연구』, 보고사, 1996.

______, 「한국현대시 은유형태 분석론」, 현대문학사 편, 『시론』, 현대문학, 1996.

김현·곽광수 공저, 『바슐라르연구』, 민음사, 1981.

박몽구, 「김현승 시 연구 : 시어를 중심으로」, 한양대 대학원 박사학위논문, 2004.

손진은, 「김현승 시연구」, 경북대 대학원 석사학위논문, 1987.

______, 「김현승 시의 생명시학적 연구」, 『어문론총』제34호, 경북어문학회, 2000.8.

신익호, 「한국현대기독교시연구 ―김현승, 박두진, 구상 시를 중심으로」, 전북대 대학원 박사학위논문, 1987.

______, 「김현승 시에 나타난 기독교의식」, 숭실어문학회 편, 『다형 김현승 연구』, 보고사, 1996.

오규원, 「비극적 종교의식과 고독」, 숭실어문학회 편, 『다형 김현승 연구』, 보고사, 1996.

유성호, 「김현승 시의 분석적 연구」, 연세대 대학원 박사학위논문, 1996.

유혜숙, 「김현승 시에 나타난 구원성」, 『숭실어문』17집, 숭실어문학회, 2001.6.

______, 「김현승 시의 '검은빛' 강박이미지 연구 ―반대이행적 개명의지로서의 '검은빛'과 '절대고독'」, 『한국문학이론과 비평』제20집 7권3호, 한국문학이론과 비평학회, 2003.9.

이민경, 「김현승 시 연구 ―시정신에 나타난 기독교 의식을 중심으로」, 서울여대 대학원 석사학위논문, 1998.

이성부, 「신·인간·민족의 연구」, 숭실어문학회 편, 『다형 김현승 연구』, 보고사, 1996.

임현순, 「김현승 시에 나타난 '고독'의 역설성 연구」, 『한국시학연구』제6집, 한국시학회, 2002.

정경은, 『박두진 박목월 김현승의 기독교 시 연구』, 한국학술정보, 2008.

정재완, 「한국현대시와 「소외」의 의미」, 숭실어문학회 편, 『다형 김현승 연구』, 보고사, 1996.

천영숙, 「김현승 시의 은유 연구」, 한남대 대학원 석사학위논문, 1999.

최승호, 「김현승 시의 서정화 방식 연구」, 『한국언어문학』65집, 한국언어문학회, 2008.6.

최하림, 「시와 고독 —김현승의 시와 인간」, 숭실어문학회 편, 『다형 김현승 연구』, 보고사, 1996.

한영일, 「한국현대기독교 시 연구 —윤동주, 김현승, 박두진 시의 상징성을 중심으로」, 성균관대 대학원 박사학위논문, 2000.

한영자, 「일제 강점기 한국 기독교 시 연구」, 동의대 대학원 박사학위논문, 2006.

홍기삼, 「김현승론」, 숭실어문학회 편, 『다형 김현승 연구』, 보고사, 1996.

Meyerhoff, Hans, 『문학과 시간현상학』, 김준오 역, 삼영사, 1987.

Eliade, Mircea, 『종교형태론』, 이은봉 역, 한길사, 1996.

___________(1959), 『성과 속』, 이동하 역, 학민사, 1997.

| 박목월과 김현승 시의 은유 미학 |

찾아보기

ㄱ

가부좌 79
가부좌 -돌의 시⑥ 74, 97
가을 치마 201, 242, 243, 244, 245
가정 105, 106, 111, 135
간격-채우기(gap-filling) 21, 22
간밤의 페가사스 83, 84, 87, 99
갈릴리 바다의 물빛을 131, 132, 136, 302, 309
감각화 211, 213
감사 208, 209, 210, 272
감사하는 마음 210
강 건너 돌 -돌의 시③ 98
개안 은유 151, 160, 170, 171, 294
거듭남 306, 314
거울화 90, 186, 187
검은 빛 221, 223, 276, 279, 313, 317
겨울 까마귀 223, 224, 227
겨울 보석 200
견고성 83, 179
경계공간 109, 274, 323
경화(輕化) 41, 47, 64
경화성 306, 310, 315, 325, 326

고독의 사물화 177, 216
고백의 시 179, 181, 199, 210
고향에서 32, 33
고향회귀의식 28, 103
광물 은유 83, 98, 99, 100, 294
구상화 44, 56, 65, 93, 98, 113, 148, 191, 195, 199, 219, 234, 240, 249, 273
구심적 97, 332
그 날개 245, 246
그냥 74, 75, 99
그림자 34, 50, 51, 73, 77, 78, 79, 258, 260, 276, 277, 278, 279, 286, 288, 311, 312, 313, 315, 316, 322, 324, 325, 326
근대적 시간 16, 175
근원 지향 29, 138
근황 275
기독교적 세계관 29, 65, 90, 137, 138, 154, 163, 245
기억 50, 51, 52, 105, 113, 116, 128, 135, 296, 298, 299, 301, 310, 324
기호화된 모체 316, 320

ㄴ

나무 46, 117, 119, 120, 143, 167, 168, 183, 189, 190, 191, 258, 259, 260, 261, 262, 266, 269, 284, 285, 286, 287, 300, 301, 309, 317, 319, 320
나의 독수리 247
낙서 37, 59, 60, 61, 62, 65
낙엽후 219, 235, 236, 237
남성성 182, 189, 193, 213, 235, 247, 249, 250
내용 중심성 17, 29, 103, 178
내적 성찰 187, 195, 212
노래 63, 149, 159, 170
노안 52, 53, 54, 65
눈 오는 밤 116

ㄷ

다층적인 비유체계 143, 144, 165
달빛 46, 47, 63, 72, 73
대치 은유 18
도구·무기 은유 179, 294
도포 한 자락 45
돌 72, 74, 83, 86, 88, 89, 91, 93, 94, 95, 96, 97, 98, 99, 100
동물 은유 217, 234, 235, 248, 249, 250, 294

동일성의 시학 16, 29, 101, 104, 137, 175

ㄹ

로만 인가르덴(Roman Ingarden) 23
리꾀르(Ricoeur, Paul) 19, 20, 105
리챠즈(Richards, I. A.) 19

ㅁ

마지막 지상에서 14, 15, 176, 178, 211, 215, 225, 249, 252, 253, 254, 266, 276, 286, 287, 289, 294, 312, 323, 328
막스 블랙(Max Black) 19, 45
만년의 꿈 34, 35, 64
말씀을 전함으로 기독교인이 되자 159, 306
매개 13, 16, 37, 44, 62, 125, 127, 128, 134, 136, 139, 148, 169, 178, 187, 195, 205, 216, 225, 294, 295, 304, 310, 311, 324
매개물 19
매개체 88, 148, 178, 189, 224
모더니즘적 서정성 326
모성 28, 108, 110, 129, 130, 286,

295, 296, 309, 311, 316, 320,
324, 325

모성적 108, 111, 113, 134, 135,
235, 237, 238, 240, 242, 245,
246, 247, 248, 250, 294, 309

모성적 신성 286, 287, 289, 307,
309, 310, 320, 324, 325

모일 49, 50, 56, 57, 65

모체 은유 276, 289, 294

몸바꿈 120, 135, 148, 301, 313,
316, 324, 325

무기의 노래 189, 191

무기의 의미 I 188

무기의 의미 II 184, 185

무소부재 120, 124, 135, 169, 266

무순 14, 28, 66, 67, 69, 82, 83,
98, 99, 100, 144, 149, 294

무지개를 빚으려는 117, 119, 135,
169, 300

무화(無化) 41, 42, 46, 47, 51, 64,
81, 108, 148, 149, 182, 222, 274,
277, 312, 315

미래지향적 202

미적 가치 82, 199

미적 장치 213

미학적 갱신 32, 56, 64, 68, 87,
100, 158, 231, 245, 278, 327

미학적 원리 16, 30, 68, 176, 178

민족의 강자 241

믿음의 흠 151, 153, 157, 170, 305,
325

바슐라르 33, 116, 282

백국 40

밴베니스트(Benveniste, Emile)
20, 21

변신 은유 113, 121, 135, 294

변이체 58, 83, 95, 98, 99, 145

보석·보화 은유 195, 294

보조관념 18

복도 끝에서 149

볼프강 이저(Wolfgang Iser) 23

봄이 오는 한 고비 247, 255, 256,
287

부재의 지시틀 21, 75, 90, 96,
134, 233

부활절 아침의 기도 156, 157,
170, 306

부활절에 264, 265

불모성 202

불모지 70, 98

불이 켜진 창마다 168

불확정성 21

비동일성 175

비약 28, 79, 260, 261, 262, 263,
269, 287, 288, 321

비어즐리(Beardsley, M. C.) 19
비유의 물 80
비유적 관계 20, 24, 37, 46, 51,
  52, 58, 71, 93, 107, 110, 115,
  119, 143, 147, 151, 165, 219, 237,
  244, 273, 319
비유적 사건(figurative events)
  22, 41, 62, 108, 143, 147, 207,
  308, 315
비유적 상황(figurative situations)
  황 22, 41, 56, 162, 209, 237
빈 컵 80, 81, 99

ㅅ

사랑의 동전 한 푼 205, 206, 207
사력질 66, 67, 69, 82, 83, 98, 99,
  100, 294
사물화 27, 30, 31, 32, 33, 37, 39,
  40, 41, 43, 45, 46, 47, 48, 49,
  51, 52, 55, 56, 59, 61, 62, 63,
  64, 65, 175, 177, 178, 186, 194,
  202, 204, 205, 211, 212, 213,
  216, 231, 270, 277, 281, 294,
  312, 316, 317, 326, 327
산까마귀 울음 소리 223
삼월로 건너가는 길목에서 163,
  164
상호작용론 18, 19, 20

상호침투 41, 45, 76, 112, 193, 308
생명 은유 105, 135, 140, 150,
  170, 171, 294
생명의지 179, 184, 198, 212, 234,
  235, 248, 249, 250, 262, 263
서정적 근원 28, 102, 138, 177
서정주 97, 332
선형구조 107, 191, 219
성장 13, 86, 116, 194
세수를 하고 167, 171
수사학적 차원 28, 67, 69, 102,
  138, 253
순색영원 91, 92, 93, 99
슈타이거 128
시적 긴장성 76, 125, 158, 170,
  171, 254
식물 은유 254, 266, 287, 289,
  294
신년기원 270, 271, 288
신성 은유 160, 170, 171, 294
신이 거니는 잔디 160, 161, 166,
  171
신춘음 124, 169, 301

ㅇ

아리스토텔레스(Aristoteles) 18
아침마다 눈을 134
앓는 밤 129, 130

암흑체험 281
액체 은유 69, 82, 99, 100, 294
어두워 드는 뜰 108, 109
어머니에의 기도1 117, 169, 300
어머니에의 기도2 130
어머니에의 기도8 125, 126, 136
어머니의 미소 122, 123, 124, 169, 301
어머니의 언더라인 127
어머니의 음성 112, 118, 129, 300
어머니의 향기 113, 114, 135, 169, 300
언술(discours) 17, 19, 20, 23, 24, 30, 31, 43, 54, 55, 56, 60, 63, 68, 73, 75, 78, 90, 104, 105, 107, 110, 112, 119, 127, 133, 138, 140, 143, 147, 159, 176, 179, 186, 194, 197, 211, 216, 217, 218, 219, 223, 230, 233, 234, 240, 242, 254, 260, 262, 268, 269, 270, 271, 285, 293, 298, 314, 323, 328
여성성 182, 205, 213, 248, 250
역동적 22, 23, 41, 124, 127, 143, 150, 204, 217, 220, 228, 231, 234, 235, 247, 248, 249, 250, 262, 264, 266, 288, 294, 309
역설적 87, 151, 154, 155, 159, 160, 170, 171, 183, 205, 238,

265, 279, 294, 315, 316, 317, 321, 323, 324, 325, 326
영원성 16, 47, 59, 63, 65, 90, 91, 93, 94, 95, 96, 97, 98, 133, 145, 179, 186, 200, 210, 269, 270, 272, 275, 276, 288, 298
영혼의 고요한 밤 220, 258, 287
오늘 35, 36, 50, 51, 52, 57, 60, 61, 62, 71, 72, 81, 84, 89, 90, 99, 118, 121, 167, 169, 183, 193, 194, 225, 229, 272, 274, 284, 285, 286, 297, 298, 300, 318, 320
오른 손에 펜을 쥐고 194, 228, 229
요나 콤플렉스 282
우수 219, 220, 238, 239, 240
우슬초 155
우주적 거울 76
雲上에서 77, 78, 80, 99
隕石 39
움베르토 에코(Umberto Eco 45
원관념 18
원심력 194
유동적 자연 40, 288
유한성 16, 41, 45, 47, 63, 64, 65, 67, 88, 89, 95, 98, 100, 183, 215, 222, 224, 275
은유적 고리 40, 96, 98, 168,

308, 316, 324
은유적 꼬임(metaphorical twist) 19
은유적 세계관 16, 27, 29, 101, 137, 138
은유적 연쇄 96, 113, 120, 123, 136, 145, 160, 166, 240, 299
은유적 인식 163, 295, 296, 324
은유체계 34, 44, 66, 67, 68, 70, 81, 99, 100, 117, 120, 140, 177, 179, 211, 255, 276, 287, 288, 317, 325, 326
은환유 45, 110, 150, 159, 166, 194, 200, 222, 230, 244, 261, 262
응집력 83
응축적 83, 89, 98, 99, 100, 294
의미론적 변용 18, 91, 96, 135
의미론적 혁신(semantic innovation) 20
이별가 42, 64
이별에게 283, 321
이·삼일 46
이 손을 보라 231, 233
이 어둠이 내게 와서 204, 279, 280, 281, 288, 313, 314, 316, 326
인내 186, 187, 188
인생을 말하라면 234

일원론적 세계관 18
일일(一日) 48, 49, 65
일체 은유 125, 136, 294

ㅈ

자리를 들고 155, 157, 170, 305, 306, 325
자수정 환상 -돌의 시④ 94, 95, 99, 144
자연물 223, 257, 295, 298
재 187, 220, 221, 222, 223, 224
전이(transference) 18, 22, 44, 83, 86, 93, 99, 105, 108, 117, 156, 193, 199, 201, 219, 223, 224, 231, 263, 281, 286, 302, 312, 316, 317, 323, 324, 326, 327, 335
전통적 서정성 299, 304, 310, 326
존재론적 성찰 35, 65, 189, 257, 258, 260, 266, 287
존재론적 전환 90, 148
좌향 -돌의 시② 98
죽음의식 43, 44, 46, 70, 74, 226
중심적 69, 82, 99, 100, 154, 195, 214, 215, 250, 253, 294, 327
중심지향성 74, 76, 77, 82
지각 -행복의 얼굴 272, 273, 288
지금 80

지시 20, 21, 35, 36
지시틀(frame of reference) 20,
  21, 22, 23, 24, 35, 36, 37, 39,
  41, 44, 45, 51, 52, 54, 55, 58,
  60, 62, 71, 72, 73, 75, 76, 79,
  81, 85, 87, 89, 90, 91, 93, 96,
  107, 108, 110, 112, 115, 116, 117,
  119, 120, 123, 124, 126, 127,
  130, 132, 134, 136, 143, 144,
  147, 149, 150, 158, 159, 162,
  163, 165, 166, 168, 170, 171,
  183, 190, 191, 193, 194, 197,
  198, 203, 207, 222, 223, 226,
  231, 233, 237, 240, 242, 244,
  257, 264, 269, 273, 274, 275,
  276, 277, 278, 281, 282, 285,
  287, 288, 289, 298, 308, 312,
  315, 316, 319, 320, 327, 328
지시틀 이론 21, 23, 24, 30, 31,
  140
지평선 218, 219, 225, 226, 227,
  241, 287, 323
질주 183
집에는 111

찬가 122, 123, 169, 296, 297, 325
창조적 생명력 77, 191

책 196, 197, 198
천국은 들에도 ―어머니 생각
  286, 322
청파동 46
초월의식 67, 74, 76, 235, 241,
  264, 310
초월적 비상 80, 224
초점 19, 134
축어적 관념 45
취의 19, 142

ㅋ

크고 부드러운 손 14, 15, 28, 104,
  135, 137, 139, 140, 142, 143,
  144, 149, 150, 151, 160, 166,
  170, 171, 254, 289, 294, 307,
  308, 309, 325, 327
크리스마스의 모성애 283, 285,
  288, 317, 318, 320, 326

ㅌ

통합적 의미 90, 107, 110, 191,
  320
틀(frame) 19

ㅍ

펜 하나 비록 가냘퍼도 191, 192,

193

편재성   29, 113, 116, 117, 120, 121, 123, 124, 125, 135, 160, 163, 165, 166, 169, 171, 287, 289, 298, 299, 300, 301, 302, 310, 320, 325

평일시초(平日詩抄) 91

표상 공간   27, 43, 247, 283, 286, 287, 288, 322, 323, 324, 325

ㅎ

하늘에 영광·지상에는 평화 133

한계의식   219, 238, 241

한 방울의 물   69, 70, 71, 73, 77, 78, 79, 80, 82, 99

해체   43, 44, 45, 52, 56, 58, 59, 60, 63, 65, 182, 222

향수   28, 29, 67, 102, 113, 121, 140, 170, 297, 298, 299

현재화   113, 128, 135, 296, 298, 301

형광등 198

형식 미학   17, 30, 138, 178, 216, 327

환상적   14, 140, 150, 151, 170, 171, 294, 309

환상 체험   140, 142, 144, 146, 150

환유   35, 43, 45, 47, 49, 58, 60, 62, 70, 73, 86, 87, 90, 107, 110, 127, 128, 133, 143, 148, 149, 150, 155, 158, 159, 166, 168, 191, 194, 200, 205, 220, 222, 223, 230, 231, 233, 237, 244, 261, 262, 266, 275, 309, 321

회감(回感)   128, 143, 210

회색의 새 73

흐루쇼브스키(Hrushovski)   19, 20, 21, 23, 24, 31, 140, 176, 219, 254

희고 눈부신 천 한 자락이 145

희망   196, 198, 202, 203, 204, 211, 212

희망에 붙여 204

저자소개

박선영

동아대학교 국어국문학과를 졸업한 후에 숭실대학교 대학원에서 국어국문학 석사 및 박사 학위를 받았다. 동아대학교와 안양과학대학에 출강하였으며 현재는 숭실대학교와 신구대학에서 강의를 하고 있다. 저서로는『미당시의 공간 은유 분석』(인터북스, 2009)이 있으며 주요 논문으로는「오규원시의 아이러니와 실존성의 상관관계」(2004),「서정주 초기시에 나타나는 관능과 소진의 공간 메타포 연구」(2008),「『질마재 신화』의 공간 메타포 연구」(2008),「박목월의 후기시에 나타난 죽음의식의 은유체계」(2009),「박목월 중기시의 '자연'과 은유 양상」(2010),「김현승 초기시의 식물과 은유 양상」(2011) 등이 있다.

숭실대학교 한국문예연구소 학술총서 34

박목월과 김현승 시의 은유 미학

초판 인쇄/ 2011년 10월 12일
초판 발행/ 2011년 10월 22일

저　　자　　박선영
책임편집　　윤예미

발 행 처　　도서출판 지식과 교양
등　　록　　제2010-19호
주　　소　　132-908 서울시 도봉구 창5동 320번지 행정지원센터 B104호
전　　화　　02-900-4520 / 02-900-4521
팩　　스　　02-900-1541
전자우편　　kncbook@hanmail.net

ISBN 978-89-94955-44-5 93810　　　　　정가 24,000원